Scarlet
스칼렛

Scarlet
스칼렛

가인아

1판 1쇄 찍음 2012년 4월 17일
1판 1쇄 펴냄 2012년 4월 25일

지은이 | 배정숙
펴낸이 | 정 필
펴낸곳 | 도서출판 **뿔미디어**

편집장 | 이재권
기획 · 편집 | 손수화, 주종숙
편집디자인 | 이진선
관리, 영업 | 김기환, 임순옥

출판등록 | 2002년 9월 11일 (제1081-1-132호)
주소 | 부천시 원미구 상3동 533-3 아트프라자 503호 (우)420-861
전화 | 032)651-6513 / 팩스 032)651-6094
E-mail | BBULMEDIA@daum.net
카페 | http://cafe.daum.net/scarletR

값 9,000원

ISBN 978-89-6639-645-0 03810

※파본은 구입하신 서점에서 교환하여 드립니다.

※이 책은 (도)뿔미디어를 통해 독점 계약되었습니다.
저작권법에 의해 보호를 받는 저작물이므로 무단 전재와 무단 복제를 엄금합니다.

배정숙 장편 소설

가인아

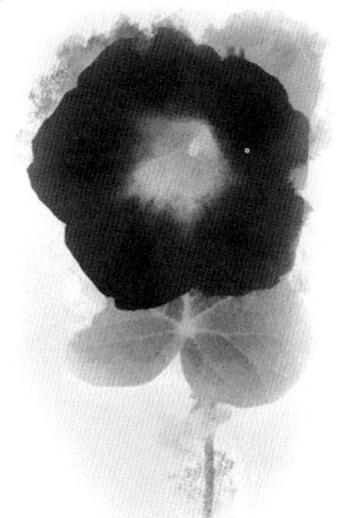

SCARLET ROMANCE STORY

佳人兒

Scarlet
스칼렛

※ 차 례 ※

1. 하일(夏日) ※7
2. 초련(初戀) ※36
3. 애별(哀別) ※58
4. 별(別)무리 ※81
5. 사랑은 꽃이 피고 지는 것과 같은 것 ※131
6. 해후(邂逅) ※164
7. 월운(月暈) ※200
8. 만공(滿空) ※255
9. 빙우(氷雨) ※273
10. 연(戀) ※314
11. 일생일세(一生一世, 영원) ※334
12. 가인아(可人兒, 내 사람) ※369

1.
하일(夏日)

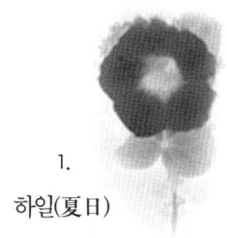

지천이 신록으로 물든 중하(中夏).
시나브로 무르익어 가는 녹엽(綠葉).
애오라지 스물하나, 아직은 작약 꽃처럼 수줍었다.
반생(半生)도 살지 못한 삶 속으로 산돌림처럼 갑작스럽게 찾아온 그.
목하 유월, 내 사람.

'늦네.'

운동장이 내려다보이는 스탠드에 앉아 있던 가인은 손목시계를 한 번 보더니 살짝 이마를 찡그렸다. 햇살은 쏟아질 듯 머리 위로 내리꽂히는데, 기다림이 더 길어질 것 같은 예감이 들었다. 우선은 이 뙤약볕을 피하자는 생각에 몸을 일으켜 스탠드에서 내려왔다. 운동장을 조금 비켜난 곳에 잎이 무성하게 우거진 등나무 벤치가 보였다.

　나무 그늘 아래로 몸을 피한 가인은 다시 한 번 시간을 확인하고는 옅게 한숨을 쉬었다. 평소에도 곧잘 늦곤 하는 여람이지만 오늘은 약속 시간을 한참이나 초과하고 있었다. 더위에 지치고 무료한 기다림에 지쳐 짜증이 날 법도 한데, 슬쩍 아랫입술을 베어 무는 그녀의 얼굴엔 짜증이 아닌 걱정이 가득했다.

　'전화해 봐야겠다.'

　주머니에서 휴대전화를 꺼내려 할 때였다.

　"어어, 조심해요!"

　"엄마얏!"

　순식간이었다. 말보다 먼저 날아온 섬광 같은 빛이 눈앞에서 번쩍인 것과 동시에 둔탁한 무언가가 강하게 이마에 부딪혔다. 충격도 충격이지만 얼마나 아픈지 눈물이 핑 돌았다. 대체 무엇이기에 벌건 백주에 성광 찬란한 별까지 보게 한 걸까.

　"괜찮아요?"

　정신을 차리기도 전에 코끝으로 알싸한 땀내와 깨끗한 숨결이 훅 배어들었다. 충격이 가시고, 찰나였던 암전 상태가 가시자 곧바로 빛이 쏟아져 들어왔다. 가인은 아찔한 표정으로 천천히 눈을 깜박여 보았다. 얼굴이 맞닿을 만큼 가까운 거리에서 땀에 흠뻑 젖은 남자가 그녀를 쳐다보고 있었다.

　"어디 좀 봐요. 많이 아파요?"

　걱정스러운 눈으로 그녀를 보고 있던 남자가 상처를 살필 기세로 곧장 손을 뻗어 왔다. 순간 가인은 반사적으로 눈을 질끈 감아 버렸다. 그런데 한참을 기다려도 이마에 닿는 손길이 없자 다시 슬쩍 눈을 떴다. 남자의 얼굴이 못마땅한 것을 본 듯 조금 이상하게 일그러져 있었다. 남자는 애매한 표정으로 손가락을 오므렸다 폈다 할 뿐, 차마 그녀의 이마에 손을 대지는 못하고 있었다.

가인은 남자의 얼굴이 아닌 손을 보았다. 험한 일이라고는 한 번도 해 본 적 없을 것 같은 손이었다. 미끈한 손가락과 잘 정돈된 손톱은 남자 손치고는 지나치게 깨끗하고 고왔다.

가인은 무심결에 고개를 들다가 이번엔 남자의 까만 동공과 눈이 부딪쳤다. 흑요석을 빨아들인 것 같은 남자의 눈빛은 지독히도 짙은 빛깔을 품고 있었다. 생각지도 못하고 있다가 갑자기 눈이 마주쳐서인지 남자의 눈에 미세한 떨림이 일었다.

"하필 제가 공이 날아오는 방향으로 서 있었네요."

새카만 남자의 동공이 놀란 듯 커지는 것을 보며 가인은 빙긋 웃었다.

"전 괜찮으니까 신경 쓰지 말고 가 보세요."

"그래도 이마가 빨개졌어요."

남자는 한가득 걱정이 담긴 눈으로 막 부어오르기 시작한 그녀의 이마를 안타깝게 쳐다보았다.

"아무래도 병원에 가야 할 것 같은데요?"

"에이, 괜찮아요. 이만한 걸로 무슨 병원이에요."

"벌써 부어오르기 시작했어요."

"이런 건 그냥 얼음찜질이나 조금 해 주면 금방 가라앉아요."

가인은 별것도 아니라는 듯 웃으며 공에 부딪히던 순간 놀라서 떨어뜨린 전공서를 주워 들었다. 너무 두꺼워서 가방에 들어가지 않아 수업이 있는 날엔 어김없이 손에 들고 다녀야 하는 전공서적의 두께에 새삼 한숨이 나왔지만 아무렇지 않게 겉에 묻은 흙을 털어 냈다. 그런데 또 뭐가 그리 못마땅한지 남자의 미간이 좁혀졌다.

왜 그러지? 일그러진 남자의 표정에 가인은 고개를 갸웃거리다 멀리서 헐레벌떡 뛰어오는 여람을 보고는 얼른 책과 공을 주워 들고서 몸을 발딱 일으켰다.

"여기 공이요."

"저기……."

남자가 다시 무슨 말을 하려 했지만, 가인은 얼른 공만 건네고는 눈이 시릴 만큼 강한 햇살 속으로 뛰어들었다.

남자는 뜨겁게 작열하는 태양 아래, 피어오르는 아지랑이 속으로 멀어지는 그녀의 뒷모습을 한참이나 바라보고 서 있었다. 그러다 얼핏 보았던 그녀의 책 겉표지에 적혀 있던 이름을 나지막이 중얼거렸다.

"영문학과 윤가인?"

한눈에 보기에도 상당히 무게가 나갈 것 같은 전공서를 들고 다니기엔 지나치게 가는 그녀의 팔목이 눈에 밟히자 남자는 다시 미간을 찌푸렸다.

외부인 주차장에 능숙하게 주차를 하고 차에서 내린 연희는 잠시 그 자리에 서서 싱그러운 바람을 들이켰다. 졸업한 후 참으로 오랜만에 찾아온 모교였다.

같은 서울 하늘 아래지만, 늘 바쁘던 일상에서 조금만 벗어나니 바람도 이처럼 달게 느껴졌다. 예나 지금이나 변함없이 젊음의 활기로 가득 찬 캠퍼스를 보니 연희의 마음도 덩달아 가벼워졌다.

연희는 먼저 인문관에 들러 담당 교수님을 찾아뵙고는 곧장 경영관으로 향했다. 시간을 잘 맞추었는지 때마침 강의가 끝나고 줄줄이 강의실을 빠져나오는 학생들 틈에 그가 보였다.

"경빈 씨!"

강의실을 나오던 경빈의 표정이 눈에 띄게 굳어졌다. 다소 부담스러워하는 그를 보며 연희는 그럴 줄 알았다는 듯 픽 웃으며 다가가 먼저 손을 내밀었다.

"오랜만이야."

"그러네."

웃는 얼굴로 내민 손을 거절하기도 뭣해서 경빈은 마지못해 연희의 손을 가볍게 잡았다가 놓았다.

올 초, 한 민영 방송사에 공채 아나운서로 입사해 한창 주가를 올리고 있는 연희에게선 활달한 생기와 자신감이 넘쳐흘렀다. 비단 몸에 걸친 수백만 원을 호가하는 명품이 아니더라도, 타고난 외양이 뭇사람들에게 오만한 인상을 줄 만큼 도도한 것도 한몫했다. 아나운서 한연희를 알아본 몇몇 학생들이 곁눈질하며 지나가자, 연희는 그녀답지 않은 수줍음으로 얼굴을 붉혔다.

"나 요즘 좀 유명해진 것 같지 않아?"

"그래 보인다."

경빈은 피곤한 듯 살짝 이마를 찡그렸다. 비록 대수롭잖게 연희의 말을 받아 주긴 하지만, 그의 미간에 어린 불편한 감정까지 숨기진 못했다. 굳이 감출 필요도 없지만, 그것은 어릴 때부터 유별나게 집착이 강한 연희를 상대할 때마다 느껴 왔던 부담감이 자연스레 표출된 결과였다. 사람에게서 받는 스트레스가 얼마나 피곤한 것인지 연희로 인해 절실히 알게 되었다면 말 다한 거지. 벌써 뒷골이 지끈거리기 시작했다. 여기까지 찾아온 걸로 봐선 짧게 끝낼 것 같지도 않고, 불가능하단 걸 알면서도 될 수 있으면 연희가 용건을 짧게 끝내 주기를 바랐다.

그의 무심한 표정에 무안함을 감추려는지 연희가 어깨를 으쓱거렸다.

"시사 프로그램을 하고부터는 알아보는 사람이 꽤 있어. 식당에 가면 일부러 반찬을 더 챙겨 주기도 하고. 사인해 달라고 달라붙는 사람도 종종 있는데, 기분이 나쁘진 않더라고. 넌 어때? 내 방송 한 번도 본 적 없지?"

경빈이 애매한 웃음으로 대답을 대신하자, 연희는 살짝 섭섭한 표정을 지었다.

"한 번만 봐준다. 대신 나중에 술이나 거하게 사. 나 아나운서 합격했을 때 제대로 축하도 안 해 줬잖아. 이제 와 하는 말이지만 솔직히 많이 섭섭했어."

"미안. 경황이 없었다. 늦었지만 축하해."

"엎드려 절 받는 게 더 빠르겠다."

연희가 웃으며 자연스럽게 그의 팔짱을 끼었다. 경빈은 당황한 기색 없이 태연하게 연희의 팔에서 자신의 팔을 빼냈다.

"학교엔 어쩐 일이야?"

먼저 친밀하게 다가오진 못할망정 이런 사소한 접촉마저도 거부하는 그의 태도에 적잖게 상처를 받았는지 연희의 얼굴에서 일순 미소가 사라졌다. 하지만 곧 그녀는 아무렇지도 않게 다시 웃음을 지어 보였다.

"하여간 자기 무뚝뚝한 건 알아줘야 해. 오랜만에 만나서 한다는 소리가 그게 뭐니? 배고프다. 나 아직 점심 전이야. 밥 좀 사 줘."

"주완 형은?"

자신의 마음을 뻔히 아는 경빈이 은근슬쩍 다른 사람을 엮자,

연희의 표정이 대번에 굳어졌다.

"여기서 그 사람 이름이 왜 나와?"

"너랑 둘이 만났다고 주완 형한테 맞기 싫거든."

연희의 얼굴이 차갑게 굳어진 걸 알면서도 경빈은 모른 척 시선을 돌리며 노골적으로 손목을 들어 시계를 보았다.

"미안한데, 약속이 있어서 먼저 가 봐야겠다."

"경빈 씨!"

"점심은 다음에 주완 형이랑 같이 하자."

황당해하는 연희를 뒤로하고 경빈은 큰 보폭으로 복도를 벗어났다.

"대체 왜 그래?"

막 경영관을 벗어나 주차장으로 가려는데 종종걸음으로 쫓아온 연희가 앞을 가로막았다.

"자꾸만 나하고 주완 선배를 엮으려는 이유가 뭐야? 우리 아무 사이도 아닌 거, 너도 잘 알잖아."

"발 아프겠다."

저 높은 힐을 신고 그의 큰 보폭을 따라잡기 위해 뛰다시피 쫓아온 터이니 발에 무리가 갔을 것이다. 그러나 좁고 높은 힐에 갇힌 발이 혹사당하는 것쯤은 아무 일도 아닌 듯 연희는 그 어떤 내색도 하지 않았다.

"괜찮아. 그러니까 말 돌리지 마."

경빈은 쓴웃음이 나왔다. 그래, 중요한 건 혹사당한 발이 아니라 구두의 값어치겠지. 한연희에게 명품구두와 명품백이 필수불가결한 것일 테니. 그런 것들이 자신의 능력을 매기고 가치를 높여

준다는데 그깟 발 좀 아픈 게 무슨 대수일까.

"경빈 씨, 정말 내 마음 몰라서 그래?"

경빈의 미간에 내 천(川) 자 모양의 옅은 주름이 잡혔다. 이미 차단된 마음이건만 또 한 겹의 두꺼운 벽이 세워졌다. 아이러니하게도 연희가 매달릴수록 그의 마음에 세워진 벽은 더욱 견고해져만 갔다. 연희도 그걸 알아주면 좋으련만 똑똑한 건 그저 허세일 뿐인지, 그가 이리 대놓고 티를 내는데도 그녀의 집착은 거둬질 줄을 모른다.

"좀 비켜 줄래?"

"정말 이러기야?"

"사전에 아무 연락 없이 찾아온 건 네 잘못이다."

"미리 연락했으면? 또 바쁘다느니, 다른 약속이 있다느니 둘러댔을 거잖아. 왜 자꾸 나 피해? 주완 선배 때문이라면 우린 정말 아무 사이도……."

"한가하냐?"

더는 연희의 짜증을 받아 줄 마음이 없기에 경빈은 곧장 말을 끊었다. 연희도 지지 않고 받아쳤다.

"아니, 한가하지 않아. 바빠. 솔직히 학생인 너보다 직장에 매여 있는 내가 더 바쁜 건 당연하잖아! 그런데도 일부러 시간 내서 너 보러 온 거야. 이렇게라도 찾아오지 않으면 통 네 얼굴을 볼 수가 없어서!"

그러나 경빈은 연희의 말을 듣고 있지 않았다. 이미 그의 안중에는 연희가 없었다. 그의 눈은 똑 부러지는 말투로 쏘아 대는 한연희가 아니라, 그녀의 뒤로 가쁜 숨을 몰아쉬며 뛰어오는 낯빛 하얀 여자에게로 고정되어 있었다.

"저기, 한연희 선배님?"

여자가 숨을 헐떡이며 바로 등 뒤에서 이름을 부르자 연희가 신경질적으로 고갤 돌렸다. 미간을 찡그리고 쳐다보는데 여자가 정중한 자세로 고갤 꾸벅 숙였다.

"안녕하세요. 저는 영문학과 2학년, 윤가인이라고 합니다."

연희는 금세 표정을 풀며 미소를 지었다.

"어, 그래. 우리 과 후배구나. 나한테 무슨 볼일이라도 있니?"

가인은 두 팔로 가슴에 끌어안고 있던 서적과 스크랩 자료를 연희에게 넘겨주었다. 얼결에 그것을 받아 든 연희가 뭐냐는 표정을 지었다.

"장철중 교수님께서 선배님 대학원 논문 쓰실 때 도움될 거라고, 경영대 쪽에 계실 테니 찾아서 전해 주라고 하셨어요. 휴대전화 번호를 알려 주셨는데, 전화를 안 받으셔서 벌써 가신 거면 어떡하나 걱정했는데 이렇게 만날 수 있어서 다행이에요."

"그래, 고맙다. 찾느라 애썼네?"

"아니에요. 그럼 가 보겠습니다."

다시 한 번 고개를 숙이고 돌아서려는데 문득 연희의 뒤에 서 있는 키가 큰 남자와 눈이 마주쳤다. 남자는 줄곧 가인을 보고 있었는지 입가에 옅은 미소를 짓고 있었다. 눈이 마주치자 남자가 싱긋 웃으며 손가락으로 자신의 이마를 톡톡 건드렸다. 낯이 익다. 가인은 남자의 하얗고 가지런한 손가락을 말없이 바라보았다.

"훗!"

그의 입술에서 작은 웃음이 터졌다. 뜻밖의 웃음소리에 놀란 연희가 의아한 눈으로 경빈을 쳐다봤지만, 그는 가인에게 시선을 고정한 채 연희가 한 번도 본 적 없는 미소를 입가에 느긋하게 걸치고 있었다.

그의 집요한 시선에 말없이 보고만 있던 가인이 한숨처럼 가느다란 탄성을 터트렸다.

"아……."

그러자 그가 싱긋 웃었다.

"이제 기억나요?"

"네."

"이마, 괜찮아요?"

가인이 어색하게 고개를 끄덕였다.

"네."

"붓지는 않았고?"

"괜찮아요."

두 사람의 단답형 대화를 듣고 있던 연희의 표정이 딱딱하게 굳었다. 그가 웃는다. 다른 사람도 아닌 민경빈이 웃는다. 그것도 자신이 아닌 다른 여자를 향해 웃어 준다. 연희는 자신을 대할 때와는 사뭇 다른 얼굴로 부드럽게 웃고 있는 경빈을 놀란 눈으로 보다가 고개를 돌려 자신의 후배라는 가인을 불안하게 쳐다보았다.

"두 사람, 아는 사이야?"

그러자 가인이 재빨리 그에게서 시선을 거두고는 고개를 저었다.

"아니에요. 그럼 전 가 보겠습니다."

뒤돌아서 후다닥 뛰어가는 가인을 미처 잡을 새도 없이 놓쳐 버린 경빈은 아쉬운 눈으로 멀어지는 그녀를 바라보았다. 그 모습을 지켜보는 연희의 심장이 불길하게 뛰었다. 그런데 이번엔 연희가 잡을 새도 없이 경빈이 몸을 돌려 빠른 걸음으로 주차된 차에 올라탔다.

"경빈 씨!"

연희가 다급하게 외치며 쫓아갔지만, 그는 이미 차를 출발시킨 후였다. 멀어지는 그의 차를 막연한 눈으로 바라보고 있으려니 여자의 육감이 위험하다고 경종을 울렸다.

학교를 나와 버스 정류장으로 가던 가인은 바로 옆 도로에서 끼이익, 차가 멈추는 소리에 놀라 고개를 돌렸다. 무슨 일인가 싶어 고개를 숙이고 보는데, 급정거한 차에서 내리는 사람은 뜻밖에도 조금 전 한연희 선배와 같이 있던 그 남자였다.

"타요. 데려다 줄게요."

경빈은 영문을 모르겠단 얼굴로 자신을 쳐다보는 가인에게 부드럽게 웃어 주고는, 다짜고짜 그녀의 손을 잡아 차에 태웠다. 얼결에 차에 태워지고 나서야 정신이 든 가인은 곧장 경계 태세를 갖췄다.

"지금 뭐하시는 거예요?"

"배고프지 않아요? 밥부터 먹으러 갈래요?"

황당하게 쳐다보는 시선에도 아랑곳하지 않고 경빈은 태연하게 안전벨트를 매고 있었다.

"절 아세요?"

"물론."

"절 안다고요?"

같은 말을 되풀이해 묻는 가인을 그가 다정한 눈으로 응시했다.

"오늘만 해도 벌써 두 번이나 만났는데, 아는 사이 아닌가?"

틀린 말은 아니지만, 그렇다고 맞는 말이라고 동조할 수도 없었다.

"그건 아니죠."

"이름 윤가인, 영문과 2학년."

그렇게 말하고는 그가 씩 웃었다. 물론, 군더더기 없이 깔끔한 프로필이긴 한데, 그 정도로 아는 사이라고 하는 건 어불성설이지 않나? 가인이 눈살을 좁혔다.

"그렇게 경계하는 얼굴 하지 않아도 돼. 난 사실 도서관에서도 너 몇 번 봤거든. 그리고 또 어디서 봤냐면……."

물론 학교 내에서 오다가다 몇 번 스친 적은 있었다. 그가 워낙 특출하게 잘난 인물이다 보니 스칠 때마다 그녀도 다른 학생들처럼 한 번씩 눈길을 주었던 것 같기도 하다. 그러나 그것은 인간이라면 누구나 가지는 아름다운 것을 향한 순수한 동경과 호기심일 뿐이었다. 그런데 그 몇 번 스쳐 간 것으로 자기 혼자 잘 아는 사이라고 멋대로 정의 내려 버리는 건 우습지 않나? 그러고도 모자라 몇 마디나 섞었다고 이제는 태연하게 말까지 놓고 있었다.

경빈은 손가락으로 핸들을 톡톡 치더니 생각난 듯 말을 이었다.

"분수대 기억 안 나? 왜 그때 너, 친구랑 같이 분수대에 앉아 있다가 갑자기 분수가 뿜어지는 바람에 옷 다 젖은 적 있었잖아. 그때 내가 손수건 빌려 줬었는데 기억 못 하니?"

당연히 기억한다. 그걸 어떻게 잊을 수 있나. 구름 한 점 없이 화창했던 그날 졸지에 물벼락을 맞았었는데. 머리며 옷이며 다 젖어서 당황해할 때 눈앞에 불쑥 손수건이 내밀어졌었다. 고맙다고 인사할 겨를도 없이 손수건을 받아 젖은 머리와 얼굴을 닦고 있을 때, 그는 다 쓴 손수건은 돌려줄 필요 없으니 버리라는 말만 남기고 제 갈 길을 향해 바삐 가 버렸었다.

"또 너 미팅하는 것도 봤어."

가인은 눈살을 찌푸렸다. 미팅이라니? 그때가 언젠데?

그는 뭐가 그리 재미있는지 그날 자신이 본 상황을 신 나게 이야기했다.

"마음에 드는 상대가 없었는지 넌 미팅 중에 계속 딴짓만 하고 있었어. 그러다 갑자기 벌떡 일어나더니 사람들에게 양해를 구하고는 허둥지둥 카페를 나가는 거야. 한 녀석이 그런 너를 쫓아 나갔는데, 넌 벌써 버스에 올라타 버렸고. 그 남자는 졸지에 닭 쫓던 개 지붕 쳐다보는 꼴이 되었었지, 아마?"

기억이 나는 것도 같다. 가인은 그가 얘기한 그날을 상기시켜 보았다. 그래, 그 미팅이란 걸 나가긴 했었다. 그런데 내가 왜 미팅에 나갔더라? 맞아, 머릿수 채우려고 억지로 끌려 나간 자리였었지. 그런데 갑자기 과외하는 곳에서 쫓겨났다는 여람의 문자를 받았고, 그 길로 자리를 박차고 나와 여람에게 달려갔었다. 왜 쫓겨났냐고 묻자 여람은 과외 학생이 하도 말귀를 못 알아들어서 성질대로 몇 대 쥐어박다가 학생 엄마한테 딱 걸렸다고 했다. 까마귀 날자 배 떨어지는 격으로 얻어맞은 학생이 때맞춰 코피를 쏟아 주는 바람에 과외비도 못 받고 쫓겨났다고.

가인은 그날 씩씩거리며 뜨거운 콧김을 뿜어내던 여람이 떠올라 킥 웃어 버렸다. 그녀가 무언가를 떠올린 듯 미소를 짓자 그의 입술에도 저절로 미소가 담겼다.

"난 꽤 여러 번 너 봤는데. 그런 의미에서 내가 밥 살게. 사과도 할 겸."

"사과는 왜요?"

"나 때문에 농구공에 맞았잖아."

그러니 반드시 밥을 같이 먹어야 한다?

"난 경영학과 4학년. 3학년까지 마치고 입대했다가, 작년 말에 전역하고 올봄에 복학했지. 내가 선배니까 존대할 필요 없지? 안전벨트."

거기다 친절하게도 말을 놓게 된 이유까지 덧붙여 주신다. 가인이 여전히 미심쩍은 얼굴로 앉아 있자, 그는 시동을 걸며 그녀가 앉아 있는 보조석 벨트 쪽으로 눈길을 주었다.

"내가 매 줘?"

"아니에요. 제가 할게요."

하는 행동을 보아하니 어차피 내려 줄 것 같지도 않아서 가인은 제 손으로 안전벨트를 착용했다. 그런 그녀를 보며 그가 또다시 싱긋 웃었다. 가인은 창 쪽으로 고개를 돌렸다. 왜 자꾸 웃는지 모르겠다. 웃음이 헤픈 남자인 것 같아 불쾌한 기분이 들었다. 그가 웃든 말든, 왜 자신이 불쾌한 건지 모르겠지만, 원인 모를 감정이 푸슬푸슬 피어 올라와 심장에 따끔한 일침을 가했다. 마음에 들지 않는다.

"어디로 갈까? 뭐 먹고 싶어?"

"……."

"왜 대답이 없어?"

"알아서 하세요."

가인은 심드렁하게 대답했다. 멋대로 차에 태울 때는 언제고, 새삼 의견을 뭐 하러 묻나 몰라. 어차피 마음대로 할 거면서.

차 안엔 오래된 팝이 흐르고 있었다. 그가 허밍으로 나지막이 노래를 흥얼거렸다. 음악이 다소간의 어색함을 희석하자 가인은 별다른 경계심 없이 곁눈질로 그를 보았다. 귀티 나는 겉모습만 보면 이날까지 고생 한 번 안 한, 어느 부잣집 도련님 같았다. 그럼에도 유약해 보이지 않는 건 그가 지닌 분위기와 여유 때문일까?

그러고 보니 본인 입으로 군대도 갔다 왔다고 했다. 그런데 정작 중요한 이름은 가르쳐 주지 않았다.

가인은 살짝 이마를 찡그렸다. 그러다 다시 운전대를 잡고 있는 그의 손에 시선을 두었다. 아무리 생각해도 저런 손으로 과연 총이나 제대로 잡아 봤을까 싶었다. 눈웃음치는 눈매가 물 흐르듯 유려한 걸로 보아 바람둥이 기질이 다분해 보였다.

정말로 바람둥이가 아닐까? 설령 그렇다 한들 무슨 상관이냐마는 자꾸만 가슴 한 켠에 불유쾌한 감정이 차곡차곡 쌓이는 것 같아, 내 마음이 내 것 같지가 않았다.

'그래, 사과할 겸 밥 한 끼 산다는데, 그냥 밥 한 끼만 먹고 헤어지자. 다시 볼 사이도 아닌데 아무렴 어떠랴.'

천성적으로 남의 부탁을 잘 거절하지 못하는 탓이 크겠지만, 가인은 그냥 좋게 여기기로 했다. 매사 심각할 필요는 없는 거니까, 좋은 게 좋은 거잖아.

만사 좋게만 생각하는 낙천적인 성격답게 그녀는 창밖으로 시선을 돌렸다.

그가 데려간 곳은 청담동에 있는 프랑스식 레스토랑이었다. 그냥 한눈에 척 봐도 고급 레스토랑인 게 지갑깨나 두둑한 부르주아들이나 드나드는 곳이었다.

경빈을 따라 내리던 가인은 재빨리 앞서 가는 그의 팔을 붙잡았다. 그는 자신의 팔을 붙잡은 그녀의 손을 한 번 쳐다보고는 미소를 띤 채 물었다.

"왜?"

급한 마음에 일단 붙잡고 봤지만, 가인은 곧 자신의 행동을 알아차리고는 얼른 그의 팔을 놓았다.

"죄송해요. 이런 곳에 오는 줄은 몰랐어요."

"이런 곳?"

왠지 힐책하는 듯한 그녀의 말투에 그가 잠시 영문을 모르겠단 표정을 지었다. 그러나 곧 말뜻을 이해하고는 표정이 부드러워졌다.

"괜찮아. 아는 사람이 하는 가게야. 그리고 할인쿠폰도 있어."

그러나 가인은 고개를 저었다.

"아니에요. 그냥 먹은 걸로 할게요. 그만 가 보겠습니다."

가인이 고개를 꾸벅 숙이고 돌아서려는데 경빈이 다급하게 손목을 붙잡았다. 가인이 당황한 얼굴로 붙잡힌 손목을 빼내자 그가 멋쩍게 덧붙였다.

"여기 겉보기만 그래. 생각만큼 그렇게 비싼 데 아니야. 지난번 내가 한 실례를 만회하려면 사실 이것도 부족하지. 네가 그냥 가 버리면 나는 내내 마음에 걸릴 거야."

별것도 아닌 일에, 그리고 그녀가 괜찮대도 그는 굳이 '공에 맞은 일'을 계속 언급하며 그녀를 붙잡았다. 정말로 사과를 하지 못해 안달 난 사람처럼.

"그건 정말 별일 아니었어요. 크게 다치지도 않았고, 기분 나쁘지도 않았어요. 그때도 분명히 괜찮다고 말씀드렸는데요."

"그래도 여기까지 왔는데 이대로 돌아가면 내가 너무 무안하잖아."

괜찮다고 손사래를 치며 뒷걸음질을 치는데, 그가 다시 그녀의 손을 잡아끌며 레스토랑 안으로 성큼성큼 걸어 들어갔다. 가인이 손을 빼내려 힘을 주었지만, 그는 놓아줄 생각이 없는지 그녀의 행동을 모른 척하며 매니저로 보이는 남자와 눈인사를 나누었다. 아는 사람 가게라더니, 그녀를 붙잡아 두기 위해 그냥 해 본 말은 아니었나 보다. 매니저가 반색하며 예약하지도 않았는데 곧장 조용한 창가 쪽 자리로 안내해 주는 걸 보면.

테이블에 이르러서야 그가 손을 놓아주었다. 손이 자유로워지자 어정쩡하게 서 있는 그녀에게 매니저가 의자를 빼 주었다. 매니저로선 당연한 임무 중 하나겠지만, 가인은 익숙하지 않은 대접이 부담스러웠다. 그렇다고 마냥 서 있을 수도 없어서 매니저에게 고개를 숙여 인사하고는 자리에 앉는데, 그녀의 행동을 말없이 보고 있던 그가 빙그레 미소를 지었다.

"뭐 먹을까?"

가인은 고전적인 예스러움을 갖춘 우아한 유럽풍의 레스토랑 내부를 둘러보았다. 이런 곳에 허구한 날 드나들며 돈 자랑을 하는 일이 남자한테는 일상이겠지만, 그녀처럼 평범한 학생 신분이라면 두 번은 다시 못 올 곳이었다.

가인은 봐도 알 턱이 없는 메뉴판을 펼쳤다가 한숨을 쉬며 다시 덮어 버렸다.

"왜?"

부드러운 시선과 다정한 목소리로 왜라니? 지금 내 얼굴을 보고도 설마 몰라서 묻는 것일까? 알면서 묻는 거라면 진짜 못된 남자다.

"뭘 알아야 시키든 말든 하죠. 전 그냥 아무거나 먹을게요."

경빈은 가인에게 시선을 놓지 않은 채 손을 들어 보였다. 그러자 대기 중이던 매니저가 잽싸게 다가왔다.

"주문하시겠습니까?"

경빈은 계속 가인만 쳐다보며 매니저에게 말했다.

"여기 숙녀분께서 아무거나 먹고 싶다고 하는데요?"

"네?"

정말로 아무거나 달라는 그의 황당한 주문에 매니저보다 더 당황한 가인은 재빨리 메뉴판을 다시 펼쳤다. 그리고는 정말 아무거나 손가락으로 짚었다. 다행히 친절한 매니저의 설명과 도움으로 주문을 할 수 있었지만, 꽤 진땀이 나는 과정이었다.

매니저가 물러가자 가인이 한숨을 쉬었다.

"그렇다고 정말로 아무거나 달라고 하면 어떡해요? 선배님은 자주 와 보셨으니 적당히 알아서 시키면 될걸."

"아무거나 먹는다고 해서 그런 건데, 문제 있나?"

가인은 그냥 입을 다물었다. 이런 걸로 말 섞어 봐야 남는 것도 없고, 그냥 조용히 있다가 음식이 나오면 먹고, 다 먹으면 그대로 나가면 되는 것이다.

그의 잘생긴 입술이 여전히 옅은 미소를 띠고 있었다. 눈이 마주치자 미소가 더 짙어졌다. 그의 시선이 줄곧 자신에게 닿아 있는 게 어색해서 가인은 괜스레 얼굴을 한 번 매만졌다.

사실 잘 알지도 못하는 사람인데, 자꾸만 그 시선을 받고 있으려니 따로 눈을 둘 곳이 없어 난처하기만 했다. 대놓고 관심을 내보이는 남자 앞에서 모른 척 무관심으로 일관할 수도 없고, 부끄럽다고 온몸을 배배 꼴 수도 없었다. 그런 와중에도 마음속에선 정체불명의 짜릿한 흥분까지 일어서 미칠 노릇이었다. 심장이 간질거리는 은밀한 긴장감에 가인은 갈증을 참지 못하고 물컵으로 손을 뻔었다.

"꿈만 같아. 이렇게 마주앉아 있다는 게."

가인은 컵을 입에 댄 채로 그대로 정지해 버렸다. 그 말을 한 그도 멋쩍은지 애매하게 웃으며 슬쩍 시선을 돌렸다.

음식이 나오자 어색함이 다소 줄어들었다. 평소 무딘 줄 알았던 혀가 상큼한 맛을 캐치해 내고는 즉각 반응을 보였다.

이래서 비싼 음식은 비싼 값을 하는구나 싶었다. 소스부터가 남다르다. 연한 고기를 썰어 소스를 듬뿍 찍어 입에 넣자마자 즉시 혀에서 녹아 버리는 줄 알았다. 부드러운 육즙과 상큼한 향이 어우러져 달짝지근하게 감겨 왔다.

"살짝 익힌 거위 간에 사과와 칼바도스로 만든 소스를 뿌렸지."

그녀가 고기를 입에 넣은 채로 소스를 한 번 더 찍어 먹자 경빈이 부드럽게 웃으며 설명해 주었다.

모르고 먹을 땐 부드럽고 고소하기만 하던 고기가 거위 간이었다니. 가인은 입안에 든 간을 삼켜야 하나 말아야 하나 잠깐 갈등했다. 그런데 소간도 먹고 돼지 간도 먹는데 거위 간이라고 못 먹을까. 별것 아니란 생각에 망설임 없이 삼켰다. 씹을 것도 없이 혀에서 사르르 녹아 없어졌다고 해야 옳겠지만.

"맛있어?"

"네."

"다행이다."

가인이 소스가 묻은 입술을 혀로 핥자, 바라보던 그의 시선이 더 깊어졌다.

"그런데요. 담부턴 이러지 마세요."

"뭘?"

친근하게 바라보는 시선이 불편해서 가인은 고개를 숙이고 잘게 고기를 썰었다.

"선배님은 절 여러 번 봤다고 하셨지만, 전 선배님을 잘 몰라요. 잘 알지도 못하는 사람하고 둘이서 식사하는 거 솔직히 많이 불편해요."

갑자기 그가 웃음을 터트렸다. 가인이 입술을 지그시 베어 물었다. 불현듯 웃음소리가 그쳤다.

"그럼 다음엔 덜 불편할까?"

"네?"

가인이 다시 고개를 들자, 계속 그녀만 주시하고 있었던 듯 그의 시선이 깊게 얽혀 들었다. 속까지 빤히 들여다볼 것 같은 눈빛이 부담스러웠지만 피하는 게 더 어색할 것 같아 가인은 시선을 마주한 채로 가만히 있었다.

"처음부터 친한 사람이 어디 있어? 자주 보고, 만나야 정도 들고 자연스러워지는 거지. 다음번엔 불편하지 않도록 내가 더 노력할게."

"지금 무슨 말씀 하시는 거예요? 한국말인 건 분명한데 알아듣지를 못하겠네요."

말은 그렇게 했어도 정말로 못 알아들은 게 아니라서 얼굴이 화끈거렸다.

"알아들은 거 다 알아."

역시나 그가 정곡을 찔렀다. 이렇게 나오는 이상 그녀도 속내를 밝혔다.

"모르는 여자한테 이러는 거 실례 아닌가요?"

"모르니까 더 알고 싶다는 생각은 안 드니?"

"바람둥이 같단 생각은 들어요."

경빈이 쿡 웃음을 터뜨렸다.

"바람둥이? 뭐, 나쁘진 않네. 경우에 따라선 능력 있단 말로도 들리니까."

가인은 맥이 탁 풀려 버렸다. 무엇도 진지하게 받아들이지 않는 상대를 붙잡고 뭘 하나 싶었다.

"아까 한연희 선배님하고 같이 계셨잖아요. 가까운 사이로 보였어요. 안 봤으면 모를까 다 아는데 지금 제게 이러시는 이유가 뭐예요?"

그러자 그가 질문에 답은 않고 되레 엉뚱한 말을 꺼냈다.

"남자친구 없지?"

뜬금없는 질문에 당황한 기색을 감추지 못하고 가인은 고개를 돌려 버렸다. 말을 말자 하면서도 뺨이 화끈거렸다.

굳이 대답을 듣지 않아도 너무도 솔직히 드러나는 저 표정. 지나치게 맑아서 속마음이 훤히 들여다보일 것 같은 순진한 눈동자. 이렇게 예쁜데 아직까지 누구의 눈에도 들지 않았을 리가 없다. 일말의 불안감이 내재된 가운데, 그럼에도 다행인 건 아직 낚아챈 녀석이 없다는 것이다.

경빈은 당황스러움을 감추지 못하는 그녀를 느긋한 눈으로 바라보았다. 급할 것은 없었다. 시간을 두고 그녀를 천천히 알아 가는 것도 나쁘지 않을 테니까.

"집이 어디야?"

차가 삼성동에 접어들었을 때 경빈이 물었다. 차창 밖으로 무역센터 건물이 보였다. 잠시 신호를 받느라 차가 멈춘 사이 창밖을 바라보고 있던 가인이 버스 정류장을 발견하고는 소리쳤다.

"저 앞에 버스 정류장에서 세워 주세요."

신호가 다시 바뀌었다. 버스 정류장에서 세워 달라는 그녀의 말은 들은 척도 안 하고 경빈은 차를 출발시켰다.

"집이 어딘데?"

그러는 사이 버스 정류장을 지나쳤다.

"어? 세워 주세요!"

발을 동동 구르고 싶은 그녀의 마음을 아는지 모르는지 그는 얄미울 정도로 입가에 미소를 띤 채 뻔뻔하게 속력을 높였다. 하지만 다행히 전방에 지하철역이 보였다. 그러나 가인이 다시 세우라고 말하려는 순간, 그는 좌측방향지시등을 넣고는 잽싸게 차선을 바꿔 버렸다. 차를 세울 의사가 없다는 것을 행동으로 보여 주고 있었다.

가인은 황당한 눈으로 그를 바라보았다.

"왜 그러세요?"

"뭐가?"

경빈은 슬쩍 곁눈질을 하고는 다시 앞을 주시한 채 묵묵히 운전에만 집중했다.

"왜 마음대로 하시냐고요? 버스 정류장에서 세워 달라고 했잖아요."

"집이 어딘데?"

"그냥 내려 주세요. 아무 데나 내려 줘도 집 정도는 찾아갈 수 있어요."

"겁나지 않아? 말 안 하면 내 맘대로 갈 수도 있는데."

진지함이라곤 찾아볼 수 없는 느물거리는 태도에 이젠 정말로 화가 나려 했다.

"여기서 내려 주세요."

"정말로 나와 같이 어디든 가고 싶나 보네."

이제는 그의 막무가내식 행동에 짜증이 나려 했다.

"저기요."

"민경빈."

경빈이 시선을 돌려 가인을 보았다.

"언제쯤이면 이름을 물어봐 줄까 기다렸는데 끝까지 안 물어보네. 그래도 밥까지 같이 먹은 사인데."

"잠깐만요! 저도 말 좀 할게요."

결국 가인은 목소리를 높이고 말았다.

"왜 저한테 함부로 하세요? 상대방 생각은 전혀 안 해요?"

그의 얼굴이 짐짓 굳어졌다.

"내가 너한테 함부로 했니?"

"차 세워 주세요. 내려 달라구요."

자신도 모르게 눈물이 왈칵 치밀었다. 다소 막무가내이긴 했지만, 눈물을 보일 만큼 그가 잘못한 것은 없는데, 화가 나니 일단 눈물부터 났다. 그 막무가내란 것도 따지고 보면 사과의 의미로 대접한 근사한 식사 한 끼, 편하게 집까지 데려다 주겠단 순수한 호의일 뿐인데도 말이다.

가인이 눈물을 보이자, 당황한 그가 급하게 핸들을 꺾으며 비상등을 켜고 갓길에 차를 세웠다. 그리고 동시에 안전벨트를 풀고 내리려는 가인의 팔을 다급히 붙잡았다.

"미안해, 가인아. 널 함부로 생각해서 그런 게 아니야."

마치 오래 알아 온 사이처럼 그는 스스럼없이 그녀의 이름을 불렀다. 정확히 그 느낌이 무엇인지는 모르겠지만, 이름이 불리자 이상하게도 가슴이 욱신거렸다. 이 알 수 없는 감정의 근원이 화가 난 것이라고 단정하기엔 속수무책으로 심장이 저려 왔다.

손을 놓으면 그대로 달아날까 봐 한 손으로 그녀의 팔을 붙잡고선 안절부절못하던 경빈이 거칠게 머리를 쓸어 올렸다.

"그러니까 내 말은……."

어떻게 말을 해야 할지 몰라 답답해하는 그와는 달리 가인은 손등으로 눈물을 훔친 뒤 차분한 목소리로 말했다.

"알았으니까 이 손 좀 놔주세요."

"너랑 조금이라도 더 같이 있고 싶어서 그랬어."

그의 목소리에 조급증이 묻어났다. 가인은 잠시 말없이 그를 쳐다보더니 작게 한숨을 쉬었다.

몇 번이나 만났다고 잘 알지도 못하는 자신에게 그런 말을 하는 것일까.

"무슨 말인지 알겠는데, 전 그럴 마음이 없어요."

일말의 망설임도 없는 거절에 경빈의 손에서 저절로 힘이 빠졌다. 악력(握力)이 약해진 틈을 타 가인이 서둘러 차에서 내렸다.

차창 밖으로 멀어지는 그녀를 바라보던 경빈은 힘없이 시트에 몸을 기대고선 두 손으로 얼굴을 쓸어내렸다.

집 근처에 도착했을 때, 가인은 대문 옆 담벼락에 준우가 기대어 있는 것을 보고 걸음을 멈추었다. 어릴 때부터 한동네에서 자란 터라 서로 간에 허울이 없긴 해도, 요즘 들어 시도 때도 없이 집 앞에서 기다리고 있는 그를 볼 때마다 마음이 편치 않았다.

"또 기다렸어?"

들리는 소리에 준우가 고개를 들었다. 그는 잠시 미간을 찡그린 채로 토끼 눈처럼 빨개진 가인의 눈을 유심히 들여다보았다.

"왜?"

가인은 대수롭잖게 묻고는 주먹을 쥐고 두 눈을 쓱쓱 비비기 시작했다. 불현듯 준우가 가인의 손을 붙잡았다.

"하지 마. 나쁜 습관이야. 고쳐."

가인은 눈을 말똥히 뜨고 준우를 쳐다보았다. 무슨 고민이라도 있는지 표정이 심상치가 않았다.

"너한테 꼭 해야 할 말이 있어서 기다리던 중이었어."

"내가 언제 올 줄 알고 무작정 기다려. 전화를 하지."

"전화로 할 얘기가 아니니까."

준우는 심각한 눈으로 가인을 막연하게 쳐다보더니, 허공을 향해 깊은 한숨을 끌어냈다.

"영장 나왔어. 다음 달에 군대 간다."

갑작스런 말에 가인은 머릿속이 멍해졌다. 군대 간다는 사람한테 무슨 말을 해 줘야 할지 몰라 잠시 고민에 잠겨 있는데, 준우가 가볍게 어깨를 건드렸다.

"그런 표정 할 거 없어. 그 말하러 왔다."

"그래, 잘 다녀와."

너무나 간결한 그녀의 대답에 이번엔 준우가 멍한 표정이 되어 눈을 끔벅거렸다. 큰 기대는 하지 않았지만, 당연히 섭섭하다는 말쯤은 해 줄 줄 알았다. 어쩌면 눈물 정도는 보여 주지 않을까 하는 기대를 품고 있었던 것도 사실이다. 그랬기에 실망도 더 컸다.

"그게 다냐?"

아무렇지도 않게 잘 다녀오란 말만 하는 둔한 그녀. 설마 했는데 정말로 그의 마음을 모르고 있다. 그동안 은연중에 마음을 보여 줬다고 생각했는데, 그런 쪽으론 아무리 둔하더라도 조금은 눈치 챘을 거라 여겼던 준우의 기대는 단박에 무너졌다.

조급함을 넘어 이젠 갈증이 났다. 준우는 가인의 어깨를 두 손으로 힘주어 잡고는 진지하게 눈을 맞췄다.

"솔직히 말해 줘, 인아. 넌 나를 어떻게 생각하니? 단지 그냥 아는 오빠로만 생각하는 거야?"

생각지도 못한 말에 가인의 눈에 비로소 긴장이 서렸다. 그의 말을 곰곰이 되짚는 눈동자에 난감해하는 기색이 비치자 준우가 성마르게 재촉했다.

"날 어떻게 생각하는지 묻잖아."

"갑자기 왜 이래?"

"갑자기가 아니야. 오래전부터 널 마음에 담았어. 그런 날 알면서 일부러 모른 척한 거였어? 아니면 정말 몰랐니?"

가인은 할 말을 찾지 못해 입술을 달싹였다.

정말 오늘 왜 이러는지 모르겠다. 미리 말을 맞춰 놓은 것처럼 만난 남자마다 급작스런 고백을 하는 통에 머릿속이 뒤죽박죽이었다. 가뜩이나 민경빈이란 사람 때문에 복잡한 머릿속을 준우가 또 한 번 헤집어 놓았다.

"인아, 나 좀 봐. 정말 내 마음 몰랐니? 군대 가 있는 동안 너한테 다른 사람이 생길까 봐 불안해 미치겠어."

정말 몰랐다. 그는 언제나 친절한 이웃집 오빠. 그 이상도 이하도 아니었다. 말은 한 번 뱉으면 주워 담을 수도 없는데, 그가 갑자기 정색하고 감정을 내보이자 가인은 부담스러운 얼굴로 뒷걸음질을 쳤다.

"좀 당황스럽다."
"알아."
"미안한데, 좀 피곤해서. 먼저 들어갈게. 미안."
"윤가인."
다가오려는 준우를 피해 가인은 얼른 대문을 열고 안으로 들어가 버렸다.

손가락 끝에서 한 번 빙그르르 돌던 농구공이 발치로 툭 떨어졌다. 침대에 걸터앉아 있던 경빈은 허리를 숙여 농구공을 주워 들었다. 그리고 바닥에 몇 번 공을 통통 튕겨 보다가 그대로 공을 잡고 침대에 벌렁 드러누웠다.

며칠 전 수업이 끝난 후 과 친구들과 모여 가볍게 농구 시합을 하던 중 그녀를 보았었다. 햇볕에 얼굴이 발갛게 익어선 나무 그늘을 찾아들던 그녀에게 시선을 빼앗겨 자신에게 패스되어 오던 공을 보지 못한 게 실수였다. 그가 잡지 못한 공은 농구대에서 멀지 않은 곳에 서 있던 그녀를 향해 날아갔고, 뒤늦게 공의 행로를 알아채고 소리쳤을 때는 이미 늦었다.

놀라서 달려갔을 땐 그녀는 이미 공에 맞은 후였다. '자신이 하필 공이 날아오는 방향에 서 있었던 탓이다.'라고 말하며 방긋 웃는 그녀의 이마를 향해 저절로 손이 나갔지만, 그녀가 놀라서 눈을 질끈 감는 것을 보자 무작정 손부터 뻗은 자신의 경솔함을 탓했었다.

처음 그녀를 본 것은 복학하고 얼마 지나지 않은 학기 초, 중간고사를 앞둔 어느 날 도서관에서였다. 칸막이가 있는 책상은 부지런한 학생들이 벌써 다 차지해 버렸기에 열람실에 앉아 공부하고 있는데, 뜬금없이 옆자리에 앉아 공부하던 여학생이 그가 마시려고 뽑아 놓은 커피를 가져가서 태연하게 마시는 것이었다. 그 모습에 자신도 모르게 웃음이 나왔다. 그 뜨거운 커피를 한 번에 들이켜는 것을 보고 저러다 입천장 다 데일 텐데 걱정까지 들었다.

슬그머니 밖으로 나와 자판기에서 이온음료를 하나 뽑아서 자리로 돌아와 캔을 따서 그녀 쪽으로 밀어 놓았다. 한창 공부에 열중하던 그녀가 또 태연히 그가 뽑아 놓은 음료를 마시는 것이다. 난데없는 음료의 출현에 대해 전혀 의구심도 품지 않은 채.

그때부터 경빈은 도서관에서 그녀를 보면 일부러 그녀의 옆자리를 찾아 앉게 되었다. 물론 그녀의 옆자리가 비어 있을 때에만 가능했지만. 비가 오는 날에는 따뜻한 커피를, 햇살이 좋은 날에는 차가운 이온음료를 책상에 올려 두면 무심코 손을 뻗어 그것을 마시는 그녀. 그가 뽑아 준 커피를 몇 잔이나 마시고도 정작 그의 존재를 모르는 그녀가 처음엔 그저 신기하기만 했었는데…….

"후."

경빈은 누운 상태에서 농구공을 천장을 향해 던졌다가 받았다.

'왜 저한테 함부로 하세요?'

경빈은 몸을 벌떡 일으켰다. 낮에 차 안에서 그녀가 했던 말이 내내 귓전을 맴돌았다.

'전 그럴 마음이 없어요.'

정말 너랑 같이 있고 싶어서 그랬는데. 경빈은 들고 있던 농구공을 바닥에 떨어뜨리고 두 손으로 머리를 감싸 쥐었다.

도서관에서는 늘 옆모습만 보았다. 어쩌다 도서관이 아닌 곳에서 마주치면 항상 친구와 함께여서 선뜻 다가가 말 붙이기가 어려웠고. 그러다 오늘 우연한 기회가 와서, 오늘이 아니면 다시 그녀에게 말 붙일 수 없을 것 같아서 적극적으로 행동한 거였는데, 그녀는 그것이 부담스러웠나 보다. 홀로 바라보던 옆모습이 아니라 그녀와 마주 앉아 있다는 사실이 꿈만 같아서. 조금이라도 더 같이 있고 싶은 욕심이 화를 부르고 말았다. 결국 그녀를 울려 버리고 말았으니.

"한심하다, 민경빈."

하아. 절로 한숨이 나왔다.

2.
초련(初戀)

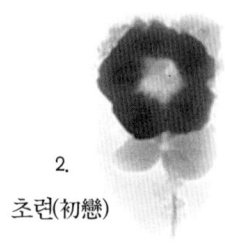

"가인, 요즘 다이어트 해?"

턱을 괴고 앉아 창밖을 내다보고 있는데 희한한 것을 본 듯 여람이 고개를 이리저리 돌려가며 가인을 관찰했다.

"얼굴이 좀 홀쭉해졌어."

여름을 타는 데다 지난 며칠 남자 때문에 생각이란 것을 좀 했더니 얼굴에 살이 좀 내리긴 했다. 여람이 알면 놀라서 펄쩍 뛸 전대미문의 사건일 테지만, 살다 보니 윤가인이 남자 때문에 고민도 다하고 마냥 헛산 것만은 아니란 생각에 피식 웃음이 나왔다.

"근데 잠도 안 자면서 살을 빼는 것이냐?"

단지 얼굴만 핼쑥해진 것이 아니라 눈이 퀭한 것을 보고 여람이 혀를 찼다. 수면 부족이 가져다준 다크서클을 유심히 보던 여람이 갑자기 가인의 등짝을 냅다 후려쳤다.

"아야! 아파, 여람!"

"너, 미쳤냐? 잠을 안 자면서까지 살을 빼? 가만 보면 마른 것들이 더 유난을 떨어요."

손도 매운 애가 어찌나 몰인정하게 내려쳤는지 등이 화끈거렸다. 날이 더워 얇아진 블라우스에 가려진 등에 보나 마나 시뻘건 손자국이 남았을 것이다.

"청승 그만 떨고 밥이나 먹으러 가자. 기말시험이 코앞이라 공부할 체력도 부족한 판에 다이어트는 무슨."

"오, 여람, 네 입에서 공부 얘기가 다 나오다니. 이래서 세상은 오래 살고 볼 일이야."

가인이 킥킥거리자 아직도 자랑할 매운 손맛이 남았는지 여람이 사정없이 귀를 잡아당겼다.

"어쭈, 말 다했어?"

"아얏! 내 귀…… 아아, 좀 살살 잡아당겨!"

"닥치고, 카레라면이나 먹으러 가자."

"나 카레 싫은데!"

여람의 손에 질질 끌려가며 가인이 소리쳤다.

경빈은 친구와 실랑이를 벌이며 강의실을 나오는 가인을 보고는 빙긋 미소를 지었다. 그날 그렇게 보내고 난 뒤, 그녀에 대한 걱정으로 얼마나 피 말리는 시간을 보냈는지 모른다. 걱정과는 달리 밝게 웃으며 친구와 장난을 치고 있는 가인을 보자 경빈은 안도와 함께 체증처럼 가슴에 얹혀 있던 불안감이 일시에 사라지는 걸 느꼈다.

가인이 웃고 있었다. 초여름 햇살처럼 눈부신 그녀의 웃음을 바라보는 경빈의 눈동자가 따스하게 풀렸다. 그러나 그 웃음도 잠시, 강의실 벽에 기대어 서 있는 그를 발견한 그녀의 얼굴에서 돌연 미소가 사라졌다. 그리고 경빈의 표정도 굳어졌다.
"얘기 좀 할까?"
예기치 못한 남자의 등장으로 어리둥절하던 여람의 두 눈에 궁금증이 희열처럼 떠올랐다. 가인은 한동안 여람의 닦달에 시달릴 생각에 짐짓 미간을 찌푸렸다.
"전 할 말 없는데요."
"잠깐이면 돼. 미안하지만, 가인이 내가 좀 데려갈게."
경빈은 가인의 손을 덥석 잡으며 여람에게 양해를 구했다. 하나뿐인 친구가 외간 남자에게 손목이 잡혀 끌려갈 판인데도 여람은 그의 잘생긴 얼굴에 넋이 나가 홀린 듯 고개를 끄덕였다.

"왜 이러세요?"
가인이 잡힌 손을 빼려 안간힘을 썼다. 경빈은 미안한 마음을 누르고, 타지 않으려 버티는 그녀를 반강제적으로 차에 태우고 학교를 벗어났다.
한참 운전에 열중하던 경빈은 차에 탄 순간부터 지나치게 조용한 가인을 불안한 눈으로 쳐다보았다. 다행히 그녀는 차창 밖으로 펼쳐진 신록을 감상하느라 정신이 없었다. 슬쩍 살펴본 표정이 기분이 나쁜 것 같지 않아 보여서 경빈은 몰래 안도의 숨을 내쉬었다.
경빈은 학교에서 한참을 벗어난 한산한 길가에 차를 세웠다. 그리고는 한참을 말없이 앉아 있다가 천천히 입을 열었다.
"내가 너한테 그렇게 많이 잘못한 거니?"
그날도 그랬지만 지금 생각해도 그가 특별히 잘못한 건 없었다. 조금 일방적이긴 했지만, 불쾌하진 않았으니까. 오히려 가인은 혼란스러운 자신의 감정을 주체 못 해 그를 차갑게 대한 것에 미안함을 느꼈다.

"생각해 보니 네가 불쾌한 건 당연해. 나에 대해서 아무것도 모르는 너한테 내 맘대로 행동한 거잖아. 사실 나도 너에 대해 아는 게 없긴 마찬가진데. 그날은 왜 그랬는지 모르겠다. 그냥 널 본 순간부터 잡고 싶었어. 네가 불쾌할 거란 생각은 못 하고, 무작정 잡고 싶단 생각뿐이었어."

"잠깐만요."

가인은 장황하게 이어지려는 그의 말을 끊고는 심각한 얼굴로 입을 다물었다가, 신중하게 말을 골랐다.

"생각 좀 할게요."

"……."

"선배님이 하시는 말, 무슨 뜻인지 알겠어요."

가인은 잠시 호흡을 가다듬고는 다시 입을 열었다.

"시간이 좀 필요할 것 같아요. 생각할 시간이."

아주 잠시 경직되어 있던 경빈의 입가에 차츰 미소가 번지기 시작했다. 솔직히 단번에 거절당할 거라 여겼다. 퇴짜를 맞더라도 마지막으로 제대로 된 고백이라도 해야 후회가 없을 것 같았다. 그런데 뜻밖에도 그녀의 반응이 나쁘지 않았다. 아니, 나쁘지 않은 정도가 아니라 기대 이상이었다. 고민 가득한 얼굴로 생각할 시간을 달라는 건 긍정에 가까웠다. 자신이 정말로 싫었다면 재고 자시고 할 것 없이 단번에 거절했을 테니까.

"무슨 뜻인지 알고 하는 말이니?"

긴장된 어조로 묻는 그를 가인은 생각이 많은 얼굴로 쳐다보더니 고개를 끄덕였다. 그러자 경빈이 잠시 멈췄던 숨을 내쉬며 시동을 걸었다.

"좀 수척해진 것 같다. 혹시 나 때문에 고민했어?"

돌리지도 않고 직설적으로 물어보는 통에 가인은 슬며시 고개를 숙였다. 그쪽 때문에 며칠 고민한 건 사실이지만, 그렇다고 솔직히 대답할 순 없었다.

"오늘은 집까지 바래다주고 싶은데, 괜찮을까?"

물어봐야 돌아오는 대답도 없는데 계속해서 살뜰히 물어보는 정성이 갸륵했다. 잠시 긴장된 침묵이 흐른 후, 한참만에야 굳게 닫혀 있던 가인의 입이 열렸다.

"흑석동이에요."

경빈의 입가에 슬쩍 웃음이 걸렸다.

창문 너머에는 주홍빛 노을이 마지막 잔해를 떨치고 물러간다. 그 자리를 메우려 검보라빛 석음이 밀려들자 서서히 명암이 뒤섞였다. 그리고 얼마지 않아 주객이 바뀌듯 해의 기운은 완전히 소멸하고 어둠이 잠식했다.

밤이 내리자 열람실의 형광등이 더욱 형형한 빛을 발했다. 열람실에 든 자리보다 난 자리가 더 많아지면, 도서관 특유의 적요한 긴장감도 흐트러지기 마련이었다. 하나둘 학생이 빠져나간 빈자리가 피부로 느껴질 즈음, 가인은 책에서 시선을 거두고 창밖을 보았다. 낮 동안엔 빽빽하던 자리가 이 빠진 노인의 구강처럼 듬성듬성해지자, 초여름인데도 제법 싸늘하다 싶은 한기가 돌았다.

경빈에게 생각할 시간을 달라고 한 지도 벌써 여러 날이 지났다. 그녀의 생각이 정리될 때까지 귀찮게 하지 않을 작정인지 그날 이후로 가인은 학교에서 그를 한 번도 보지를 못했다. 학과 건물이

다르니 굳이 찾아 나서지 않는 한, 같은 학교 내에 있어도 만나지 못하는 것은 당연했지만, 마치 땅으로 꺼져 버리기라도 한 듯 민경빈이란 사람은 그림자도 보이지 않았다. 과연 그런 사람이 있었나 싶을 정도로 그는 완벽하게 자신을 숨겼다.

그런 와중에도 가인은 누군가 자신을 지켜보는 듯한 시선을 종종 받았다. 그러나 단지 그뿐, 집요하게 살갗에 와 닿는 시선을 느끼고 주위를 둘러보면 아무것도 없었다. 어쩌면 무의식중에 그를 의식하고 있었나 보다. 그러니 그런 허상을 만들어 낸 건지도.

오랜 시간 책을 보았던 탓에 두 눈이 뻑뻑했다. 한 자세로만 앉아 있었더니 몸도 뻐근했다. 가인은 잠시 머리를 식힐 겸 복도로 나와 자판기에서 커피를 한 잔 뽑아 자리에 올려놓고는, 화장실에 가서 세수를 하고 돌아왔다.

그런데 뭔가 이상했다. 자리에 앉으려던 그녀는 물끄러미 종이컵을 바라보았다.

바뀌었다. 분명히 커피를 뽑았는데, 종이컵 안에 담긴 것은 율무차로 바뀌어 있었다.

가인은 주위를 휘휘 둘러보았다. 자신이 자리한 테이블에는 두 칸 떨어진 곳에 책에 머리를 박고 잠든 남학생밖에 없었다. 이상한 생각이 들었지만, 실수로 잘못 뽑았거니 여기고 다시 자리에 앉아 전공서를 들여다보았다. 모든 상념을 잊고 공부에만 전념하려고 했다. 공부라도 해야지만 머릿속에 똬리를 틀고 앉은 고민을 잠시라도 떨칠 수 있을 테니까. 그러나 얼마 지나지 않아 생각이 다른 곳을 헤매고 있다는 것을 깨달았다. 볼펜을 쥔 손이 무의식적으로 책에 반복적으로 줄을 긋고 있었다.

'내가 왜 이러지?'

가인은 정신을 차리려 고개를 세차게 흔들었다. 그것만으로는 부족해 손바닥으로 사정없이 양쪽 뺨을 때렸다.

그때, 옆자리에 몇 권의 두꺼운 마케팅전공서적이 놓이고 키 큰 그림자 하나가 그녀의 뒤로 가만히 다가섰다. 크고 따뜻한 손이 조심스레 그녀의 양손을 잡아 주었다.

가인은 모든 동작을 멈추었다. 손의 온기를 느낀 순간, 심장이 고공 낙하하듯 떨어졌다.

가인은 놀란 눈으로 고개를 돌렸다. 그곳엔 따뜻한 눈으로 그녀를 바라보고 있는 '그'가 있었다. 민경빈. 지난 며칠 동안 그림자조차 볼 수 없었던 그 남자. 가인은 그의 얼굴을 차마 마주 보지 못하고 눈을 감아 버렸다.

심장이, 자신의 심장이 비정상적으로 뛰었다. 그리고 아주 짧은 순간, 깃털처럼 가벼운 온기가 입술을 스쳐 갔다. 찰나에 스쳐 간 짧은 입맞춤이었다. 가인에겐 이성과의 생애 첫 입맞춤이었지만, 그것은 입맞춤이란 의미를 부여하지도 못할 만큼 찰나였다.

부지불식간에 온기는 사라지고, 청결한 페퍼민트의 잔향만이 남았다. 훈풍에 실려 온 듯 아늑하지만 심장이 저릿한 통증. 단지 스쳤을 뿐인데, 페퍼민트 향이 남긴 여운은 심장을 잠식시킬 만큼 강한데, 찰나의 온기는 사라지고 없었다.

아주 잠시 짧은 꿈을 꾼 것만 같다.

터벅터벅 걷는 발걸음이 물먹은 솜마냥 무거웠다. 가슴은 뜨겁고 심장은 쉼 없는 달음박질 중이었다. 반쯤은 빈사 상태로 걸어가고 있는데, 누군가의 손이 그녀의 어깨를 붙잡아 세웠다. 고개를 돌리자 준우가 서 있었다.

"무슨 생각 하느라 불렀는데도 못 들어?"

부쩍 가까운 거리가 부담스러워 가인은 얼른 뒷걸음질로 준우와의 거리를 넓혔다. 섣부른 고백이 부담스러웠던 탓인지, 그녀의 눈빛에 전과 달리 낯선 경계심이 들어찼다.

"어디서부터 따라온 거야?"

부러 거리를 두려는 가인의 모습에 준우는 씁쓸히 웃었다.

"할 얘기 있어. 어디 좀 가서 앉자."

두 사람은 근처 공원 벤치에 가서 앉았다. 내일은 비가 오려는지 바람에 습기가 묻어났다.

"생각해 봤어?"

나직한 물음에 가인이 복잡한 표정으로 준우를 바라보았다. 준우는 크게 숨을 들이마셨다가 내쉬었다. 숨소리에 긴장과 기대감이 함께 묻어났다. 이미 화살은 시위를 벗어났고, 어정쩡한 사이로 남는 건 준우보다 가인이 더 견디기 힘들어할 테니, 어떤 식으로든 결론을 낼 것이다. 그녀의 표정을 보니 고민의 흔적이 보였다.

'그래. 나의 인이는 착한 아이니까.'

지난번 고백은 너무 갑작스러웠던 터라 가인이 당황했을 테지만, 지금은 아니다. 다소 부담은 되더라도 당연히 자신의 마음을 이해해 주고 받아 줄 거라 준우는 믿어 의심치 않았다.

그러나 그것은 순전히 준우의 생각일 뿐, 가인은 달랐다. 그녀는 준우가 철석같이 믿고 있는 착각의 범주에서 이미 한참을 벗어나 있었다. 그래서 마음이 무거웠다. 되도록이면 그가 덜 상처받도록 신중하게 말을 골랐다.

"오빤 좋은 사람이야."

좋은 사람? 첫 운을 떼는 그녀의 말과 표정이 심상치가 않다. 그러나 준우는 슬그머니 치고 올라오는 불안감을 내리눌렀다. 아직은 무엇도 확정 지을 단계가 아니니까.

"어쩔 땐 가족 같기도 하고, 친구 같기도 했어."

그렇게 단단히 먹은 마음을 배반하듯 첫 마디에 이은 그녀의 직격탄에 준우는 그만 눈을 감아 버렸다.

좋은 사람? 가족? 친구? 그 말은 곧 그녀에게 자신은 남자가 될 수 없다는 것인가? 준우의 입술이 차게 비틀리며 메마른 웃음이 나왔다.

아직 포기할 단계는 아니다. 그러나 시간이 없었다. 하루하루 입대 날짜는 다가오고, 그녀의 마음을 묶어 둘 시간은 촉박했다. 왜 진작 고백하지 않았을까. 왜 좀 더 빨리 그녀의 마음을 잡지 않았을까.

"널 많이 좋아해, 인아. 아주 오래전부터 그랬어."

준우는 진심을 담아 고백했다. 견고한 자신의 마음 그대로를 그녀가 봐 주길 바라며.

"미안해. 난 오빠랑 같은 마음이 될 수 없어."

이미 다른 곳을 보기 시작한 그녀의 눈에 그의 마음이 들어올 리가 없었다. 가인은 한 손을 자신의 가슴 위에 올려놓았다. 심장이 폭주하는 이유는 단 하나, 스치듯 닿았던 찰나의 첫 입맞춤. 몇 번을 물어도 준우는 아니다. 준우를 생각하면 심장이 이렇게 뛰질 않는다. 그러니 아닌 건 아니었다.

"솔직히 말할게. 요즘 들어 자주 가슴이 답답하고 심장이 두근거릴 때가 많아. 그런데 오빠가 아니라 다른 사람 때문이야."

폭탄 같은 그녀의 고백을 듣는 순간 준우는 둔중한 무언가에 머리를 세게 얻어맞은 것 같았다.

"이런 느낌 난생처음이라 나도 뭐가 뭔지 모르겠는데, 하루 종일 그 사람 생각만 나."

준우는 떨리는 목소리로 물었다.

"무슨 소리야?"

"나도 내가 너무 이상해. 책을 봐도 그 사람 얼굴만 보이고, 다른 사람하고 얘기할 때도 그 사람 목소리만 들려."

준우의 얼굴이 충격으로 일그러졌다. 더는 아무 소리도 귀에 들어오지 않았다. 가인의 얼굴이 흐릿하게 보였고, 가인의 목소리가 아득하게 들렸다. 하루 종일 다른 사람의 얼굴만 보인다는 그녀가 한순간 멀게 느껴졌다. 다른 사람의 목소리만 들린다는 그녀가 한순간 미워졌다. 다른 사람만 생각한다는 그녀가 한순간 지독히 원망스러웠다.

"미안해, 오빠. 지금 오빠한테 이런 말 하는 게 얼마나 잔인한지 아는데, 이런 상태로 오빠 마음 받아들일 순 없어."

"그러니까 네 말은, 너, 윤가인이 다른 사람을 좋아한다고?"

다시 한 번 되물었지만, 가인에게서 부정하는 말은 돌아오지 않았다. 준우는 허탈감에 허공을 향해 쓰게 웃었다.

학기 말 시험이 끝나자 본격적인 여름방학이 시작되었다.

조금 이르게 종강을 한 과는 이미 방학에 들어갔지만, 영문학과는 다른 과에 비해 종강이 늦은 편이었다. 가인은 마음이 심란한 탓인지 시험에서 벗어난 해방감도 느끼지 못하고 경영관 앞을 지나고 있었다. 보이지 않는 끈이 발목을 잡아당기는 것 같았다. 결국, 가인은 걸음을 멈추고 한동안 복잡한 눈으로 경영관을 바라보았다.

이렇게 계속 보고 있으면 어느 순간 건물 안에서 그가 불쑥 튀어나올 것 같은 망상이 들었다. 지금 그녀는 이름도 모를 몹쓸 병을 앓고 있었다. 시시때때로 심장이 내려앉고, 속절없이 흘러가는 마음을 막을 재간이 없는 불치병이다.

경영학과는 진작 방학에 들어갔는지 경영관 주변이 한산했다. 온몸에 맥이 탁 풀렸다. 가인은 경영관 건물 계단에 힘없이 앉아 멍하니 자신의 발끝을 내려다보았다.

도서관 열람실에서 말 한 마디 나누지 못하고 헤어진 후로는 그걸로 끝이다. 어디로 증발했는지 이 학교 안에서는 민경빈이란 남자의 머리카락 하나도 찾을 수가 없다고 생각하던 그때였다.

"오랜만이네? 여기서 뭐 해?"

시무룩한 얼굴로 앉아 있는 가인의 머리 위에서 환청처럼 목소리가 들려왔다.

가인은 천천히 고개를 들어 올렸다. 그 순간 정면에서 내리쬐는 강한 햇살 탓에 눈이 부셨지만, 알아볼 수 있었다. 그동안 하늘로 솟았는지 땅으로 꺼졌는지 흔적도 찾을 수 없었던 그가 햇살을 등지고 서서 그녀를 내려다보고 있었다.

경빈은 빙그레 웃으며 얼떨떨한 얼굴로 자신을 올려다보는 가인의 옆에 자리를 잡고 앉았다.

"혹시 나 기다린 거야?"

그를 보는 순간 그동안 머릿속에 엉켜 있던 고민이 거짓말처럼 싹 사라졌다. 그의 눈에 자신이 얼마나 멍청해 보일지 생각도 못

하고 가인은 기계처럼 고개를 끄덕였다. 그러자 그가 또 소리 없이 입술로만 웃었다.

"물어볼 게 있는데요."

경빈이 부드러운 눈으로 쳐다보며 고개를 끄덕였다.

"그때, 도서관에서요."

가인이 말하다 말고 침을 꼴깍 삼켰다. 그의 눈매가 살짝 올라갔다. 유연한 곡선을 그리며 올라가는 다정한 눈매에 가인은 가슴이 먹먹해졌다.

"그러니까, 도서관에서……."

결국 제대로 말을 맺지 못하고 시선을 피해 버렸다. 그가 고개를 비스듬히 기울여 왔다. 그녀의 뺨으로 깨끗한 숨결이 닿았다.

"사실은 잘 모르겠어요. 꿈을 꾼 것 같기도 하고……."

경빈이 부드럽게 웃으며 말했다.

"좀 마른 것 같다."

"……."

"공부 열심히 하던데. 너무 무리한 거 아냐?"

가인의 눈이 다시 그를 찾았다. 그가 웃고 있었다. 저 미소에 취하면 깨어나지 못할까 봐 두렵다. 그가 묻는다.

"꿈인 것 같아?"

가인은 시선을 돌렸다. 심장이 따끔거렸다. 꿈이 아니란다. 그날, 찰나에 스쳤던 입맞춤도, 깨끗한 페퍼민트 향기도 모두 꿈이 아니란다.

"생각해 봤어요."

모처럼 먹은 결심이 달아나기 전, 용기를 끌어모았다.

"그런데 괜히 했어요. 이럴 줄 알았으면 하지 말걸. 머릿속만 복잡해져선······."

가인이 끝맺지 못한 말에 그의 얼굴에 일순간 절망이 스쳐 갔다.

"그래, 마음은 강요해서 얻을 수 없는 거지."

그의 목소리가 잔잔한 호수처럼 고요했다. 가인은 말없이 그를 보았다.

"괜찮아. 부담 갖지 마."

눈동자는 분명히 동요하는데도 이 남자 애써 미소 짓는다. 그런데 가인은 미소를 지을 수가 없었다.

"난 괜찮으니까 마음 쓰지 마. 어차피 나 혼자 좋아한 거니까, 넌 부담 가질 필요 없어."

"그런 뜻으로 한 말이 아니에요."

이제 그의 얼굴에서 미소가 사라졌다. 대신 가인의 얼굴에 미소가 떠올랐다.

"생각해서 결정하는 게 아니라 내 마음이 흘러가는 대로 따르겠단 말이었어요."

"······."

"이게 내 대답이에요."

"······."

가만히 그녀를 쳐다보고 있던 그가 한참이 지나서야 속삭이다시피 말했다.

"안아 봐도 돼?"

"······."

경빈은 조심스레 그녀의 몸을 감싸 안았다. 품에도 차지 않는 가는 몸이 선선히 안겨 왔다. 심장이 터질 듯 부풀어 올랐다.

이렇게 너의 마음이 내게로 흘러오는 것이라 믿어도 될까. 이 느낌이었구나. 너의 냄새. 너의 숨결. 너의 체온. 그리고 너의 심장 소리…….

그녀를 안고서 경빈은 잠시 하늘로 시선을 돌렸다. 충만함으로 가득한 유월의 하늘이 눈부시게 파랗다.

※

아침부터 더운 바람이 창문을 타고 넘실거렸다.

단조로운 이층집의 담을 타고 오른 초록빛 담쟁이덩굴이 오늘은 얼마만큼 올라왔는지 확인하기 위해 창밖으로 고개를 내밀던 가인은 대문 앞에 서 있는 남자를 보자 눈이 커졌다. 그 순간 가인은 다른 생각할 겨를도 없이 방문을 열고 뛰쳐나갔다.

"선배!"

대문을 열고 뛰어나오는 가인을 보며 경빈은 옅은 웃음을 지었다.

"벌써 일어났어?"

"그러는 선배는 이 시간에 웬일이세요?"

"그냥 일찍 눈이 떠져서."

경빈은 멋쩍게 웃었다. 가인이 보고 싶은 마음에 무작정 차를 몰다 보니 어느새 그녀의 집 앞이었다. 잠시 이대로 머물다 돌아가는 것도 괜찮을 거라 생각했는데, 운 좋게도 얼굴까지 보았으니 이보다 더 좋은 행운은 없을 것 같았다.

막 잠에서 깨어난 그녀의 민얼굴이 맑다. 대충 올려 묶은 포니테일 사이로 머리카락 몇 올이 빠져나온 것도 예뻤고, 깨끗한 맨발에 슬리퍼만 신고 있는 모습도 사랑스러웠다. 그의 손이 그녀의 뺨을 스쳐 빠져나온 머리카락에 가서 닿았다. 그제야 이제 막 일어난 제 모습을 인지했는지 가인은 민망하게 얼굴을 쓸어내렸다.

"나 세수 안 했는데……."

경빈은 손바닥으로 마른세수를 하는 가인을 가만히 끌어당겨 안았다가 금방 놓아주었다. 짧은 포옹에 가인이 어리둥절한 눈으로 그를 보았다.

"갈게."

"왜, 왜요?"

"얼굴 봤으니까 가야지."

경빈이 그대로 돌아서자 가인은 어물쩍 그의 뒤를 따랐다. 바로 뒤에서 어정쩡하게 슬리퍼를 끄는 소리가 들리자 경빈은 걸음을 멈추고 다시 돌아섰다.

"그러고 따라올 거야?"

"……네?"

그가 비스듬히 몸을 숙여 그녀의 귓가에 속삭였다.

"전화할게."

가인이 고개를 끄덕였다. 경빈은 그런 그녀의 어깨를 지그시 잡았다가 놓으며 곧장 차로 돌아갔다. 곧 시동이 걸리고 떠나는 그의 차를 오래도록 바라보고 서 있는데 등 뒤에서 감정을 꾹 억누른 듯한 음성이 들려왔다.

"저 사람이니?"

고개를 돌리자 준우가 더없이 차가운 표정으로 가인을 쳐다보고 있었다.

입대 날짜가 하루 앞으로 다가왔다. 무조건 가인을 만나야겠단 생각에 준우는 이른 시각부터 그녀의 집을 찾았다. 그런데 자신보다 먼저 그녀를 찾아온 남자가 있었다. 그녀의 집 앞에서 그 남자를 본 순간 준우는 직감적으로 알아차렸다. 수컷만이 가진 본능적 불길한 예감이 서늘하게 등골을 훑었다. 저 남자다! 저자가 바로 가인의 마음을 흔들어 놓은 그 자식이다.

준우의 눈에 순식간에 질투의 불꽃이 튀었다. 저 자식 때문에 모든 것이 엉망진창이 되었다. 분한 마음을 삭이지도 못하였건만, 하필이면 그때 가인이 나왔다. 맨발에 분명히 잠옷을 대신했을 헐렁한 티셔츠에 반바지 차림으로 대문을 열고 뛰어나오는 그녀를 보고야 말았다.

나란히 마주 선 두 사람을 보고 있으려니 질투로 미쳐 버릴 것 같았다. 그 자식의 손이 감히 가인의 몸에 닿았을 때, 자신은 한 번도 만져 본 적 없는 그녀의 몸을 그 자식은 마치 제 것인 양 당연하게 안았을 때, 준우의 심장은 미칠 듯이 폭주했다. 당장 저들 앞으로 뛰어들어 두 사람을 떼어 놓고 싶은 충동을 억눌러야 했다. 무력하게도 두 주먹을 움켜쥐는 것으로 분노를 삭여야만 했다.

"웬일이야?"

"웬일?"

준우의 입술이 비틀렸다.

"저 자식은 이 시간에 널 찾아오는 게 당연한 거고, 난 웬일이란 거야?"

준우의 비아냥거리는 말투에 가인의 얼굴에 당혹감이 스쳤다.

"보기 좋던데? 벌써 그렇게 가까운 사이가 된 거냐? 나 보기 좋게 거절한 지 얼마나 됐다고 벌써부터."

초련(初戀) 51

"오빠답지 않게 왜 이래?"

정색하고 되묻는 가인을 보며 준우가 차갑게 이죽거렸다.

"나다운 게 뭔데? 진작 너 잡지 못하고 바보처럼 네 주위만 맴돈 거? 아니면 두 눈 멀쩡히 뜨고 다른 남자한테 널 빼앗기는 거?"

준우의 이죽거림에 가인은 어이가 없었다. 자신을 죄인 닦달하듯 하는 것에 불쾌한 기분까지 들었다. 그러나 이런 상황에서 화가 난다고 같이 소리를 높였다간 오히려 준우의 흥분을 더 북돋게 될 것 같았다. 가인은 침착하게 준우를 달래려 애썼다.

"오빠, 우리 이러지 말자, 응?"

"그건 내가 하고 싶은 말이야! 인아, 제발. 이러지 마. 나한테 이러지 마라."

"오빠 이러는 거 정말 싫어. 왜 이렇게 됐니?"

가인의 말에 상처를 받았는지 준우의 얼굴이 처참하게 일그러졌다.

정말 왜 이렇게 됐을까? 그녀의 마음을 얻기는 고사하고 안 좋은 인상만 남기고 떠나야 한다는 사실이 절망스러웠다. 이렇게는 안 된다. 이렇게, 이런 식으로 헤어져선 안 되는 것이다. 준우는 절박하게 애원했다.

"소리 질러서 미안해, 인아. 나 내일 간다. 하나만 부탁하자. 네 마음 그리 쉽게 단정 짓지 마라. 내게도…… 기회를 줘야 하지 않겠니? 널 믿어. 그러니 기다려 줘, 인아."

말은 그렇게 했지만 준우는 심한 회의감에 빠졌다. 대체 뭘 믿는단 말인가? 사람이 사람 마음을 구속할 수 있다고 믿는가? 자신의 마음조차 마음대로 잘라 내지 못하는 마당에, 누구의 마음을 믿을까? 게다가 그녀의 마음은 이미 다른 곳을 보기 시작했는데, 그런 그녀의 마음에 억지로 들어가려 발버둥치는 자신의 이기적인 마음을 믿을까?

다가오는 헤드라이트 불빛에 눈이 부신지 연희가 눈을 찌푸리고 서 있었다. 경빈은 그런 연희를 보며 시동을 끄고 차에서 내렸다. 불편한 얼굴로 마주서자 잠시 머뭇거리던 연희가 먼저 입을 열었다.

"내가 찾아와서 기분 나쁘니?"

"아냐. 그런데 무슨 일로?"

말은 그렇게 하면서도 떨떠름한 표정을 감추지 못하는 경빈을 보며 연희는 쓴웃음을 삼켰다.

"경빈 씨 표정은 아니라고 말하고 있는데?"

"늦었어. 할 말 있으면 얼른 하고 가."

연희의 얼굴이 딱딱하게 굳어졌다.

"우리 마주 선 지 1분도 안 됐어. 이젠 나 쳐다보는 것도 싫어?"

"그런 거 아니야."

"말로는 아니라면서 지금 경빈 씨 표정은 그렇게 말하고 있잖아. 도대체 우리가 왜 이렇게 됐니?"

속상한 마음을 드러내며 연희는 한 손으로 이마를 짚었다. 이런 식으로 짜증을 내려던 건 아니었다. 그를 기다리는 동안 연희는 어떻게 하면 그와의 사이에 생긴 균열을 메울까를 고민했었다. 이런 식으로 감정 소모를 하려던 게 아니었다. 잠시 격앙된 감정을 추스르려 호흡을 조절하고 있는데, 그녀의 의중은 안중에도 없는 듯 그가 무심하게 말했다.

"이렇게 만든 건 내가 아니라 너야."

"경빈 씨!"

"서로 가지고 있는 감정이 다르잖아. 예전 같지 않은 건 당연한 거다."

경빈은 연희를 보며 감정이 실리지 않은 낮은 목소리로 단호하게 말했다.

냉정하진 않지만, 그렇다고 다정하지도 않은 무심한 태도와 억양 없는 말투가 그 어떤 독설보다도 잔인하게 연희의 가슴을 후벼 팠다.

"경빈 씨, 나 봐."

자존심 강한 연희의 눈에 눈물이 맺히고 말았다.

"왜 이렇게 날 속상하게 하니? 경빈 씨가 조금만 날 이해해 주면 안 돼? 내가 널 어떻게 생각하는지, 어떤 마음으로 바라보는지 알잖아."

도도하고 오만한 한연희가 목숨 같은 자존심을 내팽개쳐 가며 눈물을 글썽이자, 경빈의 미간에 미세한 균열이 일었다. 어찌 되었든 연희는 그와 오랜 인연으로 얽혀 있는 사이, 이렇듯 남보다 못한 사람처럼 무시해선 안 되었다. 경빈은 무겁게 한숨을 내쉬었다.

"그래서 그래. 네 마음 아니까 그러는 거다. 나 때문에 힘들어하지 말라고. 나 때문에 네 마음 다치지 말란 말이야."

연희는 다소 누그러진 그의 말투에 용기를 얻었는지 절박한 심정으로 경빈의 손을 붙잡았다.

"그러니까 경빈 씨. 나 힘든 거, 내 마음 다치는 거 경빈 씨도 바라지 않잖아. 날 위해 조금 더 노력해 줄 순 없어?"

경빈이 잡힌 손을 빼내려 하자, 연희는 더 절박하게 눈물을 흘리며 그의 손을 놓치지 않기 위해 필사적으로 매달렸다.

"경빈 씨, 우리 조금만 더 노력하자."

"감정을 노력으로 바꿀 순 없어. 노력해서 될 일이 아니야."

연희의 손에서 순간적으로 힘이 빠져나갔다. 그 틈에 경빈은 잡힌 손을 빼냈다.

"그 말은…… 난, 도저히 안 된다는 거니?"

"지금 네 모습, 부담스럽다."

연희는 무너지는 마음을 단단히 붙잡으며 그를 똑바로 쳐다보았다.

"그래, 나도 내가 지금 얼마나 우스운지 알아. 잘난 척은 혼자 다하던 한연희가 남자한테 매달리는 꼴이나 보이니 얼마나 우습겠어. 나도 자존심이 상해서 죽겠어."

"그만하자."

"싫어! 더 들어! 내 말 끝까지 들으라고, 이 나쁜 놈아!"

연희는 주먹을 쥐고서 사정없이 경빈의 가슴을 때렸다. 경빈은 난감한 얼굴로 몇 번은 참고 받아 주었지만, 연희가 도무지 멈추려 하지 않자 더는 안 되겠는지 그녀의 팔을 붙잡았다. 정말이지 사람 피곤하게 하는 데는 일가견이 있는 여자다.

"한연희."

팔에 느껴지는 그의 악력에 연희의 얼굴이 형편없이 일그러졌다.

"내가 왜 이러는지 너 정말 몰라? 언제부턴가 네 눈에 다른 사람이 보이잖아! 네 눈 속에 내가 아니라 다른 여자가 보이기 시작했잖아! 나더러 어떡하라고!"

연희는 아예 그 자리에 주저앉아 서럽게 울었다.

"나는 안 돼. 나는 네가 아니면 안 된단 말이야. 널 잃을 순 없어. 너만 바라본 세월이 얼만데. 내 마음 몰라주는 널 가슴 졸이며 바라본 세월이 얼만데, 이제 와서 다른 사람한테 빼앗기라고? 난 그럴 수 없어!"

누구에게도 애원하거나 매달려 본 적이 없는 연희였다. 자존심 강한 그녀가 다른 여자나 쳐다보는 남자의 마음을 잡겠다고 길바닥에 주저앉아 울고 있었다. 그럼에도 경빈은 연희를 위로하지 못했다. 섣부른 위로는 연희에게 또다시 구실을 주는 계기가 될 뿐이었다.

"나도 안 된다, 한연희."

연희는 눈물로 범벅이 된 얼굴을 들었다. 경빈은 연희를 외면하며 허공에 대고 나직이 말했다.

"나도 그녀가 아니면 안 돼."

"경빈 씨……."

연희는 천천히 몸을 일으켜 경빈을 붙잡았다. 두 손으로 그의 얼굴을 감싸고 마주 보게 하려는데도 그는 연희를 보지 않았다.

"네 말이 맞아. 그래, 내 눈 속엔 다른 사람이 있어. 이제야 겨우 그녀의 마음을 확인했는데, 너 때문에 놓칠 순 없어. 나도 그녀가 아니면 안 돼."

순간 연희의 입에서 헛웃음이 나왔다.

"웃긴다. 만난 지 얼마나 됐다고 네 입에서 그 여자 아니면 안 된다는 말이 나오니? 오랜 세월 너만 바라본 나는 단번에 거절한 네가!"

"이제 그만하자. 더는 널 상처 주고 싶지 않다. 난 친구가 아닌 다른 마음으로 널 볼 수가 없어."

"넌 친구였겠지만, 난 아니었어! 내가 널 포기할 것 같아? 두고 봐, 경빈 씨."

연희는 이를 악물고 돌아서 차에 올라탔다. 상처 입은 자존심만큼이나 거칠게 차를 출발시켰다.

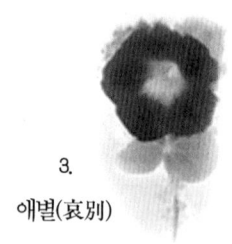

3.
애별(哀別)

계절이 바뀌었다.

얼마 전까지만 해도 더웠던 바람이 지금은 찬 공기를 실어 날랐다.

창문을 활짝 열어 놓고 청소 중이던 가인은 문득문득 날 선 예리한 것이 가슴을 찌르는 듯한 통증에 몇 번이나 걸레질하던 손을 멈추었다. 가인은 걸레를 손에서 놓고 명치 부근을 꾹 눌렀다. 불규칙적으로 뛰는 심장박동이 도무지 진정이 되질 않는다. 돌덩이가 얹힌 듯 숨 쉬는 것이 고통스러웠다.

그러던 중 그 일이 일어났다. 갑자기 화분 하나가 쩍 하고 두 동강으로 갈라져 버린 것이다. 돌멩이가 쏟아지고 아빠가 직접 산에서 캐 와 심은 풍란 하나가 힘없이 쓰러졌다. 명치끝을 주먹으로 꾹 누르고 있던 가인의 얼굴이 하얗게 질려 버렸다. 멀쩡하던 화분이 스스로 갈라지다니. 불길한 징조였다.

가인은 몸을 기다시피 해서 화분이 깨어진 곳으로 다가갔다.

"어떡하지? 아빠가 아끼는 난인데……."

울 것 같은 얼굴로 돌멩이를 헤치고 쓰러진 풍란을 조심히 들어 올리는데, 평소보다 유난히 큰 전화벨 소리가 날카롭게 파문을 일으켰다.

가인은 놀라서 전화기 쪽으로 시선을 돌렸다. 불길함이 본격적으로 날카로운 이를 드러내는 것 같아 몇 번을 망설이다 숨을 죽이고 수화기를 들었다.

"……여보세요?"

[여보세요? 송파경찰서 박상대 경장입니다. 윤한영 씨 댁입니까?]

경찰서? 경찰서에서 왜 아빠를 찾는 거지? 가인은 의아한 눈으로 수화기를 한 번 쳐다보고는 대답했다.

"무슨 일이신가요?"

[윤한영 씨하고는 관계가 어떻게 되십니까?]

"제 아버지세요. 왜 그러시죠?"

[가족분이 지금 병원으로 오셔서 시신 확인을 좀 해 주셔야겠습니다.]

"……."

[여보세요? 여보세요? 듣고 계신가요?]

"……."

텅.

손에서 수화기가 떨어졌다. 소름 끼치게 끔찍한 쇳소리가 귓속을 긁었다. 점점 더 강도가 세지는 이명이 고막을 터뜨릴 기세로 윙윙거렸다. 견딜 수 없을 만큼 고통스러운 그 소리가 듣기 싫어서

애별(哀別) 59

가인은 두 손으로 귀를 막았다. 그런데도 이명이 사라지지 않았다.
숨이 쉬어지지가 않았다.
가인은 고통스러운 가슴을 부여잡고 기어서 현관 앞까지 갔다.
그 뒤로는 아무것도 기억이 나지 않았다. 어떻게 밖으로 나왔는지, 어떻게 택시를 탔는지, 병원으로 향하는 택시 안에서 무슨 생각을 했는지, 그리고 지금 서 있는 이곳이 어딘지.
눈앞에 하얀 천이 걷어지기까지 가인의 머릿속은 완벽한 공황 상태였다.
"병원으로 옮겨졌을 땐 이미 사망한 상태였습니다."
사망? 누가?
눈앞에 드러난 아빠의 시신을 보면서도 믿지 않았다. 믿을 수가 없었다. 아빠가 왜 이런 곳에 계시는지. 이런 곳에서 왜 이런 처참한 모습으로 누워 계시는지. 모든 것이 비현실적이었다.
점점 혼미해지는 의식을 놓지 않으려 가인은 아빠가 누워 있는 침대에 두 팔을 지탱했다. 덜덜 떨리는 손으로 창백한 아빠의 얼굴을 어루만졌다. 이미 아빠의 몸은 차디차게 식어 있었지만 인정할 수 없었다. 핏발이 서도록 두 눈을 부릅뜨고 아빠의 얼굴을 보고 또 보았다.
그러나 시간이 흐르면 자연스레 현실을 직시하기 마련이다. 그리고 아빠의 죽음을 인정한 순간 기나긴 암전이 찾아왔다.

믿기지 않는 현실에 멍하니 고개를 들고 병원 천장을 올려다보고 있을 때였다.
"가인아!"
경빈이 한달음에 달려왔다. 그리고 가인의 몸이 기우뚱 넘어가는 것을 늦지 않게 붙잡았다. 가인의 눈은 분명히 그를 향하고 있었는데, 눈동자는 텅 비어 있었다. 핏발이 선연했지만, 초점은 없었다. 그녀는 자신이 무엇을 바라보는지도 모르고 그저 부르는 소리에 반사적으로 고개를 돌렸을 뿐이었다. 몸이 중심을 잃고 기울어지는 것도 느끼지 못하는 듯했다.

"청소하고 있었는데, 갑자기 화분이 갈라졌어요. 아빠가 직접 산에서 캐 온 풍란인데······."

가인이 횡설수설했다. 경빈은 가슴이 미어터질 것만 같았다. 보는 것만으로도 심장이 저렸다. 그녀가 가여워서 견딜 수가 없었다. 참지 못하고 그녀를 힘껏 끌어안았다. 그러자 힘없이 끌려온 가인이 그대로 픽 고꾸라졌다.

가인을 응급실에 옮겨 놓은 후, 경빈은 사건 담당 형사와 얘기 중이었다.

"뺑소니입니다. 현재로선 목격자도 없고."

형사가 난감한 듯 자신의 굵은 손가락으로 이마를 문질렀다. 원래가 뺑소니 사고란 게 목격자가 없고 가해자가 자수하지 않는 이상, 열에 아홉은 미해결로 남아 흐지부지 덮여 버리는 경우가 허다했다.

"한낮에 일어난 사고인데도 목격자가 없단 말입니까?"

경빈이 굳은 얼굴로 되물었다.

"사고 장소가 워낙에 외진 곳입니다. 사고가 난 지 한참이 지나서야 신고가 들어왔고, 우리가 도착했을 땐 피해자는 이미 사망한 후였습니다."

경빈은 두 손으로 얼굴을 쓸어내렸다. 응급실 침대에 죽은 듯이 누워 있는 가인을 안쓰럽게 쳐다보다 무거운 걸음으로 그녀 곁으로 다가갔다. 탈진한 가인의 여윈 팔목에 푸른 혈관이 도드라졌다. 경빈은 자칫 잘못 건드리기만 해도 터질 것 같은 가는 혈관에 꽂힌 링거 바늘을 타고 수액이 들어가는 것을 착잡한 눈으로 지켜보았다.

수액 한 팩이 다 들어갔을 즈음 가인이 눈을 떴다. 곁에서 내내 지켜보고 있던 경빈이 그녀의 손을 잡았다.

"정신이 좀 들어?"

가인이 멀뚱한 눈으로 경빈을 쳐다보았다.

"선배가 여긴 어떻게……."

정신없던 와중에 그에게 전화를 했나 보다. 하지만 가인은 자신이 직접 전화를 한 사실을 기억하지 못한 듯했다.

"전화했었잖아. 와 달라고."

"내가요?"

한동안 멍하니 그를 응시하던 가인이 고개를 외로 돌렸다. 정신을 차리자 또다시 맞부딪혀야 할 잔인한 현실을 인식한 듯했다. 저러다 또 혼절할까 봐 가슴이 졸아들었다. 한바탕 목 놓아 울기라도 했으면 좋으련만, 울지도 않는다. 안 우는 게 아니라, 못 우는 것 같았다. 울 수 있다는 건 적어도 죽음을 받아들일 준비가 되어 있을 때나 가능한 일. 그녀는 지금 그 어떤 것도 받아들이지 못하고 있었다.

경빈은 조심스럽게 가인을 안았다. 가만히 끌어안고서 그녀의 등을 쓸어 주었다. 그러자 그 손길이 구명줄인 양 가인이 그의 옷자락을 꽉 움켜쥐었다.

창문에 부딪히는 빗줄기를 망연자실하게 바라보던 남자는 안경을 벗고, 초조하게 마른세수를 했다. 그런 후 다시 안경을 바로 쓰고 자세를 고쳐 앉은 다음 인터폰을 눌렀다.

"박 비서, 좀 들어오게."

50대 초반으로 보이는 남자가 자신을 불러들인 남자만큼이나 초조하고 불안한 기색으로 들어와 반듯한 자세로 책상 앞에 섰다.

"어찌 되었지?"

긴장된 남자의 시선이 박 비서에게 꽂혔다.

"사망했습니다."

박 비서의 말에 남자가 지그시 눈을 감으며 한탄스럽게 중얼거렸다.

"죽었단 말이지."

박 비서를 대동하지 않고 기사도 없이 직접 운전하고 나선 것이 화근이었다. 인적이 없는 외진 길이라 주의 깊게 살피지 않고 방심한 게 사고의 원인이었다. 차로 사람을 친 즉시 그는 도주하였고, 믿을 수 있는 심복인 박영균에게 모든 뒤처리를 맡겼다. 입이 무겁고 진중해 근 20여 년간 수족처럼 곁에 두었던 이라, 이미 모든 증거를 인멸했을 것이다. 박 비서가 수습했다면 그가 사고를 낸 증거는 어디에도 없다. 한 그룹의 총수로서 자신의 행동 여하에 따라 피라미드식으로 줄줄이 엮인 그룹의 안위가 걸린 이상, 그는 망설임 없이 양심을 버렸다.

"저기, 그런데 회장님."

"뭔가?"

박 비서가 선뜻 말을 꺼내지 못하고 곤욕스러운 듯 입술을 달싹였다.

"사망한 이에게 여식이 하나 있는데, 장례식 내내 경빈 군이 함께 있었답니다."

"그게 무슨 소린가!"

남자가 앉은 자리에서 벌떡 일어났다.

"아무래도 두 사람이 각별한 사이인 것 같습니다."

전혀 예상치도 못한 복병에 남자의 얼굴이 퍼렇게 질렸다.

"만일의 사태를 대비해 조처를 할까요?"

충격으로 휘청거리던 남자가 손을 휘휘 내저었다.

"섣부르게 나서서 일을 크게 만들지 말게. 그만 나가 봐. 경빈이는 내가 알아서 할 테니."

박 비서가 나가고 난 뒤로 남자는 생각에 잠겼다.

사망한 남자에게 딸이 있는데, 그 딸이 경빈과 각별한 사이인 것 같다고? 만약 사실이라면 그냥 손 놓고 방관할 수 없는 일이다. 잠시 공황 상태에 빠져 있던 그의 이성이 민첩하게 돌아왔다. 그 아이들이 계속 만나게 놔둘 순 없다. 무슨 수를 써서라도 우선은 그 아이들을 갈라놓는 게 시급한 문제였다.

골몰히 생각에 잠겼던 남자가 눈빛을 번뜩이며 수화기를 들었다.

연희는 자신을 면밀하게 살피는 신합그룹 민성식 회장의 시선을 받으며 단정하게 앉아 있었다.

사장은 따로 있지만, 자신이 속한 방송국도 결국엔 신합그룹의 계열사이니 실질적인 사주는 바로 지금 그녀가 독대하고 있는 민성식 회장이라 할 수 있었다. 그러나 연희가 긴장한 까닭은 민 회장이 회사의 실질적인 사주여서가 아니라, 그녀가 오랜 세월 짝사랑해 온 남자의 아버지이기 때문이다. 누구 앞에서든 쉽게 고개를 숙이지 않는 그녀지만, 그의 아버지 앞에선 긴장하지 않을 수가 없었다.

"그래, 일은 할 만한가?"

"네. 여러모로 회장님께서 배려해 주신 덕분입니다."

"내가 한 게 뭐가 있다고. 그쪽은 내 소관이 아니네. 그런데 요즘 많이 바쁜가 보지? 통 집에도 안 들른다면서? 집사람이 많이 섭섭해하더구먼."

연희는 보일 듯 말 듯 미소를 지었다. 긴장으로 바짝 경직된 상태에서 어색하게 웃는 연희를 보며 민 회장은 천천히 운을 뗐다.

"혹시 경빈이랑 무슨 문제라도 있나?"

연희는 무슨 말인가 싶어 의아한 눈으로 민 회장을 보다가 다시 시선을 내리고 단정한 목소리로 대답했다.

"아닙니다."

"그런 게 아니면 집에도 좀 자주 들르고 하려무나."

"네, 회장님."

그동안은 특별히 생각해 본 적은 없지만, 이렇게 보니 연희 정도면 크게 기울지도 않고, 다소 이른 감이 있지만, 경빈의 짝으로 무난할 것 같았다. 또 안사람끼리 가끔 내왕하는 사이니 어색하지 않게 일을 진척시킬 수 있을 거란 생각도 들었다. 게다가 연희가 경빈에게 호감이 있으니 일은 더 수월할 것이다. 큰 욕심 부리지 않을 바엔 이만하면 됐다 싶어 민 회장의 얼굴에 어느 정도 만족감이 서렸다. 내친김에 슬슬 본론으로 들어가도 별문제는 없을 듯싶었다.

"내 오늘 널 부른 건, 다름이 아니라 경빈이도 곧 졸업반이고

애별(哀別) 65

하니, 너희 장래에 대해 허심탄회하게 얘기를 해 보고 싶어서다."

연희는 민 회장의 의도를 파악하려 분주히 머리를 움직이는 한편, 영악하게도 무슨 말을 하는지 모르겠다는 표정을 지었다.

"무슨 말씀이신지?"

보이는 대로 영악한 아이였다. 그 얄팍한 수가 빤히 읽혔지만 민 회장은 가타부타 않고 단도직입적으로 말했다.

"둘이 마음만 맞는다면, 경빈이 졸업하기 전에 미리 약혼부터 하는 게 어떨까 싶은데."

"약혼이요?"

"둘이 가깝게 지낸 게 어제오늘 일도 아니고, 또 안사람끼리도 잘 아는 사이니 미룰 필요가 없을 듯한데. 그전에 너의 생각을 먼저 듣고 싶구나. 우리 경빈이를 어떻게 생각하느냐?"

어느 정도 기대와 짐작은 있었다. 그룹 회장이 한갓 계열사 방송국의 신입 아나운서를 불러들일 이유가 전혀 없었다. 부른다면 지극히 사적인 문제였기에 혹시나 하는 기대감이 있긴 했지만, 이렇듯 직접적으로 그와의 약혼을 언급하니 연희의 가슴이 두방망이질을 쳤다.

"저보다는 경빈 씨 생각이 어떤지······."

"경빈이야 한 번도 부모 뜻을 거스른 적이 없는 아이니 물어보나 마나지. 또 그 녀석 마음은 나보단 네가 더 잘 알지 않느냐. 내 생각은 그렇다. 경빈이 졸업하기 전에 약혼하고, 졸업하고 함께 유학 갔으면 싶은데."

"네에······."

말꼬리를 늘이며 살포시 고개를 숙이는 연희의 입가에 참으려는데도 회심의 미소가 떠올랐다. 그의 마음을 잡지 못해 전전긍긍하던 차에, 전혀 생각지도 못한 곳에서 일이 풀리니 말할 수 없을 정도로 가슴이 벅차올랐다.

"그럼 조만간 자리 한번 마련하자 한다고 부모님께 말씀드려라."

"네, 회장님."

장례가 끝나고 가인이 또 혼절해서 이틀이나 깨어나지 않는 바람에 그녀의 곁을 지키느라 경빈은 아주 오랜만에 집에 돌아왔다.

"다녀왔습니다. 그동안 잘 지내셨어요, 어머니?"

예상했던 대로 어머니, 김이연 여사의 잔소리가 시작됐다.

"잘하는 짓이다! 뭐? 그동안 잘 지내셨어요, 어머니? 넌 어떻게 된 녀석이 일주일씩이나 외박을 하면서 전화 한 통을 할 줄 몰라? 그 잘난 손가락이 부러지기라도 했니? 그리고 휴대전화는 왜 꺼 놓은 건데? 집에서 걱정할 사람은 생각도 안 했어?"

숨도 쉬지 않고 쏟아지는 어머니의 잔소리에 경빈은 가만히 고개를 숙이고 있었다.

"죄송합니다. 그럴 사정이 좀 있었어요."

"사정? 무슨 사정? 전화 한 통도 없이 며칠씩이나 집에 못 들어올 그 사정이란 게 대체 뭔데?"

"……."

경빈은 어머니의 잔소리를 듣는 와중에도 가인을 생각했다. 깨어나 운신하는 것을 보고 오긴 했지만, 머릿속은 온통 그녀에 대한 걱정으로 가득 차 있었다. 며칠 더 곁에 머물며 보살펴 주고 싶었는데, 겨우 정신이 든 그녀는 혼절해 있던 동안 그가 쭉 집에 들어가지 않았다는 것을 알고 곧바로 등을 떠밀다시피 내몰았다. 그 바

애별(哀別) 67

람에 할 수 없이 집으로 돌아오긴 했지만, 그의 마음은 한시도 그녀 곁을 떠나지 않았다.

아직 몸도, 마음도 추스르지 못했는데, 선뜻 가인의 얘기를 꺼내는 건 분명히 시기상조였다. 추궁하는 얼굴로 대답을 기다리는 어머니께 딱히 다른 변명을 할 수도 없었다. 그런 쪽으론 영 젬병이라 할 수 없이 경빈은 두 팔로 어머니를 꽉 끌어안았다.

"죄송하다고 했잖아요. 다신 안 그럴게요. 한 번만 용서해 주세요."

김 여사는 단단히 화가 난 얼굴이지만 장성한 아들의 애교가 싫지는 않은지 경빈의 팔을 아프지 않게 툭 때렸다.

"인석이! 그러게 왜 안 하던 짓을 하고 그래? 아직 장가도 안 간 녀석이 벌써부터 외박이 뭐야? 너 그러다 습관 되면 어쩌려고 그래? 나중에 장가가서도 그럴래?"

"그만하고 이리 와서 좀 앉아라. 당신도."

소파에 앉아 신문을 보고 있던 민 회장이 모자간의 대화에 끼어들었다.

"그동안 어디서 뭘 했던 게냐?"

민 회장은 경빈이 자리에 앉기가 무섭게 물어왔다. 일일이 설명하기가 곤란한지 경빈이 난처한 표정을 짓자, 그 모습이 못마땅한 김 여사가 또 한소리를 했다.

"어디서 뭘 했는지 왜 말을 못 해? 나쁜 짓 했니?"

그러자 민 회장이 혀를 차며 아내를 나무랐다.

"사내 녀석이 며칠 외박할 수도 있는 거지, 나쁜 짓은 무슨."

외박을 아무렇지도 않게 여기는 남편의 태도에 실망을 느낀 김 여사의 얼굴에 잠시 실망감이 스쳤다. 그런 아내의 시선을 무시하고 민 회장은 경빈을 보았다.

"너도 이제 졸업반이니 진로에 대해 어떤 생각을 하고 있는지 네 의견을 한번 들어 보자꾸나."

"아직 한 학기 더 남았는걸요."

경빈이 대수롭잖게 말했다.

"딱히 결정된 게 없나 보군. 좋다. 그럼 연희하고 약혼부터 하고, 졸업하는 대로 같이 유학 가거라."

"네?"

"여보!"

민 회장의 천만뜻밖의 발언에 경빈과 김 여사가 동시에 소리쳤다. 김 여사는 황당한 얼굴로 남편을 보았다.

"여보, 갑자기 그게 무슨 말씀이세요? 약혼이라뇨? 유학은 졸업하고 갈 예정이었으니 그렇다 치고 약혼은 너무 뜬금없잖아요."

"어차피 연희하고 결혼할 생각이면 시간 끌 이유가 없다는 거지."

"잘못 아셨어요. 저, 연희하고 그런 사이 아닙니다."

경빈이 태연하게 연희와의 사이를 부정하자, 민 회장의 굵은 눈썹이 치켜 올라갔다.

"그동안 연희하고 각별하게 지낸 것이 아녔느냐? 그만큼 사귀었으면 이제 서로에 대해 웬만큼은 알 것 아니냐."

"제 나이가 몇인데 벌써 약혼을 해요? 그리고 연희는 그냥 친구일 뿐입니다."

민 회장이 혀를 찼다.

"쯧, 아무리 세상이 바뀌었기로서니 남녀 사이에 친구라니. 알 만한 사람들은 다 연희를 네 짝으로 알고 있어. 내 눈에도 연희만

한 애가 없더구나."

무슨 바람이 불었는지 생전 연희에게 관심도 없던 아버지가 이렇듯 막무가내로 연희를 끌어들이는 건지 알 수가 없었다. 게다가 자신은 아직 졸업도 안 했는데, 뭐가 급하다고 갑자기 약혼을 서두르는지 그것도 이해가 되지 않았다.

"너 그러고 보니 연희한테 통 신경을 안 쓴 모양인데, 이제부터 그러지 말아라. 아무리 허물없이 지냈다고 해도 여자한테 그럼 못쓴다."

"싫습니다."

아버지의 태도로 보건대 이건 그냥 단순히 어물쩍 넘어갈 일이 아니었다. 경빈은 한마디로 딱 잘라서 자신의 뜻을 못 박았다.

"왜 싫다는 거냐?"

"말씀드린 대롭니다. 연희하고는 아무 사이도 아닙니다. 그리고 전 마음에 두고 있는 사람이 따로 있습니다."

남편에게 한소리를 들은 후로 잠자코 가만히 있던 김 여사의 눈이 휘둥그레졌다.

"마음에 둔 아가씨가 있어? 누구? 언제부터?"

"정리해라."

김 여사의 호기심을 단번에 자르며 민 회장은 냉정하게 일침을 가했다.

"아버지!"

다급하게 소리치는 경빈을 이해한다는 듯이 민 회장은 너그럽게 고개를 끄덕이며 아들이 자신의 뜻을 받아들이기를 종용했다.

"그래, 한창 혈기 방장한 나이니 한두 번 여자 만날 수 있지. 하지만 오래 끌면 보기 안 좋다. 어차피 결혼할 것도 아니니 지금 만나는 그 아이는 정리하라는 거다."

이건 전혀 예상치 못한 사태였다. 밑도 끝도 없는 아버지의 말에 경빈은 당혹감을 감추지 못했다.

"무슨 말씀이십니까? 왜 그러세요? 갑자기 이러시는 이유가 뭡니까?"

"네가 아직 나이가 어려 마음을 잡지 못하고 아무나 만나고 다니나 본데, 네 짝은 연희다."

답답하다는 듯이 경빈이 손으로 거칠게 머리칼을 쓸어 올렸다.

"언제부터 아버지가 연희를 마음에 두었다고 제 의사는 들어 보지도 않고 약혼을 운운하십니까? 분명히 말씀드리지만 싫습니다."

일방적으로 몰아붙이는 남편이 못마땅하던 차에 김 여사 또한 남편의 처사에 반기를 들었다.

"당신 왜 그래요? 경빈이 나이도 있는데 벌써 약혼하라는 것도 우습고, 그리고 사귀는 아가씨가 있다고 하잖아요. 그 아이에 대해 잘 알아보지도 않고 정리부터 하라니, 그건 또 무슨 억지 심보입니까?"

김 여사의 반박에 민 회장이 버럭 고함을 내질렀다.

"억지 심보라니! 당신도 예전부터 연희가 마음에 든다고 하지 않았나!"

"그거야 그냥 내 생각이었을 뿐이고. 경빈이가 좋아하는 사람이 있다는데 굳이 연희를 욕심낼 필요는 없잖아요. 그리고 경빈이 아직 어린데 약혼 얘기는 시기상조인 것 같네요."

"누가 당장 결혼하라나? 우선 약혼만 해 두자는 거지. 사내 녀석이 젊은 치기에 만나는 그런 계집 때문에 연희를 놓쳐도 좋단 말인가!"

연희 정도면 예쁘고 성격도 똑 부러지는 데다 경쟁률 높은 아나운서 시험에 한 번에 척 붙을 정도니 머리도 좋을 것이다. 이래저래 따져 보면 빠지는 게 없긴 하지만 솔직히 남편 입장에서 볼 때 연희가 뭐 그리 눈에 차는 존재라고 저리 추켜세우나 싶어 김 여사는 뜬금없는 눈으로 남편을 보았다. 그러나 경빈은 보지도 않고 가인을 그렇고 그런 여자로 치부해 버리는 아버지의 말에 발끈하고 나섰다.

"그런 식으로 말씀하지 마세요! 제가 좋아하는 사람입니다!"

"지금은 네가 젊은 혈기에 아무 여자나 만나고 다닐 수 있다만, 결혼하고 연애는 엄연히 다른 것이다. 연애는 연애로 끝내거라."

경빈은 참지 못하고 자리에서 벌떡 일어섰다.

"아무 여자가 아닙니다. 그냥 재미 삼아 만나는 그런 사람이 아니란 말입니다. 헤어질 마음 추호도 없습니다."

민 회장은 앉은 자세 그대로 눈만 들어 올렸다.

"앉아라. 내 얘기 아직 안 끝났어."

"전 아버지가 갑자기 이러시는 이유를 모르겠습니다."

"이 녀석이 그래도!"

민 회장이 기어이 목소리를 높였다. 그대로 방관했다간 부자간의 언성이 담장을 넘어갈세라 김 여사가 두 사람을 말리기에 이르렀다.

"경빈아, 그러지 말아라. 당신도 그만해요. 아직 공부도 끝나지 않았는데 약혼이 뭐가 급하다고 언성을 높이는 거예요. 그 얘기는 잠시 접어 두고, 말이 나온 김에 경빈이가 사귄다는 아가씨나 한번 봅시다."

"그 아이는 볼 필요도 없어! 별 볼 일 없는 집안에 이제 고아인

아이를……."

민 회장은 재빨리 입을 다물었지만, 자신의 말실수를 깨달았을 땐 이미 늦었다. 예상대로 경빈이 날카롭게 물어왔다.

"아버지 그동안 저한테 사람 붙이셨어요?"

"고아? 고아라니? 이게 무슨 말이니?"

김 여사도 의문을 담고 민 회장을 보았다.

"다시 말씀드리지만, 저희 못 헤어집니다. 약혼 얘기는 안 들은 걸로 하겠습니다."

경빈은 다시 한 번 민 회장에게 자신의 의사를 확실히 밝히고, 방으로 올라갔다.

경빈의 모습이 완전히 사라지자 김 여사는 의아한 얼굴로 남편을 돌아보았다.

"그게 대체 무슨 말이랍니까? 고아라니요? 경빈이가 사귄다는 아가씨가 고아예요? 당신이 그걸 어떻게 알아요? 경빈이 말마따나 정말 아들 뒷조사하고 다녔어요? 왜요? 아니, 자식 뒷조사는 왜 해요?"

영문을 몰라 묻는 아내에게 민 회장은 대뜸 언성을 높였다.

"뒷조사는 무슨 뒷조사! 못난 놈이 철없는 연애 노름에나 빠져선. 쯧쯧. 당신은 다른 데 신경 쓰지 말고 경빈이한테나 더 신경 쓰도록 해. 으흠!"

민 회장은 헛기침을 하고는 자신의 서재로 들어가 버렸다.

"대체 저이의 속내를 도통 모르겠단 말이야."

남편마저 서재로 모습을 감추자 김 여사는 서둘러 이층으로 올라갔다. 그리고 평소 때와 달리 노크도 없이 장성한 아들의 방문을 벌컥 열어젖혔다.

애별(哀別) 73

"경빈아, 아버지 말씀이 다 뭐라니?"

그렇잖아도 기분이 엉망인데, 노크도 하지 않고 들어와 다짜고짜 물어오는 어머니까지. 모든 게 다 짜증이 났다.

"나중에 말씀드릴게요."

"정말로 네가 사귀는 아이가 고아니? 양친이 모두 안 계셔?"

"그만하시라니까요! 나중에 말씀드린다잖아요!"

경빈은 자기도 모르게 소리를 질렀다. 어지간해선 짜증 한 번, 큰 소리 한 번 낸 적 없는 아들의 낯선 모습에 놀란 어머니가 급히 입을 다물자 경빈은 자신의 경솔한 행동을 금세 후회했다.

"죄송해요. 지금은 절 좀 그냥 내버려 두세요."

"그래, 알았다."

마음이 단단히 틀어진 아들의 상태를 알기에 더는 뭐라 말 못하고 김 여사는 씁쓸히 방을 나왔다.

경빈은 그대로 침대에 드러누웠다. 아무도 없는 빈집에 가인을 혼자 두고 온 것도 심란한데, 집에 오자마자 맞닥뜨린 어이없는 사태에 골이 지끈거렸다. 경빈은 피곤한 눈가를 손으로 꾹 눌렀다. 눈꺼풀이 무거운데도 쉽사리 잠이 올 것 같지가 않았다. 혼자 있을 가인을 생각하면 도무지 마음이 놓이질 않았다. 경빈은 다시 벌떡 일어나선 휴대전화를 찾아 단축 버튼을 길게 눌렀다.

[선배? 집에는 잘 들어갔어요?]

가인의 목소리를 들으니 비로소 마음이 진정되었다.

"그래, 잘 들어왔어. 혼자서 안 무서워? 내가 다시 갈까?"

[괜찮아요. 선배도 많이 피곤할 텐데, 내 걱정하지 말고 쉬어요. 그리고 여러모로 고마웠어요.]

"그런 말은 하지 말랬잖아. 남처럼 느껴져서 싫어."

[알았어요. 안 할게요. 여람이 오기로 했어요. 오늘 자고 간다니까 내 걱정은 말고 푹 쉬어요.]

"그래, 알았다."

그가 말끝을 모호하게 흐리자 가인이 의문을 담아 물었다.

[무슨 다른 할 말 있어요?]

"……."

[선배?]

"가인아."

[네.]

"잘 자. 그 말 하려고."

[네, 선배도 잘 자요.]

정작 하고 싶은 말은 그게 아닌데. 경빈은 아쉬운 눈으로 끊어진 휴대전화를 바라보았다.

이른 아침부터 꽃을 사 들고 찾아온 연희가 김 여사는 마냥 반갑지만은 않았다. 우선은 전날 남편이 갑자기 언급한 약혼 이야기가 걸렸다. 경빈은 확고하게 거부하는 입장이고, 남편은 밀어붙이려는 상황이니 예전처럼 선뜻 연희를 반갑게 맞아 줄 형편이 못되었다.

그런 김 여사의 마음을 아는지 모르는지 연희는 화사하게 웃으며 들고 온 꽃다발을 내밀었다.

"어서 오렴, 연희야. 오랜만이구나."

"죄송해요, 어머님. 저 너무 오랜만에 왔다고 미워하시는 거 아니죠?"

평소에는 '아줌마'라고 부르던 연희가 갑자기 호칭을 바꿔 부르자 김 여사는 자못 마음이 불편해졌다. 하지만 웃는 얼굴에 침 못 뱉는다고 연희가 생글생글 웃으며 주저 없이 다가오니 신경을 거슬리는 그 부분에 대해서 뭐라 말 못 하고 어물쩍 넘어가 버렸다.

"미워하긴. 어서 이리 와서 앉으렴."

김 여사는 연희를 소파 쪽으로 이끌었다. 연희는 소파에 앉으면서 집 안을 두리번거렸다.

"경빈 씨는 아직 자나 봐요?"

"어제 늦게 들어왔거든."

연희는 자신의 모친과 나름 친분을 유지하고 있고, 또 재벌가 사모님답지 않게 수더분한 김 여사를 원래도 어려워하진 않았지만, 이제 시어머니가 될지도 모른다 생각하니 마음이 완전히 풀어져서 더 스스럼없이 굴었다.

"저 아침 주실 거죠?"

"그러렴. 함께 식사하자꾸나."

"그럼 식사 준비되는 동안 잠깐 경빈 씨 방에 좀 올라가 봐도 될까요?"

연희의 당돌한 태도에 김 여사는 속으로 한숨을 삼켰다. 아무리 편한 사이라고 하나 말만 한 처녀가 이른 시각부터 아무렇지도 않게 남자 방에 들어간다니 좋게 보이진 않았지만, 그녀는 고개를 끄덕였다.

"그래, 경빈이 좀 깨워서 내려오려무나."

연희는 조심스레 방문을 열고 들어가 경빈이 잠들어 있는 침대로 다가갔다. 이 시간에 그의 침대에 걸터앉아 평온하게 잠든 그의 얼굴을 볼 수 있다니 꿈만 같았다. 세상모르고 잠든 얼굴이 마치 어린아이처럼 순해 보여서 연희는 자기도 모르게 손을 뻗었다. 손에 부드럽게 쓸리는 감촉이 좋아 절로 행복한 미소가 피어났다. 얼굴에 닿는 느낌 때문인지 경빈이 몸을 뒤척이며 눈을 뜨자, 연희는 얼른 손을 거뒀다.

"네가 여기 왜 있어?"

"미안. 자는데 깨워서······."

허락도 없이 불쑥 자신의 방에 들어온 연희를 달가워하지 않는 표정이 역력했다. 아침부터 서슴없이 찾아온 것도 마음에 들지 않았고, 아무 거리낌 없이 남의 방에 들어와 침대 한쪽을 차지하고 앉은 것도 마음에 들지 않았다. 무엇보다 불쾌한 건 자신의 얼굴을 멋대로 만지고 있었다는 것이다. 예전엔 인식하지 못했는데, 지금은 연희의 이런 사소한 행동 하나하나가 전부 다 거슬렸다. 그래서인지 연희를 대하는 경빈의 얼굴에 불쾌한 기색이 뚜렷이 드러났다.

연희는 자신을 내켜 하지 않는 그의 표정에 마음이 상했지만, 모른 척 고개를 돌렸다. 그리고 그가 싫어할 걸 알면서도 약혼에 대한 화두를 먼저 꺼냈다.

"들었지? 우리 약혼."

경빈의 얼굴이 일그러졌다.

"회장님이 먼저 얘기를 꺼내셨고, 우리 집에서도 허락하셨어."

"너 원래 이런 사람이었어? 이렇게 막무가내인 사람이었냐고!"

경빈이 벌떡 일어나 질린 표정으로 언성을 높였다. 연희도 지지 않고 맞섰다.

"내가 뭘! 네 아버지가 먼저 꺼낸 얘기야!"

경빈은 신경질적으로 머리칼을 헝클어뜨리며 날카롭게 쏘아붙였다.

"너하고 내가 무슨 약혼을 해! 우리가 언제부터 그런 사이였다고 네 입에서도 아무렇지 않게 그런 얘기가 나와!"

이렇게 같이 따지고 들어선 안 될 문제다. 경빈이 생각보다 더 강경하게 거부를 하자 연희는 자존심이고 뭐고 다 내팽개치고 그에게 매달렸다.

"내가 노력할게. 지금보다도 백 배, 아니 천 배는 더 노력할게."

경빈은 기가 막힌 얼굴로 한참 동안 연희를 보았다.

이거야 원, 어디 한군데라도 뚫린 곳이 있어야 말이 통하든가 하지. 자신의 귀는 꽉 틀어막고선, 막무가내로 밀어붙이는 연희의 행동에 경빈은 화가 치밀었다.

"지난번에 다 얘기했잖아. 난 좋아하는 사람이 있어. 너하고 약혼 같은 거 안 해!"

"그래, 알아. 네가 좋아하는 사람이 누군지도 알아. 하지만 나한테도 기회를 줘. 단 한 번이라도 기회를 달란 말이야. 그 애보다 내가 못한 게 뭐니? 왜 넌, 날 제대로 쳐다보려고도 안 해? 그 애한테 향하는 네 시선 한 번만이라도 돌려서 나 좀 봐 주면 안 돼? 그게 그렇게 어려운 부탁이니?"

경빈은 연희의 이런 행동에 진저리가 났다.

"나도 부탁 좀 하자. 네가 나 좀 봐주라. 여기까지만 하자. 솔직히 너와 이런 얘기하는 것도 불쾌해."

이렇게까지 비참할 수가 있을까. 그동안 다정하지는 않았지만 냉정하지도 않았는데, 이젠 노골적으로 싫은 티를 내는 그를 보며 연희는 입술을 꽉 깨물었다.

"그럼 뭐야? 그동안 넌 나와 함께했던 모든 시간이 불쾌했단 거니?"

"사사건건 이렇게 의견이 안 맞는데 넌 안 피곤하냐? 그나마 남은 우정을 깨고 싶지 않아서 참은 거야."

"얼마든지 깨. 그딴 우정 하나도 안 반가웠어. 네가 어떤 독설로 내 가슴에 비수를 꽂는다 해도 쉽게 물러서지 않아."

"그 애랑 헤어질 생각 없어. 약혼이든 결혼이든 해도 네가 아니라 그 애랑 할 거야."

연희는 앉아 있던 침대 위에서 몸을 일으켰다.

"넌 날 잘못 보고 있어. 날 너무 쉽게 판단하지 마. 내가 순순히 물러날 거라 생각했다면 오산이야. 그 애와 얼마나 갈지 지켜보겠어."

연희는 휙 돌아서 방문을 열고 나가려다 다시 고개를 돌려선, 억지로 미소를 지었다.

"내려와서 아침 먹어. 먼저 내려가서 기다릴게."

경빈이 곧 내려올 거란 연희의 말에 식사 준비를 다 해 놓고 기다리던 김 여사는 한참이 지나도 경빈이 내려오지 않자 의아한 얼굴로 계단을 올려다보았다.

"경빈이는 왜 이렇게 안 내려오니? 이 녀석 일어나긴 한 거야?"

"곧 내려오겠죠."

연희의 말이 끝나기가 무섭게 외출 준비를 하고 계단을 내려오던 경빈은 다이닝룸 쪽에는 시선도 주지 않고 곧장 밖으로 나가 버렸다. 현관문이 여닫히는 소리에 놀란 김 여사가 허둥지둥 쫓아 나왔지만 이미 차고에서 차를 빼낸 경빈은 골목을 빠져나가고 있었다.

"경빈아!"

서서히 닫히는 차고 문을 황망한 얼굴로 바라보고 있는 김 여사의 뒤에 서 있던 연희가 입술을 깨물었다.

4.
별(別)무리

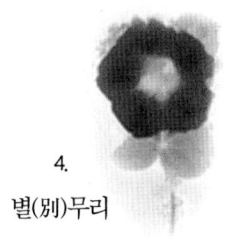

 개강을 한 지 2주가 흘렀다. 그리고 아빠를 떠나보낸 지도 한 달이 지났다. 아빠가 없다는 것만 빼면 가인의 일상은 예전과 똑같았다.
 천고마비의 계절답게 강의실 창밖으로 보이는 하늘이 높고 파랗다. 건드리면 쨍, 하고 빗금이 나갈 것 같은 맑은 쪽빛 하늘. 저 하늘 어디선가 아빠가 내려다보고 있을 것 같아 가인은 가을볕에 눈이 시린데도 시선을 거둘 수가 없었다.
 여람은 수업이 끝난 빈 강의실에서 홀로 턱을 괴고 앉아 있는 가인의 어깨를 툭 쳤다.
 "뭐하냐?"
 "생각."
 "쯧, 청승은."
 가인은 창문에서 시선을 거두고 여람을 보았다.

"왜?"

"누가 너 찾는단다. '하늘 호수'에서 기다린다는데?"

"누구?"

"몰라. 어떤 남자가 말만 전해 주고 갔어."

"잘생긴 남자?"

"아니, 못생긴 남자."

여람이 심드렁하게 대꾸했다.

"그렇구나."

가인이 힘없이 고갤 끄덕이며 자리에서 일어났다. 그 모습을 가만히 보고 있던 여람이 혀를 끌끌 찼다.

"축 처져 있지 말고 기운 좀 내. 젊은 것이 영락없이 병든 닭 꼬라지를 하고 있으면 보는 사람은 속 터져 죽는다."

여람의 말에 가인이 픽 웃었다. 저나 나나 나이 먹는 건 매한 가지지. 혼자 더 많이 산 척하기는. 가인은 걱정하지 말라는 의미로 여람의 어깨를 두어 번 두드려 주고는 강의실을 나왔다.

연희는 창가 테이블에 앉아, 횡단보도 건너편에서 신호가 바뀌길 기다리고 서 있는 가인을 보고 있었다. 자신이 오랜 세월 바라본 남자가 마음에 두고 있다는 여자. 생각만으로도 불쾌한 존재를 보고 있으려니 호흡이 흐트러지고 심장이 뒤틀리는 것 같았다.

그때 신호가 바뀌고 사람들 틈에 섞인 가인이 움직이기 시작했다.

대체 저 후배의 어떤 점이 그를 끌어당기고 있는 것일까. 연희는 질투의 감정은 배제하고, 같은 여자로서의 감정도 배제하고, 지극히 관찰자의 입장이 되어 가인을 평가했다.

저 또래의 여학생이 즐겨 입는 물 빠진 청바지에 무릎까지 내려오는 베이지색 트렌치코트. 길에서 흔히 볼 수 있는 평범한 옷차림이다. 어깨를 덮는 까만 생머리와 그에 대조되는 하얀 얼굴. 속이 뒤틀렸지만 인정할 것은 인정해야겠지. 제법 예쁘장한 외모이긴 하지만, 경빈 같은 남자를 한눈에 사로잡기엔 어딘지 부족해 보였다. 외모로만 따지자면 연희도 절대 빠지진 않으니까. 오히려 저 애보다 더 나은 축에 들었다.

뭘까. 그는 저 후배에게서 무엇을 보고 무엇을 느낀 것일까. 아무리 봐도 평범하기만 한데 왜 저 후배는 되고, 자신은 안 되는 것일까.

가인이 뛰다시피 걸음을 빨리했다. 그 때문에 긴 머리카락과 단추를 채우지 않은 트렌치코트가 바람에 나부꼈다. 연희는 퍼뜩 정신을 차렸다. 언제부턴가 햇살이 투영한 듯 반짝거리는 저 애의 말간 얼굴에 자신이 너무 깊이 몰두했다는 것을 깨달았다.

나름 객관적인 평가를 한 거라 자위해 봐도, 결국엔 명백한 질투였다. 누가 기다리고 있는지도 모르면서 자신을 만나러 오는 가인을 보는 순간, 머리부터 발끝까지 연희는 모든 것을 질투하고 있었다. 그러니 이성은 객관적이라 우겨도, 감정만큼은 절대로 객관적일 수가 없었다.

그래, 사랑은 쟁취하는 것이니, 뺏으면 그만이다. 경빈은 저 아이를 마음에 두고 있지만, 그들이 함께한 시간은 짧다. 짧은 만큼 그들 사이를 자르는 것도 쉬울 것이다.

연희가 아랫입술을 깨물며 그런 생각을 하는 사이, 카페에 들어선 가인은 아는 얼굴을 찾아 두리번거리다 연희를 발견하고는 고개를 갸웃거렸다.

"한연희 선배님?"

가인이 다가와서 부르자 연희는 앉은 자세 그대로 고개만 까딱였다.

"혹시 절 보자고 한 사람이 선배님이세요?"

"그래, 우선 앉아."

가인은 의아한 얼굴로 연희의 맞은편에 앉았다.

"왜요? 왜 절 보자고 하셨는데요?"

연희는 테이블 아래에서 주먹을 꽉 움켜쥐었다. 애써 감정을 추스르려 노력한 게 무색하게도 화가 났다. 그녀를 이토록 힘들게 한 당사자면서 정작 본인은 아무것도 모른다는 순진무구한 얼굴이라니. 마주앉은 연희의 존재 자체를 인식하지도 못하고 있었다는 사실이 그녀의 자존심에 불을 지폈다. 마음이 그러하니 가인의 순진한 눈동자가 더 가증스럽게 느껴졌다.

"놀랐니?"

연희는 찻잔에 입술을 대며 나직이 되물었다.

"몇 달 전에, 장 교수님 심부름이라면서 학교 주차장에서 한 번 봤었지? 그때보다 좀 야윈 것 같은데, 무슨 일 있었니?"

가인은 연희가 묻는 말이 하나도 이해가 되질 않았다. 나름 안부를 묻는 것 같지만, 어딘지 비딱한 말투가 신경을 거슬리게 했다. 그리고 그런 안부를 주고받기엔 솔직히 연희와의 안면식이 별로 없었다. 연희가 학과 선배이긴 하지만 가인이 입학하던 해에 그녀는 졸업했으니 같이 학교에 다닌 것도 아니고, 그날 교수님 심부름으로 딱 한 번 봤을 뿐이다. 그러다 번쩍 머리를 치는 무언가가 생각이 났다.

잊고 있었다. 교수님의 심부름으로 한연희 선배를 찾아 학교를 헤맸을 때, 그때 그녀가 경빈과 함께 있었다는 사실을. 그렇다면 연희가 자신을 찾은 이유는 그와 관련된 것밖엔 없다는 건데…….

설마 경빈 때문에 자신을 찾아온 것일까?

"무슨 일로 절 보자고 하셨어요?"

"경빈 씨 좋아하니?"

역시, 짐작이 맞았다. 시간 낭비할 필요도 없이 곧장 물어오니 오히려 마음이 차분해졌다.

"경빈 씨하고 결혼할 수 있을 거라 생각해?"

직설적이고 빙 돌려서 말할 줄 모르는 성격답게 연희는 대놓고 물었다. 어차피 좋은 감정으로 마주앉은 것도 아니니 거리낄 것이 없었다.

가인은 표 나지 않게 한숨을 삼켰다.

말투에 가시가 박혀 있다. 단단하고 독기 서린 모난 가시. 그 속엔 은근히 그녀를 무시하는 감정도 섞여 있었다. 대뜸 좋아하느냐고 묻더니 대답도 듣지 않고, 너 같은 게 감히 그와 결혼할 수 있을 것 같으냐는 조롱 섞인 비아냥거림을 어찌 모를까.

"지금 무슨 말씀을 하시는 거예요?"

"말 그대로야. 돌려 말하지도 않았는데 한국말 못 알아들어?"

하도 기가 막히다 보니 짧은 헛웃음이 나왔다. 그 웃음을 비웃음으로 여겼는지 연희의 눈이 가늘어졌다.

"내 말이 우습니?"

"아뇨. 말을 못 알아들어서가 아니라, 내가 왜 한연희 선배님한테 그런 말을 들어야 하는지 웃겨서요."

잘 알지도 못하면서 상대방을 보자마자 당연하다는 듯이 깔아뭉개는 예의 없는 태도에, 가인은 더는 연희를 선배로 예우하고 싶지 않았지만, 끝까지 선배님이란 호칭을 놓치는 않았다.

당돌한 가인의 대답에 연희는 싸늘한 비웃음을 지었다.

"순진한 얼굴을 하고 있기에 맹하게 봤더니 제법 당돌한 면도 있네. 좋아, 돌리지 않고 말할게. 경빈 씨 집안하고 우리 집안은 아주 오래전부터 잘 알고 지내는 사이지."

"그런데요?"

"우리 곧 약혼할 거야. 벌써 부모님끼리는 얘기 끝났어. 경빈 씨 졸업하는 대로 함께 유학 가려고 해."

서슴없이 뱉어지는 연희의 말에 가인의 눈이 가늘어졌다.

"물론……."

"잠깐만요."

더 들을 필요가 없는지 가인은 단번에 연희의 말을 끊었다.

"뭐하는 짓이에요?"

"뭐?"

이번엔 연희의 눈이 가늘어졌다.

"내가 왜 한연희 선배님한테 그런 말을 들어야 하는지 모르겠어서요."

"너 이제 보니 당돌한 정도가 아니구나. 이거 보통내기가 아니잖아."

연희의 한쪽 눈썹이 까딱 치켜 올라간 반면 조용하게 말을 잇는 가인의 눈빛은 서늘하게 가라앉았다.

"바쁘신 분 아닌가요? 이런 가치 없는 대화로 허비하는 시간이 아깝단 생각 안 들어요?"

"그래, 나 바쁜 사람이야. 그런데도 내가 널 찾아온 건, 네가 아주 큰 착각을 하고 있어서 정신 차리라는 말을 해 주려고 온 거야."

이미 엎질러진 물이다. 한 번 내뱉은 말을 도로 주워 담을 수는 없는데. 이런 유치한 모습을 보이려고 이 아이를 찾아온 게 아니었다. 연희는 평소와 달리 이성적이지 못한 자신을 탓했지만, 입은 자꾸만 제 의지를 배반하고 있었다.

 가만히 듣고 있던 가인이 슬쩍 입가에 웃음을 베어 물자 연희는 모멸감을 느꼈다.

 "착각이요? 내가 무슨 착각을 어떻게 하고 있는지 궁금하네요. 얘기해 보세요. 바쁘신 선배님이 그 귀한 시간을 쪼개 가며 여기까지 오셨는데, 대체 내가 무슨 착각을 하고 있는지 들어 보기나 하게요."

 솔직한 심정으로 연희는 쥐구멍이라도 있으면 숨고 싶었다. 자기보다 나이 어린 후배 앞에서 내보인 추태가 창피했다. 그런데 또 한편으로 가인의 의연하고 침착한 태도가 연희의 화에 기름을 들이붓고 있었다. 그래서 더 비틀리는 건지도 모른다. 연약하고 물러 보이는 외모와는 달리 또박또박 자신의 할 말을 다 하는 가인을 보고 있자니 오기가 생겼다.

 "너 아주 무섭구나. 경빈 씨도 네가 이런 여자인 거 아니? 하긴, 그 사람은 모를 테지. 경빈 씨 앞에선 네가 어떻게 가식적으로 굴었는지 모르겠지만 내 앞에선 감출 필요도 없다는 거니?"

 독선적인 사람이다. 잠깐의 대화만으로도 가인은 눈앞에 앉은 연희가 얼마나 이기적이고 자기중심적인지 알 수 있었다. 정직한 뉴스를 진행하는 아나운서란 사람의 입이 저리 이기적이어서야, 안타까울 노릇이다.

 "그거였어요? 내가 하고 있는 착각이란 게? 나도 모르는 내 가식을 일깨워 주고 감춰진 내 모습을 가르쳐 주고 싶으셨어요? 그게 바쁜 와중에도 절 찾아올 만큼 선배님한텐 중요한 문제였나 보죠?"

얼마나 세게 짓씹었는지 연희의 아랫입술에 옅은 핏빛이 배어났다.

"너 아주 형편없구나. 그런 식으로 날 비꼬지 마."

"누가 먼저 시작했는데요?"

"그래, 너랑 이런 얘기 하러 온 건 아니지. 네 착각이 뭔지 잘 새겨들어. 그게 널 위해서도 좋으니까. 경빈 씨가 정말로 널 사랑한다고 생각하는 건 아니겠지? 내가 보기에 넌 그 정도로 어수룩해 보이지 않거든. 솔직해져 봐. 경빈 씨 배경이 탐났니? 그래, 이해해. 어떤 여자라도 혹할 만하지. 거기다 경빈 씨 아주 근사하고 멋진 남자잖아. 너도 다른 여자들처럼 적당히 사귀다 한몫 챙기려는 마음, 없다면 거짓이겠지?"

가인은 잠시 말문이 막혔다. 머리가 나쁜 것도 아니고, 못 배운 사람도 아닌데, 지적인 외양과는 달리 한연희는 유치하다 못해 나잇값도 제대로 못 하는 철딱서니로 보였다. 도저히 더는 들어 줄 수가 없어서 가인은 자리에서 벌떡 일어났다.

"선배님, 아나운서 하지 말고 작가 하세요. 말씀과는 달리 시간이 많으신 것 같으니까, 그 시간에 작품을 하나 만드세요. 하지만 전 죄송하게도 선배님 작품 구상에 참여할 만큼 한가하지 않아서요. 먼저 실례하겠습니다."

"앉아!"

새된 목소리가 돌아서려는 가인을 잡아 세웠다.

"아직 내 말 안 끝났어. 하! 너 정말 웃기는 애구나. 잘 들어. 너 같은 게 함부로 끼어들 만큼 우리가 함께한 시간은 가볍지 않

아. 네가 경빈 씨하고 함께했으면 얼마나 함께했어? 너 때문에 정리될 사이 아냐, 우린!"

가인은 착잡한 눈으로 연희를 돌아보았다.

"이제 보니 선배님 불쌍한 사람이네요. 참 불쌍해요."

동정 섞인 그 말에 연희가 반박을 못 하고 황망해하는 동안 가인은 조용히 등을 돌려 카페를 나갔다.

이성적이 아니었다. 질투심에 사로잡혀 두 눈이 가려지고, 두 귀가 막혀 이성적인 사고를 할 수가 없었다. 그래서 앞뒤 재어 볼 것도 없이 가인한테 막말을 퍼부었던 것이다. 순전히 옹졸한 마음을 뒤덮은 질투에 눈이 멀어서.

그런데 눈물이나 질질 짤 것처럼 보였던 가인이 측은한 눈을 하고는 그녀더러 불쌍하다고 했다. 상처 주러 왔다가 되레 상처를 받고 말았다.

'불쌍하다고? 내가? 한연희, 너 이것밖에 안 돼? 이 정도로 유치하고 옹졸한 사람이었니? 도대체 내가 지금 뭘 한 거야.'

연희는 어이없고 비참한 마음에 두 손으로 얼굴을 감쌌다. 잘난 척은 다 하면서 실상은 이 정도밖에 안 되는 자신이 형편없고 부끄러워서 고개를 들 수가 없었다.

머릿속이 꼬인 실타래처럼 복잡한데 애써 생각을 지우고 걷다 보니 어느새 학교 앞이었다. 생각하지 않으려 해도 조금 전 연희에게서 들은 말들이 자꾸만 떠올랐다. 가인은 교문 앞 화단에 쪼그리고 앉아 지나가는 사람들을 멀뚱히 쳐다보았다.

'약혼한다고? 경빈 선배와 한연희 선배가 약혼을 해?'

아니야. 그럴 리가 없어. 말도 안 돼. 내가 지금 무슨 생각을 하는 거지?

"뭐가 아니야?"

생각이 자신도 모르게 말로 나와 버렸다. 익숙한 목소리에 고개를 돌리니 바로 옆에서 그가 싱긋 웃고 있었다.

"무슨 생각을 그렇게 해? 아까부터 계속 불렀는데도 못 들은 척하고."

가인은 말없이 그의 얼굴을 쳐다보았다.

"강의실에도 없고. 엄한 놈이 채 갔을까 봐 불안해서 견딜 수가 있어야지. 누구 만나러 간 거였어? 남자는 아니지?"

"수업은 다 끝났어요?"

가인이 힘없이 웃으며 묻자 경빈이 미심쩍은 눈을 했다.

"말 돌리는 거 보니까 수상해."

"남자는 무슨. 오늘도 공부 열심히 했어요?"

경빈이 나직이 한숨을 내쉬었다.

"졸업이 코앞이라 그런지 공부하기가 싫네."

"그럼 안 되죠. 그럴수록 더 열심히 해서 유종의 미를 거둬야지요."

"그렇지? 자, 일어서!"

갑자기 경빈이 씩 웃으며 가인의 손을 잡아 일으켜 세웠다. 그러자 쪼그리고 앉아 있던 동안 다리로 몰렸던 피가 일시에 돌기 시작하면서 발이 저려 왔다. 가인이 한쪽 다리를 잡고 동동거리자 재빨리 경빈이 그녀 앞에 한쪽 무릎을 세우고 앉았다.

"그러게 왜 길가에 쪼그리고 앉아 있어?"

경빈은 쥐가 난 가인의 다리를 손으로 연신 주무르며 걱정스럽게 물었다.

"많이 저려?"

그의 노련한 손길에 일시적인 크램프(cramp)로 경직된 다리가 조금씩 풀리면서 찡그리고 있던 가인의 얼굴도 펴졌다. 가인은 경련이 멈추었는데도 계속 자신의 다리를 주무르는 경빈을 가만히 내려다보았다.

"졸업하면 바로 유학 갈 거예요?"

사실은 한연희 선배하고 약혼하고 그녀와 함께 유학 갈 거냐고 묻고 싶지만, 가장 중요한 말은 삼키고 유학만 입에 올렸다.

경빈이 고개를 들었다. 그녀가 묻지 못하고 삼켜 버린 말을 당연히 모르니 그는 그저 사람 좋은 웃음만 지었다.

"왜? 너 두고 나 혼자 멀리 가 버릴까 봐 걱정돼?"

"그냥 물어본 거예요. 이제 그만 됐어요. 일어나요."

그녀의 속도 모르고 태평하게 말하는 그의 손을 잡아 일으키며 가인은 마음속에서 이는 격랑을 애써 덮었다. 그러나 곧, 거침없이 독설을 쏟아 내던 연희가 떠올라 더는 아무렇지 않게 그를 마주할 수가 없어서 그의 손을 놓고 먼저 몸을 돌렸다.

그런데 분명히 손을 놓고 몸을 돌렸다고 생각했는데, 어찌 된 건지 여전히 그에게 손이 붙잡혀 있었다. 다시 마주 선 두 사람의 눈이 마주쳤다. 뭔가 마음에 안 드는 듯 그의 눈이 가늘어지더니 눈썹이 꿈틀거렸다.

그를 마주 보고 있으려니 자신도 모르게 눈물이 차올랐다. 연희에게 그런 말을 들었을 때만 해도 괜찮았는데 갑자기 왜 이러나 모르겠다. 차마 눈물을 보일 수 없어 고개를 숙이려는데 순간 턱이 붙잡혔다.

어쩔 수 없이 가인은 그를 바라봐야만 했다. 붙잡힌 터라 고개도 돌리지 못하고 속수무책으로 보고만 있는데, 그의 눈빛이 짙어졌다. 여름은 진작 끝났고 지금은 서늘한 가을의 정점에 서 있건만, 둘 사이엔 숨 막힐 듯 뜨거운 공기가 맴돌았다.

"어? 비 온다!"

갑자기 콧잔등으로 툭 떨어지는 묽은 빗방울 하나가 미세한 공기의 흐름을 깼다. 예보에도 없던 게릴라성 소나기인 듯, 몸을 피할 새도 없이 굵직한 장대비가 쏟아졌다.

경빈은 가인의 손을 잡고 뛰기 시작했다. 한바탕 장렬하게 쏟아지는 빗줄기를 뚫고 둘은 차를 주차해 둔 곳까지 뛰어갔다. 가인을 먼저 태우고 운전석으로 돌아온 경빈은 얼른 히터부터 올리고 손수건으로 그녀의 젖은 얼굴과 머리를 닦아 주었다.

"이제 됐어요."

가인은 어루만지듯 세심하게 자신의 얼굴을 닦아 주는 그의 손을 붙잡았다. 잠깐이지만 소나기 때문에 식은 체온이 더운 히터와 그의 손길에 의해 금세 다시 올라갔다.

젖은 몸이 서로에게 스며들 만큼 가까운 거리였다. 또다시 둘 사이에 미묘한 공기가 흘렀다. 숨결이 흐트러지고 체온은 비정상적으로 올랐다. 어색함을 견디지 못하고 가인이 문 쪽으로 물러나려는데, 그 순간 강하게 부딪혀 오는 뜨거운 열기에 호흡이 먹혀 버렸다.

뜨겁지만 부드러운 그의 입술에 그녀의 입술이 삼켜지고, 역시 뜨겁지만 단단한 그의 가슴에 그녀의 가슴이 갇혔다.

첫 키스였다. 아니, 몇 달 전 도서관에서의 입맞춤이 첫 키스라면 지금은 두 번째였다. 그러나 그때는 입맞춤이라고도 할 수 없을 만큼 찰나에 불과한 스침. 그렇다면 우리의 진정한 첫 키스는 지금

이 순간.

심장이 터질 것처럼 부풀어 올랐다. 그리고 느낄 수 있었다. 입술을 열어 주길, 혼자만의 조급한 키스가 아닌 함께 나누는 키스를 그는 원하고 있었다.

경빈의 손이 천천히 등줄기를 타고 내려와 허리를 끌어당기자 가인은 막혔던 모든 숨을 토해 내듯 입술을 열었다. 그리고 기다렸다는 듯이 밀고 들어오는 부드럽고 뭉클한 열기 속에 청결한 페퍼민트 향이 섞여 있었다. 그날, 도서관에서와 같은 깨끗하고 시원한 그 향기를 가인은 깊이 들이켰다. 뜨거웠다. 열기에 정신이 몽롱해지고 얽혀 든 혀의 감각만이 선명하게 느껴졌다. 그리고 문득 궁금해졌다. 그는 내게서 어떤 향을 느꼈을까?

차창을 때리는 소나기가 어떤 멜로디보다 더 감미로운 오후였다.

무슨 수를 쓰든가 해야지. 이대로는 안 된다. 경빈이 계속 그 아이를 만나게 둘 순 없다.

생각은 그러하지만 노회한 민 회장의 얼굴은 수심에 잠겼다. 죄가 죄를 낳고, 그 죄를 짓는 인간만큼 간악한 존재는 없다더니 한 번의 실수로, 남의 귀한 인명(人命)을 앗아 버린 것도 모자라 그 죄를 은폐하려 또다시 죄를 짓는다. 어린 학생에게 아비를 앗아 간 것도 모자라 또다시 몹쓸 짓을 하려 한다. 제아무리 인면수심(人面獸心)이라 해도 어쩔 수 없는 인간인지라 가책을 느꼈다. 그러나 민 회장은 표정을 굳히며 다시 생각을 고쳐먹었다.

나쁜 짓 할 생각은 없다. 단지, 경빈이와 헤어지게만 하면 되는 거다. 아직 어린 학생이니까 잘만 설득하면 되겠지. 돈이든 유학이

든 원하는 건 모두 들어줄 생각이다. 평생 후원해 줄 것이고, 살아가는 데 아쉬움이 없도록 후하게 보상해 줄 것이다. 그러기 위해선 우선 설득부터 해야 한다. 그렇게 생각을 정리한 민 회장은 인터폰을 눌렀다.

"박 비서, 잠깐 들어오게."

물질적인 것으로 회유하면 될 거란 안일한 마음 이면에 가슴을 뚫고 고개를 드는 양심을 민 회장은 애써 잡아 눌렀다.

"늦었구나."

경빈이 막 집 안으로 들어서자 현관 앞에 아버지가 장승처럼 버티고 서 있었다.

"아직 안 주무셨어요?"

요 며칠 아버지를 마주하는 것이 불편해서 경빈은 그 말만 하고는 아버지를 지나쳤다.

"얘기 좀 하자."

계단에 첫발을 디디려다 뒤에서 들려오는 근엄한 목소리에 경빈은 걸음을 멈췄다.

"전 할 말 없습니다."

"잠깐 앉아라."

아버지가 하고자 하는 말이 무엇인지는 뻔했다. 또 같은 말의 반복일 것이다. 냉전이 길어질수록 아버지와의 골이 더 깊어진다는 것을 알고 있다. 하지만 이유도 모른 채 거듭되는 소모전이 피곤하기만 했다.

"그 얘기라면 전 더 들을 말이 없습니다."

"이 시간까지 그 아이랑 같이 있었던 거냐?"

아버지의 목소리에 다소 노여움이 깃들었지만, 경빈은 망설임 없이 대답했다.

"네, 가인이하고 같이 있었습니다."

"그만두라고 했다. 더는 시간 끌지 말고 깨끗하게 끝내라고 했어."

이유도 없이 무조건 정리하라고만 하니 울분과 짜증이 솟구쳤다.

"그럴 수 없다고 이미 말씀드렸습니다."

"책임질 행동이라도 한 것이냐? 쯧쯧, 조신하지 못한 것 같으니라고."

경빈의 어깨가 돌처럼 딱딱하게 굳어졌다. 자문자답으로 단정 짓고, 그녀를 형편없는 여자로 취급해 버리는 아버지의 말투에 분노가 일었다.

"그런 거라면 적당히 보상해 주면 된다."

"아버지!"

"다 한때 지나가는 바람 같은 거다. 너도 남자니 젊은 치기에 충분히 그럴 수 있지. 하지만 결혼은 현실이고 연애는 감상이야. 연애 감정을 결혼까지 끌고 가는 것은 어리석은 짓이다. 다음 주말에 연희 부모님과 약속해 뒀으니, 그리 알고 있어라."

"정말 왜 이러십니까! 싫습니다, 싫다고 했습니다! 아직 결혼할 생각도 없고, 헤어질 마음은 더더욱 없습니다. 설령 결혼한다 해도 가인이하고 합니다. 다른 사람하고 결혼하는 일 따윈 없을 거란 말입니다!"

"왜 그리 고지식한 게야? 고집도 부릴 때 부려야지. 그깟 여자 때문에 애비한테 언성을 높여서야 되겠느냐? 네가 계속 고집을 부리면 나도 어쩔 수 없구나. 상황을 악화시키지 마라."

순간 몸을 휙 돌린 경빈이 적개심이 가득한 눈으로 아버지를 마주 보았다.

"어쩔 수 없다니, 무슨 뜻입니까?"

경빈과는 대조적으로 민 회장의 눈빛은 차분하게 가라앉았다.

"현명하게 처신해라. 네가 그 아이를 진정 위한다면."

할 말을 마쳤는지 서재로 향하는 민 회장의 등 뒤에서 경빈이 성마르게 외쳤다.

"가인이 건드리지 마세요! 제가 가만있지 않을 겁니다!"

경빈은 눈 하나 깜짝하지 않았지만, 민 회장으로선 최후의 통고였다. 멀찍이서 부자간의 언쟁을 숨죽여 지켜보던 김 여사가 다가와선 차분하게 경빈을 설득하려 했다.

"뭐 때문에 그러시는지 모르겠지만, 경빈아. 아버지 말씀 들어라. 아무렴 아버지가 너 잘못되길 바라겠니? 네가 만난다는 그 아이, 안 될 만한 이유가 있으니 저러시는 거겠지. 지금 당장은 힘들어도 시간이 지나면 괜찮아질 거야. 더 깊이 정들기 전에……."

"어머니까지 왜 이러세요! 왜 제 의사는 안중에도 없습니까! 제가 언제 연희랑 결혼한다고 했습니까? 두 분 이러시는 이유, 정말 이해할 수 없습니다!"

젠장! 가슴이 답답해서 미쳐 버릴 것 같다. 이유도 없이, 두 분 모두 일면식도 없는 가인을 멋대로 단정 짓고는 무조건 안 된다, 정리해라, 끝내라, 그 말만 되풀이하고 있었다. 왜 안 되는지, 왜 그녀를 정리해야 하는지, 왜 우리가 끝내야 하는지에 대해선 일언반구도 없이 무조건 절대 허락할 수 없다는 의사만 굳건히 내보이셨다. 답답해서 미치고 환장할 노릇이었다.

수업이 끝나고 슈퍼에 들러 생필품과 반찬거리를 사서 집으로 돌아오던 가인은 대문 앞에 세워진 낯선 자가용을 발견하고는 걸음을 멈췄다.

의아한 눈으로 자가용을 주시하고 있는데, 차 문이 열리고 낯선 남자가 운전석에서 내렸다.

"윤가인 학생?"

처음 보는 남자였다. 중키에 50대 초반으로 보이는 남자가 가인의 곁으로 다가왔다.

누굴까? 혹시 아빠랑 친분이 있는 사람일까? 갑작스럽게 사고로 돌아가시는 바람에 제대로 부고를 전하지 못한 상태에서 장례를 치러야 했으니. 가인은 곰곰이 떠올려 보았지만, 아무리 생각해도 이 남자는 일면식도 없는 사람이었다.

"실례지만 누구신지?"

"민경빈 군, 아시죠? 잠시 얘기 좀 했으면 하는데, 시간 좀 내주겠습니까? 잠깐이면 됩니다."

남자의 입에서 그의 이름이 나오자 가인의 의문이 증폭되었다.

"여기서 얘기하기는 좀 그렇고. 이 근처에 카페가 하나 있던데, 그리로 가시죠."

그렇게 말하고는 남자는 앞서 걸어갔다. 미심쩍은 눈으로 한동안 남자의 뒷모습을 보던 가인은 대문을 열고 장을 봐 온 봉지를 놔두고는 남자의 뒤를 따랐다. 무슨 말을 하려는지 가 보면 알겠지.

"제게 하실 말씀이란 게 뭐예요?"

"저는 경빈 군의 아버님이신 민 회장님을 모시고 있는 박영균이라고 합니다."

가인은 알 수 없는 표정으로 되물었다.

"민 회장님이요?"

"그렇습니다. 신합그룹 민성식 회장님이십니다."

왜? 라는 의문을 갖기에 앞서 예감이 좋지 않았다. 그가 자신의 집안에 대해 시시콜콜 얘기하지 않았기에 가인도 묻지 않았다. 그러나 아직 학생 신분인데도 꽤 비싼 차를 끌고 다니는 걸로 보아 그의 집이 보통보다 조금 더 잘사는 거라 단순히 생각했었다. 지금도 박영균이 말하는 무슨 그룹의 회장이란 직함은 귀에 들어오지도 않았다. 갑작스레 그의 아버지가 자신에게 사람을 보낸 이유가 궁금했다. 아무래도 불안한 예감이 맞을 것 같다.

박영균은 양복 안주머니에서 봉투 하나를 꺼내 가인 앞에 내려놓았다.

"조만간 약혼하십니다."

뭐?

"그동안 도련님께서 윤가인 양을 만났던 것에 대한 보상입니다. 위로금으로 받아 두십시오."

가인의 고운 이마가 대번에 일그러졌다. 우선은 분노가 먼저 일었고, 그다음에 충격이 뒤따랐다. 이건 마치 드라마에서나 나올 법한 상황이었다.

"지금 무슨 말씀을 하시는 거예요?"

"회장님께선 조용히 해결하고 싶어 하십니다. 너무 기분 나쁘게 생각하지 말아 주셨으면 합니다. 부족하면 언제든 말씀하세요."

말을 마친 박영균이 서둘러 자리에서 일어났다.

"잠깐만요!"

가인은 부들부들 떨리는 몸을 가까스로 진정시키고는 박영균을 불러 세웠다. 박영균이 다시 자리에 앉자 가인은 자신의 앞에 놓여 있는 봉투를 그의 앞으로 밀었다.

"도로 가져가세요. 저, 이 돈 받을 이유 없습니다."

"이 정도는 받아 두셔도 됩니다. 그래야 서로 깨끗하게 정리할 수 있지……."

"하!"

가인이 헛웃음을 치자 박영균은 미간을 찌푸리며 말을 멈췄다.

"말씀에 심한 모순이 있네요. 사람의 감정을 끊어 내는 데 더러운 돈이 오갔는데 깨끗이 정리가 되겠어요?"

박영균이 당황한 듯 낯을 붉혔다.

"그러니 위로금이라 하지 않습니까."

"아니요. 전 단 한 번도 사람을 돈 보고 만난 적 없습니다. 그리고 두 번 다신 이런 일로 찾아오지 마세요."

가인은 이를 악물고 자리에서 일어나 카페를 나왔다.

박영균 앞에서와는 달리 집으로 돌아오는 길에 힘이 쭉 빠졌다. 가인은 더는 걷지 못하고 그 자리에 멈춰 섰다.

아이러니하게도 정작 그는 아무 말도 없는데 며칠 전에 만난 한연희도, 또 오늘 그녀를 찾아온 박영균도 모두 그의 약혼을 언급했다.

가인은 손을 올려 자신의 입술을 만져 보았다.

갑자기 내린 소나기. 따뜻했던 자동차 안. 서로의 체온에서 묻어나던 향기. 눈물이 날 정도로 다정했던 온기. 그리고…… 뜨거웠던 입맞춤.

그때의 온기가 지금도 남아 있는 것 같은데, 왜 이리 가슴은 답답한 것인지. 가인은 주먹을 쥐고 막힌 가슴을 때렸다. 있는 힘껏 치다 보면 체증처럼 얹힌 답답함이 내려가겠지. 그러나 가슴이 뚫리는 대신 눈물이 울컥 올라왔다. 그래도 괜찮다. 다행히 바람이 부니, 눈물을 식힐 수 있으니까.

가인은 여애(餘哀)한 얼굴이 처연하게 식을 때까지 대로 한가운데에 서 있었다.

경빈은 멀리서 힘없이 걸어오는 가인을 보고는 한달음에 뛰어갔다. 그러나 그녀의 얼굴을 보는 순간, 반가움보단 심장이 덜컥 내려앉았다.

평소 맑고 깨끗한 눈이 아닌 초점을 잃은 눈. 가인은 그런 눈으로 자신을 쳐다보았다. 그리고 까만 동공과 대조적으로 새하얀 눈자위에 옅게 스며 있는 붉은 기운은 분명히 운 흔적이다.

경빈은 얼굴이 대번에 굳어져선 앞뒤 재어 볼 것도 없이 곧장 물어왔다.

"누구야?"

가인은 침착하게 눈을 깜박거렸다. 경빈이 가인의 어깨를 힘주어 붙들었다.

"누구냐고? 누가 널…… 젠장!"

'네가 계속 고집을 부리면 나도 어쩔 수 없구나. 상황을 악화시키지 마라.'

하필 지금 아버지의 목소리가 떠오르는 건 뭔가. 설마 했지만 이미 마음은 확신으로 굳어졌다. 일순 그의 입매가 조소로 일그러졌다.

'아버지! 기어이⋯⋯.'

경빈은 눈을 한 번 질끈 감았다가 뜨고는 가인의 어깨를 어르듯 쓰다듬으며 자초지종을 물었다.

"무슨 일이야? 혹시 누구 만났어?"

한참을 쳐다보고 있던 가인이 천천히 입을 열었다.

"한연희 선배하고 약혼해요?"

역시. 경빈은 속으로 이를 갈며 다그쳐 물었다.

"누굴 만났어? 어디서 무슨 소릴 들었어?"

"약혼해요?"

"윤가인!"

"맞으면 맞다, 아니면 아니다, 그것만 말해요."

"아니야!"

가인은 비로소 체증처럼 얹혀 있던 숨을 토해 냈다. 그 한마디면 되었다. 그녀가 믿고 있는 단 한 사람이 아니라는데, 생판 모르는 남들이 하는 말은 하등 신경 쓸 가치도 없다.

"그럴 줄 알았어요. 아닐 줄 알았어. 누가 무슨 소릴 하든 듣지 말았어야 했는데, 나도 모르게 그만. 한순간이지만 잠시 다른 사람 말에 흔들렸나 봐요. 믿진 않았지만, 이미 들은 말을 안 들은 걸로 할 순 없잖아요. 그런데 이젠 괜찮아요. 선배가 아니라니 됐어요. 미안해요."

안도하는 가인을 보며 경빈의 눈에 차츰 냉기가 몰렸다. 자신의 날 선 눈빛을 감추기 위해 그는 그녀를 힘껏 끌어당겨 안았다.

"그래, 앞으로도 다른 사람 말은 듣지도 말고 믿지도 마. 난 언제나 네 곁에 있을 거니까, 내 말만 듣고, 내 말만 믿어."

경빈은 굳은 얼굴로 아버지 앞에 서 있었다. 서재 안은 조도를 낮춘 불빛으로 인해 침침한 기운이 가득한 데 반해 그의 눈빛은 형형하게 아버지를 향했다.

"아버지가 그러신 겁니까?"

민 회장은 보고 있던 신문을 내려놓고 두꺼운 안경 너머로 경빈을 흘끗 보더니 곧 고개를 돌려 버렸다. 못마땅한 기색이 역력했다.

"못난 녀석."

"이유를 말씀해 주세요. 우리한테 이러시는 이유가 뭡니까?"

"이유? 그래, 나도 네게 그 이유란 걸 들어 보자. 네가 애초에 내 말대로 깨끗이 정리했으면 너와 나 이렇게 부딪히는 일도 없었을 거다. 네가 왜 그리도 그 아이한테 집착하는지 나도 그 이유를 알고 싶구나!"

"사랑합니다. 사랑하는 데 무슨 이유가 더 필요합니까?"

망설임도 없는 아들의 단호한 대답에 민 회장의 가슴이 서늘하게 내려앉았다. 이 녀석, 벌써 그 정도로 깊은 감정인가? 여느 부모 못지않게 민 회장 역시 아들에겐 한없이 약한 아비지만, 그 마음을 겉으로 드러낼 순 없었다.

"다 한때 감정이다. 지금이야 네 눈에 그 아이밖에 안 들어올지 모른다만, 더 가면 너나 그 아이나 서로가 힘들어진다. 경빈아, 지금은 가슴이 아프겠지만 애비 말대로 해라."

"전 이해할 수가 없습니다. 전후 사정도 설명하지 않고 무턱대고 헤어지라고만 하는 아버지를 도저히 이해할 수가 없어요."

아들의 간절한 눈을 보지 않으려 민 회장은 지그시 눈을 감아 버렸다. 그리고 마음과는 달리 독한 말을 불쑥 내뱉었다.

"그 아이가 상처받는 거 원치 않는다면, 네가 먼저 그만둬."

경빈의 눈에서 불꽃이 튀었다.

"이미 상처 줬잖습니까!"

아들의 비난을 흘러가는 물처럼 조용히 흘려 넘기며 민 회장은 혼잣말처럼 읊조렸다.

"내가 할 말은 다 했다. 마음 정리가 빠를수록 상처는 덜 받겠지."

더는 참지 못하고 경빈은 집을 뛰쳐나와 차에 올랐다. 뒤늦게 김 여사가 쫓아 나왔지만, 이미 떠나는 아들의 차를 망연스레 바라보다 곧장 남편이 있는 서재로 쳐들어갔다.

"도대체 무슨 일이기에 경빈이가 저러는 거예요?"

불안한 얼굴로 민 회장은 서랍 깊숙이 넣어 둔 담배를 꺼냈다. 건강을 생각해 힘들게 금연한 후로 일체 담배에 손을 대지 않던 남편이 갑자기 담배를 찾자 아연실색한 김 여사가 바로 남편의 손에서 담배를 뺏어 냈다. 근래 들어 남편의 행동이 확실히 이상했다.

"당신, 무슨 일이 있는 거죠? 그렇죠?"

"일은 무슨. 못난 녀석, 그깟 여자 때문에 정신을 못 차리다니······."

말은 그리하면서도 민 회장은 초조하게 두 손을 그러모았다. 그런 남편의 손을 김 여사가 다독이듯 붙잡았다.

"당신이야말로 왜 그래요? 뭐 때문에 그 아이를 탐탁지 않아 하는지 모르겠지만, 경빈이가 좋다고 하잖아요. 연희가 예쁘긴 해도, 우리 아들이 싫다는데 난 미련 없어요. 여보, 경빈이가 좋다는 아이를 무턱대고 반대만 하지 말고 다시 생각해 봐요. 네?"

민 회장은 길게 한숨을 내쉬며 아내의 손에서 자신의 손을 빼냈다.

"생각해 보나 마나야. 경빈이하고 그 아이는 절대 맺어질 수 없어. 안 될 바에는 차라리 빨리 단념하는 것이 서로를 위해 나을 거요. 연희하고 약혼 서둘러야겠어."

착잡하게 내뱉는 남편의 말에 김 여사가 반박하고 나섰다.

"경빈이가 저리 싫다고 하는데 무슨 수로 연희하고 약혼을 시켜요?"

"원래 첫정이 무서운 법이잖소. 경빈이가 그 아이에게 마음을 많이 준 모양이지. 당신은 경빈이가 빨리 마음을 정리할 수 있게 신경 좀 쓰도록 해."

무조건 밀어붙이는 남편과 그럴수록 더 거세게 반발하는 경빈. 점점 어긋나는 부자 관계로 인해 애먼 김 여사의 한숨만 저택의 담장을 넘었다.

"가인아! 윤가인!"

경빈은 목청껏 그녀의 이름을 부르고는 휘청거리는 몸을 담벼락에 기대었다. 어스레한 허공으로 긴 숨을 토해 내자, 달무리 진 하늘이 눈에 담겼다. 달무리가 지면 비가 올 징조라더니, 과연 얼굴에 닿는 밤바람이 차고 습하였다.

그때 철컹거리며 대문이 열렸다. 겨우 사람 머리 하나 나올 정도로만 열린 문 사이로 가인이 얼굴을 내밀었다.

"선배?"

비스듬히 선 경빈과 눈이 마주치자 가인은 얼른 대문을 열고 나와 그를 부축했다.

"술 마셨어요? 무슨 술을 이렇게 많이 마셨어요?"

가인은 자신의 팔로 그의 허리를 두르고 그의 팔 하나를 자신의 어깨에 걸쳐 비틀거리는 그를 부축했다. 어깨에 고스란히 쏠린 체중이 버거워 숨을 들이켜자 비록 술 냄새에 섞이긴 했지만, 그의 체취가 미미하게 후각을 건드렸다.

"일단 안으로 들어가요."

가까스로 부축해 집 안으로 들어와 소파에 그를 앉히는데, 취해서 정신을 놓은 줄 알았던 그가 갑자기 엄청난 힘으로 가인을 확 끌어당겼다.

"엄마얏!"

비명은 곧장 그의 입속으로 빨려 들어갔다. 경빈은 가인의 허리를 당겨 자신의 단단한 몸 아래에 밀착시켰다.

조용한 거실에 입술과 타액 섞이는 소리만이 은밀하게 울리는 가운데, 평소 완벽하게 절제하던 이성은 어디로 날려 보냈는지 그의 행동이 더욱 대담해졌다. 경빈은 가인을 자신의 아래 눕히고는 한 손으로 가슴을 더듬으며 미친 듯이 입술을 빨아들였다. 그리고 다른 손으로는 거침없이 티셔츠를 걷어 올리고 브래지어 속으로 파고들었다. 이성은 어느새 부드러운 여체 아래 흔적도 없이 녹아 버리고, 내면에 잠들어 있던 욕망이 서서히 눈을 뜨기 시작했다.

"선배……."

가슴이 아팠다. 그답지 않게 이성을 놓아 버린 것이 안타까웠고, 그렇게 만든 것이 다름 아닌 자신인 것만 같아 가인은 미안하고 안쓰러운 마음에 목이 메었다. 그리고 자신이 생각보다 그를 훨씬 더 많이 좋아한다는 걸 깨달았다. 사실 이대로 그가 안고자 한다면 그녀는 기꺼이 안길 수 있었다. 자신의 전부를 내어 준들 무엇이 아까울까마는, 깨어난 후에 그가 갖게 될 자책이 마음에 걸렸다. 보나 마나 술에 취해 그녀를 안았다는 자괴감에 괴로워할 게 뻔한데, 그걸 알면서도 이대로 방관할 수만은 없었다.

"이러지 말아요. 제발 이러지 마……. 이렇게, 이런 식으로는 싫어요."

입술에 닿는 미지근한 눈물. 약한 흐느끼는 소리. 불현듯 술이 확 깼다. 경빈은 황급히 가인의 몸에서 떨어지더니 황망함과 수치스러움에 한동안 어쩔 줄 몰라 했다.

"미안……. 많이 놀랐지? 미안해, 미안하다."

그러자 말없이 보고 있던 가인이 다가와선 그의 얼굴을 감싸더니 자신의 품으로 이끌었다.

"선배 마음 알아요. 그러니까 나한텐 미안하다는 말은 하지 말아요."

경빈은 그녀의 품에서 온기를 들이마셨다. 안온한 체취와 안식과도 같은 향기를 천천히 들이켰다.

"……사랑해."

귀를 기울이지 않는다면 들리지 않을 정도의 낮은 소리로 그가 고백해 왔다.

"이제 난 너 없으면 하루도 살아갈 자신이 없다. 그러니까 윤가인, 무슨 일이 있어도 나 밀어내지 마라."

간절한 마음을 전하는 울림. 가인은 아무 말도 하지 않았다. 다만, 그를 안은 팔에 꼭 힘을 주는 것으로 대답을 대신했다. 그것으로 되었다. 경빈은 크게 숨을 들이켜 그녀의 냄새를 깊이 흡입했다. 날 선 감각마저도 마비시켜 버리는 아늑한 만족감. 몰려오는 나른한 취기에 눈이 감겼다.

황급히 엘리베이터에서 내린 연희는 방송국 로비 내에 있는 카페 안을 둘러보다 김 여사를 발견하고는 곧장 다가갔다.

"어머님!"

김 여사는 복잡한 마음과는 달리 겉으로는 지극히 온화한 미소를 지으며 연희를 맞았다. 지난밤 남편과 한차례 언쟁이 오간 후, 집을 나간 경빈을 걱정하느라 뜬눈으로 밤을 지새웠다. 결국, 경빈은 돌아오지 않았고, 어슴푸레한 새벽녘이 되어서야 김 여사는 연희라도 만나 봐야겠다는 생각에 곧장 방송국으로 왔다.

연희는 걱정스러운 눈으로 김 여사를 마주 보았다.

"어디 편찮으세요?"

"아니다."

"피곤해 보이세요."

"괜찮아."

"그런데 이렇게 이른 시간에 어쩐 일이세요? 하실 말씀 있으시면 절 부르지 그러셨어요. 제가 찾아뵈면 되는데."

"내 볼일에 바쁜 사람 오라 가라 하는 것은 경우가 아니지."

비록 미소로 감추고 있으나 김 여사의 얼굴에 깊게 내려앉은 근심을 보지 못할 리가 없었다. 연희는 걱정스럽게 물었다.

"무슨 일 있으세요? 안색이 많이 안 좋아 보이세요."

김 여사는 씁쓸히 웃었다. 막상 연희를 보니 어떻게 말을 꺼내야 할지 선뜻 말이 나오지 않았다. 아들에 대한 연희의 마음을 알고 있기에 이런 걸 묻는 게 경우가 아니란 것은 안다. 하지만 어쩌면 연희는 알고 있지 않을까 해서 무작정 온 길이다. 연희에게 원망을 받는다 해도 우선은 내 자식이 더 중한 법이니, 묻지 않을 수가 없었다.

"연희야?"

"말씀하세요, 어머님."

김 여사는 입술을 한 번 축이고는 천천히 입을 열었다.

"이런 말을 해서 미안하다만, 너도 알고 있을 거란 생각이 들어서. 경빈이가 만난다는 아가씨 말이다."

순간 연희의 얼굴에서 표정이 사라졌다.

"어머님……."

"다른 뜻은 없어. 그냥 내가 그 아가씨 한번 만나 봤으면 하는데, 누군지만 말해 다오."

이젠 아예 연희의 얼굴이 사색이 되었다. 그러더니 곧 눈물까지 글썽거렸다.

"갑자기 그게 무슨 말씀이세요? 어머님까지 그러시면 전 어떡해요? 그 애 만나서 뭘 어쩌시려고요?"

"그런 게 아니다, 연희야. 네 마음 아프게 하려고 그 아이를 만나겠다는 게 아니야."

김 여사는 손수건을 꺼내 가만히 연희의 손에 쥐여 주었다.

"내 입장을 네가 좀 이해해 줬으면 좋겠구나."

"저희 지금 약혼 얘기 오가고 있어요. 그런데 어머님이 그 애를 왜 만나야 하는지 이유를 모르겠어요. 그렇지 않아도 경빈 씨 때문에 속상해 죽겠는데, 어머님까지 그러시면……."

김 여사는 낮게 한숨을 쉬며 차분하게 연희를 설득하기 시작했다.

"내가 다른 마음이 있어서 그 아이를 만나겠다는 게 아니야. 너도 아는지 모르겠다만, 요즘 경빈이가 자꾸만 엇나가고 있어. 마주

치기만 하면 부자가 똑같이 언성을 높이는데, 계속 모른 척 두고 볼 수만은 없잖니?"

이후로도 연희는 한참을 더 눈물을 보였다. 우는 애를 겨우 달래고 설득해서 경빈이 만난다는 여자가 누구인지 알아내긴 했지만, 본디 모질지 못하고 심성이 착한 김 여사는 연희의 눈에서 눈물을 뽑은 것이 내내 마음에 걸렸다.

토독, 톡.
창문에 떨어지는 빗소리에 눈이 뜨였다. 누운 채로 가인은 손을 더듬어 협탁에 놓인 자명종 시계를 들어 올렸다. 7시 40분.

뭐가 잘못되었나 싶어 가인은 침대에서 몸을 일으켜선, 눈을 비비고 다시 시간을 확인했다. 분명히 6시 30분에 맞춰 놓은 알람이 언제 해제되었지? 알람 소리를 듣지 못할 정도로 피곤했던 것도 아니고, 잠귀가 어두운 편도 아닌데 어찌 된 영문인지를 몰랐다. 가인은 자명종 시계를 흔들어 보다가 다시 협탁 위로 손을 뻗어 머리끈을 찾아서 머리카락을 한데 모아 묶고는 방을 나왔다.

아래층으로 내려오자 부엌에서 부산스러운 소리가 들렸다. 가인은 문설주에 기대어 열심히 아침을 준비하고 있는 그의 뒷모습을 보았다. 부엌과 어울리지 않는 그 모습이 뭉클하면서도 어쩐지 우스워 보여 그녀는 소리 내지 않으려 입술을 깨물었다. 자신의 방에 몰래 들어와 알람을 꺼 놓은 것도 분명히 저 남자의 소행일 것이다.

"지금 뭐 하는 거예요?"

도마 위에서 열심히 칼질하던 경빈이 갑자기 들리는 소리에 화들짝 놀라더니 뭔가 미진한 표정으로 고개를 돌렸다.

"벌써 일어났어? 아직 다 안 됐는데. 조금 더 자지."

직접 눈으로 보고 있는데도 부엌과 그는 전혀 매치가 되질 않았다. 부엌 한가운데 머쓱한 얼굴로 서 있는 그가 물 위에 뜬 기름처럼 이질적으로 느껴졌다. 그런데 어울리지 않을 것 같은 앞치마가 또 은근히 잘 어울리는 그를 가인은 기이하게 보며 다가섰다. 그리고 그가 여기저기 벌여 놓은 진풍경을 눈으로 훑었다.

"이게 다 뭐예요?"

경빈은 뒷목을 긁적거리며 멋쩍게 말했다.

"나도 염치가 있지. 간밤에 술 먹고 추태를 부린 것도 모자라 폐까지 끼쳤는데, 숙박비 대신 아침이라도 해야지."

가인은 잠시 황망한 눈으로 그를 올려다보았다. 아직 술독이 남아서 속이 많이 쓰릴 텐데, 그런 사람이 새벽같이 일어나서 생전 해 본 적 없는 아침을 준비하느라 진땀을 흘렸을 것을 생각하니 가슴이 먹먹해졌다. 누가 이런 거 해 달라고 했나. 마음과 달리 타박이 먼저 나왔다.

"우리 집이 여관도 아닌데, 무슨 숙박비예요? 내가 언제 선배한테 아침밥 해 달라고 했어요? 속도 안 좋으면서 왜 시키지도 않은 일을 해요. 잠도 소파에서 자서 피곤할 거면서."

경빈이 당황한 표정을 감추려 사람 좋은 웃음을 지었다.

"그냥 내가 좋아서 한 건데. 뭘 그런 걸로 화를 내냐?"

가인은 그의 손에 들린 칼을 빼앗아 도마 위에 내려놓고 앞치마도 벗겨 냈다.

"이제 내가 할게요."

"무슨 소리야! 내가 하던 거니까 끝까지 내가 해야지."

경빈이 발끈하며 가인의 손에서 도로 앞치마를 뺏어 왔다.

따르릉. 따르릉.

갑자기 거실에서 전화벨이 울리자 경빈은 이때다 싶었는지 얼른 가인의 등을 떠밀었다.

"뭐해? 전화받아야지."

그에게 쫓기듯 떠밀려 거실로 나온 가인은 경빈을 한 번 흘긋 쳐다보고는 수화기를 들었다.

"여보세요?"

[…….]

아침부터 급하게 울리기에 받자마자 용건이 튀어나올 줄 알았는데, 정작 수화기 안에서는 고요한 침묵이 감돌았다.

"여보세요? 말씀하세요."

[실례지만 윤가인 양 댁인가요?]

처음 듣는 여자 목소리에 가인은 잠시 갸웃한 표정을 지으며 수화기를 고쳐 잡았다.

"네. 제가 윤가인입니다만, 누구신가요?"

수화기 너머에선 잠시 망설이는 듯한 기척이 느껴졌지만, 가인은 침착하게 기다렸다.

[나, 민경빈이 엄마 되는 사람이에요.]

하마터면 수화기를 놓칠 뻔했다. 가인은 재빨리 부엌에서 아침을 준비하고 있는 그를 한 번 쳐다보고는 수화기를 두 손으로 고쳐 잡았다. 그의 어머니가 이 시간에 전화를 한 건 지난밤 그의 외박과 관련된 것일 테니 비록 보이진 않더라도 송구한 마음을 감출 길이 없었다.

"네, 안녕하세요."

수화기에서 일순 미묘한 침묵이 감돌더니 곧 다시 침착한 목소리가 흘러나왔다.

[지금 경빈이 하고 같이 있나요?]

"……네."

대답하기가 무척 곤란했지만 직접적으로 물으니 가인은 긴장이 배인 목소리로 겨우 대답했다.

[그래요. 거기 있었군요. 내가 가인 양에게 할 말이 있어서 그러는데, 경빈이한테는 말하지 말고 오늘 우리 좀 만날까요?]

가인은 잔뜩 긴장한 얼굴로 찻집 문을 열고 들어섰다. 맑고 쌉싸래한 차향이 그윽하게 배인 실내에는 아련한 해금 소리가 빗소리와 절묘하게 어우러졌다.

가인은 입술을 살짝 물었다가 놓으며 찻집 안을 둘러보았다. 한 번도 뵌 적은 없지만, 그의 어머니를 찾는 것은 그리 어렵지가 않았다. 한산한 창가 쪽 원목 테이블에 우아하고 기품 있는 중년 부인이 비 내리는 창밖을 바라보고 있었다. 한눈에 그녀를 알아본 가인이 여인 곁으로 다가갔다.

"저……."

깊은 사념에 빠져 있던 김 여사가 천천히 고개를 돌렸다. 그리고는 차분히 미소를 지었다. 한 번도 본 적 없는 아들의 여자를 기다리며 어떤 아이일까 막연히 상상만 하던 것과 이렇게 눈앞에서 직접 대면한 것은 현저한 차이가 있었다.

"윤가인 양?"

가인은 흠잡을 데 없는 다소곳한 태도로 공손히 머리를 숙였다.

"네. 윤가인이라고 합니다. 처음 뵙겠습니다."

"김이연이라고 해요. 앉아요."

김 여사는 자리에 앉는 가인을 눈여겨보았다. 첫눈에 든 느낌은 여리게 보이는 만큼 전체적으로 선이 가늘고 깨끗한 외모라는 것.

이 아이로구나. 아들이 마음에 두고 있는 여자가.

김 여사의 눈매가 측은하게 가라앉았다. 선뜻 고개를 들지 못하지만, 길게 드리워진 속눈썹 아래 가인의 맑고 선한 눈동자가 김 여사의 눈에 들어왔다. 아름답고 똑똑하지만 지나치게 딱딱해서 대하기가 다소 불편한 연희와는 달랐다. 뭐랄까, 가인은 어린 버드나무와도 같아서 한없이 안아 주고 싶은 마음이 들었다. 아무래도 자신 때문에 상처를 받을 터이기에 더 그렇게 느껴지는지도 모르겠다. 아무리 좋게 돌려 말해 본들 결국에는 이 아이에게 상처를 주는 일이니까.

"차 주문해요."

김 여사는 주문을 받기 위해 다가온 점원에게 건네받은 메뉴판을 펼쳐서 가인 앞에 놓아주었다.

"전 모과차로 하겠습니다."

김 여사는 고개를 끄덕이며 점원에게 메뉴판을 돌려주었다.

"나도 같은 걸로 줘요."

점원이 돌아간 뒤 김 여사는 착잡한 마음을 거두고 말문을 열었다.

"내 전화받고는 놀랐죠? 다름이 아니라 내가 오늘 보자고 한 용건은 우리 경빈이가 만나는 아가씨가 있다고 해서, 어떤 아가씨인지 궁금하기도 하고. 그리고 또……."

어떻게 말해야 하나 잠시 고민을 하고 있는데 살짝 고개를 숙이고 있던 가인이 조심스럽게 눈을 맞춰 왔다.

"편하게 말씀하세요."

김 여사는 희미하게 미소를 지으며 차분하게 물었다.

"올해 나이가 어떻게 되나요?"

"스물한 살입니다."

"아직 많이 어리네."

김 여사가 한숨처럼 말했다.

"저기, 가인 양?"

가슴 밑바닥서부터 꾸물꾸물 올라오는 불안한 예감에 가인은 흔들리는 눈으로 김 여사를 보았다. 불안감을 감추고자 주먹을 너무 꼭 쥔 탓에 손은 물론 팔오금까지 저려 왔다.

"만나자마자 이런 말을 해서 정말 미안해요."

"……."

그때 점원이 다가와 주문한 차를 내려놓고는 총총히 사라졌다. 김 여사는 뜨거운 찻물로 입술을 축이고는 다시 말을 이었다.

"아는지 모르겠는데, 우리 집이 보통 다른 집처럼 그렇게 편한 집이 아니에요. 집안이 그렇다 보니 우리 경빈이가 그 또래에 비해 어깨가 무거운 것도 사실이고. 외아들이라 더 그런 것도 있어요. 그래서 말인데. 내가 가인 양에 대해 좀 알아봤는데, 너무 기분 나쁘게 생각하지 말아 줬으면 해요."

가인의 눈동자가 점점 더 불안하게 흔들리기 시작했다.

"어릴 때 어머님을 잃고, 근자에 아버님마저 돌아가셔서 가인 양이 많이 힘들 거란 거 알아요. 그래서 가인 양에게 우리 경빈이가 더 많은 위로가 됐을 거예요. 그 마음 이해해요. 안타깝게 생각하고요."

김 여사는 짧게 한숨을 내쉬고는 다시 찻물로 입술을 적셨다.

"단도직입적으로 말할게요. 어린 가인 양에게 지금 내 말이 야속하게 들리겠지만 이해해 주길 바랄게요. 경빈이 결혼할 사람이 있어요. 오래전부터 나와는 친분이 있는 집안의 여식이라 내게도 딸 같은 아이죠. 가인 양은 예쁘고 어리니까 앞으로 더 좋은 사람을 만날 수 있을 거예요."

"저, 어머님……."

가인이 떨리는 입술로 겨우 말을 하려는데, 김 여사가 한 손을 들어 그녀의 말을 막았다.

"내 말 먼저 들어요. 이런 얘기하는 거 나도 무척 유감이지만, 솔직히 말할게요. 지금 가인 양 때문에 경빈이가 아버지하고 많이 안 좋아요. 누구 한 사람 굽히기 전엔 매듭이 지어지지 않을 만큼 엇나가 버렸어요. 옆에서 지켜보는 나도 너무 힘이 들어서 오늘 부득이 가인 양을 보자고 한 거예요. 힘들겠지만 가인 양이 포기해 줘야겠어요. 부탁할게요."

포기하라니. 어쩌면 이런 말을 들을 거라 예상했었다. 그렇지만 막연히 생각했던 것을 직접 듣게 되니, 차가운 칼로 가슴을 도려내는 듯해서 지독히도 아팠다. 아파서, 그를 보지 못한다는 생각만 해도 너무 아파서 아무리 그의 어머니 부탁이라 해도 들어줄 수가 없었다.

"죄송합니다, 어머님. 그럴 수는 없습니다. 그러니 그 말씀은 거두어 주세요."

애써 초연한 척하나, 파랗게 질린 작은 얼굴이 못내 안쓰러워서 김 여사는 고개를 돌렸다. 창문을 토독토독 두드리는 빗발이 어느새 가늘어져선, 분분(紛紛)하게 흩날렸다.

자꾸만 엇나가는 경빈에 대한 걱정과 남편이 원하고 딸처럼 아껴 왔던 연희가 안쓰럽다 하여 내린 결정이었다. 하지만 아무리 여러 사람이 편해진다 해도, 그것은 그들만의 이기심. 그것을 이 일의 면죄부로 삼을 수는 없었다. 그럼에도, 이 얼마나 이기적인지 알면서도 김 여사는 자신의 입으로 모진 말을 내뱉었다.

"부탁이에요. 가인 양이 포기해요. 경빈이 놔줘요. 아니, 경빈이를 단념시켜 줘요. 아주 잠깐이잖아요. 힘든 건 금방 지나가요. 두 사람 함께한 시간이 길지 않으니 힘든 건 생각보다 더 짧을 수도 있어요. 금방 괜찮아질 거예요. 어리잖아요. 이렇게 어리고 예쁜데 앞으로 사랑은 얼마든지 할 수 있어요. 그러니 한 사람한테 연연해하지 말아요."

유순한 말로 점잖게 부탁하긴 하나, 김 여사의 한 마디 한 마디가 가인의 가슴에 모두 상처로 새겨졌다.

"죄송합니다."

"가인 양……."

"죄송합니다, 어머님. 선배 없이 살아갈 자신이 없습니다. 제 나이가 비록 어리긴 하지만, 그 사람을 담은 마음조차 가볍진 않습니다. 제가 많이 부족한 것도 잘 압니다. 노력하겠습니다. 어머님 마음에 드시도록 노력하겠습니다."

금방이라도 눈물을 쏟아 낼 듯 가인의 눈망울이 촉촉하게 젖어 들었다. 그 눈을 마주 보기가 힘들어 김 여사는 먼저 손수건으로 열 오른 자신의 눈을 가렸다. 그리고 더는 마주앉아 있을 수가 없어 서둘러 자리에서 일어났다.

"미안해요, 가인 양. 내 말이 야속하겠지만, 내가 할 말은 다했어요. 미안해요. 정말 미안해요."

말을 마친 김 여사는 가인이 붙잡기 전에 빠른 걸음으로 찻집을 나와 버렸다.

[여보세요?]

휴대전화를 통해 들리는 익숙한 목소리를 들으며 가인은 하늘을 올려다보았다. 바람을 타고 분분한 빗발이 눈을 어지럽혔다. 솜털처럼 가벼우면서도 차가운 감촉을 맞자 목덜미를 타고 소름이 돋았다.

[여보세요? 가인! 전화를 했으면 말을 해야지!]

여람의 다그침에 가인은 목소리가 떨려 나왔다.

"여람, 어떡하지? 가슴이 터질 것 같은데, 이럴 땐 어떡해야 하지?"

[매직 데이냐?]

여람답게 엉뚱한 대꾸가 돌아왔다.

"아니."

[지금 거기 어디냐?]

가인은 주변을 둘러보았다. 인사동에서 걷기 시작했는데 어느새 혜화동까지 와 버렸다. 이미 생을 마친 노란 은행잎이 어지럽게 거리를 수놓고, 그 위를 추적추적 내리는 가을비가 적셨다.

"대학로."

20분쯤 지났을 때 여람이 왔다. 머리 위로 빗물 대신 우산이 씌워지기에 가인은 고개를 들었다. 뛰어왔는지 여람의 뺨이 상기되어 있었다.

"우산은?"

"잃어버렸어."

"잘한다. 비 오는 날 칠칠맞게 우산이나 잃어버리고. 그럼 어디 들어가 있든가, 널린 게 편의점인데 하나 사든가! 미련하게 이 비를 다 맞고 있냐?"

괄괄하게 목청을 울리는 여람을 보며 가인은 입가를 늘이고 씩 웃었다. 무슨 일인지도 모르면서 한달음에 달려와 준 친구가 고마웠다.

"일어나."

여람이 가인의 손을 잡아 일으켰다. 그러다 찬 냉기만 스산하게 배어 있는 얼음장 같은 손에 확 인상을 썼다.

"완전 뼈째 냉동된 고깃덩이가 따로 없네."

"큭!"

너무나 원색적인 표현에 가인이 웃음을 들이켜느라 기괴한 소리를 냈다.

"웃기냐?"

여람이 어이없다는 듯 혀를 찼다.

"별로."

"근데 왜 웃어?"

"경빈 선배가 약혼한단다."

가인은 표표히 흩날리는 비를 바라보며 남의 일인 양 말했다. 그런데 우습게도 애오라지 눌러놓은 설움이 입 밖으로 나온 순간 덧없이 북받쳐 올랐다. 잠시 입을 꾹 다물고서 심산한 마음이 진정되길 기다리는데, 아무래도 무리인 듯싶다.

그러나 가인이 울지도 못하게 비분강개한 여람이 먼저 목청을 높였다.

"뭐? 그게 무슨 소리야! 경빈 선배가 뭘 한다고?"

여람은 훼척한 가인의 어깨를 잡고 흔들었다.

"조금 전에 선배 어머님 만났어. 결혼할 사람이 있는데 나 때문에 선배하고 부모님 사이가 자꾸만 틀어진다고. 요즘 선배가 계속 엇나간다네. 그러니까 포기하라고, 모두를 위해서."

하도 어이가 없는지 아주 잠깐 여람은 말문이 막혔다. 그러나 곧 고래고래 소리를 지르기 시작했다.

"그게 무슨 귀신 씨나락 까먹는 소리래? 입에서 나온다고 다 말인 줄 아나! 요즘이 어떤 세상인데, 넌 병신같이 그런 고리타분한 얘기를 듣고만 있었냐?"

한차례 목청을 터트린 여람은 신경질적으로 자신의 머리카락을 헝클어뜨렸다. 상당히 마음에 안 드는 상황일 때나 나오는 버릇인데, 지금이 그때인 것 같았다. 자신의 일이면서도 오히려 초연한 가인과는 달리 여람의 성질이 제대로 터졌다.

"아, 이거야 원! 그래서 너 지금 선배 어머니 말대로 그리하겠다, 그러고 오는 길이냐?"

가인이 고개를 내저었다.

"그런 말은 안 했지."

"그렇지! 윤가인이 누군데. 아무리 선배 어머니라도 그렇게는 절대 못 한다, 똑 부러지게 말했겠지?"

"똑 부러지게는 아니어도, 그렇게는 못 한다는 말은 했지."

"그래서 울진 않았고?"

걱정스레 묻는 여람을 보며 가인은 피식 웃어 버렸다.

"울 타이밍을 놓쳤어. 모든 일엔 타이밍이 중요한데. 내가 그렇지, 뭐."

말은 그렇게 하지만 저 속이 지금 말이 아닐 것이다. 웃는다고 해서 진짜로 웃는 게 아닐 테니. 여람이 혀를 내둘렀다.

"대체 어떤 여잔데?"

별(別)무리

심각하게 묻는 말이 무색하게도 대답은 곧장 나왔다.

"한연희 아나운서."

"뭐?"

여람의 눈살이 흉하게 일그러졌다.

"우리 학과 4년 선배인 한연희 아나운서라고. 직접 만난 적도 있어. 네가 전해 줬잖아. 그날 날 찾는 사람이 하늘 호수에서 기다린다고."

"뭐야, 그럼? 진짜로 경빈 선배한테 다른 여자가 있단 거야? 그 여자가 한연희 아나운서고, 직접 널 찾아오기까지 했다고?"

"세 사람만 우기면 없는 호랑이도 만들어 낸다더니. 내가 딱 거기에 넘어가게 생겼어. 선배는 아니라는데, 다른 사람들이 경빈 선배와 한연희 선배는 약혼할 사이라고 하도 우기니까 이젠 나도 혼란스럽다."

그 말인즉, 한연희와 경빈 선배 어머니 외에 또 다른 누군가가 가인을 찾아왔다는 말이었다. 여람의 눈썹이 휙 치켜 올라갔다.

"선배 어머니 말고, 한연희인지 뭔지 하는 불여우 말고 또 누구?"

가인은 아무것도 아니라는 듯 고개를 저으며 여람을 잡아끌었다.

"술이나 마시러 가자."

여람은 가인이 처한 상황이 상당히 맘에 안 드는 듯 또다시 자신의 머리카락을 마구 헝클어뜨렸다.

"아, 씨! 생각할수록 화가 나네. 뭐? 결혼할 사람이 있어? 그러니까 포기해? 선배 어머니란 사람도 웃긴다. 그런 소리 할 거면 자기 아들한테 먼저 해야지. 왜 애먼 너한테 그러는 건데! 먼저 좋다고 매달린 사람이 누군데!"

이제껏 애써 웃고 있던 가인이 침울하게 어깨를 늘어뜨렸다.

"여람아, 선배가 정말로 다른 사람하고 약혼하면 어떡하지?"

이제껏 초연한 모습을 유지하던 가인이 갑자기 약한 모습을 보이자 흥분해 있던 여람이 마지못해 표정을 추슬렀다. 자신이 아무리 흥분한다 한들 당사자인 가인이 당한 모멸감과 비통함에 비할까.

"그런 일은 없을 거다. 요즘에 부모가 결혼하라 해서 결혼하고, 헤어지라고 해서 헤어지는 바보 멍청이가 어디 있냐? 그리고 경빈 선배는 마마보이가 아니잖아."

"그래도 속상하다. 벌써 몇 번째인지 모르겠어. 다음엔 또 누가 찾아올지······."

"그냥 한 귀로 듣고 흘려버려. 선배가 헤어지자고 한 것도 아니잖아. 너 혼자 끙끙 앓지 말고 선배한테 솔직하게 다 털어 놔라."

가인은 눈으로 '정말 그럴까?' 하고 묻다가 이내 고개를 저었다. 그가 아니라고 한 이상, 아주 사소한 것이라도 의심을 하면 안 될 것 같았다. 일단 그냥 믿기로 했다. 설마 무슨 일이야 있을까.

저녁이 되어서야 비가 그쳤다. 가인을 만나고 온 이후로 김 여사는 줄곧 수심에 잠긴 얼굴로 창밖 정원을 바라보고 있었다. 지금 생각해 보니 그 아이를 만나서 대체 무슨 말을 했는지 기억이 나질 않았다. 아니, 기억하고 싶지 않다는 게 솔직한 심정이었다.

그렇게 오늘 일을 잊으려 했건만, 어느새 생각은 또다시 몇 시간 전의 기억을 더듬고 있었다. 애처로운 어깨의 떨림을 감추려 애쓰던 모습이 눈에 선하게 밟혔다. 아이의 고운 자태와 선하기만 하던 첫인상이 눈앞에서 살아 꿈틀거렸다. 그런 아이에게 상처를 주었다는 자책감에 빠져 있느라 김 여사는 사방이 어두워진 것도 모르고 있었다.

"뭐하세요?"

갑자기 주위가 환해지며 등 뒤에서 인기척이 들리자 김 여사는 흠칫 놀라 돌아보았다.

"버, 벌써 오니?"

경빈은 지나치게 놀라는 어머니의 모습을 의아하게 쳐다보았다.

"어두운데 불도 안 켜고 뭐하고 계셨어요?"

"아, 아무것도 아니다."

김 여사는 차마 아들의 눈을 마주할 자신이 없어 황급히 시선을 돌려 버렸다.

"왜 그러세요?"

"응? 뭐가?"

"왜 그렇게 놀라세요?"

"놀라긴 누가. 잠시 딴생각 좀 하느라 그런 거지."

김 여사는 말을 얼버무리며 되레 경빈에게 되물었다.

"그런데 오늘은 네가 어쩐 일로 이렇게 일찍 들어오니?"

요즘 들어 부쩍 잦아진 외박과 늦은 귀가로 어머니께 걱정을 끼친 것에 대해 할 말이 없던 터라, 경빈은 머쓱한 얼굴로 시선을 피했다. 김 여사는 그런 경빈의 눈치를 살피며 조심스레 물었다.

"오늘은 안 만났니?"

평소와 다른 어머니의 어색한 행동에 경빈이 다시 의아한 눈을 하자 김 여사는 재빨리 고개를 돌렸다.

"아니다. 그만 올라가 쉬어라."

민 회장은 퇴근해서 돌아오자마자 경빈부터 찾았다.
"경빈이는 들어왔나?"
"지금 방에 있어요. 저기, 여보……."
무언가 할 말이 있는 듯 망설이는 아내의 모습이 다소 초조해 보였다.
"무슨 할 말이 있는 게요?"
김 여사는 몇 번 입술을 달싹이다가 종일 체증처럼 얹혀 있던 말을 쏟아 냈다.
"오늘 그 아이를 만나고 왔어요. 경빈이가 사귄다는……."
마음 약한 아내가 그 아이를 만나기까지 얼마나 마음의 갈등을 겪었을지는 보지 않아도 알 수 있어서 민 회장도 착잡하게 한숨을 내쉬었다.
"그 아이를 만나서 뭐라고 한 거요?"
"당신 뜻대로 했어요. 그 아이한테 경빈이 놔주라고 했어요. 우리 아들에겐 이미 결혼하기로 한 사람이 있으니까 그만 잊고, 다시 좋은 사람 만나라고 했어요. 그랬더니……."
"그만합시다. 잘한 거야. 힘들었을 텐데 오늘 당신 잘했소. 당신이 직접 만나서 얘기했으니, 그 아이도 마음 접겠지. 이제 경빈이만……."
"누가 뭘 어쨌다고요!"
위쪽에서 들리는 소리에 민 회장과 김 여사는 동시에 고개를 돌렸다. 경빈이 이층으로 연결된 계단에 서서 사납게 얼굴을 일그러뜨리고 있었다.
"경빈아!"

김 여사가 비명처럼 아들의 이름을 부르자 경빈은 긴 다리로 두세 칸씩 건너뛰면서 성급하게 계단을 내려왔다.
"두 분, 지금 무슨 말씀하신 겁니까?"
"언제부터 거기 있었니?"
경빈이 성마르게 다그쳤다.
"누가 누구를 만나요? 가인이를 만났어요? 어머니가 가인이를 만나고 왔단 말씀이세요?"
경빈이 화를 억누르지 못하고 거칠게 앞 머리카락을 쓸어 올리며 잇새로 욕지거리를 내뱉었다.
"젠장!"
"너 이 녀석! 부모 앞에서 그 무슨 말버릇이냐!"
아들의 과격한 언사에 민 회장이 호통을 쳤다. 그러나 어머니가 가인을 만나고 왔단 사실에 분노가 머리끝까지 오른 경빈은 아무것도 눈에 보이는 게 없었다.
"말씀드렸잖습니까! 가인이는 그냥 놔두라고. 제발 그 아이한테 상처 주지 말란 말입니다!"
경빈은 답답한 듯 손으로 머리카락을 힘껏 움켜쥐었다가 곧장 집을 뛰쳐나갔다. 김 여사가 대문 밖까지 따라 나와서는 간신히 아들의 팔을 붙잡았다.
"경빈아! 얘기 좀 하자. 일단 내 말 먼저 듣고······."
"무슨 얘기요? 어머니는 저랑 얘기하고 가인이 만났습니까? 아버지, 어머니가 아무리 그러셔도 저 연희하고 약혼 안 합니다. 가인이하고 헤어지기만 하면 제가 연희하고 약혼할 줄 아셨습니까? 왜 제 감정은 생각지도 않으세요? 정말 왜들 이러시는지 모르겠다고요!"

경빈은 자신의 팔을 꼭 붙들고 있는 어머니의 손을 떼어 놓고 차에 올라 시동을 걸었다. 김 여사는 절망스런 얼굴로 눈앞에서 멀어지는 아들의 차를 하염없이 바라보다 그 자리에 털썩 주저앉아 버렸다.

  벌써 몇 시간째, 어둠에 휩싸여 정적만이 흐르고 있는 집 앞에서 경빈은 초조하게 가인을 기다리고 있었다. 밤이 깊어 가는 시간만큼이나 그의 속도 빠르게 타들어 갔다. 다시 휴대전화를 걸었지만, 여전히 전원이 꺼져 있다는 기계음만 흘러나왔다.
  얼마나 더 시간이 흘렀을까. 그렇게 한참을 서서 기다리고 있는데 어둠에 익은 시야에 멀리 가물가물한 형체가 들어왔다. 단박에 가인임을 알아채고 경빈은 그 형체를 향해 뛰어갔다.
  낑낑거리며 취해 늘어진 가인을 부축해서 걸어오던 여람이 경빈을 발견하고는 반색했다.
  "선배!"
  경빈은 몸을 가누지 못해 여람의 어깨에 위태롭게 기대어 있는 가인을 재빨리 받았다.
  "가인아, 괜찮아?"
  "후우, 나머지는 선배가 알아서 하세요. 저는 임무 수행을 마쳤으니 그만 가 보겠습니다."
  여람은 자신의 어깨에 무겁게 매달려 있던 가인을 가볍게 안아 드는 경빈을 보며 한 짐 덜었다는 듯 후련한 얼굴로 뒤처리까지 부탁하고 등을 돌렸다.
  "그래, 고맙다. 조심해서 가라."
  그런데 뒤돌아 걷던 여람이 갑자기 몸을 돌리더니 타박 어린 목소리로 투덜거렸다.

"쟤요, 오늘 하루 종일 선배만 찾았거든요? 그런데 선배한테 전화하려고 하면 또 그건 죽어도 못 하게 하고, 저 계집애한테 시달리느라 내가 아주 죽는 줄 알았어요. 제발 애 좀 울리지 마세요."

여람은 소금에 절인 배추처럼 경빈의 품 안에서 축 늘어진 가인을 한 번 흘긋 보더니만 쯧, 혀를 차고는 다시 몸을 돌렸다. 저렇게 취한 애를 경빈에게 그냥 맡기고 가도 되나 잠시 갈등이 일었지만, 애초에 가인이 취한 원인이 그에게서 비롯된 것이니까 둘이 알아서 하겠지. 경빈이 취해 정신을 못 차리는 가인을 덮칠 리는 없다는 그런 믿음 따위 애초에 없었다. 막말로 사고를 치든 말든 그건 두 사람이 알아서 할 일이니까. 가인을 그에게 인도한 걸로 여람은 제 할 일을 다한 것이라 여기고 홀가분하게 마음을 비우기로 했다.

"가인아, 이기지도 못하는 술을 왜 이렇게 많이 마셨어?"

경빈이 걱정스럽게 그녀를 내려다보았다.

"우욱!"

그에게 안겨 집으로 가던 가인은 공중에 붕 뜬 상태로 몸이 흔들리자 갑자기 욕지기가 치밀었다. 재빨리 한 손으로 입을 틀어막고는 다른 손으로 그의 가슴을 두드렸다. 경빈이 제꺽 그녀의 상태를 알아차리고 서둘러 품에서 내려놓자 가인은 대문 앞에 쪼그리고 앉아 속을 게워 내기 시작했다. 밥도 안 먹고 초저녁부터 안주도 없이 술만 들이부었던 터라, 멀건 액체가 시큼한 냄새를 풍기며 쏟아졌다. 냄새가 지독할 텐데도 경빈은 내색 하나 없이 가인의 등을 두드리며 걱정스럽게 물었다.

"좀 괜찮아?"

한참을 꾸역꾸역 게워 내던 가인이 흐릿하게 풀린 눈으로 그를 바라보았다.

"응? ……선배?"

그를 확인한 가인은 힘없이 바닥에 주저앉더니 손을 휘적휘적 내저으며 벽에 머리를 기댔다.

"아, 이게 뭐야. 나한테 냄새나니까 저리 가요. 정말 오늘 왜 이러지? 선배 앞에서 추태나 보이고. 왜 하필 거기 있는 거예요. 창피하게."

취한 와중에도 가인은 그에게만큼은 절대 보이고 싶지 않은 자신의 치부를 보인 것이 한심하고 창피해 죽을 것 같아서 자학하듯 벽에다 머리를 쿵쿵 박았다. 그런데 응당 차갑고 딱딱한 콘크리트 벽이 느껴져야 할 곳에 어찌 된 건지 따뜻하고 부드러운 온기가 느껴졌다. 가인은 다시 흐린 눈을 멍하니 들어 올렸다. 지금 당장 죽고 싶을 정도로 창피해 피하고 싶은 얼굴이 안쓰럽게 그녀를 보고 있었다.

가인은 한동안 말없이 그의 애틋한 눈을 바라보았다. 오직 그녀만을 향한 신뢰와 애정이 깃든 다정한 눈빛. 가인은 그만 눈물이 나올 것만 같아서 황급히 얼굴을 돌려 버렸다.

'왜 그런 눈으로 봐요? 벌써 다 알고 온 거야? 혹시라도 내 마음 다쳤을까 봐서? 바보같이……. 믿어, 믿는다고! 나는 다른 사람이 아닌 선배 말만 믿어. 그러니까 그런 눈으로 보지 마요.'

뱉어 내지도, 삼키지도 못한 말이 입안에서 뱅뱅 맴돌았다.

경빈은 차가운 바닥에서 가인을 일으켜 자신의 어깨에 기대게 하고 손을 내밀었다.

"열쇠 줘."

열쇠를 꺼내려 가인이 가방 안에 손을 넣고 휘적거리더니, 다시 허둥지둥 주머니를 뒤지기 시작했다. 그에게 기대 있긴 하지만 가누지 못한 몸으로 자꾸만 손까지 엇나가니 열쇠를 찾는 일이 쉽지가 않았다.

"어? 이상하네. 분명히 여기에 넣어 둔 것 같은데……."

"내가 할게."

경빈이 후, 하고 조그맣게 한숨을 내쉬었다. 그리고는 가인을 대문에 기대게 하고 조심스럽게 그녀의 주머니를 뒤졌다. 아무리 조심한다고 해도 바짝 마주 선 채로 이쪽저쪽 그녀의 옷 속에 손을 넣어 열쇠를 찾는 폼이, 마치 그녀의 몸을 더듬는 것 같아서 그의 이마에 식은땀이 맺혔다.

가인은 자세를 낮춘 채로 자신의 주머니를 뒤지는 그를 보았다. 그의 머리카락에서 은은하게 풍기는 샴푸 냄새가 좋아서 그녀는 자기도 모르게 고개를 숙였다. 조금 더 깊이 그의 향기를 음미하고자 머리카락 속에 살짝 코를 묻어 봤다. 열쇠를 찾는 데만 집중한 나머지 그는 그녀의 행동을 의식하지 못하는 듯했다.

"찾았다."

순간 들려온 목소리에 가인은 흠칫 놀라선 숙인 고개를 들고 몸을 빳빳이 경직시켰다. 경빈이 환하게 웃으며 열쇠를 손가락에 걸고 몸을 일으키자 지레 놀란 가인이 손사래를 치며 횡설수설했다.

"저 안 취했어요. 이 정도로는 원래 잘 안 취해요. 내가 울 아빠 닮아서 술을 좀 하거든요."

경빈은 그저 빙긋 웃으며 대문에 열쇠를 꽂았다. 그에게 안겨 방까지 오는 동안 부정확한 발음으로 주사를 늘어놓던 가인은 침대에 눕혀지는 순간 갑자기 조용해졌다.

경빈이 걱정스럽게 가인을 불렀다.

"윤가인."

가인은 그의 눈을 피해 반대쪽으로 돌아누우며 상처 입은 짐승처럼 몸을 웅크렸다.

"그래, 지금은 자고 나중에 얘기하자."

경빈은 그녀의 몸에 이불을 덮어 주고는 조용히 몸을 돌렸다.

"결혼할 거예요?"

일순 그의 동작이 멈췄다. 가인의 눈에서 소리 없이 눈물이 흘러내렸다.

"나하고 헤어지고, 한연희 선배하고 약혼도 하고 결혼도 할 거예요?"

눈물 젖은 목소리가 심장을 썩둑 베어 낸 것 같아서 가슴이 시큰거렸다. 경빈은 다시 몸을 돌렸다. 그리고 자신을 피해 고개를 돌리고 있는 가인의 얼굴을 천천히 돌려 귓불까지 흘러내린 눈물을 닦아 주었다. 그러자 그녀가 그의 손을 꼭 붙잡았.

"내 옆에 있겠다고 했잖아요. 다른 데 안 가고 내 옆에만 있겠다고 나랑 약속한 거 잊었어요? 벌써 잊어버린 거야?"

"그렇지 않아. 한순간도 잊은 적 없어. 봐, 지금도 난 이렇게 네 곁에 있잖아. 나 안 보여?"

가인은 누운 몸을 일으켜 그의 품으로 파고들었다. 단단한 팔이 그녀의 몸을 감싸자 비로소 안도의 숨을 내쉬었다.

"맞아. 선배가 약속을 어길 리가 없는데, 괜히 나 혼자 걱정했어요. 걱정을 사서 한다더니 내가 딱 그러네. 바보같이."

경빈은 품 안에서 흐느끼는 작은 몸을 천천히, 안심시키듯 부드럽게 어루만졌다.

그래, 믿어. 날 믿고 넌 아무 걱정도 하지 마. 오늘 넌 누구도 만나지 않았고, 어떤 말도 듣지 않았어. 우리에겐 아무 일도 없었던 거다.

5.
사랑은 꽃이 피고
지는 것과 같은 것

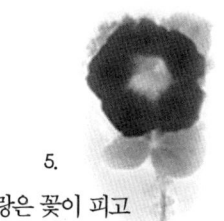

 간밤에 이기지도 못할 술을 마신 탓에 가인은 머리가 깨어질 듯한 두통에 시달리며 눈을 떴다. 창문 너머 하늘은 칠흑이 걷히고 푸른 미명이 돋우기 직전, 빛을 다한 별 하나가 스러져 갔다. 가인은 한쪽 관자놀이에 손을 얹고 이마를 찡그렸다. 두통 때문에 몇 시간도 눈을 붙이지 못하고 깬 것이라 현기증까지 일었다.
 목이 타들어 가는 갈증을 느끼고 일어서려던 그녀는 음습한 창쪽 구석에 등지고 서 있는 형체를 보고는 놀라 그대로 주저앉을 뻔했다. 그러나 시야가 차츰 트이며 자신을 놀라게 했던 그 형체가 경빈이라는 걸 알고는 안도하였다.
 아마 저 사람은 밤새 한잠도 자지 않았을 것이다. 자신이 잠들어 있던 동안에도 그는 계속 저러고 있었을 테니까. 갈증은 이제 목을 타고 내려와 명치끝에 얹혀서 가슴이 메었다.
 경빈은 등 뒤로 다가서는 그녀의 기척을 느꼈지만 돌아보지 않았다. 가인은 천천히 손을 뻗어 곧고 단단한 등을 어루만지다가 그곳에 얼굴을 묻었다. 새벽 공기 냄새가 묻은 익숙한 체취가 맡아졌다.

"바보구나, 윤가인."

경빈은 천천히 뒤돌아 가인을 마주 보았다.

"왜 나한테 말하지 않았니? 말 안 하면 내가 모를 거라 생각했어? 언제까지?"

가인은 말없이 고개를 숙였다.

"미안하다."

다시 고개를 들자 고통에 찬 그의 얼굴이 들어왔다.

"미안해, 가인아. 너 혼자 그런 일 겪게 해서."

가인은 고개를 저었다. 힘들지 않았다고, 아프지 않았다고, 그의 마음을 편하게 해 주기 위해 그리 말하고 싶었으나, 목구멍에서 막혀 버린 말은 입 밖으로 나오질 않았다.

말하지 않아도 그녀의 마음을 아는지 경빈이 와락 가인을 끌어안았다. 격렬한 포옹에 숨이 막혔지만, 가인은 자신의 가슴과 맞닿은 그의 가슴에서 불규칙적으로 쿵쿵 뛰는 심장의 고동을 들었다. 거칠고 격한 심장박동을 들으니 모순적이게도 그녀의 마음이 안정을 되찾았다.

"아무것도 아니야. 맹세할 수 있어. 그러니까 아파하지 말고, 상처도 받지 마. 날 위해서 그래 줄 수 있지?"

가인은 고개를 끄덕였다. 목소리를 잃어버린 인어공주처럼 지금은 어떤 말도 할 수가 없었다. 그러나 그 작은 움직임만으로도 충분한 대답이 되었는지 경빈은 그녀를 안은 팔에 더 힘을 주었다.

"허억!"

짧은 외마디 비명을 지르며 번쩍 눈을 떴다. 그 사고 이후 시뻘건 피에 흥건히 젖어 있는 시체는 사고의 연장처럼 매일 밤 악몽으로 찾아왔다. 손으로 거칠게 얼굴을 쓸어내리는데, 비명 소리에 놀란 아내가 그의 팔을 흔들었다.

"왜 그래요? 나쁜 꿈 꿨어요?"

그는 휘적휘적 손을 내저었다.

"아니야. 아무것도 아니니까 신경 쓰지 말고 자도록 해."

"당신, 요즘 무슨 일 있죠? 그렇죠? 혼자 고민하지 말고 말 좀 해 봐요?"

"아무것도 아니라니깐."

어젯밤 뛰쳐나간 아들 녀석은 예상대로 돌아오지 않았다. 분명히 그 아이와 함께 있을 것이다. 이대로는 안 된다. 아무리 아내가 그 아이를 만났다고는 하나, 아들 녀석이 저리 목을 매고 있는데, 아내의 말을 그 아이가 들을 리 만무하다. 날이 밝는 대로 당장 특단의 조처를 내려야 할 것 같다.

마천루가 하늘까지 치솟아 있는 빌딩 숲 한가운데서 가인은 목이 꺾이도록 고개를 젖혔다. 한참을 그렇게 고층빌딩을 올려다보았더니 핑, 하고 현기증이 일었다.

오늘 새벽까지만 해도 그의 품에서 확고한 믿음을 약속받았는데, 몇 시간도 지나지 않아 일전에 한 번 만난 적이 있는 박영균으로부터 한 통의 전화를 받았다. 경빈은 누구의 말도 듣지 말고 오직 자신의 말만 듣고 믿으라고 했지만, 그의 아버지는 듣지 않을 수도, 무시할 수도 없는 존재였다. 다른 누구도 아닌 그의 아버지

시니까.

처음엔 한연희 선배, 그다음엔 박영균, 그리고 어제는 그의 어머니 김이연 여사. 차츰차츰 단계를 밟아 올라가는 피라미드처럼 이제 그 꼭대기에 버티고 선 그의 아버지 민성식 회장이 기다리고 있었다.

경빈은 아니라는데, 약혼 같은 건 하지 않는다는데, 대체 왜 가인은 끊임없이 그의 주변 사람들한테 시달려야 하는 걸까. 어쩌면 그녀도 모르는 사이 그의 식구들이나 주변 사람들한테 큰 잘못을 한 것은 아닐까? 그동안은 그에 대해 잘 몰랐다고 하나, 민경빈이란 남자를, 그 남자 주변의 허락도 없이 마음대로 마음에 담은 것이 잘못이었나? 직접적으로 말하지는 않았지만, 박영균이 돈 봉투를 건네며 에둘러 말한 핵심이 그것이었는지도 모른다.

무언가 잘못되고 있는 것만은 분명했다. 근래 들어 그녀 스스로 만든 심리적인 압박에 항시 명치끝이 답답했다. 그러다 보니 가인은 자신이 과연 그를 사랑하기는 하는 것일까, 하는 의구심과 그게 아니라면 자신의 사랑이 보잘것없는 것은 아닐까, 하는 심한 회의감이 들었다.

결국, 이렇게 지쳐 가는 것일까? 당사자가 아닌 제삼자의 간섭에서 자유롭지 못하는 상황이 조금씩 그녀의 마음을 잘라먹는 것은 아닐까? 그렇다면 그들은 자신들이 원하는 목적에 한발 다가간 셈이다. 그녀의 마음은 아주 잠깐이지만 동요하고 있으니까. 그러다 번쩍 경빈의 얼굴이 떠오르자 고개를 세차게 내저었다.

안 돼. 그 사람을 잃고는 도저히 살아갈 수 없어. 그를 보지 못한다는 생각만 해도 이렇게 명치끝을 조이는데. 어떻게 그를 안 보고 살아? 절대 그렇게는 못 해. 누가 무슨 말을 해도 난 그냥 그 사람 말만 믿을래.

가인은 지레 집어먹은 겁을 잘라 내고 건물 안으로 발을 들여놓았다. 하지만 아무리 마음을 굳게 다잡는다 해도 그동안 자신을 찾아왔던 사람들의 전례로 보건대, 곧 만나게 될 그의 아버지는 확실히 두려운 존재였다.

인간은 강한 듯하지만 한없이 나약한 존재다. 그 어떤 폭풍에도 굳게 버틸 것 같지만, 소슬바람에도 한순간 쉽게 무너지는 게 사람의 마음이었다. 세상 모진 풍파를 다 겪은 사람도 그러할진대, 가인은 이제 겨우 스물하나. 굳게 버티지는 못하더라도 제발 나약하게 무너지진 말아야 할 텐데.

민성식 회장과의 독대는 마치 하늘의 제왕이라는 커다란 독수리 앞에 내던져진 가엾은 어린 새의 형상과도 같았다. 민성식 회장의 집무실은 아직은 스스로를 보호할 힘이 없는 어린 새가 일각도 버티지 못할 거대한 야생이나 다름없었다.

민 회장은 경빈의 아버지로서가 아닌 오로지 신합그룹 총수라는 직함을 내세워 위협적으로 가인을 대했다. 그래서 잔뜩 겁먹은 이 아이가 지레 질려서 아들에게서 나가떨어지기를 바랐다. 명색이 한 그룹의 총수씩이나 되는 사람이 이제 갓 스물이 넘은 어린 여자아이를 상대로 행하는 작태가 신물이 날 것처럼 역겨웠지만, 스스로 그걸 인지하면서도 민 회장은 권위적인 태도를 풀지 않았다.

민 회장은 매처럼 날카로운 눈으로 가인을 주시하며 근엄한 목소리로 물었다.

"내가 학생을 부른 이유가 뭐라고 생각하나? 아마도 학생이 그 이유를 더 잘 알고 있을 테지?"

소름 끼치도록 낮고 위협적인 목소리에 가인은 쉽사리 입이 떨어지지가 않았다.

"지난번 박 비서를 통해 보낸 돈도 싫다고 돌려보냈더군. 그럼 대체 학생이 원하는 게 뭔가?"

가인은 완전히 굳어 버렸다. 한 마디도 말이 되어 나오질 않았다.

"설마 내 아들의 옆자리가 학생의 자리라고 생각하나? 아무리 나이가 어려도 그렇지, 그렇게 어리석은가? 대체 학생이 경빈이한테 무엇을 해 줄 수 있나? 거치적거리는 짐이나 되지 않으면 다행이겠지. 학생 한 사람한테 얽매어 있기엔 경빈이는 한가한 사람이 아니야."

가인은 용기를 그러모으기 위해 입술을 꾹 깨물었다.

"원하는 걸 말해 봐. 내 아들에게서 죽어도 떨어지지 않으려는 이유가 따로 원하는 게 있기 때문이 아닌가?"

"그런 거 없습니다."

민 회장은 가슴이 선뜩해졌다. 겉으로 보이는 유순한 외모처럼 자신의 기에 질려 바들바들 떨거나 울고불고할 줄 알았는데, 뜻밖에 여리지만 강단 있는 목소리가 흘러나왔다.

"원하는 게 없다? 그럼 이대로 내 말을 무시하고 경빈이를 계속 만나겠다는 건가?"

가인은 간절한 눈으로 민 회장을 바라보았다.

"부탁드립니다. 선배 옆에 있게 해 주세요. 바라는 건 그것밖에 없습니다. 헤어질 수 없습니다. 왜 헤어져야 하는지도 모르겠습니다."

민 회장은 쓰고 있던 안경을 벗으며 날카로운 눈으로 가인을 응시했다.

"내 말을 못 알아들었나 보군. 그렇다면 학생이 알아듣기 쉽게 직접적으로 얘기해 주지. 학생은 내 아들하고 인연이 아니네. 서로 갈 길이 다른데 억지를 부린다고 방향이 같아질 수는 없어. 학생에게도 꿈이 있고 미래가 있을 테지. 학생의 미래에 내 아들을 동참시키지는 말게. 내 아들의 미래에도 학생이 들어갈 자리는 없어. 이쯤에서 그만두는 게 학생의 장래를 위해서도 좋아. 내 아들에게서 떨어지게."

미안해하며 간절하게 부탁하던 그의 어머니나 최대한 예의를 갖췄던 박영균과는 달리, 상대방에 대한 배려가 없기는 한연희도 마찬가지였지만, 그의 아버지의 말은 실로 독이었다. 가인은 아득한 절망에 머리가 핑 도는 것을 느끼며 눈을 감아 버렸다. 그런 허약하고 반 공황 상태에 빠진 그녀에게 매처럼 날카롭고 배려 없는 민 회장이 결정타를 날렸다.

"학생 하나 때문에 내가 내 아들과 인연을 끊어야겠나?"

그 말에 놀란 가인이 번쩍 눈을 떴다. 아무리 자신이 마음에 안 든다고 해도 어떻게 자식을 두고 저런 말을 아무렇지도 않게 할 수가 있는지 도저히 이해가 되질 않았다. 가인은 경악한 눈으로 민 회장을 쳐다보았다. 한없이 다정하고 따뜻한 경빈과 눈앞에 앉아 있는 민 회장이 부자지간이라는 게 믿어지지가 않았다.

"내겐 하나밖에 없는 자식이네. 부모와 자식 간에 맺은 천륜을 아무것도 아닌 학생이 끊어 버릴 작정인가? 내 보기엔 학생은 그렇게 이기적인 사람으로 보이지는 않는구먼."

가인이 할 말을 찾지 못하고 막막한 눈으로 보고만 있자 민 회장은 더욱 살벌하게 경고했다.

사랑은 꽃이 피고 지는 것과 같은 것 137

"만약 학생이 계속 고집을 부린다면 난 경빈이를 버릴 걸세! 그렇게 되면 그 녀석은 어딜 가서도 제대로 된 사람 구실을 못 하겠지. 내 울타리를 벗어난 녀석이 제대로 서 있을 수나 있을 것 같은가? 저 스스로 벗어난 게 아니라 내쳐진 거라면 더 경우가 다르네. 학생 한 사람의 이기심 때문에 경빈이가 그리되길 바라나?"

주먹을 꼭 움켜쥐고 있던 가인의 손이 부들부들 떨렸다. 그 정도란 말인가. 아버지가 자식과의 인연을 끊어 내야 할 만큼 자신의 존재가 그리도 형편없단 말인가. 미련 없이 천륜을 끊어 내고 자식을 버리겠다고 말할 만큼? 아무리 그녀가 하찮고 쓸모없는 존재로 여겨진다 해도 이건 아니었다.

민 회장의 살벌한 기세와 말투로 보건대, 단순히 그녀를 겁주려는 의도를 넘어선 것 같았다. 정말로 떼어 내 버리려고 작정하지 않고서야 어느 아버지의 입에서 자식을 버린다는 말이 저리 쉽게 나올 수 있을까.

"내 말을 허투루 듣지 말게. 아무리 자식이래도 회사와 집안에 피해를 끼친다면 두 번 생각할 것도 없이 버리는 게 내 철칙이지. 앞뒤 분간도 못 하고 여자에 빠져 허우적대는 놈은 나도 필요 없어."

꾹꾹 눌러두었던 모멸감이 치 떨리게 혈관을 타고 역류했다. 가감 없이 당연하듯 어린 자존심을 짓뭉개고 벌레보다 못한 존재로 낙인찍어 놓은 사람은 다름 아닌 그녀가 사랑하는 사람의 아버지였다.

"아직 어린 학생이지만, 내 말뜻을 이해했다면 현명한 판단을 할 거라 믿네. 나한테 분명히 약속해 주게. 이 시간 이후로 두 번 다신 경빈이 만나지 않겠다고."

"그런 일방적인 약속은 할 수가 없습니다."

가인의 당돌한 말에 민 회장의 미간이 사납게 일그러졌다.

"말귀가 어두운 학생이군. 아니면 스스로에 대한 자만이 지나치던가."

가인은 입술을 꾹 깨물고 민 회장을 똑바로 응시했다.

"하신 말씀은 알아들었습니다. 저 한 사람 때문에 선배가 부모님과 인연을 끊어서는 안 되는 거니까요. 하지만 아무 말도 없이 선배에게 등을 돌릴 수는 없습니다. 최소한 직접 얼굴 보고, 제 입으로 마지막 인사를 할 기회는 주시는 게 마땅한 처사라고 생각합니다. 비록 선배와 함께한 날들이 길진 않지만, 한 마디 말도 없이 사라져서 선배를 기만하고 싶진 않습니다."

연약한 외형과 달리 강단 있는 그녀의 말투가 민 회장의 예상을 뒤엎어 버렸다. 민 회장은 내심 가인의 말에 놀람을 금치 못하고 있었다. 게다가 가인의 맑은 눈동자를 마주하자니, 자신의 죄가 더한 중압감이 되어 가슴을 내리눌렀다. 그런데도 기어코 이 아이에게서 원하는 대답을 듣고야 만 자신의 잔인함에 스스로도 진저리가 쳐졌다.

민 회장은 처음과 다름없이 근엄한 태도를 지키며, 고개를 까딱하는 걸로 그 정도의 배려는 용인하겠다는 뜻을 전했다.

"좋네. 내 학생의 약속을 믿어 보지. 혹시라도 경빈이를 앞세워 어설픈 연극이라도 벌일 참이면……."

"그럴 생각 추호도 없습니다. 그리 오래 살진 않았지만, 이제껏 단 한 번도 남을 기만해 본 적 없습니다. 다른 사람 앞세워 얄팍한 수 같은 거 쓰지 않습니다. 저희 아버지께서 절 그리 가르치지 않으셨습니다."

가인은 대담하게도 민 회장의 말을 중간에서 끊어 버렸다. 그러나 민 회장은 그것을 탓할 수가 없었다. 가인의 마지막 말에서는 그만 죄책감이 불거져선 차마 고개를 들 수가 없을 지경이었다.

마지막 남은 강단을 다 쥐어짜 버티고는 있지만 무슨 정신으로 이 자리에 앉아 있는지 가인도 알 수가 없었다. 오늘 새벽까지만 해도 그를 믿는다고 약속해 놓고, 만 하루도 지나지 않아 제 입으로 헤어지겠다고, 제 손으로 버리겠다고 말하고 말다니. 이렇게 쉽게 꺾어질 나약한 의지였다니. 불안은 기어이 현실이 되고 말았다.

벌써 20여 분째 계속되는 피곤한 신경전 중이었다. 설득한다고 설득당할 녀석도 아니지만 무뚝뚝하게 버티고 앉은 경빈을 설득하느라 김 여사는 진이 다 빠졌다. 다 큰 자식한테 회초리를 들 수도 없는 노릇이니 그녀의 애먼 복장만 터졌다.

"이미 잡힌 약속이잖니."

"전 분명히 그 자리에 나가지 않겠다고 말씀드렸습니다. 그런데 왜 제 의사를 무시하는 겁니까? 처음부터 원치 않는다고 말씀드렸는데, 계속 강요하는 이유를 모르겠습니다."

"제발 엄마 심정도 좀 헤아려 주렴. 너한텐 내가 그 아이보다 못한 사람이니?"

얼토당토않은 이유를 들며 아들에게 하는 어머니의 하소연은 참으로 어처구니없는 것이었다. 그것이 외려 경빈의 화만 더 돋웠다.

"그런 말이 아니잖아요! 몇 번을 더 말씀드려야 하는 겁니까? 원치도 않고, 아무런 감정도 없어요. 그런 저보고 그 자리에 나가서 뭘 어쩌란 겁니까? 그렇게 연희가 욕심나세요? 제 마음이야 어떻든 간에 어머니 욕심은 그저 제가 연희하고 결혼만 하면 되는 겁니까? 싫습니다. 죽어도 싫다고요!"

김 여사는 잠시 할 말을 잃었다. 자식이 이렇게 싫다고 하는데 어미란 사람은 지금 뭘 하고 있는 것인가? 저렇게 싫다는데, 죽기보다 싫다고 하는 자식 앞에서 무슨 영화를 보겠다고 싫다는 걸 강요하고 있는 건지. 갑자기 정신이 번쩍 들고서야 참으로 늦게도 후회란 걸 했다.

현관 앞에 서서 모자간의 대화를 듣고 있던 민 회장은 구두를 벗고 집 안으로 들어서며 그동안 경빈과 이어 왔던 신경전의 종결을 선언했다.

"됐다. 네 뜻대로 약혼은 없던 일로 하기로 했으니 어머니한테 더는 언성 높이지 말거라. 당신도 그만하구려."

김 여사는 남편의 말을 이해할 수가 없었다. 경빈이 그렇게 싫다고 할 때는 완강하게 밀어붙이더니, 아무런 언질도 없이 갑자기 약혼을 없던 얘기로 하자니, 이 무슨 말인가 싶었다.

"없던 일로 하기로 했다고요? 그게 정말이세요?"

경빈도 미심쩍은 눈으로 아버지를 바라보았다. 그의 의사와는 상관없이 일방적으로 추진하려던 약혼을 뒤집어 버린 것에 대한 안도보다는 갑작스럽게 일어난 아버지 심경의 변화가 더 불안했다.

"네가 정 싫다면 강요하지 않으마. 추후로 그 얘기는 두 번 다시 꺼내지 않을 테니 이제 그만하자. 네가 그리 싫다는데 내가 너무 섣불리 판단한 것 같구나."

애초에 연희가 욕심나는 아이도 아니었다. 솔직히 아들의 짝으로 눈에 차지도 않았으니 아쉬울 것 하나 없었다. 단지 가인을 떼어 내는 데 약간의 자극을 주기 위한 일회용 도구였을 뿐이다. 가인이 저 스스로 물러나겠다고 한 이상, 아무짝에도 쓸모없는 도구가 되어 버렸지만. 토사구팽도 못 되는 그런 애를 감히 경빈의 짝으로? 어림도 없지.

경빈은 미심쩍은 눈길을 거두지 않은 채 다시 한 번 물었다.

"정말 취소하신 거 맞습니까?"

"그래."

일말의 여지도 없는 확고한 아버지의 짧은 한 마디. 그동안 무겁게 짓눌려져 있던 마음이 비로소 가벼워졌지만, 마음 한구석에 찜찜함은 그대로였다. 아침까지만 해도 강경하게 나오시더니, 너무 쉽게 의중을 꺾어 버린 것이 아닌가. 그 점이 못내 미심쩍었지만, 한 번 아니라고 한 이상, 분명히 약속을 지키실 아버지를 알기에 믿어 보기로 했다.

"그렇게 서두르더니 갑자기 왜 없던 일로 하신 거예요?"

경빈이 자신의 방으로 올라가고 난 뒤, 김 여사가 넌지시 남편의 의중을 떠보았다.

"싫다고 하잖아. 저렇게 싫다는데, 당분간 내버려 둡시다. 내가 너무 성급했어. 저 녀석 나이도 있는데."

그럴 거면 뭐 하러 그런 일을 벌여 하나밖에 없는 아들과의 사이를 소원하게 만들었느냐고 따져 물으려다 관두고, 다른 화두를 입에 올렸다.

"그럼 그 아이는요?"

조심스럽게 물었지만, 그 문제에 관해선 입을 다물기로 작정했는지 남편에게서 돌아오는 대답이 없었다.

"계속 만나도록 허락하시는 거예요? 우리가 억지로 갈라놓지 않아도 되는 거예요?"

"두 사람이 알아서 할 문제지. 더는 간섭 안 하기로 했어."

대체 무슨 심사인지. 남편의 속을 알 수가 없어 답답하긴 했지만, 김 여사는 한결 밝아진 얼굴로 말했다.

"잘 생각하셨어요. 솔직히 그 아이 만나고 온 후로 내내 마음이 편치 않았어요. 두 사람 합의로 헤어지는 거면 모를까, 부모가 나서서 강제로 갈라놓는다는 건 너무 억지잖아요."

남편이 생각을 고치니, 이렇게 홀가분할 수가 없다. 그동안 얹힌 것처럼 불편했던 것들이 수월하게 내려가니 비로소 막힌 속이 편안해졌다.

"속 터져 죽네. 내 인내심 테스트 하냐? 웬만하면 말 좀 하고 살자, 가인. 응?"

여람은 벤치에 앉아 턱을 괴고 멍하니 하늘을 보고 있는 가인의 귀를 사정없이 잡아당겨 자신 쪽으로 돌려놓았다. 여람에게 붙잡힌 귀가 떨어져 나갈 것처럼 아팠지만, 가인은 이마를 살짝 찡그렸을 뿐, 별다른 반응이 없었다.

정면으로 마주한 가인의 얼굴을 제대로 본 여람은 며칠 새에 퀭해진 눈과 해쓱한 얼굴에 혀를 찼다.

"쯧, 얼굴 꼬락서니 하고는. 밥 안 먹었냐? 조만간 송장 치르겠다."

가인은 여전히 자신의 한쪽 귀를 잡고 있는 여람의 손을 치워 버리고 귀찮다는 듯이 고개를 돌려 버렸다.

"입맛이 없어."

뚱한 대답에 여람이 살짝 눈썹을 치켜 올렸다.

"왜 입맛이 없어? 집 나갔던 식욕도 돌아온다는 천고마비의 계절에?"

"그러게."

"혹시?"

여람은 내심 짚이는 게 있는지 말을 멈추고 심각하게 미간을 모았다. 가인은 그런 여람을 의뭉스런 눈으로 보았다.

"혹시 뭐?"

잠시간 혼자 고민하던 여람이 고개를 갸웃거리더니 나름 스스로 내린 결론이 타당하다고 여겼는지 거리낌 없이 황당한 말을 했다.

"애 섰냐?"

"뭐?"

참, 할 말 없게 만드는 친구다. 하도 어이가 없으면 말문이 다 막힌다더니, 가인이 지금 그 짝이었다. 그것도 애 서냐고? 같은 말이래도 얘는 어찌 된 건지 칠순 노파처럼 말을 한다.

입을 떡 벌리고 황당해하는 가인을 보며 여람은 잘못 짚었나 하는 얼굴로 다시 한 번 물었다.

"임신한 거 아니야?"

"아닌데."

"확인해 봤고?"

대답 대신 가인은 귀찮다는 듯이 고개를 돌려 버렸다. 여람이 또 한 번 고개를 갸웃거렸다.

"진짜 아니냐?"

"그래."

"그래도 모르는 거다. 확인해 봐."

"확인할 것도 없네. 하늘도 보지 않았는데 별부터 딸까?"

그 말의 의미를 알아들은 여람의 눈이 휘둥그레졌다. 공여람 눈이 이렇게 컸었나? 가인은 새삼스럽게 여람을 보았다.

"설마, 아직도?"

얘가 진짜 왜 이래? 아무리 만사 성격 좋은 가인이래도 슬슬 얼굴에 짜증이 배어났다.

"뭐가?"

"너희, 아직이야?"

"몰라."

"아, 거참. 그러니까 사귄 지가 벌써 몇 달이냐! 누구는 한 달 만에도 모텔에 가고, 하루 만에 눈 맞아서 가는 망종들이 있다마는, 아무리 굼벵이 같은 커플이래도 백 일은 안 넘기더라."

가인의 이마가 절로 일그러졌다.

"마빡은 왜 구기는데? 그동안 선배가 아무 내색하지 않던? 아니지. 신호를 보냈는데 이 둔치가 못 알아들은 거겠지."

그 말에 가인의 얼굴이 침울해졌다. 철저히 감춘다고는 하지만 홀로 삭이고 있던 울화가 언뜻언뜻 치밀어 올랐다. 여람은 한숨을 내쉬었다. 중학교 때부터 이어 온 우정인데 그 정도도 눈치 못 챌 여람이 아니었다. 시무룩한 가인의 얼굴을 못 본 척 고개를 돌리며 여람이 혀를 내둘렀다.

"그래, 말자."

"좋은 사람이야."

뒤이어 들려온 가인의 말에 여람은 기어이 끄응, 신음을 삼켰다.

"그래, 좋은 사람이지. 근데 이 둔녀야. 사람 좋은 거 하고 남녀 간의 그 문제는 엄연히 다르거든? 그걸 같은 맥락에 놓고 네 맘대로 단정 지으면 안 되지. 암만 성격 좋고 매너 좋다고 해도 자기 여자 안고 싶지 않은 남자가 어디 있냐? 여자가 없으면 돈 주고 사서라도 그 짓거리를 하는 게 남자라는 족속들이다. 뭐, 경빈 선배는 그런 남자들하고는 다르다고 네가 박박 우긴다면야 할 수 없는 거지만. 경빈 선배는 참 안됐기도 하지. 제 여자 버젓이 두고 홀로 고행의 길을 걸어야 하니 말이다."

"아무것도 모르면서 함부로 말하지 마."

"그래, 미안하게 됐다. 너희는 평생 그렇게 플라토닉러브만 해라."

"그래서 말인데……."

"그래서 뭐?"

"그만 놔줘야겠지?"

"뭐라?"

여람이 펄쩍 뛰었다. 가인은 마치 남 얘기하듯 말하다 말고 픽 웃어 버렸다.

"고민 단계는 벌써 지났고, 아니, 애초에 고민할 기회가 없었구나."

"야! 내 말은 그런 뜻이 아니잖아!"

"알아. 근데 여람, 그런 게 있어."

"그런 게 뭔데? 속 시원하게 털어 놔. 뭔지 알아야 고민이든 뭐든 같이할 거 아냐!"

"말했잖아. 고민할 기회 같은 건 없다고."

맥 빠진 얼굴로 두루뭉술 넘어가려는 가인의 어깨를 여람이 양손으로 붙잡았다.

"선배 엄마 만난 것 때문에 그래? 한연희 그 여우 년 때문이야?"

가인이 고개를 저으며 피식 웃었다. 여람은 어지간히도 분한지 붉으락푸르락하며 입가에 경련까지 일으켰다.
"것도 아님! 그 망할 집구석에서 또 누가 찾아왔냐?"
"망할 집구석이라니? 그렇게 말하지 마. 선배네 집 망하면 안 되지. 원래 첫사랑은 이뤄지지 않는다는 말도 있잖아. 나라고 예외겠니? 흥분하지 말고 그냥 좋게 생각하자."
"좋게 생각할 게 따로 있지! 하등 쓰잘데기 없는 오지랖만 넓어선, 대체 뭐냐고!"
"그냥, 나한텐 너무 먼 사람인가 봐. ……벅차네."
"말도 안 돼! 너 선배 좋아하잖아! 또 선배도 너……."
"아무리 좋아도 마음고생은 하기 싫다. 그리고 내 마음이 이것밖엔 안 된다. 이렇게 좁고 보잘것없는 마음으로 누굴 좋아하겠어. 그냥 깨끗이 손 털래."
"가인……."
"그런 눈으로 보지 마. 나는 괜찮으니까."
여람은 아무 말도 할 수가 없었다. 마음이 좁고 보잘것없다니. 거짓말이란 걸 누가 모르나? 진심이 아니란 걸 알기에 진심이냐고 묻지도 못한다. 아무렇지 않게 웃으며 농담처럼 말을 하고는 있지만, 가인의 눈에 드리워진 상처가 또렷하게 보였다. 뭔가 말하지 않은 게 있다. 말할 수 없는 비밀을 혼자 품고 가겠다는 건지. 비밀까지는 아니더라도, 스스로 입을 다문 이상 아무것도 묻지 말라는 것이다.
사실 캐묻고자 한다면 알아내지 못할 것도 없지만, 더는 물어볼 수가 없었다. 비록 웃고 있지만, 가인이 너무 아파 보여서. 허무하게 아버지를 잃고 이만큼이나마 밝은 모습으로 돌아올 수 있었던 건, 매사 낙천적이고 긍정적인 성격 때문이었는데. 지금도 하나뿐인 친구는 그걸 무기 삼아 자신의 속내를 교묘히 숨기려 하고 있었다. 누구에게도 상처 줄 줄 모르는 착한 가인이, 하물며 길거리 강아지한테도 온정을 베푸는 마음 약한 친구인데 말이다. 다른 사람에게 상처 줄 바에야 그냥 자기가 아프고 마는 가인이 이러는 것에는 필시 무슨 까닭이 있겠지.

감청색 하늘로 몽글몽글한 구름이 몰려들었다. 낙엽 냄새가 깊어진 공원에 땅거미가 내렸다.
가인은 공원 벤치에 앉아 멀리서 뛰어오는 경빈을 보았다. 다소 먼 거리지만, 짙은 감색 셔츠와 대비되는 하얀 얼굴이 너무도 아름다워서 가인은 그가 다가올 때까지 한참을 넋을 잃고 바라보기만 했다. 이미 주위는 어스레했지만, 하이웨이형의 철제 전주에 매달린 오렌지색 등이 불을 밝히고 있어서 다행히 그의 모습이 또렷이 보였다.
"많이 기다렸어?"
가인을 발견하고는 전속력으로 뛰어온 터라 경빈은 거칠게 숨을 몰아내며 미소를 지었다. 가인은 그의 아름다운 미소에 콧날이 시큰해졌다. 그가 다시 한 번 싱긋 웃으며 가인의 옆에 앉았다. 그리고는 손을 끌다 자신의 손가락과 단단히 얽히게 깍지를 끼우고는 그녀의 손을 완전히 감쌌다.
가인은 가만히 그가 하는 양을 지켜보다 눈을 들어 그의 얼굴을 바라보았다. 자신의 손안에 쏙 들어오는 그녀의 작은 손이 마음에 드는지 그가 흡족한 얼굴로 살짝 눈을 내리깐 채 얽혀 있는 손을 보고 있었다.

정말이지 무슨 남자가 속눈썹이 이리 기나 몰라. 얇은 속 쌍꺼풀이 진 눈매도 여자보다 더 곱고. 가인은 하얗고 섬세한 얼굴을 홀린 듯이 바라보았다. 매번 느끼는 거지만, 그럼에도 전혀 약해 보이지 않고 오히려 기대고 싶은 충동이 들게 한다. 믿음직한 어깨에 기대고 싶고, 단단한 가슴에 안겨 의지하고 싶은 사람이었다.
 이런 데 과연 이 남자를 보지 않고 살 수 있을까? 보고 있어도 눈에 아리게 새겨진 이 사람을 평생 안 보고 어찌 살까. 절대로 잊지는 않을 것이다. 잊으려는 노력 따위는 하지 않을 것이다. 원 없이, 그리워할 수 있을 때까지 그리며 심장에 각인시킬 것이다. 그리움 때문에 심장이 터져 죽는대도, 죽는 그 순간까지 그리워할 것이다.
 "오빠……."
 경빈이 놀란 눈으로 가인을 쳐다보았다.
 "응? 뭐라고?"
 다른 후배들처럼 그를 선배라고 부를 때 느껴지던 거리감이 싫어서 내내 입안에서 굴리다 모처럼 용기 내어 불러봤는데, 그가 뜻밖에 놀란 반응을 보였다.
 "그냥 한번 불러 보고 싶었어요."
 경빈이 듣기 좋은 웃음소리를 냈다.
 "듣기 좋은데? 다시 불러 봐."
 "한 번으로 끝."
 "야박하긴. 그럴 거면 애초에 불러 주질 말던가. 우는 아이한테 사탕 한입 빨게 해 주고 도로 빼앗는 거랑 똑같잖아."
 말은 그렇게 하면서도 그의 눈은 내내 웃고 있었다. 아름다운 이 남자를 온전히 소유하고 싶었다. 절대로 잃고 싶지 않았다. 따뜻하고 다정한 목소리와 눈이 부신 미소를 혼자만 차지하고 싶었다. 그의 전부를 다 심장에 새겨 두고 오래오래 간직하고 싶었다.

"키스해도 돼요?"

순간 그의 눈에 옅게 서려 있던 웃음기가 완전히 사라졌다. 너무 까매서 오히려 새파랗게 보이는 그의 눈동자 안에 가인은 눈부처가 되었다.

눈을 한 번 깜박였을 때였다. 따뜻하고 부드러운 입술이 그녀의 입술을 덮었다. 동시에 뜨거운 열기가 퍼지며 두 사람의 혀가 부드럽게 얽혔다. 전혀 서두를 것 없는 느긋한 움직임으로 천천히 깊게 음미했다.

깍지를 끼고 있던 손이 어느새 풀렸는지 그의 손이 가인의 뒷머리를 감쌌다. 그리고 다른 손은 그녀의 허리를 둘렀다. 그의 손에 의지해 가인의 고개가 점점 뒤로 젖혀졌다. 입안에 화인이라도 찍는지 혀가 휘젓고 지나는 자리마다 불에 덴 것처럼 화한 통증이 뒤따랐다. 지독하게 아린데도 멈추고 싶지 않은 달콤한 통증.

그가 새겨 놓은 입술. 고통. 이제 두 번 다신 그 누구와도 이런 키스 나눌 수 없을 것이다. 그녀의 일생에서 지독하게 아름다운 마지막 키스가 될 테니.

길고 긴 키스를 끝내고 천천히 입술을 떼던 그가 잠시 그대로 가인의 이마에 자신의 이마를 마주 대었다. 키스로 숨까지 모조리 빼앗겼는지 혈색을 잃은 가인의 얼굴이 창백한 와중에도 뜨거웠다.

"후, 미안. 놀랐지?"

경빈은 가인의 머리를 끌어안으며 물었다. 가인이 품 안에서 고개를 저었다.

"그러게 인마, 가만있는 사람을 왜 자극해?"

경빈은 가인을 품에서 놓고는 어깨를 감싸 안았다.

"저녁 안 먹었지? 일어나자."

"저기……."

가인은 손을 잡아 일으키려는 경빈을 붙잡으며 잠시 머뭇거렸다.

"왜? 배 안 고파?"

가인이 고개를 내젓자 경빈이 다시 벤치에 앉았다.

"무슨 할 말 있어?"

그제야 경빈은 가인의 얼굴을 자세히 들여다보았다. 만난 순간부터 어딘가 석연치 않은 듯한 느낌이 들긴 했지만, 오렌지색 불빛 아래서 만난 그녀가 너무 예뻐서 마음 한 귀퉁이에서 거치적거리는 그것을 무시해 버리고 빨려 들어갈 듯 그녀만 쳐다보았었다. 수줍게 오물거리는 선홍빛 입술에 가슴이 두근거렸고, 오빠라고 불러 주었을 땐 가슴이 터질 것처럼 벅찼다. 그리고 대범하게 키스하고 싶다는 고백까지. 연이은 강편치에 이성이 멀쩡히 버텨 준 게 용하다 싶었다.

무엇보다 소중히 여기고 싶었기에 그녀만 보면 날아가 버리려는 이성을 꼭꼭 붙잡아 두느라 안간힘을 썼었다. 어지간한 인내심으론 어림도 없는 일이었지만, 그렇게 소중히 여기느라 키스 한 번을 해도 여간 조심스러웠건만, 오늘은 자신도 모르게 소낙비 내리던 날 차 안에서처럼 폭발하고 말았다.

아직도 키스의 흔적이 남아 있는 입술을 보며 경빈은 그녀의 말을 기다렸다. 몇 번이나 달싹거리는 입술을 보고 있자니 슬그머니 불안감이 밀려왔다.

"사실은 오늘 꼭 해야 할 말이 있어서……."

"말해."

어느새 그의 목소리도 떨려 나왔다.

"저기, 선배……."

목으로 뜨거운 불덩이가 넘어오는 것 같아서 가인은 말하려다 말고 다시 입을 꾹 다물었다. 그 모습을 보고 있던 경빈이 억지로 웃으며 그녀의 손을 잡았다.

"뭔데 그래? 네가 그러니까 무섭잖아. 말하기 어려운 얘기면 하지 마. 다음에 듣자."

"안 돼요. 지금 들어야 해요."

"……."

"우리……."

"됐어. 하지 마."

뒷말은 듣지도 않고 경빈은 가인의 말을 잘라 버렸다. 놀라서 고개를 드는 가인의 눈이 얼마나 참았는지 빨갛다. 그 눈을 본 순간 화를 참지 못하고 경빈이 소리를 질렀다.

"누구야! 이번에는 또 누굴 만난 거냐고! 도대체 왜 매번 너 혼자만 감당하려는 건데! 나한테 다 말하라고 했잖아. 내가 그렇게 못 미더워?"

평소 다정하고 자상하던 모습은 온데간데없이 격렬하게 눈썹이 일그러졌다. 화가 났구나. 이 사람도 화를 낼 줄 아는구나. 늘 온화하고 다정하기만 해서 어떨 때 그는 가인이 만든 허상 같기만 했는데, 이렇듯 화를 내는 모습이 아릿하게 가슴에 파고들었다.

"내가 무슨 말을 할 줄 알고 미리부터 연막 치는 거예요?"

"윤가인!"

"누굴 만나서가 아니고, 선배가 못 미더워서도 아니에요. 이젠 내 생활로 돌아가려고 그래요. 그동안 아빠 일도 있었고, 공부에 많이 소홀했으니까 이제부터 제대로 공부하려고요. 선배도 보다시피 지금 내 생활이 엉망이에요. 아빠 그렇게 가신 것도 평생 가슴에 못 박힐 일인데, 실망까지 시켜 드리고 싶지 않아요. 선배도 이제 졸업인데 계획이 있을 거 아니에요. 미래를 나누기엔 우린 아직 어리고, 또 지금은 각자의 생활에 충실해야 한다고 봐요. 그냥저냥 연애나 하면서 허송세월하고 싶지 않아요. 나도 뭔가 좀 그럴듯한 사람이 되고 싶어요. 그런 다음에 다시 만나도 늦지 않아요. 그러니까……."

"우리가 그냥저냥 연애나 하면서 허송세월을 하고 있다고?"

되묻는 경빈의 말투에 비아냥거림이 섞여 있었다. 날 선 그의 목소리가 가인의 가슴에 아프게 파고들었다. 경빈은 이제껏 한 번도 본 적이 없는 날카로운 눈으로 파헤칠 듯 그녀를 보고 있었다.

"말해. 네가 아무 이유 없이 오늘 이런 말을 하는 건 아닐 거야. 그러니까 말해. 또 누굴 만나서 대체 무슨 소릴 들은 거야!"

가인이 고개를 내젓자, 그의 입가에 싸늘한 조소가 떠올랐다.

"아니라고? 그렇다면 너 이러는 거 나 용납 못 해. 이유 같지도 않은 이유를 붙이고 있지만, 결국엔 헤어지자는 소리잖아. 네가 헤어지자고 하면 내가 순순히 받아들일 거라 생각했니?"

더는 못 할 짓이다. 다른 이에게 상처 주는 일 따위 선천적으로 못 하게끔 태어난 사람이 있다면 바로 자신일 것이다. 그런데 하물며 이 사람이라니. 그가 상처받는 모습 죽어도 더는 못 본다. 이만큼도 이미 한계를 넘어섰다. 가인은 빨리 이 자리를 벗어나기 위해 몸을 일으켰다. 그러나 그에게 손이 붙잡혀선 도로 벤치에 주저앉고 말았다.

"바보야. 왜 이렇게 바보니? 나한텐 아무 데도 가지 말라고 해 놓고선 네가 이러면 어떡해? 네 옆에 꽉 붙들어 두고 화를 내야지. 협박이라도 해야지! 이렇게 쉽게 손을 들면 어떡해! 네가 먼저 이러면 어떡하니?"

가인은 그에게 잡힌 손을 힘껏 빼내었다.

"미안해요. 그땐 내 마음이 약해져 있어서, 그날의 감정대로 말한 것뿐이에요. 내가 원래 무책임하게 순간순간 감정대로 행동할 때가 많아서 선배를 헷갈리게 했나 봐요. 지금은 선배님을 그만 만나고 싶어요."

그녀의 손이 빠져나간 순간 모든 걸 잃어버린 듯한 상실감에 경빈은 빈 자신의 손을 꽉 움켜쥐었다.

"그 말을 내가 믿을 거라 생각해? 솔직하게 말해 봐. 네가 이러는 정확한 이유를 대 보라고!"

"말했잖아요. 내 생활이 엉망이라고. 아빠를 잃은 마당에 생활까지 엉망이 되고 싶진 않아요. 지금은 공부에만 집중해도 될까 말까인데, 선배 만나는 것도 그렇고, 선배 주변 사람들한테까지 일일이 할애할 시간이 없어요."

"그러니까 또 누굴 만났다는 소리군. 이번엔 누구야? 우리 아버지니?"

경빈은 말을 못 하고 입을 꾹 다물고 있는 가인을 끌어당겨 안았다.

"그냥 내가 보내 줄 때 가면 편하잖아. 나중에 선배가 하려면 힘들어요."

"그만. 한 번만 더 그런 소리 하면 정말 화낸다. 보내 준다느니,

헤어진다느니 다신 그런 말 하지 마. 네가 나 보내려고 해도 내가 못 보내. 나는 너 놓아줄 수가 없어."

"나 때문에 선배가 부모님하고 사이 나빠지는 거 원치 않아요. 부모님께 반항하지 말고 살아 계실 때 잘하란 말이에요. 나중에 나처럼 후회하지 말고……."

더 들을 필요도 없었다. 경빈은 더는 아무 말도 못 하게 그녀의 입을 입술로 막아 버렸다.

어디쯤일까?

가인은 어둠이 깔린 거리 한가운데서 길을 잃고 서성거렸다. 눈길을 현혹하는 번쩍이는 네온사인을 보고 있자니 구역질과 현기증이 났다. 그러다 문득 나란히 줄지어 있는 상점의 쇼윈도에 비친 제 모습을 봤는데, 마치 허깨비가 서 있는 줄 알고 가슴이 선뜩해졌다. 눈물자국은 없었지만 빨갛게 핏발이 선 눈동자가 좁게 움츠러들었다.

'윤가인, 잘 봐. 이 모습이 지금 네 모습이야. 이제 너에게 남은 유일한 것은 이 허망하기 짝이 없는 초라한 껍데기뿐이야. 온전하게 껍데기라도 지키고 싶으면 정신 바짝 차려. 맹하게 넋 놓고 있지 마. 잃어버린 알맹이는 다시 채우면 돼.'

돌아올 거다. 다시 돌아올 것이다. 지금은 힘없고 가진 것도 없는 아주 보잘것없는 존재지만, 다시 돌아올 땐 지금보다는 나은 사람이 되어 있을 것이다.

가인은 질식할 것 같은 목을 움켜쥐고 숨을 쉬기 위해 고개를 젖혔다. 별 하나 없는 밤하늘에는 초라한 초승달 하나가 박혀 있었다. 손톱보다도 더 작았다.

밤이 깊어 가는데도 도로 위에 줄 잇는 차량 행렬이 매캐한 연기를 내뿜었다. 가인이 서 있는 길목에서 멀지 않은 곳에서 접촉사고가 났는지 귀청을 긁어 낼 듯한 경적 소리와 험한 남자들의 욕설이 들려왔다. 아마도 서로의 멱살을 붙잡고 늘어져선 살쾡이처럼 으르렁거리겠지. 낯설면서도 익숙한 싸구려 밤거리의 풍경이었다.

경빈은 불 꺼진 집 앞에서 미동도 없이 가인을 기다리고 있었다. 모든 것이 죽은 것처럼 적요한 밤이었다.

'윤가인. 어디 있니? 도대체 이 시간까지 혼자서 어딜 헤매고 있는 거니? 제발 나타나. 더는 애태우지 말고 빨리 나타나란 말이다!'

바지 주머니에 손을 찔러 넣은 채 차에 기대어 있던 경빈이 입술을 비틀었다. 몇 시간 전 그가 격렬하게 탐했던 온기는 이미 사라지고 없었다.

바르작거리는 그녀의 몸을 옴짝달싹 못하게 억센 팔로 끌어안고 미친 듯이 키스를 퍼부었다. 막무가내로 키스에 몰입하느라 입술이 터져서 비린 쇠 맛이 나는 줄도 몰랐다. 누구의 입술이 찢어진 줄도 몰랐다. 다만, 강압적으로 물고 빨았던 것은 그였으니 아마도 그녀의 입술이 찢어진 것이리라.

바짝바짝 타들어 가는 그의 속내를 아는지 모르는지 하나 마나한 말만 늘어놓는 게 못마땅해서 격한 키스로 입을 막았다. 처음엔 순종하듯 가만히 있기에 안도한 것도 잠시, 그 틈을 타서 가인은 그를 밀치고 달아나 버렸다. 눈앞에서 달아나는 그녀를 뻔히 보면서도 경빈은 한동안 멍하니 서 있을 수밖에 없었다. 여운처럼 남겨진 그녀의 향기와 온기 때문에 온몸이 마비라도 된 듯 꼼짝도 못하고 그녀를 놓치고 말았다.

아파트의 외진 놀이터 안쪽에 매달린 그네가 끼익끼익 쇳소리를 냈다. 가인은 흔들리는 그네에 앉아 뛰어오는 여람을 보았다. 외등이 어슴푸레한 빛으로나마 깜깜한 놀이터를 비추었다. 여람이 허옇게 질린 얼굴로 숨을 몰아내며 가인의 앞에 멈춰 섰다.
"야! 너 어떻게 된 거야? 경빈 선배한테 전화 여러 번 왔었어."
가인이 픽 웃으며 옆 그네를 가리켰다.
"너도 타 봐. 오랜만에 타니까 재미있네. 어렸을 땐 아빠가 항상 밀어 줬었는데."
그러나 여람은 그네에 앉지 않고, 가인이 앉아 있는 그넷줄을 붙잡았다.
"뭐야? 무슨 일이야!"
"일없어. 그냥 순리대로 착착 흘러가는 시간만 있을 뿐이지."
"설마 너……."
여람이 차마 뒷말을 맺지 못하자 가인이 또다시 피식 웃었다. 눈은 전혀 웃고 있지 않은데 입술만 억지로 늘여 놓는 형상이라 오히려 괴괴해 보였다. 마치 넋은 빠져 버리고 빈 육신만 남은 것 같아 여람의 등줄기에 소름이 돋았다.
"헤어지는 건 힘든 거니까 예행연습 따윈 하지 않는 게 좋아. 뭐 하러 그 어려운 걸 두 번씩이나 하겠어. 한 번으로 끝내야지. 선배가 받아들이지 않아도, 난 말했으니까 오늘로서 우린 끝난 거야."
"가인, 너 정말로……."
"그래서 여람아, 나 아파. 가슴이 찢어질 것처럼 아파. 아픈 건

사랑은 꽃이 피고 지는 것과 같은 것 157

당연하지만, 마음은 눈에 보이지 않는 거니까 괜찮을 줄 알았는데, 이렇게 생생하게 아플 줄은 몰랐어."

여람이 울컥해선 가인의 목을 끌어안았다.

"바보! 등신! 대체 경빈 선배 부모가 또 너한테 뭐라고 했냐? 왜 너만 바보같이 당하고 있어? 왜 말을 못 해!"

"말했어. 나도 말했어. 헤어질 수 없다고. 근데 이렇게 되어 버린 걸 어떡해."

"이런 씨! 망할! 그 집에서 뭐라고 협박했냐? 웃기는 인간들이잖아! 지들이 잘났으면 얼마나 잘났고, 가졌으면 얼마나 가졌다고 사람을 그렇게 무시해? 뭐가 얼마나 대단해서! 지들은 안 죽고 평생 산대? 세상도 살 만큼 산 늙은이들이 이제 겨우 스물한 살밖에 안 된 너한테 무슨 짓을 한 거냐고!"

가인은 여람의 품에 온몸을 맡기듯 기대었다.

"여람, 난 괜찮으니까 그 사람 낳아 주신 분들한테 그렇게 말하지 마라. 솔직히 그분들 입장에선 내가 탐탁지 않은 게 당연한 거지. 더 깊어져서 죽네 사네 하는 것보단 지금 헤어지는 게 낫지. 내가 내세울 게 뭐가 있냐? 부모가 있어, 돈이 있어? 번듯한 직업이 있는 것도 아니고."

"그걸 말이라고!"

"여람아, 그 사람은 밤새도록 집 앞에서 날 기다릴 거야. 전화도 안 되고 돌아오지도 않는 나를 밤새도록 기다릴 거야. 나는 그걸 아니까 돌아갈 수가 없어. 가슴이 아파도 참아야겠지?"

"인아."

가인은 여람의 품에서 나와 씩씩하게 얼굴을 훔쳤다. 마치 아무 일도 없었다는 듯이.

"이미 끝난 거니까 다시 돌아가란 말은 하지 마. 보내 주기로 했으면 깨끗하게 보내 줘야지. 내가 자꾸 이랬다저랬다 헷갈리게 하면 선배만 더 힘들어."

이런, 젠장! 암만 그래도 너보다는 안 힘들어!

그 말이 목구멍까지 올라왔지만, 그러면 친구가 더 슬퍼할 것 같아서 여람은 목구멍 아래로 꾹꾹 밀어 넣었다.

희뿌옇게 드러나는 찬 여명을 맞았다. 늦가을과 초겨울의 경계에 있는 새벽은 밤 못지않게 뼛속까지 얼릴 추위를 몰고 왔다. 어둠이 밀려나는 것을 보고 있으려니 몸이 아닌 마음이 얼었다. 피가 차갑게 식었다.

경빈은 굳은 얼굴로 차에 올랐다. 밤사이 떨어진 기온에 내내 방치되어 있던 차 안의 공기가 싸늘했지만, 춥다는 생각은 들지 않았다. 밤새 치열한 전쟁을 치른 마음이 얼음장 같아서 육신의 추위 따윈 느낄 여유가 없었다.

시동을 걸고 골목을 벗어나자 그때부턴 밟을 수 있을 만큼 밟았다. 대시보드에 부착된 속도계의 바늘이 오른쪽 끝에 위태롭게 걸려선 내려가려 하질 않았다. 경빈은 텅 빈 도로를 달려 집까지 단숨에 내달렸다.

거칠게 현관문을 열고 집 안에 들어섰을 땐 예상했던 대로 어머니의 잔소리가 먼저 떨어졌다.

"너 이게 뭐 하는 짓이야! 네 뜻대로 연희와의 약혼도 없던 걸로 했는데 또 외박을 해? 전화가 꺼진 것도 아닌데 휴대전화는 왜 안 받아!"

밤사이 걱정으로 신경이 끊어지기 직전, 새벽같이 들이닥친 경빈을 보자 대뜸 언성부터 올라갔다. 그러나 경빈은 어머니 쪽으로는 고개도 돌리지 않고 아버지가 잠들어 계신 안방 문을 노려보며 음산하게 말을 뱉었다.

"이번엔 뭐라고 하셨습니까?"

경빈의 낮은 목소리에 섬뜩함이 느껴지자 김 여사는 화내던 것을 잊고 놀라 주춤거렸다.

"뭐?"

천천히 안방 문이 열리고 평소와 다름없는 얼굴로 아버지가 모습을 드러냈다. 경빈은 그런 아버지를 뚫어지게 쳐다보며 잇새로 씹어뱉듯이 말했다.

"또 떠나라고 했습니까? 이번에는 어떤 명분을 내세워 그 애한테 상처를 줬습니까? 제가 사랑하는 여자입니다. 제 뒤통수를 쳐가며 꼭 그러셨어야 했어요? 그 어린 여자한테 그렇게까지 잔인해야 했습니까?"

민 회장은 입을 꾹 다물고는 한심한 눈으로 경빈을 보았다.

"아들인 저조차도 모르는 모습이 계셨더군요. 아버지가 겉과 속이 다른 사람이라고는 생각도 못 했습니다. 이런 식으로 뒤통수를 칠 줄은 몰랐습니다!"

화를 참는지 민 회장의 안면근육이 씰룩거렸다.

"겨, 경빈아, 너 왜 그러니?"

보다 못한 김 여사가 팔을 붙잡으려 하자 경빈은 그것마저 뿌리쳤다. 그리고 냉소적으로 입술을 비틀었다.

"한연희와의 약혼을 없었던 걸로 하기로 한 대가가 이거였습니까?"

김 여사는 도무지 영문을 알 수 없단 표정이었다.

"지금 무슨 말을 하는 거니? 난, 네 말 하나도 못 알아듣겠다."

"참 대단하십니다. 가진 게 좀 있으면 누구한테나 함부로 할 수 있다고 여기셨어요? 돈으로 사람 마음을 움직일 수 있다고 믿으시는 아버지의 신념이 얼마나 부질없는 것인지 곧 아시게 될 겁니다."

"여, 여보, 얘가 지금 무슨 말을 하는 겁니까?"

놀란 마음을 추스르지 못한 아내의 시선도 무시하고 민 회장은 시종일관 담담한 눈으로 경빈을 바라보기만 했다.

"가인이하고 결혼하겠습니다."

김 여사가 다시 한 번 놀라서 휘청하는 사이 굳게 닫혀 있던 민 회장의 입이 열렸다.

"뭐라 했느냐, 결혼?"

"반대하셔도 상관 않습니다. 허락 같은 건 바라지도 않으니까요."

결국엔 민 회장의 손이 올라갔다.

철썩!

"여보!"

어머니의 고함 소리를 뒤로한 채 경빈은 눈을 감아 버렸다.

"못난 놈. 할 수 있다면 어디 한번 해 보거라."

공원에서의 만남이 마지막이었다. 그 후로 가인은 머리카락 하나도 남기지 않고 철저히 모습을 감춰 버렸다. 그날 이후로 학교에서도, 집으로 찾아가도 가인을 만날 수가 없었다.

젠장. 그때 공원에서 도망치는 것을 보며 멍청하게 서 있는 게 아니었는데. 손가락에서 모래 빠져나가듯이 허무하게 그녀를 잃고

사랑은 꽃이 피고 지는 것과 같은 것 161

난 후에 홀로 자책이나 하는 한심한 꼴이라니.

윤가인. 그 한 번으로 끝인 거냐? 그날은 홧김에 한 말이었다고, 네가 그런 수모를 받는 동안 난 뭐했느냐고 화를 냈어야지. 나 없는 곳에서 너 그렇게 억울한 일 당했다고 눈물이라도 보였어야지. 당연히 날 방패 삼아서 내 뒤에 숨었어야지. 나란 놈은 내 여자의 하소연을 들을 자격도 없는 건가? 그래서 나한텐 두 번의 기회도 주지 않고 단 한 번으로 끝내려는 거니?

여람은 늘 붙어 다니던 단짝 없이 홀로 강의실을 나왔다. 그런데 갑자기 뒤에서 어깨를 잡아 돌려세우는 강한 힘에 놀라 소스라쳤다.

"엄마야!"

곧 그 사람이 굳은 얼굴로 서 있는 경빈인 걸 확인하자 긴장이 풀렸다. 그러나 긴장과 함께 풀린 다리가 후들거려서 뒷걸음을 칠 수밖에 없었다. 눈빛이 벼려진 경빈을 마주하니, 그날 밤 가인이 놀이터로 찾아왔을 때 잡아 두지 못한 것이 후회되었다.

"저도 몰라요……."

묻기도 전에 여람은 눈물을 글썽이며 고개를 저었다. 경빈의 얼굴이 절망으로 일그러졌다.

"진짜 몰라요. 선배하고 헤어질 거라고 말은 했지만, 이렇게 빨리 모든 걸 정리할 줄은 몰랐어요. 나한테도 아무 말 안 했단 말이에요. 이렇게 배신을 때릴 줄은 몰랐다고요. 그 계집애가 미리 떠날 준비 다 해 놓고, 나도 모르게 자퇴까지 하고선 그동안 태연하게 굴었던 거예요. 그렇게 사라져 버릴 줄은 정말로 몰랐어요. 알았으면 바보같이 손 놓고 있었겠어요? 다리를 분질러서라도 잡아 놨죠."

경빈이 차가운 벽에 털썩 기대섰다. 초조하고 답답하고, 금방이라도 터져 버릴 듯 날카롭던 눈이 망연자실하게 바뀌었다.
"이 바보…… 도대체 어디서 헤매고 있는 거니."

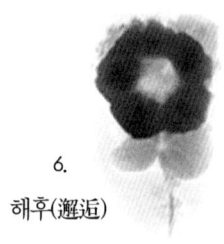

6.
해후(邂逅)

- 승객 여러분, 잠시 후 저희 비행기는 인천공항에 착륙하겠습니다. 좌석벨트를 매 주시고 등받이와 좌석 테이블은 제자리로 해 주십시오. 지금부터 모든 전자기기의 사용을 삼가시기 바랍니다. 감사합니다.

한 번은 한국어로, 또 한 번은 영어로 번갈아 하는 기내방송에 경빈은 수면안대를 풀었다. 비행기가 히스로공항을 이륙한 직후에 착용한 수면안대를 12시간 만에 벗었는데도, 잠을 잤던 게 아니라 그냥 눈만 감고 있었던지 그의 눈자위에는 실낱같이 가느다란 핏발이 서 있었다.

히스로공항에서부터 내내 신경을 거슬리게 하는 무언가가 있었다. 분명하지 않은, 아니, 분명하지만 무엇이라 단정 지을 수 없는, 가슴을 조이는 아련한 그리움 같은 것. 그것을 향해 12시간 동안 줄곧 촉각을 세우고 있었으니, 수면을 방해받는 건 당연했다.

고막이 터질 것처럼 소음이 심해졌다. 육중한 기체는 부르르 몸살을 앓으며 활주로를 향해 착륙을 시도했다. 신경이 끊어질 것처럼 예민한 터라 그의 미간이 절로 찌푸려졌다.

비행기가 완전히 멈추고 기내 안내방송이 한 차례 더 지나갔다. 장시간 비행으로 인해 사람들이 찌뿌듯한 몸을 일으키며 내리는 동안에도 경빈은 꿈쩍도 않고 자리에 앉아 있었다.

기내에 모든 사람이 다 빠져나가고 난 후에야 그도 천천히 자리에서 일어났다. 그래서 앞서 나간 사람들 틈에 섞여 있던 그녀를 보지 못했다.

잊고 있었다. 4년 만에 보는 고국의 하늘이 이토록 청명한 줄은. 바야흐로 계절은 가을의 정점. 손톱으로 긁으면 빗금이 날 듯한 청명한 창공으로 새하얀 새털구름이 흩어졌다.

지난 4년 동안 그녀가 보았던 타국의 하늘은 그녀의 마음과 별반 다르지 않았는데. 견딜 수 없을 것 같던 하루하루가 모여서 4년이란 세월로 뭉쳐졌을 뿐. 하루가 지나고 또 하루. 매일 반복되는 그 하루가 견딜 수 없었기에 외려 견뎌 낼 수 있었던 지난 4년. 참으로 질기고도 암담한 세월이었다.

눈을 뜨면 마주한 우중충한 잿빛 세상에 숨이 막힐 듯 기분은 바닥을 쳤고, 이틀에 하루 걸러 내리는 비가 그녀의 눈물을 대신했었다.

그리움은 지척(咫尺), 그러나 지금 바라보는 고국의 하늘은 눈물을 대신할 비도 뿌려 주지 않는다.

그리움이 천애(天涯), 런던에선 울고 싶으면 그때마다 하늘은 알아서 비를 내려 주었는데.

해후(邂逅)

마침 도착해 있는 순환버스에 몸을 싣고, 공항청사가 가까워질수록 가인은 하늘에서 고개를 돌렸다.

짐은 미리 부쳤기에 따로 찾지 않아도 되었다. 가인은 수화물 도착 대를 그대로 지나쳐 게이트를 빠져나왔다.

도착한 항공을 알리는 전광판에 쉴 새 없이 램프가 들어왔다. 전광판 한곳만 뚫어지게 쳐다보고 있던 연희의 입가에도 드디어 화색이 돌았다.

그가 왔다. 4년 만이다. 가슴이 주책없이 뛰었다. 이제 조금만 있으면 게이트가 열릴 것이고, 그리고 아주 조금만 더 기다리면 그가 모습을 드러낼 것이다. 지척에, 그것도 같은 하늘, 같은 공간에 그와 함께 있다고 생각하니 지난 4년의 그리움보다 더한 그리움이 밀려왔다. 이제 조금만 더 기다리면 돼. 조금만 더…….

4년 동안 그는 단 한 차례도 한국에 들어온 적이 없었다. 그러나 4년 동안 그를 한 번도 보지 못한 것은 아니다. 매년 두 차례씩 그를 만나기 위해 연희는 직접 런던으로 날아갔었다. 4년간 여덟 번 런던행 비행기에 탑승했어도 정작 그를 만났던 것은 단 두 번뿐이었지만, 그 두 번도 이삼십 분 남짓이 전부여서 기껏해야 얼굴을 보는 정도에 그쳐야 했었다.

매번 런던에서 서울로 돌아올 때마다 그리움의 해갈은커녕 더한 목마름을 안고 돌아와야 했어도 포기하지 않았다. 그러는 동안 그리움은 더 깊어졌고, 외사랑의 가슴앓이도 심해졌다. 하지만 이제 그는 완전히 돌아왔고, 같은 하늘 아래에 있으니 그나마 숨통이 트일 것 같았다.

일각이 여삼추와 같다고 생각했을 때 입국장 문이 열렸다. 입국

심사대를 통과하고 나오는 사람들 속에 그는 보이지 않았다. 분명히 도착한 비행기에 탑승했다는 걸 알면서도 갑자기 마음이 초조해졌다. 손톱으로 입술을 뜯으며 불안하게 게이트 안쪽을 향해 목을 쭉 내밀었을 때였다.

온통 그를 찾는 데에만 모든 신경이 집중된 그때에 문득 가슴이 선뜩해지는 것을 느꼈다. 동시에 누군가 곁을 스쳐 가며 일으킨 미묘한 바람에 향기가 흩어졌다. 그것은 향수 냄새도 아니고 화장품 냄새도 아닌 사람의 체향. 은은한 여자의 냄새였다.

온갖 사람들이 분주히 오가는 공항이다. 부딪치는 사람마다 일일이 신경 쓸 여유가 없었다. 그런데 지금 코끝에 아스라이 스미는 여자의 향기는 분명히 연희의 신경을 건드리고 있었다. 예민한 후각이 공기 속에 미미하게 떠도는 여자의 체향을 정확히 캐치해 냈을 때는 여자와의 거리는 완전히 멀어졌고, 연희의 몸은 굳어 버렸다. 익숙하지 않았지만 낯설지도 않았다. 뒤늦게 고개를 돌렸을 땐 이미 여자는 사람들 속에 섞여 자취를 감춘 후였다.

그러나 연희는 스쳐 간 여자의 존재에 대해 신경 쓸 겨를이 없었다. 이미 많은 사람이 빠져나간 게이트가 한참 만에 다시 열렸고, 느지막이 나오는 그를 발견했기 때문이다.

"경빈 씨!"

가죽 재킷에 짙은 선글라스를 끼고 느린 걸음으로 카터를 밀고 나오던 그가 부르는 소리에 잠시 멈춰 서더니 이내 표정을 굳히고 다가왔다. 그와는 대조적으로 연희의 눈에는 반가움과 그리움이 뒤섞여 눈물이 글썽였다.

"오랜만이야, 경빈 씨. 오느라 피곤했지?"

경빈은 천천히 선글라스를 벗으며 연희의 주변을 무심하게 둘러

보았다.

"주완 형은?"

연희의 입술에 씁쓸한 미소가 떠올랐다. 그녀는 오랜만에 만난 그가 마냥 반갑기만 한데, 그는 무심한 얼굴로 형식적인 안부조차도 묻지 않는다. 4년 만에 돌아온 고국 땅이건만, 오랜 지인을 만났음에도 지독하게 말을 아끼는 그가 겨우 한마디 더 보탠 것이 이것이다.

"넌 뭐 하러 나왔어?"

연희는 금방이라도 울음을 터트릴 것 같은 얼굴로 입술을 꾹 깨물며 먼저 돌아섰다.

"주완 선배는…… 주차장에서 기다리고 있어."

"어이, 민경빈!"

주완은 경빈을 향해 한 손을 번쩍 들어 올리더니, 반가운 얼굴로 포옹을 하며 손바닥으로 등을 두어 번 툭툭 두드렸다.

"반갑다. 자식, 외국물 먹고 오더니만 신수가 훤해졌구나."

그리고는 포옹을 풀자마자 경빈의 가슴에 주먹을 꽂았다.

"이런 나쁜 자식! 지난 4년 동안 한 번도 연락을 안 해?"

경빈은 불시에 당한 기습에도 표정 한 번 흐트리지 않고 덤덤하게 말했다.

"나 없어도 잘 지낸 것 같아 보이는데. 그동안 살도 좀 쪘군."

"잘 지내긴 누가 잘 지내? 이건 살찐 게 아니라 걱정으로 부은 거다! 어떤 매정한 놈 때문에, 한연희 한숨에 땅 꺼질까 봐 4년 동안 가슴 졸이고 산 증거라고!"

연희가 눈을 흘기자 주완은 모른 척 자동차 트렁크를 열고 경빈의 짐을 실었다.

"4년 타국살이 짐이 이게 다야?"

경빈은 대꾸 없이 뒷문을 열고 올라탔다. 주완은 멋쩍게 어깨를 으쓱하더니 보조석 문을 열어 연희를 먼저 태우고는 자신도 운전석에 오른 뒤 곧바로 차를 출발시켰다.

승용차가 매끄럽게 주차장을 빠져나갔다. 서서히 속도를 올리던 주완은 택시 승강장을 지나치다가 막 택시에 오르는 여자를 보고는 휘파람을 불었다.

"분위기 죽이는데? 딱 내 스타일이야."

"운전이나 신경 써요, 선배!"

옆에서 연희가 한심한 눈으로 흘겨보았지만, 주완은 싱글싱글 웃으며 룸미러로 시선을 주었다.

"어이, 민경빈!"

경빈은 많이 피곤했는지 창턱에 팔을 올리고 손으로는 이마를 짚은 채 눈을 감고 있었다. 그래도 벌써 잠들진 않았을 테니 귀는 열어 뒀겠지.

"어떠냐? 오랜만에 고국 땅을 달리는 소감이. 뭐 별로 변한 건 없지?"

차는 조금 전 주완이 휘파람을 불었던 여자가 탄 택시를 앞질렀다. 그러나 눈을 감고 있던 그도, 택시에 타고 있던 그녀도 서로를 보지 못하고 스쳐 지나갔다.

"너 혹시, 공부하러 가선 연애만 하다 온 거 아니냐? 벌써 타국에 두고 온 애인이 보고 싶어?"

경빈은 여전히 말이 없었고, 실없는 말을 던진 주완은 오른쪽 뺨에 매섭게 와 닿는 연희의 눈초리를 느끼고는 흠흠, 헛기침하며

해후(邂逅) 169

운전에만 집중했다.

"경빈아, 어서 오렴."

몇 년 만에 돌아온 아들을 맞는 김 여사의 눈엔 눈물이 맺혔다.

"잘 지내셨어요?"

마치 타인에게 하듯 지극히 평범하고 감정이 배제된 형식적인 인사. 그것이 못내 서운했는지 김 여사는 그간 섭섭했던 감정을 그대로 드러냈다.

"무심한 녀석. 자식이라곤 달랑 저 하나건만, 먼저 연락하지 않으면 집에는 전화 한 통 없고……. 아니다. 우리 아들, 피곤하겠구나. 식사 준비는 다 됐으니까, 어서 올라가서 옷부터 갈아입고 내려와."

김 여사는 붉어진 눈시울을 닦으며 경빈의 등을 떠밀었다.

방으로 올라온 경빈은 새삼스러운 눈으로 방 안을 둘러보았다.

먼 여행에서 돌아온 이는 단지 그일 뿐, 방은 비워 둔 세월의 흔적 따윈 없었다. 떠나기 전과 달라진 게 없는 익숙한 가구, 익숙한 침대, 익숙한 소파, 익숙한 책상. 그러나 공기가 달랐다.

경빈은 재킷을 벗고는 CD장에서 손에 잡히는 대로 CD 한 장을 꺼내 오디오에 넣고 플레이를 작동시켰다. 잔잔하다 못해 지루한 선율이 흘러나왔다. 듣기 거북한 정도는 아니었으나 딱히 감흥이 일지 않는 무미건조한 선율. 그러나 특별히 선곡이 잘못되었단 생각은 들지 않았다. 그저 지루했을 뿐이지, 자신의 마음도 이 곡과 별반 다르지 않으니 외려 잘된 선곡일지도.

열린 귀로는 무심히 음악을 들으며 천천히 소파에 앉았다. 상체가 완전히 묻힐 정도로 등받이에 깊숙이 기대고는 무언가를 뚫어지게 응시했지만, 딱히 시선이 닿는 곳은 없었다. 그러는 동안 시간이 벌여 놓은 이질적인 공기에 그의 체온이 섞여 들었다. 이제야 비로소 궤도가 맞아떨어지는 것 같다.

짧은 두 번의 노크.

방문이 열리고 연희가 불쑥 그의 공간에 발을 들여놓았다. 겨우 맞춰 놓은 궤도가 불청객으로 인해 다시 어긋나 버렸다. 그의 눈썹도 일그러졌다.

"뭐 하고 있어? 안 내려올 거야? 밑에서 다들 기다리는데. 뭐야? 아직 옷도 안 갈아입었잖아."

불청객은 이제 방 안으로 몸 전체를 들여놓았다. 궤도가 심하게 이탈되었다.

"경빈 씨."

불청객이 바짝 등 뒤로 다가섰다. 그는 일그러뜨린 눈썹을 제자리에 돌려놓고 평소와 다름없는 목소리로 말했다.

"내려가 있어. 금방 내려갈게."

"정말 너무한 거 알아?"

뭐가 그리 못마땅하고 섭섭한지 불청객의 목소리에 날이 섰다. 경빈은 고개를 돌려 연희를 보았다. 이제야 겨우 그와 눈을 맞추게 되자 연희는 그간 서러웠던 감정을 쏟아 냈다.

"공항에서 오는 내내 나하고 눈 한 번 맞추지 않았어. 내가 먼저 말 걸지 않으면, 자긴 한 마디도 안 하고 입만 꾹 다물고 있었다고."

"그래서?"

고저가 없는 의문형. 뒷말을 마저 하라는 의미다. 그러나 실상은 뒷말이 궁금해서가 아닌 약간의 빈정거림. 연희의 표정이 당황

해후(邂逅)

스럽게 변했다.

"그래서라니?"

말없이 빤히 쳐다보던 경빈의 눈빛이 차갑게 이죽거렸다. 마치 그의 무엇이라도 되는 듯한 연희의 말에 몹시 언짢다는 기색이었다. 낱낱이 속내를 파헤치는 듯한 냉랭한 눈빛에 연희는 잠시 말을 잃었다.

너 따위가 뭔데 내가 쳐 둔 금을 함부로 넘어오려는 거지? 눈빛으로 말하는 명백한 이죽거림. 그 사실을 깨닫자 새삼 고개를 쳐드는 분노에 연희가 새된 목청으로 쏘아붙였다.

"이제 그만할 때도 됐잖아! 잊을 때도 됐잖아! 그 여자 잊으려고 그 먼 데까지 유학 간 거 아니었어?"

"나가."

불청객 주제에 참견이 정도를 넘어섰다. 그의 눈빛은 이제 냉랭함을 넘어 이젠 경멸스럽게 변했다.

"건방 떨지 마, 한연희. 너하고 나, 그런 얘기 나눌 사이는 아니잖아."

도도하게 고개를 쳐들고는 있지만, 금방이라도 울음을 터트릴 듯 연희의 턱이 심한 경련을 일으켰다.

"너, 너 정말! 하……! 그런 식으로밖에 말 못 하겠니?"

그와는 늘 이런 식이다. 그와 얘기를 하다 보면 언제나 여자로서의 자존심을 잃고 만다. 그런데도 저 남자를 끝내 포기할 수 없는 못난 이기심이라니.

"싫다고 떠난 여자야. 먼저 떠난 건 그 여자잖아! 그런 여자 따위 경빈 씨도 잊어! 잊고서 뒤도 좀 돌아봐. 돌아보면서 그렇게 좀 살아. 응?"

그의 입술 끝이 묘하게 씰룩였다.

"그래, 간혹 실수로 돌아볼 수는 있겠지. 그런데……."

잠시 말을 늘어뜨린 그의 입매가 다시 한 번 냉소를 띠었다.

"돌아봐도 넌 아니야."

연희는 손톱이 손바닥을 파고들도록 주먹을 움켜쥐었다.

"완전히 변한 거니? 예전에 경빈 씬 이렇지 않았어. 이렇게까지 비틀린 사람 아녔다고. 왜 이렇게 됐니? 도대체……."

끝내 말을 잇지 못하고 잠시 숨을 들이켰다가 연희는 다시 못을 박듯 확고한 어조로 말했다.

"아니, 됐어. 어떻게 변했든 상관없어. 여태 기다렸는데 더 못 기다릴 것도 없지. 그동안 기다린 게 아까워서라도 여기서 포기하면 안 되지."

"맘대로 해. 쓸데없는 감정 소모로 시간 낭비할 게 뻔한데, 똑똑한 한연희가 왜 그리 멍청한 짓을 하려는지 이해가 되진 않지만."

여지없이 잘라 버리는 그의 말에 연희는 목청껏 악을 썼다.

"그래! 나는 그렇다 쳐! 그럼 경빈 씨는? 경빈 씨는 어떡할 건데? 평생을 떠난 여자 붙잡고 살 거니? 헤어진 사람 못 잊고 평생을 그렇게 살 거냐고!"

경빈은 눈 한 번 깜박이지 않고 연희를 쳐다보더니, 갑자기 소파에서 몸을 일으켰다. 그리고 등을 돌리며 무심히 말했다.

"누가 그래? 우리가 헤어졌다고."

그의 등을 보며 연희는 참고 있던 눈물을 떨어뜨렸다.

"정말 바보구나. 바보야, 경빈 씬!"

경빈은 창가로 다가서며 단풍이 곱게 물든 아름다운 정원을 내려다보았다. 그리고는 씁쓸히 혼잣말처럼 중얼거렸다.
"그럴지도 모르지."

찰칵.

금속성의 마찰에 의해 주홍빛 작은 불꽃이 피어올랐다가 사그라졌다. 그리고 허공으로 홀연히 흩어지는 연기. 다시 한 모금 깊게 빨아들였다가 길게 뿜어냈다. 까만 하늘에는 유자빛 가로등과 닮은 달 하나가 박혀 있었다. 그 형태를 보고 있자니 문득 사이비(似而非)란 말이 떠올라 쓴웃음이 나왔다.

비슷하지만 아닌 것이라……. 지상에는 달이 되고 싶으나 결코 될 수 없는, 그러나 진짜보다 더 휘황찬란한 가짜들이 판을 친다. 그리고 월운(月暈).

경빈은 필터 끝이 다 타들어 갈 때까지 손가락 사이에 끼고 있던 담배를 바닥에 떨어뜨리고는 구둣발로 남은 불씨를 밟았다. 고개를 들어 바로 50미터 전방에 불이 환히 켜진 작은 이층집을 바라보며 그는 다시 담배에 불을 붙였다.

저 집에는 누가 살고 있는지, 그리고 그 사람들은 지금 행복할까? 예전에 그녀는 저 집에서 과연 행복했을까?

경빈은 새로 불을 붙인 담배를 단 두 모금만 빨아들였다가 바닥에 떨어뜨렸다. 그리고 아까처럼 불씨를 구둣발로 짓이기고는 차에 올라 시동을 걸었다.

배회하는 그의 마음이 저 달처럼 휑뎅그렁하다. 그렇지만 오늘은 귀국한 첫날이니까. 이곳을 찾은 이유는 스스로에게 주는 귀국 선물쯤으로 여기면 될 것이다.

외부 출장에서 돌아오던 준우는 막 엘리베이터에서 내리는 두 남자를 보고는 걸음을 멈췄다.

"어이, 정 대리!"

준우는 그중 한 남자에게서 시선을 거두고 앞에서 걸어오는 주완을 향해 가볍게 고개를 숙였다. 바로 앞까지 다가온 주완이 손목시계로 흘끗 시선을 줬다가 다시 준우를 보았다.

"외근 나갔다 들어오는 길인가 보지? 그냥 바로 퇴근하지 그랬어. 곧 퇴근 시간인데."

"보고서 좀 작성하려고요."

"그래? 그럼 수고."

주완이 준우의 어깨를 한 번 툭 치고는 지나가려다가, 준우의 시선이 자신의 옆에 서 있는 경빈에게 닿는 것을 보고 다시 걸음을 멈췄다.

"아, 이쪽은 기획실 최상준 상무 후임으로 오신 민경빈 이사. 그리고 경빈, 아니 민 이사, 이쪽은 정준우 대리."

"민경빈입니다."

경빈이 격의 없이 손을 내밀었지만 준우는 그의 손을 무시하고 고개를 까딱하는 걸로 대신했다. 그러나 경빈은 전혀 기분 나빠하는 내색 없이 외려 태연한 얼굴로 내밀었던 손을 거둬들였다. 준우의 눈썹이 미세하게 꿈틀거렸다.

딱 한 번 멀리서 그녀와 함께 있는 이 남자를 본 적이 있다. 벌써 몇 년이나 지난, 오래된 기억이지만, 그렇다고 뇌리에서 흐려질 대상이 아니었다. 분명히 그 남자가 맞다. 그녀는 사라지고 없는데 남은 건 졸렬한 질투심뿐이었다.

준우는 천천히 몸을 돌려서 로비를 벗어나고 있는 경빈을 보았다. 걸으면서 주완과 대화를 나누느라 가끔 고개를 끄덕이는 그의 모습을 뚫어질 듯 쳐다보며 자신도 모르게 주먹을 움켜쥐었다.

"뭘 그렇게 열심히 보는데요?"

물끄러미 로비의 회전문을 쳐다보고 있는데 갑자기 동그란 얼굴이 불쑥 앞으로 들어왔다. 준우는 놀란 기색 없이 턱짓으로 회전문 밖을 가리켰다.

"저 남자 알지?"

"응? 누구요?"

소지품이 든 상자를 끌어안고서 여람은 준우의 턱짓을 따라 고개를 돌렸다. 그러자 미끄러지듯 멈춰 선 자동차 안으로 짙은 감색 슈트를 멋스럽게 차려입은 한 남자가 막 긴 다리를 올려놓는 게 보였다. 훤칠하니 잘생긴 남자였다. 그런데 단순히 훤칠하니 잘생기기만 한 남자는 아니었다. 모르는 남자라면 그러려니 하고 한 번쯤 시선을 멈추고 쳐다보았겠지만, 저 남자는 그냥 한 번 시선 주고 가슴 한 번 설레고 말 남자가 아니었다. 그냥 가만히 있어도 쏟아질 것처럼 큰 여람의 두 눈이 아예 화등잔만 해졌다. 자동차 안으로 완전히 모습을 감춘 그 남자는 여람도 익히 아는 남자였다.

"저, 저, 저……."

여람은 허둥대다 들고 있던 상자를 떨어뜨렸다. 상자 안에 있던 내용물이 우르르 로비 바닥으로 쏟아졌다. 그러거나 말거나 여람은 쏟아진 상자 따위에 신경 쓸 겨를이 없이 떠나는 차의 뒤꽁무니만 멍하니 쳐다보았다.

"민경빈."

준우가 씹어뱉듯이 잇새로 말하는 이름을 듣고서야 여람은 정신이 번쩍 들었다.

"정 대리님이 어떻게 알아요?"

준우는 금방이라도 눈알이 튀어나올 지경인 여람에게 흘끗 눈길을 줬다가 다시 차가 사라진 회전문 밖을 굳은 표정으로 응시했다.

"가인이, 여전히 소식 없지?"

"응?"

설마 가인이하고 경빈 선배하고 사귀었던 것을 아는 건가? 뭐, 알든 말든 별로 대수로울 것도 없지만.

"기획실 최상준 상무 후임으로 황금낙하산을 타고 온 작자라지."

"에? 누구요? 경빈 선배가요?"

하긴, 신합그룹 직계 라인이니까. 다만, 그 많고 많은 계열사를 두고 왜 여기로 왔을까? 중공업도 있고 자동차도 있는데. 뭐, 직접적으로 거둬들이는 수익도 중요하지만, 간접적인 가치 창출을 하는 IT 쪽도 핵심은 핵심이니까. 그건 그렇고 경빈 선배가 돌아왔다. 그는 아직도 가인을 생각하고 있을까? 아니, 그런 여자애가 있었다는 걸 기억이나 할까?

가인, 대체 어디서 뭐 하고 있는 거냐? 벌써 4년이다. 4년이 너한텐 짧니? 나한텐 이렇게도 긴 세월인데. 이 무정한 계집애야. 어떻게 4년 동안 감감무소식일 수가 있냐. 머리카락이 보일까 봐 꼭꼭 숨어 버린 거냐? 그렇다면 아주 잘 숨었다. 정말 머리카락 하나도 찾을 수 없으니. 나한테서도 숨어 버려야 할 만큼 그렇게 절박했던 거냐? 경빈 선배는 저렇게 멋진 남자가 되어 돌아왔는데, 너는 어디서 살았는지 죽었는지 소식 한 자도 없고…… 나쁜 계집애.

"말해 봐. 가인이한테 대체 무슨 일이 있었는지."

해후(邂逅) 177

"응?"

낮게 가라앉은 목소리에 여람은 혼자만의 생각에서 깨어났다.

"가인이하고 저 남자 사이에 무슨 일이 있었냐고 물었어. 왜 인이가 자취를 감춰야 했는지 말이야."

4년째 소식이 없는 윤가인도 문제지만, 준우도 마냥 저대로 뒀다간 사람 하나 못쓰게 되지 싶었다.

"준우 오빠, 아니, 정 대리님도 이제 웬만하면 그만하지 그래요. 세상에 여자가 윤가인만 있는 것도 아닌데. 여태껏 소식 없는 거 보면 뭐 벌써 시집갔을 수도 있고."

말은 그렇게 했지만, 가인이 그럴 리 없다는 건 누구보다 여람이 가장 잘 안다. 그냥 눈앞에 서 있는 남자가 하도 딱해서 포기하라고 한 말이었는데, 준우의 얼굴이 살벌하게 굳어지자 여람은 곧 자신의 입을 때리며 말을 정정했다.

"아, 뭐. 시집은 아직 안 갔을 수도 있지만요. 그런데요, 걔 다시 돌아온다 해도 정 대리님하고 뭐 어떻게 될 거란 생각은 하지 마세요. 내 친구 윤가인은요. 절대로 두 마음 못 가져요. 가인이가 경빈 선배를 얼마나······."

여람은 말을 하다 말고 그만두었다. 가인도 없는데, 준우랑 둘이서 이런 얘기 하면 뭐 하나 싶었다. 준우는 한참을 굳은 얼굴로 여람을 노려보다가 그대로 몸을 돌려 엘리베이터를 향해 걸어갔다.

준우의 굳은 뒷모습을 보던 여람이 설레설레 고개를 내저으며 몸을 구부리고 앉아 바닥을 뒹구는 물건들을 상자에 주워 담기 시작했다.

두 번의 짧고 가벼운, 그러나 더없이 정중한 노크 뒤, 단정하고 지적인 미모의 여비서가 모습을 드러냈다.

"이사님, 강은조 씨라는 분이 찾아오셨습니다."

경빈은 모니터에서 시선을 떼고 잠시 비서를 쳐다보았다. 손으로 턱을 매만지며 다른 생각에 잠긴 것인지, 아니면 비서를 보고 있는 것인지 모를 애매한 시선 처리. 여비서의 얼굴이 살짝 붉어졌다. 이윽고 경빈이 턱에서 손을 떼고 다시 모니터로 시선을 돌렸다.

"들어오시라고 해요."

그의 시선이 거둬지자 비서는 순간 아쉬운 표정을 짓더니 이내 본연의 모습으로 돌아왔다. 미혼에 젊고 잘생긴 매력적인 상사에 대한 연모, 여비서라면 으레 가질 수 있는 것이었다. 그러나 비서는 꿈같은 허영심에 부푸는 쪽보단 영리하게 책임감 있는 비서로서의 의무를 먼저 상기시켰다.

비서는 그가 보든 말든 깍듯하게 고개를 숙이고 돌아서서는 정중히 손님을 안내했다.

"하이?"

흔한 향수 냄새였다. 사람마다 본연이 지닌 체향 때문인지 흔한 향수지만 이 여자의 체향에 섞인 향은 그리 나쁘지는 않았다. 지나치지도, 부족하지도 않은 적당히 좋은 느낌. 여자는 늘 같은 향수만 고집했다. 여자가 그의 주변에서 얼쩡거릴 때마다 자연스레 맡았던 향이라 경빈은 금세 여자의 향기를 기억해 냈다. 특별히 관심이 간다거나 이성적으로 끌린다거나 하는 것은 아니지만, 가까이 다가가 냄새를 맡는다 해도 그다지 거부감은 들지 않았지만, 딱 거기까지였다.

경빈은 작업 중인 파일을 저장하고 천천히 모니터에서 여자에게로 시선을 돌렸다. 그와 눈이 마주치자 여자가 생긋 웃었다. 풍성한 속눈썹을 자랑하려는지 눈웃음치는 동그란 눈매가 깊었다. 그러나 너무 인위적이다.

"어쩐 일입니까?"

"오랜만이에요."

은조는 그의 책상에 놓인 명패를 보고는 지그시 입술을 늘였다.

"입성하자마자 타이틀이 기획이사라니. 멋진데요?"

경빈은 가만히 은조를 쳐다보았다. 은조는 가는 손가락을 뻗어 크리스털로 된 명패의 이름이 적힌 부분을 매만졌다.

"저도 며칠 전에 들어왔어요. 그쪽 없는 런던이 너무 지루해서요. 심심해서 하루도 못 견디겠는 거 있죠."

그리고는 다시 그와 눈을 맞추고 생긋 미소 지었다.

"이렇게 빨리 다시 만날 줄 몰랐죠? 솔직히 내가 여기까지 찾아올 줄은 생각도 못 했죠?"

그러다 자신을 전혀 달가워하지 않는 그의 눈빛에 은조가 샐쭉한 표정을 지었다.

"너무 그런 눈으로 보지 마세요. 갑자기 찾아오니까 더 반갑지 않나요?"

"그다지."

경빈은 성의 없이 대답하고는 모니터를 끄고 일어나 벗어 둔 양복 윗도리를 입고 돌아섰다. 그 모습을 보며 은조가 씁쓸하게 말했다.

"역시, 반갑지 않나 보군요. 뭐 그럴 거라고 예상은 했지만. 그래도 이렇게라도 불쑥 찾아와야지만 민경빈 씨 얼굴을 볼 수 있으니까."

"내 얼굴은 봐서 뭐할 겁니까?"

돌아온 대답이 참으로 무심하기 짝이 없었다. 그런데도 은조는 기죽지 않고 시원시원한 성격답게 거침없이 말했다.

"보고 싶었어요. 그쪽이 너무 보고 싶어서 하던 공부도 관두고 돌아왔어요. 어차피 재미없는 공부라서 때려치울 생각이긴 했지만."

보고 싶었다는 직접적인 고백에도 그가 쳐다보지 않자 은조의 입술이 조금은 불퉁하게 씰룩였다.

"전혀 반응이 없네. 그쪽 심장은 무쇠로 만들어졌나 보죠? 하긴, 언제는 그쪽이 나를 쳐다보기라도 했나. 처음부터 나 혼자 좋다고 쫓아다녔지."

경빈은 살짝 미간을 찌푸린 채로 은조를 보았다. 약속도 없이 멋대로 쳐들어온 것도 잊고 오히려 은조가 어이없는 표정을 지었다.

"적선하듯 그렇게 보지 말아요. 내가 언제 구걸했어요? 나도 자존심 있어요. 나 싫다는 남자한테 구차하게 매달리는 거, 난 뭐 좋아서 하는 줄 알아요? 날 좋아해 달란 말도 아니잖아요. 그쪽 옆자리 예약해 둔 사람이 따로 있는 것도 아닌데, 그렇게 선 딱 긋고 밀어낼 필요 있나요? 내가 연애하자는 것도 아닌데 뭘 그렇게 매사 까칠하게 살아요?"

"강은조 씨."

그의 목소리가 심하게 가라앉아 있었다. 일방적으로 찾아온 것도 심기를 어지럽힌 마당에 오자마자 딱따구리처럼 쉴 틈 없이 쪼아 댔으니, 저 정직한 남자는 분명히 화를 감추려 들지 않을 것이

해후(邂逅) 181

다. 은조는 쪼아 대던 기세를 꺾고는 그가 화를 내지 못하게 미리 선수 쳐서 숙이고 들어갔다.

"미안해요. 그래도 여기까지 찾아온 성의를 봐서라도 너무 그러지 말아요. 그냥 친구끼리 점심이나 같이 해요. 내가 시간도 딱 맞춰 왔잖아요. 지금, 점심 드시려고 일어난 거 맞죠?"

"누가 친굽니까?"

"그쪽이나 나나 서로 아는 처지에 너무 그러지 맙시다. 그냥 친구 하면 되지 뭘 또 그렇게 까칠하게 구실까? 친구가 싫으면 그냥 연인으로 할래요?"

태연한 척 느물거리고는 있지만 은조는 거절당할까 봐 입안이 바짝 말랐다. 초조한 마음을 숨기고 그를 빤히 쳐다보는데 뜻밖의 일이 일어났다. 그가 후우, 하고 한숨을 쉬더니 고개를 끄덕이는 것이 아닌가. 당연히 거절당하고 홀로 발길을 돌릴 거라 생각했는데, 횡재했다!

"그럽시다. 나가죠."

그가 책상을 돌아 나와 문을 열어 두고 먼저 나가 버렸다. 그러나 그의 배려 없는 행동에도 은조는 전혀 화가 나지 않았다. 들뜬 마음을 감추지 않고 생글거리며 쪼르르 뒤를 쫓아 나오는데, 그가 갑자기 걸음을 멈추었다. 그 바람에 은조는 콩, 하고 그의 등에 이마를 부딪쳤다. 무슨 일인가 싶어 그의 등 뒤에서 고개를 삐죽 내밀었더니 어떤 여자가 굳은 얼굴로 그들을 쳐다보고 있었다. 얼굴이 알려지는 직업을 가진 여자라 은조도 그녀를 쉽게 알아볼 수 있었다.

"무슨 일이야?"

무뚝뚝하긴. 원래 모든 여자를 저런 식으로 대하나? 여자를 향한 그의 말투가 자신을 대할 때하고 별반 다르지 않기에 은조는 피식 웃어 버렸다. 원래 뭘 숨기고 자시고 할 성격이 아닌지라 너무 대놓고 웃었나 싶어 얼른 입술을 깨물었다. 근데, 저 여자, 아나운서인 건 알겠는데, 이름이 뭐더라?

자신을 비웃는 거라 여겼는지 여자 아나운서가 살벌한 눈으로 은조를 노려봤다가 다시 그에게로 시선을 돌렸다.

"경빈 씨하고 점심이나 같이할까 해서 왔는데, 선약이 있었나 보네. 할 수 없지 뭐."

연희는 씁쓸히 말하고는 그의 옆에 선 여자에게 적대감이 어린 시선을 던졌다.

이런, 아주 노골적이군. 은조가 생긋 웃으며 한 걸음 앞으로 내디뎠다.

"안녕하세요. 강은조라고 해요. 저기, 실례지만 이름이? TV에서 본 것 같긴 한데."

은조가 눈빛을 초롱초롱하게 빛내며 묻자 연희는 마지못해 대답했다.

"한연희입니다."

"아, 맞다! 아나운서죠? 아닌가?"

얄밉게 싱긋거리는 은조를 연희는 잠시 어이없는 눈으로 쳐다보았다.

"갑시다."

그가 먼저 등을 돌리고 걸어가자, 은조는 그의 등을 따라 시선을 돌리는 연희에게 다시 한 번 생긋 웃어 주고는 종종걸음으로 따라붙었다. 걸음이 어찌나 빠른지 거의 뛰다시피 해서야 따라잡을 수 있었다. 그와의 보폭이 거의 엇비슷해지자 은조는 슬쩍 뒤를 돌아볼 여유가 생겼다. 역시나 한연희가 굳은 얼굴로 아직도 이쪽을 쳐다보고 있었다. 쯧쯧, 처량하군.

흠, 저 여자는 나보다 더 심한 대접을 받는구나. 이 남자 대체 저 여자한테 무슨 억하심정이 있기에 저렇게 완벽하게 무시하나?

"음, 내일은 해가 서쪽에서 뜨려나 봐요?"

엘리베이터 안에서 은조는 애교스럽게 콧등을 찡긋거렸다. 그리고 동그란 눈을 그에게 고정시키고 고개를 갸웃거렸다.

"네? 뭐라고 말 좀 해 보시죠?"

"뭘 말입니까?"

경빈은 내려가는 숫자에만 시선을 고정시킨 채 무뚝뚝하게 대꾸했다. 은조가 방긋 웃었다.

"그간의 전적들이 있는데 오늘 그쪽 태도가 이상하잖아요."

"……."

"왜 나하고 점심 먹으러 가는데요?"

경빈이 희한한 눈으로 쳐다보자 은조는 재빨리 손으로 자신의 입을 가리고 고개를 저었다.

"아, 취소, 취소요."

경빈이 다시 무표정한 얼굴로 숫자판으로 눈을 돌렸다. 은조는 그를 계속 흘끔거리다 도저히 궁금한 건 못 참겠는지 평소 성격대로 물어보기로 했다. 그녀 성격에 궁금한 거 참아봐야 병만 되지 싶었다.

"저기요. 아까 그 한연희 씨하고는 어떤 사이래요?"

역시. 입을 꾹 다문 채 쳐다보지도 않는다.

"뭐, TV 거의 안 보는 나도 알아볼 정도인데, 그 정도로 유명한 여자가 점심 같이하자고 막 회사로 찾아오고 하는 걸 보면 보통 사이는 아닌가 봐요, 그죠? 그런데 또 그쪽 태도는 그게 아닌 것 같고. 음. 그럼 그 여자도 나처럼 배알도 없이 간, 쓸개 다 빼놓고 그쪽 쫓아다니는 거예요? 아, 어쩐지. 역시 그랬었군요."

경빈이 들은 척도 안 하자 은조는 홀로 자문자답하는 걸로 어색함을 무마시켰다. 진정 잘난 남자는 입도 무거운 법이니까. 사실 그동안 이 남자한테 하도 무시를 당하다 보니 그것도 어느새 이골이 났나 보다. 이 정도의 무시는 별로 무시당했단 생각도 안 드는 걸 보면.

18층에서부터 한 번도 쉬지 않고 쭉 내려가던 엘리베이터가 5층에서 띵, 하고 멈췄다. 문이 열리자 엘리베이터 앞에 서 있던 웬 여자가 갑자기 멈칫했다. 내내 표정 없던 그의 눈썹이 한 번 꿈틀거렸다. 여자는 엘리베이터에 타려던 것을 잊고 그를 빤히 쳐다보고 있었다.

은조는 소리 없이 한숨을 삼켰다. 이런, 또 다른 경쟁자란 말인가? 저렇게 넋 놓고 쳐다보다 아주 침까지 흘리겠네. 은조는 고개를 설레설레 젓다가 엘리베이터 문이 다시 닫히려 할 때 재빨리 열림 버튼을 눌렀다. 그리고는 넋이 달아난 여자에게 말했다.

"안 탈 거예요?"

그 말에 여자가 순간 날카로운 눈으로 은조를 쳐다봤다가 다시 그를 돌아봤다. 눈빛에 다소 원망이 깃든 것이, 원래부터 알던 여자인 것 같았다.

그가 짤막한 한숨을 내쉬더니 그 여자에게 눈짓했다.

"타."

역시, 아는 여자였군. 은조는 여자의 머리부터 발끝까지 한눈에

해후(邂逅) 185

쭉 훑어 내리며 객관적으로 품평해 보았다. 그다지 나쁘진 않은데 이 남자 취향으로 보기엔 좀 무리가 있었다. 그리 특별해 보이지도 않고, 그냥 평범한 스타일이었다. 은조가 새침한 눈으로 여자를 뜯어보는 동안 여자는 천천히 엘리베이터에 올랐다.

"오랜만이다. 여기서 근무하니?"

어라? 개인적인 안부까지 묻는 사이란 말인가? 그런데 처음 들어 보는 말투다. 다정하진 않지만, 그동안 무뚝뚝한 말투에 익숙해 있던 은조에겐 더할 나위 없이 부드럽게 들렸다. 비록 그 말투가 자신이 아닌 낯선 여자를 향한 것이지만.

"네. 4년 만이네요, 선배님. 그동안 잘 지내셨어요? 점심 드시러 가는 길인가 봐요."

여람은 눈으로 그의 옆에 서 있는 은조를 가리키며 물었다.

"선배님 애인이에요?"

그러자 경빈이 뭐라 대답하기도 전에 잽싸게 은조가 그의 팔에 찰싹 매달리며 대답했다.

"안녕하세요. 강은조라고 해요."

갑작스러운 은조의 접촉에 경빈이 살짝 이마를 찌푸리며 팔을 빼내려는데 익숙한 띵, 소리와 함께 1층에서 엘리베이터 문이 열렸다. 여람이 그에게 꾸벅 고개를 숙이고는 먼저 내려선 뛰다시피 로비를 벗어났다. 경빈은 뛰어나가는 여람의 뒷모습에 잠시 눈을 두었다가 거칠게 팔을 빼냈다.

"뭐하는 짓입니까?"

"아, 미안해요. 애인이냐고 묻기에 나도 모르게 그만."

은조가 미안한 미소를 지으며 고개를 숙이고는 혀를 날름 내밀었다. 그가 잠시 어이없는 눈으로 쳐다보더니 먼저 엘리베이터에서 나가 버렸다. 은조는 배시시 웃으며, 구두 굽을 울리며 열심히 그의 뒤를 쫓아갔다.

 낮에 웬 여자랑 함께 있는 경빈을 보아서인지 여람은 마음이 심란하여 쉽사리 잠을 이룰 수가 없었다. 경빈 옆에 가인이 아닌 다른 여자라니. 굉장히 소중하게 아껴 온 보석을 강탈당한 기분이었다. 자연스레 생각은 가인에게 이어지고, 오늘따라 소식 한 자 안 남기고 사라진 친구에 대한 원망이 사무쳐 왔다. 여람은 침대에서 전전반측(輾轉反側)하느라 애꿎은 시간만 죽였다.
 "에잇, 잠이나 자자."
 이상도 하지. 아무리 경빈 선배의 애인을 봤다고 해도 그렇지, 오늘 왜 이런 기분이 드는 걸까? 심장이 아리도록 가인이 아프게 박혀선, 잠은커녕 한숨만 줄줄 새어 나왔다. 경빈의 옆에 찰싹 붙어 있던 여우 같은 여자의 모습이 눈꺼풀에 들러붙어선 떨쳐지지가 않았다.
 "어휴, 4년이다, 4년! 나중에 돌아와서 후회한들 이미 지나간 버스고 털린 먼지란 말이지. 가인, 다 네 업보다. 그 남자는 이제 더 이상 네 남자가 아니니까 이젠 돌아와도 되지 않겠냐? 어휴, 어휴!"
 푹푹 늘어놓는 푸념에 맞추기라도 한 듯 익숙한 드라마 주제곡이 들렸다. 침대에서 하릴없이 뒹굴거리던 여람이 화들짝 놀랐다. 본디 다른 사람보다 육감이 예민한 편이라 믿고 있어서인지 자정이 넘은 시간에 울리는 벨 소리가 심상치 않게 들려왔다. 단지 휴대전화 벨 소리만으로도 뭔가를 직감한 여람은 콘솔 위에 던져 둔 휴대전화를 냉큼 집어 들었다.
 "여보세요?"

[…….]

뭐지? 설마, 혹시나 했던 것이 역시인 건가? 상대편에서 대답이 없자 여람은 이불을 걷어차고 벌떡 일어나 앉았다. 목소리가 다급해졌다.

"여보세요? 말씀하세요?"

상대편에서 목을 가다듬는지 약한 기침 소리가 들려왔다. 여람의 심장이 쿵쿵 뛰었다.

"혹시…… 가인, 너냐?"

[훗.]

"헉! 진짜로 윤가인?"

[역시, 여람이야. 말도 하기 전에 바로 알아맞히다니.]

"정말로 가인, 너 맞냐?"

야심한 시각이란 것도 잊고 여람은 숫제 고함을 지르고 있었다.

[그래, 나다.]

"너, 너……. 으허엉. 이, 이 나쁜 계집애야!"

여람은 4년 만에 듣는 친구의 목소리에 그만 감정이 북받쳐 버렸다.

"네가 어떻게 나한테까지 그럴 수가 있어! 어떻게, 나한테까지…… 어흑."

여람이 아이처럼 소리 내어 울음을 터뜨리자 가인은 말없이 여람의 울음이 잦아들기를 기다렸다. 여람이 눈초리에 눈물을 매달고서 귀에 휴대전화를 바짝 밀착시켰다.

"너 어디야? 너 때문에 내가 전화번호도 못 바꾸고 이사도 못 갔어, 이 화상아. 지금 어디에 있는 거냐? 내가 갈게, 인아. 지금 당장 갈 테니까 너 있는 곳이나 당장 말해."

[미안해, 여람아. 지금은 너무 늦었잖아. 내일 만나자. 내가 내일 다시 연락할게.]

"너! 너 그러고 또 숨어 버릴 거지? 이 번호는 뭐야? 집 번호야? 휴대전화 번호 불러, 빨리!"

[지금은 내가 휴대전화가 없어. 우리 여람이 목소리가 듣고 싶어서 시간도 잊고 전화를 해 버렸네. 미안. 오늘은 너무 늦었으니까 푹 자고 내일 다시 통화하자.]

"야! 끊지 마! 너 이렇게 끊으면 죽어!"

그러나 전화는 이미 끊어졌다. 귀신에 홀린 것 같은 눈으로 여람은 휴대전화를 멍하니 바라보았다. 정말로 가인에게 전화가 온 것인지, 아니면 꿈인지 헷갈리기 시작했다. 그러다 다시 통화 목록을 확인했을 때, 버젓이 남아 있는 번호에 여람은 비로소 안심할 수 있었다.

퇴근 시간이 거의 다 되어서야 가인에게서 다시 전화가 왔다. 가인은 어디 안 가고 기다리고 있을 테니 서두르지 말고 천천히 오라고 했지만, 여람은 절대로 느긋할 수가 없었다. 당장에라도 가인을 붙잡아서 오라로 묶어 두지 않으면 또 사라질까 봐 전화를 끊자마자 곧장 뛰어나오는 길이었다.

전력질주로 복도를 내달리던 여람은 눈앞에 코너를 보고서도 속도를 줄이지 않고 그대로 커브를 틀었다.

"으악!"

그러다 꺾어진 곳에서 갑자기 튀어나오는 남자를 보지 못하고 충돌하고 말았다. 퍽, 하고 이마가 부딪혔지만 놀란 것에 비해 큰 충격은 없었다. 다행히 키가 큰 남자였다. 부딪힌 곳이 남자의 단단한 가슴쯤 되었나 보다. 그러나 갑작스러운 충돌을 예상하지 못한 건 남자도 마찬가지여서 뒤늦게 손을 뻗었지만 이미 튕겨 나간 여람을 잡아 주기에는 늦었다. 철퍼덕하고 바닥에 엉덩방아를 찧고서야 여람은 남자를 향해 눈을 부라렸다.

"야, 씨! 눈을 어따 달고 다니는…… 어?"

신경질적으로 고개를 휙 추켜올리던 여람이 입을 떡 벌린 채로 말을 잇었다.

"괜찮아?"

하필, 부딪힌 사람이 민경빈이었다. 경빈이 픽 웃더니 멍하니 올려다보는 여람에게 손을 내밀었다. 얼결에 여람은 내밀어진 손 위에 사뿐히 자신의 손을 얹었다. 그가 살짝 팔에 힘을 주자 여람의 몸이 가뿐하게 일으켜 세워졌다.

"성격하고는. 어딜 그렇게 급하게 가?"

"어…… 저기, 그러니까 가이…… 가 아니고, 누구 좀 만나러……."

순간적으로 가인의 이름을 말할 뻔했다. 그러나 번쩍 정신을 차린 여람은 아직은 그 이름을 말할 때가 아니라고 판단을 내렸다. 우선은 자신이 먼저 만나야 했다. 연인이었던 사람들은 헤어지면 남보다 못한 사이가 될 수 있지만, 친구는 아니다. 서둘러 가인의 이름을 입안으로 밀어 넣으며, 혹시라도 그가 알아챘나 싶어 슬쩍 눈치를 살폈다. 다행인지 불행인지 그는 표정 변화 없이 웃으며 길을 비켜 주었다.

"바쁜 거 같은데 가 봐라. 넘어지지 않게 조심하고."

"네에……."

여람에게 길을 내어 준 경빈이 다시 가던 길을 가려는데 갑자기 여람이 뒤돌아 외쳤다.

"저기, 선배님!"

그가 돌아봤다.

"그러니까, 혹시……."

여람은 선뜻 말을 못 하고 입술을 달싹였다. 그가 고개를 갸웃거리자 여람은 절망했다. 저 남자의 눈 속에 이제 더는 내 친구 윤가인이 없는 것 같아서. 만약 조금이라도 가인이 궁금했다면 그는 자신을 보자마자 가인의 소식부터 물었을 것이다. 그게 아니라도 실수로 가인의 이름을 흘릴 뻔했을 때 눈치를 챘어야 했다. 여람은 힘없이 고개를 내저었다.

"아니에요. 선배님도 넘어지지 않게 조심히 가세요."

여람은 꾸벅 고개를 숙였다가 다시 뒤돌아 뛰기 시작했다.

찻집에 들어서자마자 여람은 가인부터 찾았다. 조용한 창가 쪽 테이블에 앉아 있던 가인이 문소리에 고개를 돌리고는 손을 흔들었다.

"여람아, 여기!"

여람은 서둘러 다가가선 맞은편 자리에 철퍽 앉아 뚫어지게 가인을 쳐다보았다. 아직도 믿어지지 않는다는 표정이었다.

4년 만에 보는 얼굴이다. 4년 전 마지막으로 봤을 때의 모습이 생생하게 남아 있는데, 지금 눈앞에 마주 앉은 가인은 그때보다 더 초췌하고 야위어 있었다. 훼척한 얼굴을 하고서도 가인은 생긋 웃었다.

"뛰어왔구나. 천천히 와도 된다니깐."

"너!"

해후(邂逅)

여람이 대뜸 목청을 높였지만, 때마침 주문하러 온 점원 때문에 잠시 입을 닫아야 했다.

"아이스티 두 잔이요."

가인이 대신 주문했다. 그리고 또 생긋 웃는다.

"그 꼴을 하고 나타나서도 웃음이 나오냐?"

여람이 툴툴거렸다. 보자마자 부둥켜안고 한바탕 장하게 눈물을 쏟아 낼 줄 알았는데 뜻밖에도 덤덤한 반응이었다. 마치 어제 본 사람처럼 4년이란 공백이 전혀 느껴지지 않았다. 가인이 자신의 차림새를 쓱 훑어보며 말했다.

"내 꼴이 왜? 괜찮은데."

"하!"

"보고 싶었어, 여람."

가인이 눈을 찡긋하자, 여람은 어이가 없다는 표정을 지었다.

"잔말 말고, 그동안 어디서 뭘 했는지나 불어."

"친척 집에 얹혀 있었어."

"친척이 있어?"

가인이 샐쭉하게 눈을 흘겼다.

"내가 아무렴 고아가 됐다지만 설마 친척 하나 없을까 봐?"

"그래, 그럼 친척 누구?"

"고모."

"뭐? 겨우 고모 댁에 있을 거면서 말 한 마디 없이 4년이나 행방을 감춰? 왜 연락 안 했어?"

"미안. 그땐 제정신이 아니었거든."

"야! 서울에서 부산까지 이젠 두 시간 거리야. 이 좁은 땅덩어리 안에 있으면서 연락 한 번쯤은 해 줄 수 있었잖아."

눈을 세모꼴로 세우고 날카롭게 추궁하자 가인이 씁쓸하게 웃었다.

"나 여기 없었어, 여람아."

"뭐?"

"고모가 런던에 사셔. 그동안 거기 있었어."

"뭐!"

세모꼴 눈이 이젠 화등잔만 하게 번쩍 떠졌다.

"어디에 있었다고? 런던? 너 그럼 경빈 선배랑……."

여람이 그의 이름을 말한 순간, 가인의 눈에 언뜻 그리움이 스쳤다. 그러나 이내 털어 버리고 씩씩하게 물었다.

"경빈 선배? 그동안 계속 소식 듣고 있었나 보구나. 그 사람도 잘 지내지?"

태연하게 그의 안부를 묻는 가인의 모습에 여람은 기함할 지경이었다.

"너 정말 몰라? 경빈 선배 너 없어졌던 그 해에 바로 런던으로 유학 가선 얼마 전에 귀국했어."

"……런던?"

가인의 목소리 끝이 떨려 나왔다. 눈동자에 놀란 감정이 여과 없이 담기는 걸로 보니 정말로 모르고 있었나 보다.

"뭐냐, 그럼? 두 사람 4년을 같은 곳에 있었으면서 서로 몰랐단 말이야?"

가인은 얼른 고개를 숙였다. 허벅지 위에 놓인 손은 어느새 치맛자락을 꼭 움켜쥐고 있었다. 숨기려 해도 손끝이 떨리는 것까진 막을 재간이 없었다.

4년은 참으로 덧없는 세월이다. 시간이 약이라는 말도 새빨간

해후(邂逅) 193

거짓말이다. 세월이 흐르면 잊히진 않더라도 옅어지기라도 해야 하건만, 덧없이 버려진 4년은 휴지 쪼가리보다 못하게 되어 버렸다. 애석하게도 모든 것이 그대로였다. 사랑도, 그리움도, 그리고 가인의 마음도……

여람은 가인을 안타까운 눈으로 보면서도 마음과 달리 타박만 쏟아 냈다.

"저것 봐라. 저럴 거면서 떠나긴 왜 떠났냐고. 어휴, 바보같이 바로 코앞에 놓인 현실만 보고, 그 후엔 어떻게 될지 생각 안 해 봤냐?"

"다 지난 일이야. 이제 정말 괜찮아."

가인은 자신의 코끝이 빨개진 줄도 모르고 씩 웃었다. 그 모습이 안쓰럽기도 하고, 답답하기도 해서 여람은 한숨처럼 말했다.

"나, 너 만나러 오기 전에 경빈 선배 봤다. 보자마자 너한테 이런 말을 해도 되려나 모르겠지만, 따로 만나는 여자가 있는 것 같더라."

"그렇겠지."

덤덤한 척 말했으나 짧은 그 한마디에 아릿한 아픔이 배어났다.

"시간이 필요했어."

묻지도 않았는데 가인이 뜬금없는 말을 했다. 내내 아무렇지 않은 척했지만, 그의 얘기가 나오고부터 눈에 띄게 흔들리고 있었다. 눈동자에 덧없이 잃어버린 세월에 대한 안타까움과 서글픔이 여실하게 묻어났다. 여람은 잠자코 들어 주려고 했으나, 가인이 더는 얘기하고 싶지 않은지 그 말만 하고는 입을 닫았다.

여람은 잠시 생각에 잠겼다가 이내 결정을 내리고, 확고한 얼굴로 가인의 손을 잡아 일으켰다.

"안 되겠다. 그냥 만나라. 4년 전엔 선배는 너하고 헤어질 생각이 없었을 테니까 네 말을 제대로 들어 주지 않았을 수도 있어. 하지만 지금은 아니잖아. 4년이나 지났고, 또 만나는 사람도 있으니까 이젠 네 말을 제대로 받아들이고 이해해 줄지도 몰라. 근데 넌 아닌 것 같아. 그냥 세월 죽이며 저절로 잊히게 두기엔 너무 위태로워 보여. 서로에게 못 한 말이 있으면 확실히 얘기하고 끝내야 제대로 끝낼 수 있어. 지금 넌 이것도, 저것도 아닌 상태잖아. 떠나 있던 시간만 허무해져 버렸잖아."

여람이 장황하게 늘어놓는 얘기 중에 그에게 다른 여자가 있다는 그 말만 또렷하게 귀에 박혔다. 당연히 그럴 거라 생각했고, 어쩌면 한연희하고 약혼이든, 결혼이든 무엇이든 했을지도 모른단 생각도 했었다. 하지만 직접 귀로 전해 듣는 소식은 가슴이 저리도록 아팠다. 말도 없이 떠난 사람은 자신이면서, 아직도 스물한 살 그때의 설렘과 말없이 떠날 때의 아픔, 그리고 그리움의 고통까지 동시에 떠안고 있었다.

"난 괜찮아. 그리고 사람 하나 잊는 게 얼마나 힘든 건지도 알아. 잘 살고 있는 사람 다시 들쑤셔서 좋을 게 뭐가 있어. 잘 지내고 있단 소식으로 충분해. 다행히 이제 그 사람 곁에 다른 사람이 있다니깐 한시름 놓인다. 내가 그 사람한테 좀 못할 짓을 했잖아."

"너, 진심이야?"

여람의 걱정스러운 물음에 가인은 아무렇지 않게 싱긋 웃어 보인 뒤, 창 쪽으로 고개를 돌렸다. 그리고 의연하게 눈물을 삼켰다. 대신 쓸쓸하고 아련한 눈으로 바람에 우수수 떨어지는 마른 잎사귀를 바라보았다.

해후(邂逅)

"잠깐 차 좀 세워 주시겠습니까?"

조용한 부탁에 기사는 이유도 묻지 않고 한쪽 도로변에 차를 세웠다. 경빈은 방금 여람이 들어간, 길 건너편 찻집을 물끄러미 바라보았다. 아니, 정확히 찻집 창 쪽에 아른거리는 낯설지 않은 여자를 보았다.

다소 먼 거리임에도 찾아드는 익숙한 그리움. 그리움이란 건 온 진심을 다한 마음에서만 우러나오기 때문인지, 그녀만 생각하면 버릇처럼 울어 대던 심장의 통증이 시작됐다. 그리고 역시 조금 전 찻집으로 들어간 여람이 여자의 맞은편에 자리를 잡는 것이 보였다.

경빈은 창틀에 팔꿈치를 올리고 여자에게 계속 눈을 둔 채로 말했다.

"박 기사님, 수고하셨습니다. 오늘은 이만 퇴근하세요."

과묵한 성정의 박 기사는 다른 말은 일절 묻지 않고 키를 꽂아둔 채로 조용히 차에서 내렸다. 박 기사가 짧게 고개를 숙이자 경빈도 차에서 내려 짧은 묵례로 인사를 받았다. 그리고 천천히 운전석으로 돌아가 앉았다.

운전석에 앉아서도 계속 여자를 보았다. 여자의 얼굴이 희미하고 어렴풋했지만, 그러나 때때로 여자가 웃는다는 게 느껴졌다. 다만, 환하게 웃는 게 아닌 어딘지 쓸쓸하고 애잔한 슬픔이 배인 미소라는 게 마음에 걸렸다. 그의 심장이 다시 한 번 통증을 호소했다.

얼마나 그렇게 여자를 보고 있었을까. 문득 여자가 아련한 시선을 창 쪽으로 돌렸다. 그리움은 세월과 함께 비례하여 커지는 것이기에, 그의 그리움이 자란 만큼 여자의 그리움도 깊을 것이다. 보이진 않아도 여자의 눈이 젖어 있다는 걸 알 수가 있었다. 그의 눈시울도 뜨겁게 일렁였다. 여자는 찻집 도로변에 서 있는 가로수를 보았고, 경빈은 여전히 여자를 보았다.

드디어 여자가 자리에서 일어났다. 경빈은 차에 시동을 걸었다. 그리고 좌측 방향지시등을 넣고 1차선으로 진입했다. 여자가 자리를 떠났다. 경빈도 때맞추어 유턴 신호를 받고 차를 돌렸다.

여람이 찻집 앞 도로에 내려와서 택시를 잡으려 손을 흔드는데, 택시가 아닌 검은색 중형 세단 한 대가 그들 앞으로 멈춰 섰다. 뭔가 싶어서 고개를 비스듬히 틀던 여람은 차에서 내리는 사람이 경빈인 것을 보고 놀라 그 자리에서 얼어붙었다.

"서, 선배!"

그러나 경빈은 말없이 바지 주머니에 손을 넣고선 여람의 뒤에 서 있는 그녀에게 시선을 두었다. 여람이 놀란 표정을 추스르지 못하고 재빨리 가인을 돌아보았다. 다행인지 아닌지는 모르겠지만, 가인은 이런 갑작스러운 만남을 예상이라도 한 사람처럼 놀라지 않고 외려 침착하게 그를 보고 있었다.

"여람인 그만 가 봐라."

경빈은 가인에게 시선을 떼지 않고 말했다. 여람이 정말 그냥 가도 되겠느냐고 걱정을 담은 눈으로 쳐다보자 가인은 대답 대신 아스라이 웃어 주었다.

이대로 가도 정말 괜찮을까? 경빈의 차 뒤에 선 택시에 오르면서도 여람은 걱정스레 두 사람을 쳐다보았다. 한 치의 흔들림도 없는 시선으로 서로를 바라보는 두 사람 사이에 흐르는 긴장감을 여람은 느낄 수 있었다. 그리고 둘 사이에만 공존하는 애틋한 그리움도 보였다. 완전히 남남이 되어 버린 타인에게선 느낄 수 없는 것들이었다. 그렇다면 아직은 끝나지 않은 것인가?

여람이 탄 택시가 떠나자, 그가 천천히 다가왔다. 그의 향기가 코앞에서 훅 끼칠 때까지 가인은 시선을 놓지 않고 마냥 쳐다보기만 했다. 그도 가인에게서 시선을 놓지 않았다. 그가 주머니에서 손을 뺐다. 그리고 가인의 손을 잡았다.

심장이 저릿할 만큼 익숙한 온기와 익숙한 체취에 핑 현기증이 일었다. 눈앞에서 그의 얼굴이 빙글빙글 도는데도 가인은 눈을 감지도, 시선을 돌리지도 않았다. 그의 다른 손이 뺨에 닿았다. 솜털 하나까지도 세세히 느끼려는 조심스러운 손놀림. 숨쉬기가 힘들어졌다. 가인이 처음 본 순간부터 아름답다고 여긴 긴 손가락이 그녀의 뺨과 턱을 어루만졌다. 손가락이 지난 자리에 아프도록 뜨거운 화인이 찍힌 것만 같다. 가인은 멈춘 줄도 몰랐던 숨을 약하게 내쉬었다. 그러자 턱에 닿아 있던 그의 손이 부드럽게 목덜미를 감쌌다.

"꿈, 아니지?"

꿈에도 잊은 적 없는 목소리에는, 4년 만에 만났음에도 원망도, 타박도 없이 오직 그리움만 담겨 있었다. 가인의 눈도 오로지 한 방향이었다. 그리고 말없이 고개를 끄덕였다.

그의 얼굴에 아주 잠깐 안도의 미소가 떠올랐다. 그리고 입술이 왔다. 새삼 꿈이 아님을 확인하려는 듯, 한순간도 잊은 적 없는 뜨겁고 부드러운 입술이 봄날의 햇살처럼, 여름날의 태양처럼 열기를 품고 다가왔다.

순차적으로 행하여지는 경건한 의식처럼, 입맞춤 뒤엔 격한 포옹이 있었다. 지난 4년의 공백이 무색하리만큼 익숙한 품 안에 얼굴을 깊이 묻었다. 그의 심장이 세차게 뛰고 있었다. 한 귀로는 먹먹하게 울리는 이 남자의 심장박동을 듣고, 다른 한 귀로는 그의 목소리를 들었다.

"꿈이 아니구나. 네가 느껴져."

숨소리, 향기, 온기까지 전부 다 느껴졌다. 이렇게 생생한데 결코 허황된 꿈일 리가 없었다. 지나가는 사람들이 쳐다봐도 아랑곳하지 않고 경빈은 더 힘껏 그녀를 끌어안았다. 조금만 힘을 늦추면 다시 잃어버릴까, 두렵고 절박한 마음에 으스러지게 몸을 조여 안았다.

"미안해, 미안하다."

자신이 해야 할 말이 그의 입에서 먼저 나왔다. 가인은 목이 메어 아무 말도 못 하고 그의 품 안에서 고개를 저었다.

"이제 됐어. 돌아올 줄 알았어. 먼저 찾아 주지 못해서 미안하다."

가인이 그의 품을 벗어났다. 그리고 고개를 빤히 들고 그를 바라보았다.

"기다렸어요?"

가인이 놀란 눈을 감추지 못하고 묻자, 경빈은 옅은 미소를 지은 채 고개를 끄덕였다. 가인은 더 말을 잇지 못하고 입술을 꼭 깨물었다. 미처 흘러내리지 못한 눈물만 눈동자 안에 고여 있었다. 터트리지 못한 눈물이 가여워, 그의 손가락이 그녀의 눈가를 어루만졌다.

떠나는 순간부터 후회로 얼룩진 마음이었다. 그땐 어떻게 하는 것이 이 남자를 위한 길인지 몰라서, 또 어떻게 해야 자신이 견딜 수 있는지도 몰라서, 어리고 어리석은 마음으로 택한 것이 세상에서 가장 쉬운 도피였다. 그녀가 오르기엔 가없이 거대한 벽. 그의 부모님께 맞서지 못한 어리고 어리석은 계집아이의 모질지 못한 마음 탓이었다.

7.
월운(月暈)

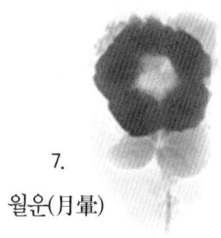

차는 경춘국도를 달리고 있었다.

경빈은 운전하는 중에 옆자리를 돌아보았다. 어느새 가인은 세상모르고 잠들어 있었다. 머리가 아슬아슬하게 시트에 걸쳐 있는 것이 영 불편해 보였다. 조금이라도 덜 불편하게 해 주기 위해 팔을 뻗어 머리를 시트에 고정해 주었더니, 그것도 잠시, 얌전히 놓여 있던 머리가 아래로 푹 꺾어졌다. 저 상태로 계속 두었다간 일어났을 때 목이 상당히 결릴 것이다. 하는 수 없이 경빈은 비상등을 켜고 잠시 갓길에 차를 세웠다. 그리고 그녀 쪽으로 몸을 숙여 조심스럽게 의자를 뒤로 젖혀 주었다.

얌전히 시트에 누워 있는 모습을 보니 이제야 좀 편안해 보였다. 말간 얼굴로 쌔근쌔근 숨을 내쉬며 잠든 모습이 아기처럼 순수해서 그의 입가에 절로 미소가 지어졌다. 그런데 문제가 생겼다. 미소 짓는 입술과 상관없이 이마가 난처하게 찌푸려졌다. 단지 불편한 잠을 조금이라도 편안하게 해 주고자 했던 순수한 마음이 그녀에게 몸이 닿은 순간 불순한 욕망으로 변질되어 버린 것이다.

깨끗하게 드러난 보얀 목덜미가 어지럽게 눈에 박혔다. 그 살결에 배어 있는 보드라운 단내도 그의 신경을 흩트려 놓았다. 예나 지금이나 변함없는 그녀만의 살내, 한입 베어 물면 다디단 향내가 입안을 가득 채울 것 같았다.

눈빛이 짙어졌다. 자신도 자각하지 못한 사이 경빈은 이글거리는 눈으로 곤히 잠든 가인을 빨아들였다. 그녀를 탐하는 눈빛이 과한 욕심을 재촉했다. 바로 눈앞에 있다. 멀리 갈 것도 없이 고개만 한 번 내리면 된다. 어차피 내 여자니까, 조금 더 욕심을 내어도 괜찮지 않을까.

그러나 경빈은 고개를 저었다. 탐심 깊은 자신의 눈을 책망했다. 욕심이 불씨를 피어 올리는 순간, 어쩌면 여기서 끝장을 볼지도 모른다. 깊이 눌러 둔 욕구가 큰 만큼 이대로 안아 버리면 남김없이 먹어 치워 버릴지도 모를 일이었다. 놀랄 테지. 경빈은 뿌리치기 힘든 유혹을 애써 접으며 운전석으로 돌아갔다. 그러는 동안에도 새근거리는 숨소리는 여전히 그의 귀를 어지럽혔다.

청평호반, 북쪽 드라이브 길을 달리며 경빈은 창문을 조금 내렸다. 달빛은 흐리고 호수에는 물안개가 자욱하게 피어올랐다. 짐승 소리 같은 강바람이 살갗을 파고들었다. 서울보다는 이르게 찾아온 동천(冬天)의 초입이라, 바람 끝이 사납다. 그러나 차 안이 더운 히터로 달아오른 터라, 춥다기보다는 시원한 청량음료를 마신 기분이었다.

가인은 여전히 잠들어 있었다. 비릿하고 찬 강바람에 섞여 있어도 그녀의 단내만큼은 여과 없이 들이마셔졌다.

경빈은 별장 앞마당에 차를 세웠다. 별장 주위로 둘러싸인 물안개 내린 호반은 한 폭의 그림처럼 운치가 깊었다. 경빈은 운전대에 올려놓은 두 팔에 이마를 얹고선 잠든 그녀를 보았다. 자신의 양복 재킷을 덮고 잠든 가인에게선 이따금 아주 작은 뒤척임이 있었지만, 쉽사리 깨날 것 같진 않았다. 팽팽한 일상에 담겨 있던 몸이 일시에 긴장을 놓은 것처럼 수마(睡魔)에서 헤어나질 못하는 그녀가 애달프게 두 눈에 박혔다.

꿈을 꾸고 있는 것일까. 가인이 작은 입술을 오물거리며 콧잔등을 찡긋거렸다. 그의 손이 저절로 그녀의 뺨을 향해 나아갔다. 미끄러지듯 보드라운 살결이 닿았다. 어쩌면 꿈을 꾸는 사람은 그녀가 아니라 자신일지도 모른다. 손에 닿는 감촉이 생생한데도 아직도 믿어지지 않는 것을 보면.

깨워 볼까? 잠시 짓궂은 마음이 들긴 했지만, 픽 웃으며 이내 생각을 고쳤다.

본채와 조금 떨어진 별채에서 별장 관리인이 뒤늦게 뛰어나왔다. 경빈은 다시 가인에게 시선을 주었다가 천천히 차에서 내렸다. 사전 연락 없이, 주말도 아닌 주중에, 그것도 다 저녁때 갑자기 들이닥쳤으니 관리인이 당황해서 허둥댈 만도 했다. 그러나 관리인 김씨 아저씨는 살갑게 웃으며 그를 맞았다.

"왔는가?"

"네. 오랜만입니다, 아저씨. 그동안 잘 지내셨어요?"

"말년에 편안하게 별장 관리만 하며 세월 죽이는 늙은이가 잘못 지낼 게 뭐가 있나. 돌아왔단 얘기 듣고 조만간 얼굴 보고 싶었는데, 이렇게 빨리 얼굴을 보여 주는구먼."

그러면서 김씨는 차 안에 잠들어 있는 가인을 보았다. 그러고는 별다른 말없이 트렁크를 열려고 하자 경빈이 그의 행동을 만류했다.

"짐은 따로 없어요. 조용히 쉬다 갈 테니, 여긴 신경 쓰지 말고 아저씨도 쉬세요."

김씨가 다시 차 안을 들여다보고는 고개를 들었다.

"저리 자면 불편할 텐데, 깨워야지. 보일러 올려놨으니 금방 따뜻해질 거야. 방에다 편안하게 재워."

경빈이 싱긋 웃으며 현관 쪽을 가리켰다.

"제가 알아서 하겠습니다. 문만 열어 주세요."

새소리가 들렸다. 한 마리, 두 마리, 세 마리……. 참 정겹게도 지저귀는구나.

깊게 감긴 가인의 눈두덩이 한 번, 두 번, 세 번 연이어 꿈틀거렸다. 그래도 좀처럼 눈을 뜨지 않자 뺨 위에 내려앉은 따뜻한 온기가 간질거리며 재촉을 했다. 형체는 없지만 분명한 존재감. 햇살인가? 눈을 감고 있지만, 밝고 경쾌한 기운이 감지되었다.

다시 한 번 눈두덩이 꿈틀거렸다. 그래도 눈이 뜨이질 않았다. 그러자 이번엔 따뜻하고 부드러운 무언가가 눈두덩에 닿았다. 감미로웠다. 청량한 페퍼민트 향. 이번엔 형체도 있고, 느낌도 있고, 존재감은 더 뚜렷했다. 그리고…… 갓 샤워한 듯한 청결한 체취.

페퍼민트 향을 지닌 부드러운 촉감이 눈에서 이젠 콧잔등과 뺨으로 옮겨 와 자잘한 키스를 흩뿌렸다.

그래, 입맞춤. 그렇다면 지금 눈에, 뺨에, 코에 닿았던 것은 누군가의 입술. 가인은 기분 좋은 미소를 짓다가 눈을 번쩍 떴다. 그리고 막 입술에 키스하려던 그와 눈이 마주쳤다. 그가 씨익 웃는다. 그리고⋯⋯.

솜사탕처럼 금세 녹아 버릴 것 같으면서도 절대로 녹아 없어지지 않는 아련한 입맞춤. 갓 양치한 청결한 입술을 음미하려는 순간, 이제 막 잠에서 깬 자신의 입안 상태를 자각하고는 눈이 경악으로 커졌다.

가인은 그의 가슴을 밀어내고 고개를 돌려 베개에 숨을 토해 냈다. 그러자 머리맡에서 나지막한 웃음소리가 들렸다. 너무나 익숙하고 듣기 좋은 웃음소리. 그녀의 삶에서 여백으로 비어 있던 4년. 그 지루하고 공허했던 시간이 바로 어제까지였다. 그리고 가장 큰 상실은 어제까지 잃어버렸었던 이 남자의 웃음소리가 아니었던가.

가인은 고개를 똑바로 해서 그의 웃는 얼굴을 바라보았다. 그의 손이 다정하게 가인의 머리칼을 쓸어서 귀 뒤로 넘겨 주었다. 그녀가 몸을 일으키려고 하자 그가 일어나기 편하게끔 등을 받쳐 주었다.

"여기가 어디예요?"

가인은 방 안을 두리번거리다 침대 바로 옆에 환하게 나 있는 큰 유리창에 시선을 두었다. 창밖에는 금빛 햇살에 반짝이는 호수가 펼쳐져 있었다. 평이한 수면을 넘어 시선을 더 멀리 던지자 아뜩한 호수 뒤쪽으로 부드럽게 굴곡진 능선이 호수를 감싸 안은 형국을 하고 있었다. 마치 지금 자신을 감싸 안고 있는 그처럼.

"청평."

단조로운 목소리가 부드럽게 귓전에 울렸다. 여운처럼 뒤따르는 전율에 몸을 떨며 가인은 경빈을 쳐다보았다.

"청평?"

경빈이 부드럽게 웃었다.

"도착할 때까지 한 번도 눈을 안 뜨더라니."

가인은 이제 경빈의 품에서 완전히 빠져나와 제대로 방 안을 둘러보았다.

"그럼 여긴?"

"별장."

"별장?"

"그리고 우리 둘뿐이지."

"어떻게 왔어요? 하나도 기억나질 않는데……."

"내가 안고 왔어. 대단했어. 한 번도 깨지를 않더라고."

가인은 당황한 얼굴로 자신이 막 깨어났던 침대에 시선을 주었다. 그리고 자신의 차림새도 살펴보았다. 겉에 입었던 외투만 벗겨졌을 뿐, 옷차림은 그대로였다. 머리 위에서 그의 웃음소리가 들렸다.

"나?"

가인은 고개를 들었다. 눈이 마주치자 경빈이 또 한 번 빙그레 미소 지었다.

"어디서 잤냐고?"

가인은 조심스럽게 고개를 끄덕였다.

"안 잤어."

가인이 놀란 눈으로 물음을 대신했다.

"왜냐고?"

경빈은 쓸쓸하게 덧붙였다.

"널 옆에 두고 잠이 오겠니?"

그러다 금방 예의 부드러운 미소를 덧씌웠다.

"우선 씻고 아침부터 먹자."

그러고 보니 잠에 취해 씻지도 않았구나. 무슨 잠귀신이 그리도 징그럽게 들러붙어서 4년 만의 해후를 하고서도 정신없이 잠만 잤을까. 서울에서 여기까지 오는 동안 한 번도 깨나질 않았다니, 그 정도로 잠귀가 어두웠나? 그건 아닐 것이다. 솔직히, 지난 4년 단 하루라도 편히 자 본 적이 있던가. 술에 취해, 약에 취해, 그러는 동안 삶은 피폐하게 찌들어 갔을 뿐이었다.

"자, 어서 씻고 나와."

경빈에게 떠밀려 욕실에 들어온 가인은 거울 속에 자신의 모습을 비추었다. 아울러 악몽 같았던 지난 시간도 비추었다.

어느 날 정신을 차려보니, 거울 속엔 훼척한 여자가 메마른 눈으로 자신을 쳐다보고 있었다. 그 모습이 너무나 끔찍하고 피폐해서 한동안 꼼짝도 못 하고 부들부들 떨기만 했었다. 그러다 끔찍하게 상한 그 여자가 자신이란 걸 깨닫고 큰 충격에 빠졌었다.

왜 아니겠는가. 런던으로 건너간 직후, 처음엔 먹지도, 자지도 못하고 멍청하게 여러 날을 보냈었다. 너무 오래 굶어 위벽을 긁어대는 끔찍한 통증을 느끼고서야, 단지 죽지 않기 위해 음식을 밀어 넣었다. 그러나 그땐 이미 위가 음식을 거부하기 시작하여 거식증 환자처럼 음식물이 식도를 역류하는 현상이 나타났다. 먹기만 하면 모조리 토해 버렸었다. 물만 마셔도 멀건 위액까지 토해 내는 지경에 이르러, 한동안 꼼짝도 못 하고 병원에 갇혀 지내기도 했었다.

그 후엔 함묵(緘默) 증세가 나타나고, 이어 술을 마시기 시작했다. 처음엔 잠을 자고 싶어서였다. 단지 그 이유뿐이었다. 몸은 한

없이 늘어지고 눈꺼풀은 천근만근인데, 어찌 된 영문인지 잠을 잘 수가 없었다. 뇌를 쪼아 대는 끔찍한 두통도 싫었다. 눈뜬 시체로 다시 몇 날을 보낸 후에 도저히 견딜 수가 없어서 술에 손을 댔건만, 한 잔이 두 잔이 되고, 두 잔이 석 잔, 석 잔이 넉 잔, 넉 잔이 다섯 잔이 되어 버렸다. 그러다 하룻밤에 한 병, 어떤 날엔 두 병도 너끈히 들이켜는 자신을 발견했다. 손을 떼려 했을 땐 이미 알코올중독 상태였고, 또다시 병원 치료를 감행했었다.

겨우 술에서 헤어나나 싶더니 이번엔 약이었다. 술 없인 하룻밤도 잠을 잘 수가 없던 생활을 1년여 가까이했더니, 술을 마시지 못하게 되자 불면은 더 심해졌다. 그래서 수면제를 삼켰다. 그것도 몇 달이 지속되자 한두 알로는 어림도 없어서, 그것이 치사량인 줄도 모르고 잠을 잘 수 있을 만큼 삼켰더니, 눈을 떴을 땐 또다시 병원이었다. 죽으려고 했던 건 아니었다. 죽을 생각 따윈 눈곱만큼도 한 적이 없었다. 어떻게 삶을 버리는 어리석은 생각을 할까. 그저, 단지 잠을 자고 싶었던 것뿐이다. 그래야 살 수 있으니까. 살고자 발버둥 쳤던 것들이 전부 자신을 죽이는 것들이었음에도 살기 위해 술을 마셨고, 살기 위해 약을 삼켰다.

가인은 허황했던 자신의 4년을 돌이켜 보고 헛웃음을 흘렸다. 그렇게 한 번 잠들기 위해선 온몸이 만신창이가 되는 대가를 치렀건만, 어제는 그가 옆에 있다는 사실만으로 아무런 노력도 들이지 않았는데 수마에 갇혀 헤어나질 못했다니. 꿈조차 없는 평온하고 안락한 수면을 취하였다니.

가인은 엉망진창이었던 그 시간들을 돌려 버리려는 듯 거울을 등졌다. 그리고 옷을 벗고 샤워기 아래에 섰다. 뿜어져 나오는 수압에 온몸을 맡겼다. 머리서부터 적시던 물줄기가 발아래에서 덧없이 흘러내려 갔다. 그렇게 살길 원치 않았음에도 어쩔 수 없이 함부로 살아 버렸던 기억 또한 모조리 이 물에 씻겨 내려갈 수 있다면 얼마나 좋을까.

아침 공기가 차갑게 갈라졌다. 날숨을 내쉴 때마다 허연 입김이 공기 속으로 흩어졌다. 이른 아침을 먹고 한적한 수목원 산책길을 걸으니, 서리 내린 새벽의 기운과 찬 이슬을 머금은 숲 향이 들숨으로 들이쉬어졌다.

얼마쯤 걸었을까. 울창한 사철나무 사이에 간간이 마련된 나무 벤치가 이슬을 맞아 축축한 상태로 모습을 드러냈다.

경빈은 주머니에서 손수건을 꺼내 벤치 위에 깔았다.

"좀 앉자."

그리고는 가인을 손수건 위에 앉히고는 자신도 옆에 앉았다.

"서울에서 조금만 벗어나니까 이렇게 공기가 좋은데. 어때?"

가인은 말없이 고개를 끄덕였다. 경빈이 빙그레 웃으며 가인의 손을 끌어다 잡았다. 그리고 언젠가 그랬던 것처럼 손가락마다 자신의 손가락을 얽으며 깍지를 꼈다. 가인 역시 언젠가 그랬던 것처럼 가지런하게 깍지가 끼워진 손을 내려다보았다.

"더 말랐다."

경빈도 깍지 사이로 드러난 가인의 손을 보고 있었다.

"예전보다 더 말랐어."

가인은 고개를 들고 그를 보았다. 시선을 내리고 물끄러미 손을 쳐다보고 있는 그의 짙은 속눈썹 아래 감춰진 눈동자가 아프게 그녀의 손을 바라보고 있었다. 어떻게 살았느냐고, 같은 곳을 바라보며 함께 앉아 있어도 이렇게 가슴이 시리고 아픈데, 그동안 혼자 어떻게 살았느냐고 묻고 있었다. 어쩌면 그는 여윈 손만으로도 지난 4년 동안 피폐했던 그녀의 삶을 모두 보고 있는지도 모르겠다.

"솔직히 말해도 돼요?"

경빈이 시선을 맞춰 왔다. 물끄러미 바라보는 고요한 시선을 받으며 가인은 덧없이 미소를 그렸다. 그녀의 검은 눈동자가 병들었던 삶의 흔적을 여과 없이 드러낸다 해도 감추고 싶진 않았다. 그것이 그녀의 지난 삶이었으니까. 스스로를 망치려 했던 것이 아니라 어떻게든 견디고 살아 내려 발버둥친 삶의 흔적이었으니까.

그런데 그녀가 말도 하기 전에 공허한 웃음의 의미를 알아차린 것인지, 그의 얼굴이 아프게 일그러졌다. 벌써부터 이렇게 아파하는데, 그렇게 살아 버린 그 사실을 말한다면 그는 얼마나 더 아파할까.

"그럼 서프라이즈한 이야기부터 할게요. 놀라지 말아요."

가인은 입술을 늘여 씨익 웃더니 한 손을 그의 귓가에 대고 소곤거렸다.

"나도 사실은 런던에 있었어요."

기밀사항이라도 되는 듯 그녀의 목소리가 한껏 낮춰졌다. 놀랄 만한 얘기라고 미리 언급했음에도 정말로 놀랐는지 경빈의 눈이 커졌다. 왜 아니겠는가. 헤어졌던 4년, 벙어리 냉가슴만 앓던 잔독한 세월 동안 같은 곳에 있었다는데. 가인이 웃으며 장난스럽게 말했다.

"나도 그랬어요. 여람이한테 선배 소식 듣고, 딱 지금 그 표정이었어요. 어쩜 우린 헤어져도 헤어질 수 없는 인연으로 묶여 있었는지도 몰라요. 아니면 세상이 그렇게 넓지 않은 것일 수도 있고. 그렇다고 좁은 것도 아니지만요. 그렇게 가까이에 있었는데도 한 번도 만나지지 않은 걸 보면 좁은 건 확실히 아닌가 봐요."

그렇게 슬픈 이야기를 넌 웃으며 하는구나. 그래서 그랬던 거였구나. 지척에 있는지도 모르고 널 볼 수가 없어 심장을 갉아먹을 그리움만 가슴에 박아 두었는데도, 죽지 않고 살아졌던 이유가. 널 그리는 이 심장이 다 닳아지면 죽겠거니 했었다. 그런데 아니었어. 바보같이 몰랐던 거다. 아무리 지독한 그리움이 갉아먹는대도 이 심장은 절대로 닳아 없어지지 않는다는 것을. 그리움이 갉아먹은 심장은 다시 그리움으로 채워진다는 것을.

"정말로 런던에 있었어?"

가인이 고갤 끄덕이자 경빈은 씁쓸하게 중얼거렸다.

"처음에 시차 적응하기 힘들었겠네. 난 좀 힘들었는데."

경빈이 흘러가듯 하는 말에 가인은 웃음으로 동의했다.

"난 그래서 술 좀 마셨어요. 시차 적응을 못 해서 잠을 잘 수가 있어야 말이죠. 그땐 정말 잠 한번 원 없이 자보는 게 소원이었는데. 내가 좀 둔한가 봐요. 꽤 오랫동안 적응을 못 했거든요."

슬픔이 너무 깊어서,

그리움이 너무 지독해서,

흘려보내지 못한 눈물이 가슴에 넘치도록 차여서,

그 눈물에 심장이 잠식당해서,

잠을 자야 살 수 있음에도 눈을 감으면 죽을지도 모른다는 두려움을 안고 있어서,

잠들면 깨어나지 못하고 그대로 영영 끝일까 봐서,

그래서 두 번 다시 당신을 만나지 못하게 되면 어쩌나 무서워서 잠을 이루지 못했다고 어떻게 말할까.

경빈이 말없이 가인을 바라보았다.

"처음엔 잠을 좀 자야겠단 생각으로 조금만 마셨거든요. 그런데……."

말을 하다 말고 가인은 감정을 추스르려는 듯 잠시 아랫입술을 베어 물었다.

"나중엔 나더러 알코올중독이라잖아요. 그게 말이 돼요? 내가 술이 얼마나 센데, 고작 그만큼 마신 걸로 알코올중독이라는데 믿을 수가 있어야죠. 아마 돌팔이 의사였나 봐요. 그런데 돌팔이래도 의사는 의사니까, 의사는 사람을 살리는 사람이지 죽이는 사람이 아니니까, 의사 말을 들어야지 별수 없잖아요. 그래서 치료받고 그러는 동안 시간이 너무 많이 흘러 버려서……."

가인의 말이 끊겼다. 경빈이 힘껏 안아 버리는 바람에 더 이상 말을 이을 수가 없었다. 그의 손이 어찌할 바를 몰라 하며 가인의 등을 쓸어내렸다. 경빈은 차마 어떤 말도 할 수 없어서 입술을 아프게 베어 물었다.

가인이 두 팔을 둘러 달래듯 그의 등을 토닥거렸다.

"놀랐구나, 우리 선배님. 이제 괜찮아요. 다 지난 일이니까, 옛날이야기니까 이렇게 아무렇지 않게 말하는 거예요. 사실 그것 때문에 돌아오는 시간이 더 걸렸던 거지만, 지금은 다 괜찮아졌어요. 놀라게 해서 미안해요."

마치 아이를 다독이듯 가인은 차분한 손길로 그의 등을 어르며 쓰다듬었다. 자신은 이미 겪은 일이니 초연하게 웃으며 얘기한다지만, 그는 아무것도 모르고 있다가 4년이나 지나서야 이런 말이나 듣게 되니 얼마나 당황하고 놀랐을까.

가인은 그를 안고 위로하는 척했지만, 실상은 자신이 위로를 받고 있었다.

월운(月暈)

여람은 한 손으로 턱을 받치고 앉아서 다른 손에 들고 있던 휴대전화를 뚫어져라 응시했다. 어제 예기치 못한 경빈의 급작스런 등장에 가인과 얼떨결에 헤어진 후로, 만 하루가 지났다. 예상은 했지만, 가인에게선 다시 연락이 없었다. 헤어졌던 연인이 4년 만에 재회했으니 당연히 다른 생각을 못 하겠지.

이 동네는 본디 말이 많은 동네다. 사소한 얘깃거리래도 어느 순간 초고속 엘리베이터보다 더 빨리 소문으로 불거져 돌기 마련인데, 근자에 소문을 몰고 다니는 핵심 인물은 어느 날 혜성처럼 나타난 젊고 잘생긴 미혼의 기획이사였다. 그는 별 의미 없이 눈길을 돌린 것뿐인데도, 그 눈길을 받은 여자들은 가슴을 부여잡기 일쑤였고, 그와 눈을 맞췄다고 호들갑을 떠는 여직원을 여람도 화장실에서 여러 번 목격했다. 무슨 연예인 팬클럽도 아니고 십 대도 아니면서 그러고들 싶을까. 그런 상황이니 오늘 그가 출근하지 않았다는 별 시답잖은 소식도 어느새 회사를 돌고 돌아서 여람의 귀에까지 들어왔다.

당연히 출근하지 않았겠지. 헤어졌던 연인을 4년 만에 다시 만났는데, 아무도 방해할 수 없는 조용한 곳에 가서 둘만의 회포를 풀고 있을 테지. 나라도 그러겠다.

여람이 손가락으로 휴대전화를 톡톡 치면서 생각에 잠겨 있는데, 누군가 그녀의 책상을 똑똑 두드리고 돌아갔다. 소리의 근원지로 눈을 돌리니, 포장된 샌드위치와 커피가 얌전히 놓여 있었다. 그리고 익숙한 남자의 뒷모습이 보였다.

"정 대리님!"

막 문을 나가려던 준우가 뒤를 돌며 희미하게 웃었다.

"이 샌드위치 뭐예요?"

"점심시간인데 혼자 사무실에 있는 걸 보니까, 점심 안 먹은 것 같아서. 그거라도 먹어라."

그러고 보니 사무실이 텅 비어 있었다. 혼자 멍하니 넋 놓고 있다가 하마터면 생으로 점심을 굶을 뻔했다. 하여간 동료애라곤 눈곱만큼도 없는 사람들 같으니라고. 사람이 넋을 놓고 있으면 챙겨 주진 못할망정 정신 차리라고 깨워 주기라도 했어야지. 자기들끼리만 밥을 먹으러 나가?

"그래도 점심 챙겨 주는 사람은 정 대리님밖에 없네요. 잘 먹을게요."

준우가 보여 준 소소한 행동에 감동한 여람은 답례 차원에서 가인의 소식을 알려 주기로 했다.

"그리고요. 가인이 만났어요."

그러면서 샌드위치의 포장을 북 찢어서 벗겨 냈다.

"가인이를 만나? 언제?"

어느새 다가왔는지 준우는 여람의 눈앞에서 그녀의 어깨를 흔들고 있었다. 여람은 샌드위치를 베어 물다 말고, 갑작스러운 기습에 놀라 고개를 위아래로 끄덕였다.

"어제요."

"지금 어디 있어!"

여람은 눈을 동그랗게 뜬 채로 이번엔 좌우로 흔들었다.

"모르는데요."

그러자 여람의 어깨를 쥐고 흔들던 준우의 손아귀에 더 힘이 들어갔다.

"만났다며! 그런데 왜 몰라!"

"말을 안 했으니까 모르죠. 이 손 좀 치워요!"

마치 자신을 죄지은 사람처럼 닦달하는 그의 행동에 여람은 기분이 나빠졌다. 그래서 준우의 손을 짜증스럽게 쳐 냈다.

"그리고 소리는 왜 질러요? 나도 어제 잠깐 만나고 헤어져서 걔가 어디 사는지 아직 모르거든요. 정 대리님 소식이 궁금하면 가인이가 먼저 연락하겠죠."

준우가 어처구니없는 눈으로 여람을 보았다.

"너랑 인이는 친구잖아! 그런데 4년 만에 만난 친구의 연락처도 안 물어봐?"

"그거야 갑자기 급한 일이 생겨서……."

"무슨 급한 일!"

"우씨! 나, 이거 안 먹어요!"

여람은 급기야 들고 있던 샌드위치를 책상에 내팽개쳐 버렸다. 준우는 잠시 양손을 허리에 얹고서 숨을 골랐다.

"진짜로 인이 만난 거 맞아?"

여람은 불퉁한 얼굴로 고개를 끄덕거렸다.

"어때 보였어? 건강은?"

"전보다 좀 마르긴 했지만, 뭐 괜찮아 보였어요."

"그래, 알았다."

뭔가 더 세세하게 물을 줄 알았는데 준우는 뜻밖에도 쉽게 돌아섰다. 그런데 그의 등이 불안해 보였다. 무얼까, 굉장히 기분 나쁜 불길함이었다.

기획이사실의 여비서는 안하무인격으로 쳐들어온 여자를 상대하면서도 시종 미소를 짓고 있었다. 비록 미소로 가장한 입꼬리에 힐난 비슷한 경련까지는 배제하지 못했지만, 비서 본연의 자세만은 잃지 않았다.

"사전 약속 없이 찾아오시면 곤란합니다."

"내가 그걸 모른다고 생각해요? 민경빈 씨는 사전에 약속 자체가 안 되는 사람이니까 그러는 거잖아요."

은조는 비서 앞에서 팔짱을 끼고 한쪽 다리를 앞으로 내민 자세로 발을 까딱거렸다. 구두가 바닥에 규칙적으로 부딪칠 때마다 울리는 굽 소리가 여간 신경을 긁는 게 아니었다. 그런데도 비서는 평정심을 유지하며 담백하게 말했다.

"여기에 계속 있으셔도 오늘은 이사님을 만나실 수 없어요."

"왜요? 왜 못 만나는데요?"

억지로 미소를 짓느라 늘이고 있던 비서의 입꼬리가 차츰 굳어져 갔다. 대체 같은 말을 몇 번을 시키는 거야, 이 여자!

"말씀드렸잖아요. 오늘 이사님 출근하지 않으셨습니다."

서서히 친절한 기운을 잃어 가긴 했지만, 여전히 기계처럼 단정한 목소리였다. 스파르타식 교육이라도 받았나? 은조의 이마에 가느다란 힘줄이 돋았다.

"그러니까 왜 출근을 하지 않았냐고요?"

젠장. 계속 똑같은 대답하는 너도 힘들지? 묻는 나도 지친다.

"이사님의 사생활까진 알 수 없습니다."

"무슨 비서가 이래요? 이렇게 안일하게 일하면서 월급 받는 거 당신 상사도 알아요?"

이번엔 비서의 이마에 눈에 띄게 힘줄이 일어났다.

"저기, 이것 보세요."

"그럼 남들 다 일하는 시간에 그쪽은 상사 없다고 채팅 창 띄워 놓고 채팅하고 있던 게 아니라고 말해 보던가."

노크도 없이 갑자기 들이닥친 여자를 보고 서둘러 창을 내렸지만 이미 늦었고, 지금에 와서 여자는 그걸로 시비를 걸고 있었다. 비서의 얼굴이 붉으락푸르락 변하는데도 은조는 여유작작한 얼굴로 발만 까딱였다.

비서는 더는 은조를 상대하지 않고 자신의 자리로 돌아갔다.

"죽어도 말 못 한다니 하는 수 없지."

은조는 한쪽에 마련된 소파로 가서 앉더니 다달이 발행되는 기업월간지를 한 권 빼 들고 설렁설렁 넘기며 말했다.

"나 신경 쓰지 말고 하던 거나 마저 해요. 나도 그쪽이 채팅하든 뭘 하든 방해하지 않을 테니까."

비서가 어이없는 표정으로 은조를 보는데 문밖에서 노크 소리가 나며 또 한 차례 예고에 없던 불청객이 들이닥쳤다.

"경빈 씨 왜 출근 안 했어요? 무슨 일 있는 건가요?"

아나운서 한연희를 알아본 비서가 예의 그 상냥한 미소를 지으며 기계처럼 대답했다.

"그건 저도 잘 모르겠습니다. 아침에 출근 못 하신다고 전화만 주셨습니다."

한연희를 대하는 비서의 태도가 은조를 대할 때하고는 사뭇 다르다. 뒤끝 없는 성격의 은조지만 은근히 기분이 나빴다. 한연희나 저나 불청객이긴 매한가지인데 어째서 사람을 저리도 차별하는지.

"목소리는 어떻던가요? 어디 아픈 것 같진 않던가요?"

"그런 것 같지는 않았습니다."

저 여자도 어지간하군. 스토커 기질도 다분하고. 좋아하는 남자가 하루 출근 안 했다고 다른 일도 아닌, 방송일 하는 사람이 득달

같이 달려오다니. 은조는 입가를 씰룩이며 잡지를 넘겼다.

"그렇군요. 알겠어요. 그럼 수고해요."

소파에 앉아 잡지나 뒤적이는 누구처럼 질척이게 늘어지지 않고 연희가 담백하게 돌아서자 비서가 미소로 배웅했다. 그런데 문을 열고 나가려던 연희가 문득 은조를 발견하고는 눈살을 찌푸렸다. 그리고 다시금 비서에게 시선을 주었다.

"저 사람은 왜 저러고 있어요?"

"아까부터 와서는 막무가내로……."

연희는 비서의 말을 끝까지 듣지 않고 곧장 은조에게 다가왔다.

"오늘 경빈 씨 출근 안 했다고 하네요."

"나도 그렇게 들어서 이미 알고 있으니 친절하게 다시 가르쳐 주지 않아도 되네요."

사람이 말을 하는데 고개도 들지 않고 잡지를 넘기는 은조를 연희는 기가 막힌 눈으로 내려다보았다.

"그런데 지금 뭐 하는 거죠? 주인도 없는 곳에서 이러고 있는 거 실례 아닌가요?"

"그래서 주인 없는 방에 들어가지 않고 여기서 이러고 있잖아요."

은조는 대충 상대해 주고는 잡지를 탁 덮었다. 그리고 지루하다는 듯이 손으로 입을 가리고 하품을 하더니 소파에서 몸을 일으켰다.

"이봐요, 비서 아가씨. 난 갈 테니까 열심히 일해요. 또 보자구요."

은조는 문을 열고 나가면서 등 뒤의 비서를 향해 손을 흔들었다. 딴엔 안면 트고 말 섞은 이에게 한 인사였지만, 비서는 외려 기분 나쁘다는 표정이었다. 그러거나 말거나 뒤통수에 눈이 달린 것도 아니니 비서의 표정 따위 은조가 알 바 아니었다.
"강은조 씨! 잠깐 저 좀 보실까요?"

오후 햇살이 수면(水面)에서 춤을 추듯 넘실거렸다. 바람을 머금고 잔잔히 물결치는 호숫가에 앉아 있던 가인은 물속에 손을 담가 보았다. 생명력은 있으나 이제 음지에서 막 벗어난 병자의 것처럼 하얀 손이 호수 위에 내려앉은 햇살까지 함께 퍼 올리니, 싱싱한 물줄기가 손가락 사이로 죄 빠져나갔다. 살아 있다는 것이 피부로 여실히 느껴졌다. 기분이 좋아서 환하게 웃으며 몸을 일으키는데, 등 뒤로 따뜻한 체온이 느껴졌다.
"이런 날씨에 물장난하면 감기 걸려."
경빈은 가인을 돌려세워 젖은 손을 꼭 잡더니 슬쩍 입술까지 훔쳤다.
"봐, 입술도 차잖아."
허락 없이 도둑키스를 해 놓고 핑계를 대는 그가 귀여워 가인이 살짝 눈을 흘겼다.
"왜? 제대로 안 해 줘서 그래? 그렇다고 노려볼 것까지야."
경빈은 가인의 손을 잡고서 별장을 향해 느리게 걸음을 옮겼다. 여유롭고 느긋하기만 한 그를 가인은 걱정스러운 눈으로 보았다.
"왜?"
옆에도 눈이 달렸는지 고개를 돌리지 않고도 그녀의 불안한 시선을 읽었다.
"괜찮아요?"
"뭐가?"

"이렇게 도망 와 있는 거."

"도망?"

경빈이 웃음을 터뜨렸다. 그러나 가인은 그를 따라 웃을 수가 없었다. 주말도 아닌 평일에, 계획에도 없던 일탈이었다. 아침에 콘솔 위에 배터리와 분리된 그의 휴대전화가 아무렇게나 놓여 있는 걸 보았다. 여람의 말로는 회사에서 중요한 직책을 맡고 있다는데, 자신 때문에 그에게 곤란한 일이라도 생길까 걱정되었다.

"내가 회사에서 잘릴까 봐 걱정돼? 걱정하지 마. 아무렴 너 하나 먹여 살리지 못할까."

"날 먹여 살려요? 왜요?"

다시 만날 수 있을 거란 생각은 애초에 하지도 않았는데, 갑작스레 이루어진 재회였다. 그와 함께 있다는 것이 아직도 꿈만 같은데, 불현듯 여람이 한 말이 떠올랐다.

'보자마자 너한테 이런 말을 해도 되려나 모르겠지만, 따로 만나는 여자가 있는 것 같더라.'

가슴이 선뜩해졌다. 보지 못한 상황에서 그 말을 들었을 때도 가슴이 난도질당한 것처럼 아팠는데, 얼굴을 마주 보고 있는 지금 그 사실을 상기시키자 그때와는 비교도 할 수 없는 통증이 심장을 옥죄었다.

가인의 표정이 심상치 않게 굳어지자 경빈이 미간을 찡그렸다. 조금 전 되돌아온 그녀의 질문도 상당히 신경을 거슬리게 했던 터라 대답하는 말투가 무뚝뚝해졌다.

"왜라니? 몰라서 물어?"

그리고 그녀의 손을 더 꽉 움켜쥐었다.

"다신 이 손 안 놔."

"하지만……."

그 순간 팔이 휙 당겨지고, 어느새 그의 품 안이었다. 이미 다른 사람이 있지 않느냐고 물으려 했던 입술을 빼앗겨 버렸다. 격하게 섞이는 숨결 사이로 은밀히 혀가 밀려들어 오고 맺지 못한 뒷말은 산산이 흩어졌다.

늦가을, 거리에 스산하게 뒹구는 낙엽을 보며 음미하는 한 잔의 에스프레소는 마음을 여유롭게 했다. 은조는 마주 앉은 연희가 어떤 얼굴을 하고 있든 관심 없이 에스프레소만 음미했다.

"음, 좋다."

은조는 지그시 눈을 감고 입안에 도는 쓴맛의 여운까지 천천히 혀끝에 감아 두었다. 연희의 입에서 어이없는 실소가 터져 나오자 그예 은조는 에스프레소 잔을 내려놓았다.

"이만하면 내 얼굴은 실컷 봤을 테니 이제 그만 용건을 꺼내 보실까요?"

연희의 반듯한 이마가 살짝 구겨지는 것을 보며 은조는 입술을 지그시 말아 올렸다.

"한연희 씨가 무슨 이야기를 할지는 대충 짐작하지만."

"내가 무슨 말을 하려는지 짐작한다고요?"

"뭐, 어느 정도는요."

은조가 생긋 웃었다.

"궁금한 거겠죠. 그쪽이 목매고 있는 남자와 나의 관계가. 아닌가요?"

연희의 입술이 차갑게 이죽거렸다.

"경빈 씬 아무한테나 쉽게 마음 주는 남자가 아니에요. 내가 잘 알아요. 우린 오래도록 함께했거든요."

은조는 대수롭잖게 고개를 끄덕이며 다시 에스프레소 잔을 들었다.

"그렇군요. 그래서요?"

은조의 행동도 그렇고, 말투도 마치 궁지에 몰린 쥐를 느긋하게 조롱하는 고양이 같아서 연희의 눈가에 미세한 경련이 일었다.

"그래서라니? 이봐요, 내 말은……."

"아, 한연희 씨 미안해요. 중간에 말 끊어서. 내가 먼저 말하죠. 주제 넘는다고 생각하고 싶으면 그렇게 해요. 그쪽도 나만큼 보통 성격은 아닌 것 같으니 이해할게요. 기도 세고, 자존심도 세고, 남에게 지고는 못 살죠? 그러니 내가 갖고 싶은 거 남에게 뺏기기 싫은 것도 당연해요. 그런데 어쩌나? 물건이라면 틀어쥐고서 뺏기지 않겠지만, 애석하게도 그 남잔 물건이 아닌데?"

마지막 말은 놀리듯이 교묘하게 말꼬리를 올렸다. 무슨 이런 여자가 다 있나 싶었다. 연희는 내부에서 이는 화를 감당 못 하고 파르르 몸을 떨었다.

"이것 봐요!"

"민경빈 씨가 만나는 여자는 모두 이런 식으로 한연희 씨가 정리하고 다녔나 보군요."

"뭐요?"

"나한테 충고하고 싶어요? 이를테면 민경빈은 내가 찍어 놓은 남자니까 넘보지 마라, 네 주제를 알고 물러나라, 뭐 이런 식으로요."

당돌한 말에 연희는 말문이 막혔다. 그에 반해 은조는 얄밉도록 생글거리며 말을 이었다.

"놀랐나 보네. 내가 원래 좀 성격이 이래서 남에게 싫은 소리 듣는 걸 아주 싫어해요. 그런데 우리 엄마도 안 하는 소리를 한연희 씨가 나한테 하겠다고요? 왜요? 당신이 민경빈 씨의 뭐라도 되나요? 내가 보기엔 그런 것 같지도 않던데."

"뭐 이런 게 다 있지?"

화가 나면 앞뒤 보이는 게 없는 터라 연희는 입에서 나오는 대로 말했다. 그러자 이제껏 여유롭게 미소 짓고 있던 은조의 표정이 단번에 굳어졌다.

"말이 지나치군요. 못 배운 사람도 아니고, 아나운서라는 사람이 언어순화도 할 줄 모르다니. 실망스럽네요."

"그건 당신도 마찬가지 아니야?"

"내가 당신처럼 욕을 했나요?"

"내가 언제 욕을 했다고 그래요!"

"뭐 이런 게 다 있냐면서요? 사람을 앞에 두고 물건보다 못한 취급을 했으니 욕보다 더한 인격모독이죠. 당신 아나운서라며. 그런 것도 모르면서 아나운서 해요?"

연희는 하려고 했던 말을 단 한 마디도 못한 채 그대로 입을 닫고 말았다. 인정한다. 너무 감정적인 상태에서 말이 함부로 나갔다. 자신도 어쩌지 못한 모난 성격을 알면서도 스스로 제어를 못하니, 자존심 상하지만 할 말이 없었다.

스스로 화를 삭이느라 고개를 숙이고 어깨를 떠는 연희가 어쩐지 가여워 보이긴 했다. 전 국민에게 얼굴 다 알려진 여자가 오죽 분했으면 저럴까 싶다가도, 하는 짓이 하도 같잖으니 저리 되로 주고 말로 받는다는 생각이 들었다. 그렇다고 제 할 말이나 제대로 한 것도 아니면서. 한연희는 외양은 제법 똑똑하게 생겼는데 하는 짓은 영 멍청했다. 외려 말은 은조가 더 많이 했고, 그녀는 고스란히 당하고 있으니 헛똑똑이가 틀림없었다.

은조는 마음을 너그럽게 가지기로 하고, 말투도 조금 전보다 훨씬 부드럽게 했다.

"한연희 씨가 본 그대로예요. 그 남자 나한테 기회도 주지 않는데 나 혼자 일방적으로 쫓아다니는 거예요. 당신도 내 처지와 별로 다를 것 없으니, 쳐다봐 주지도 않는 남자 혼자 짝사랑하는 내 마음 잘 알 테죠? 하지만 난 한연희 씨처럼 그 사람이 만나는 여자까지 간섭하진 않죠. 왜냐면 난 그의 아무것도 아니니까요. 단지 내가 좋아한다는 이유로 한연희 씨처럼 행동한다면 내가 남자래도 정이 떨어질 것 같은데요?"

"본인은 다른 사람 충고 따위 듣기 싫다면서 지금 나한테 충고하는 거예요?"

연희의 눈이 다시 사납게 어그러졌다. 은조는 픽 하고 웃어 버렸다.

"충고가 아니라 그냥 내 생각을 말하는 거예요. 새겨듣든 흘려버리든 그건 그쪽 마음이니 알아서 하세요. 그리고 난 이런 자리 무척 싫어해요. 그 남잔 관심도 없는데, 그쪽이나 나 이러고 있는 거 우습지 않아요? 그 남자의 관심도 못 받는 여자 둘이서 뭐 하는 짓인지 모르겠군요. 이런 행동 너무 유치하니까 앞으론 이런 식의 만남은 사양할게요. 그럼, 먼저 일어나죠."

은조는 백을 챙겨 들고 먼저 자리에서 일어났다. 그러다 몇 걸음도 채 가지 못하고 할 말이 남았는지 다시 돌아왔다.

"참, 커피 잘 마셨어요. 먼저 보자고 한 사람이 사는 거 맞죠? 유명한 아나운서가 사 준 커피라 그런지 더 맛있었어요."

월운(月暈)

그리고는 생긋 웃으며 돌아섰다. 뒤에서 연희가 어이없이 쳐다보는 걸 아는지 은조는 걸어가는 그 상태에서 손을 한 번 흔들어 보이고는 유유히 찻집을 나갔다.

딩동.
벨이 울리자마자 안에서 기다렸단 듯 벌컥 문이 열렸다. 그러나 문을 열어 준 사람은 문 앞에 서 있는 이의 존재를 확인하자마자 단박에 실망하는 얼굴로 바뀌었다.
"네가 웬일이냐?"
"아주 대놓고 싫은 티를 내는구나. 야박하게스리."
은조가 친구의 어깨를 밀치며 현관 안으로 들어섰다. 하나도 반갑지 않은 불청객을 맞는 희영의 얼굴이 심하게 구겨졌다.
"왜 왔어?"
"울 자기 보고 싶어서 왔지? 술 있어?"
"술은 술집에 가서 찾아."
"그럼 물이라도 한 잔 주라."
은조는 자기 집인 양 널따란 소파에 눕다시피 기대어 앉고는 옆에 놓인 앙증맞은 버섯 모양의 쿠션을 들고 이리저리 흔들어 보았다.
"너 서른 살 먹더니 취향도 변했냐? 예전엔 이런 거 줘도 안 가졌잖아."
희영은 은조에게 물 잔을 건네며 소파에 앉았다.
"우리 가인이 거야."
"아, 사촌 동생? 서울에 왔어?"
"어."

"이제 좀 건강해졌나 보네. 작년에 너 한국 들어오기 전까지 걱정 많았잖아."

"그랬지."

은조가 고개를 쭉 빼고 집 안을 두리번거렸다.

"근데 왜 안 보여? 나도 술 좀 하니까 이참에 네 동생하고 대작 한번 해 보고 싶은데."

나이를 서른이나 먹고도 여전히 철없는 은조의 말에 희영이 눈살을 찌푸렸다. 본심은 그렇지 않은데 은조는 가끔 입이 주책이었다. 저 입만 얌전했어도 지금쯤 뭐가 됐어도 되었을 위인이건만.

"에구, 또 요 입이 방정을 떨었나 보네."

은조는 본인이 실없는 소릴 했다는 걸 아는지 즉각 손으로 자신의 입술을 때렸다. 희영이 한쪽에 놓인 쿠션을 집어서 은조에게 던졌다.

"윽! 아무리 내 입이 방정을 떨었대도 폭력은 너무하잖아!"

"이 화상아, 넌 맞아도 싸! 행여 우리 가인이 앞에서도 지금처럼 입에서 나오는 대로 지껄여 봐라. 그땐 진짜 폭력이 무엇인지 확실히 알게 될 테니."

"쳇, 동생 얼굴이나 한번 보여 주고 그런 소리 하시지? 런던에서도 꼭꼭 감춰 놓기 바쁘더니만."

희영이 한 손으로 관자놀이를 꾹꾹 눌렀다. 생각이 지나치게 많고 예민한 디자이너라 그런지 희영은 늘 두통을 달고 살았다.

"그땐 아팠으니까. 지금은 보여 주고 싶어도 집에 없다. 어제 나가선 여태 감감무소식이야."

"오랜만에 친구 만나서 노느라 깜박했나 보지. 걔가 좀 놀 줄 아는구나. 원래 제대로 놀다 보면 날 새는 줄도 모르거든."

"그건 네 얘기고. 우리 가인이는 노는 데 미쳐서 외박하는 애가 아니야."

답답하리만큼 매사 진지한 이희영의 동생인데 어련하실까. 은조는 쿠션을 끌어안고 하품을 쩍 했다.

"그렇게 걱정되면 전화해 보든가. 아무리 노느라 정신이 없어도 의식이 붙어 있으면 전화는 받겠지. 우리 이 여사님께서는 쓸데없는 걱정을 사서 한다니깐."

"휴대전화가 없어. 런던에서 온 후로 며칠 동안 집에만 있기에 신경을 못 썼더니."

은조가 휘유, 하고 한숨을 내쉬었다.

"이 여사님 걱정도 팔자네. 걱정은 그만하고 이제 나 좀 봐 주라, 자기."

은조가 어리광을 부리며 희영 쪽으로 몸을 슬금슬금 옮겨 왔다.

"왜 또?"

"있잖아, 나 바람맞았어."

"또 무작정 쳐들어갔냐?"

희영이 한심하다는 듯 고개를 내저었다.

"그냥 포기해라. 그렇게 목을 매도 눈길 한 번 안 주는데, 뭐 하러 간, 쓸개 빼놓으면서까지 남자 뒤꽁무니를 쫓아다니는 건지, 원."

은조가 자조하듯 씁쓸히 되뇌었다.

"그러게."

"이유 없이 여자 싫어하는 남자라면 뻔해. 그 남자 혹시 게이 아니냐?"

갑자기 은조가 심각하게 고민을 하기 시작했다. 그렇게 멀쩡한 남자가 설마? 하면서도 자신뿐만 아니라 여자 자체를 기피하는 걸로 보아 그럴 가능성이 없지만은 않았다. 아니면 신체 어딘가에 문제가 있는 건가?

"그게 아니면 가슴 아픈 실연의 상처라도 있나 보지."

희영이 대수롭잖게 중얼거린 말에 은조의 눈이 반짝 뜨였다. 그래, 맞아! 여자가 있는 거다. 무슨 이유로 함께하지 못하는지는 모르지만 분명히 가슴에 묻어 둔 여자가 있다. 그렇다면, 그렇게나 멋진 남자가 오직 한 여자만을 향한 일편단심이란 말인데…….

은조의 눈동자가 또록 굴러가는 소리가 들릴 만큼 분주하게 움직였다. 왠지 그가 더 멋있게 느껴져 새삼스레 가슴이 설레었다. 아, 내 눈은 정확했어. 역시 멋진 남자였어. 한 여자만 사랑하는 남자라니. 갑자기 기분이 마구 좋아졌다. 비록 자신을 쳐다봐 주지도 않는 남자지만, 그런 남자라면 미친년 섣달그믐 날 개밥 퍼 주듯이 간, 쓸개 다 퍼 줘도 하나도 아까울 것 같지가 않았다.

은조는 허파에 바람 든 것마냥 피시식 웃으며 희영의 옆구리에 찰싹 달라붙어 잔뜩 애교 섞인 코맹맹이 소리를 냈다.

"자기야, 나 오늘 자고 가도 되지?"

희영이 다시 쿠션을 집어 들고 은조의 등짝을 사정없이 후려쳤다.

"미친! 돌아온 지 얼마나 됐다고 외박을 밥 먹듯이 하냐!"

강바람이 짐승처럼 울었다. 어찌나 여파가 센지 꼭꼭 닫아 둔 창문이 수차례 덜컹거렸다. 별장 주위로 호수를 끼고 있어서인지 날이 저물기가 무섭게 기온이 뚝 떨어졌다.

바깥 사정과는 상관없이 별장 안은 고요한 밤을 맞았다. 타닥타

닥. 벌건 아가리를 벌리고 있는 벽난로 안에선 불씨가 튀며 마른 장작이 타들어 갔다.

"……자?"

가인을 안은 채, 벽난로 속에 장작을 던져 넣던 경빈이 조용히 물었다. 몇 번 꾸벅거리는 것 같더니 그새 잠이 들어 버렸는지 움직임이 없었다. 경빈은 빙그레 웃으며 고개를 숙여 자신의 품에 기대어 있는 그녀를 보았다. 속눈썹이 짙은 음영을 만들며 내려앉은 게, 이미 깊은 잠에 빠진 듯했다. 쉽게 깨어날 것 같지 않은데, 지난밤에 이어 오늘 밤도 자신을 곁에 두고도 가인은 세상없이 잠만 잘 것 같았다. 더없이 매정한 연인이었지만, 악몽 없이 편안하게 잠들어 줘서 다행이다 싶었다.

경빈은 가인을 안아 들고서 천천히 계단을 올랐다. 침대에 눕히자 습관인 듯 가인은 몸을 둥글게 말았다. 그 모습이 어찌나 작고 애잔한지 콧날이 시큰거렸다. 경빈은 그녀의 몸에 이불을 덮어 주고 가만히 바라보았다. 더없이 행복한 꿈만 꾸길. 아니, 꿈도 꾸지 말고 편히 잠들길 바라는 마음으로 잠든 연인의 곁을 지켜 주려 했건만, 마음과 달리 몸은 자꾸만 그녀의 곁에 눕길 원했다.

경빈은 쓸쓸하게 웃었다. 곁에 눕고 나면 그다음엔 어쩔 건데? 그녀의 의사와는 상관없이 안으려 들겠지. 네 욕심부터 채우려 하겠지. 내면에서 서서히 깨어나는 짐승을 억누르려면 아무래도 오늘 밤 잠은 포기해야 할 듯싶었다.

그녀의 곁에 눕고 싶은 충동을 힘겹게 누르고 일어서려던 그의 몸이 대번에 딱딱하게 굳어졌다.

"어디 가요?"

잠든 줄 알았던 가인이 어느새 눈을 빤히 뜨고는 그의 팔을 붙잡았다. 가인과 눈이 마주치자 경빈은 당황한 기색을 지우고 미소를 지었다.

"이런, 조심한다고 했는데. 깼구나."

가인은 그의 팔을 잡은 채로 천천히 몸을 일으켜 앉았다. 그리고 말없이 그의 얼굴을 쳐다보았다. 동요 없이 고요하고 담백한 눈빛. 외려 경빈이 어색하게 시선을 피했다.

"물어볼 말이 있어요."

경빈은 시선을 피한 채로 고개를 끄덕였다. 눈을 마주치면 자신을 통제하지 못할 것 같아 회피하기 급급했다.

"솔직하게 대답해 줘야 해요."

"그래."

"왜 나하고 같이 있어요?"

소프트아이스크림처럼 달콤한 목소리에 반해 뜬금없는 질문이었다. 경빈은 의문을 담고 그녀를 보았다.

"무슨 뜻이야?"

가인은 얕은 숨을 내쉬었다. 아무래도 조금 더 긴 설명이 필요할 듯싶다.

"4년이나 지났잖아요."

그의 눈썹이 미세하게 꿈틀거렸다.

"그래서?"

"결코, 짧은 세월이 아니에요. 얼마든지 한 사람 정도는 잊을 수 있고, 다시 누군가를 사랑할 수 있는 시간이라 생각해요."

그의 얼굴이 서서히 굳어져 갔다.

"그래서?"

"……"

"그래서 넌 변했어? 그래서 이젠 네 마음에 다른 사람이 있어?"
"나는……."
가인은 무슨 말인가를 하려다 말고 그냥 고개를 내저었다.
"넌 아니면서, 난 변했을 거라 생각해?"
"그만큼 세월이 흘렀으니까……."
"내게만 국한된 세월이 아니지. 너한테도 공평하게 주어진 시간이었어. 그만 자라."

경빈은 가인의 손을 떼어 놓고 돌아섰다. 그런데 가인이 다시 팔을 붙잡는 바람에 다시 그 자리에 멈춰 버렸다.

말갛게 올려다보는 순한 눈동자가 겁먹은 사람처럼 흔들렸다. 아직 할 말이 남았는지 혀로 입술을 축이는데, 외려 보는 사람이 딱할 정도로 쉽게 입을 열지는 못했다.

경빈은 말없이 가인의 눈을 마주 보았다. 아직 못한 말이 무엇인지, 무슨 말을 하려는지 준비가 될 때까지 기다릴 참이었다.

"그럼…… 날 안아요."

오랜 망설임 끝에 나온 말에 그의 심장이 철렁 내려앉았다.

"선배 마음이 예전 그대로라면 여전히 날 원할 거잖아요. 책임감 같은 건 생각하지 말고 날 안아요."

이젠 한눈에 드러날 정도로 그가 당황해하고 있었다. 그게 그렇게 힘든 것인가? 아니면 부담스러운 걸까? 고개를 돌리고 거칠게 숨을 들이켰다 내쉬는 그를 보고 있으려니 가인은 어쩐지 서글퍼졌다.

"내가 괜한 말을 했나 보군요. 미안해요. 난 괜찮으니까, 부담 갖지 말아요."

"윤가인."

언제 당황했느냐 싶게 들리는 목소리가 뼛속까지 얼려 버릴 만큼 차가웠다. 그녀를 향한 그의 눈빛이 검은 불꽃을 머금은 것처럼 이질적으로 타올랐다.

 경빈은 화가 났다. 4년 전엔 걱정과 안타까움으로 제정신이 아니었기에 화를 내야 하는 것도 몰랐지만, 지금은 그녀의 바보 같은 말 한마디에 뇌가 터질 듯이 화가 올라왔다. 죽을힘을 다해 참고 있는 자신의 마음도 모르고 저런 바보 같은 소리나 하다니.

 "늦었어. 그만 자라."

 결국, 바보는 그녀가 아니라 자신이었다. 씁쓰레한 마음을 감추고 등을 돌리는데 가인이 다급하게 허리를 끌어안았다.

 "잘못했어요. 내가 잘못했어. 화내지 말아요."

 다시 발목이 잡혔다. 허리를 끌어안은 손길과 목소리에 절박한 애원이 담겼다. 등에 닿는 그녀의 체온은 이다지도 뜨거운데, 가슴은 어째서 싸한 통증이 먼저 올라오는 것일까. 그예 경빈은 눈을 감았다.

 "……뭘? 뭘 잘못했는데?"

 가인의 가슴이 거칠게 오르내리는 게 느껴졌다. 경빈은 지그시 입술을 베어 물고는 자신의 허리에 필사적으로 둘려 있는 가냘픈 팔을 풀어냈다. 그리고 몸을 돌려 시선을 맞추니, 눈물 어린 눈을 보여 주기 싫었는지 가인이 황급히 시선을 피했다.

 "윤가인, 나 봐."

 가인은 숱 많은 속눈썹에 맺힌 눈물을 재차 눈을 깜박거려서 떨궜다. 그리고 조심스럽게 그를 보았다. 아주 작은 움직임 하나도 놓치지 않으려는 듯 그의 시선은 오롯이 그녀에게만 집중해 있었다.

월운(月暈)　231

4년은 결코 짧은 세월이 아니었음을 경빈은 이 순간에 여실히 느꼈다. 예전엔 그러지 않았는데, 이젠 사소한 것 하나에도 주눅이 드는 가인이 안쓰러웠다. 흘러내리지 못한 눈물이 그녀의 눈가에 희미하게 번져 있었다. 그는 엄지손가락으로 그녀의 눈가를 닦았다. 그리고 그 눈가에 입을 맞췄다.

"널 사랑해."

가인은 이제 눈을 깜박이는 것도 잊었다. 동그랗게 떠진 눈으로 다시 열기가 몰려오고, 츕츕한 습기가 맺혔다. 안개처럼 뿌연 장막이 한 겹 서려지자 바로 눈앞에 있는데도 그의 얼굴이 흐리게 보였다.

"널 원해. 널 갖고 싶은 내 마음이 얼마나 절실한지 모른다고는 하지 마라. 그런데도 오늘 널 안지 않는 건 책임지기 싫어서도, 부담이 되어서도 아니야. 그딴 생각은 애당초 하지도 않았어. 널 원하는 욕심보다 아껴 주고 싶은 마음이 더 크다는 걸 모르겠니?"

가인은 결국 그의 가슴에 얼굴을 묻어 버렸다. 창피해서 그대로 꼭꼭 숨어 버리고 싶은데, 숨을 곳이라곤 그의 품밖에 없었다.

희고 깨끗한 손이 그녀의 뒷머리를 감싸 안았다. 경빈은 그녀를 안은 채로 나지막이 한숨을 내쉬었다. 각오는 했지만, 굉장히 긴 밤이 될 듯하다.

막 잠에서 깨어난 희영은 부스스한 머리를 하나로 질끈 동여매고는 방을 나왔다. 냉장고를 열어 생수를 꺼내 마시는데 갑자기 철컥 하는 소리와 함께 현관문이 열렸다가 닫혔다. 생수병을 입에 문 채로 눈을 돌리자 은조가 검은 비닐봉지를 빙빙 돌리면서 부엌으로 들어오고 있었다.

"자기, 일어났어?"

은조는 봉지를 식탁에 올려 두고 희영의 손에서 생수병을 빼앗아 한 모금 마시더니 캬하, 하는 소리를 냈다. 식전 댓바람부터 들이닥친 이 화상은 누가 주당 아니랄까 봐 물도 술처럼 마셔 댔다.

"뭐냐, 너?"

희영은 잠이 덜 깬 눈으로 은조를 보다가 문득 어젯밤 늦게 은조가 쳐들어온 것을 기억해 냈다. 밤새 소파에서 뒹굴거리며 평소엔 즐겨 보지도 않던 TV를 보느라 리모컨을 가지고 놀기에 내버려 두고 혼자 방에 들어가서 잠이 들었었다.

"꼭두새벽부터 어디 갔다가 오냐?"

"해가 중천에 뜬 꼭두새벽도 있어? 냉장고에 내가 좋아하는 음료수가 하나도 없기에 요 앞 편의점에 마실 다녀오는 길이다."

은조는 봉지에서 부스럭거리며 육포를 꺼냈다. 그리고 맥주 캔을 하나씩 꺼내어 식탁에 가지런히 정렬해 놓았다. 그것을 보고 있던 희영의 눈썹이 사납게 올라갔다.

"그거 뭐냐?"

그러자 은조가 새침하게 눈웃음을 치며 말했다.

"내 음료수."

"썩을 년."

희영은 맥주 캔을 모조리 쓸어서 다시 봉지에 담아 은조의 가슴에 턱 하니 안겨 주고는 현관문을 손가락으로 가리켰다.

"다 가지고 네 집으로 가!"

"갑자기 왜 그래?"

은조가 황당한 눈이 되어 희영을 쳐다보았다.

"우리 집에선 이유 불문하고 술은 무조건 금지야."

"이게 무슨 술이야? 음료수지."

별 시답지도 않다는 듯 은조가 입술을 씰룩거렸다.

"술이든 음료수든 어쨌든 안 돼."

"네 동생이 마실까 봐 그러니? 내 장담하건대 이 정도는 마셔도 아무렇지도 않다. 그리고 동생 오기 전에 내가 다 마실 테니까 걱정하지 마라."

희영이 정신 사나운 듯 손을 휘저으며 의자에 앉았다.

"시끄러워. 잔말 말고 네 집에 가서 마셔."

그러거나 말거나 은조는 냉장고를 열어 맥주 캔을 척척 정리해 넣고는, 제집인 양 버젓이 욕실로 향했다.

"일단 뜨거운 물로 샤워부터 하고."

은조가 들어간 욕실 문을 바라보며 한참을 심란하게 앉아 있는데 '띠디디딕, 띠리링' 하는 소리와 함께 비밀번호가 풀렸다.

가만, 그러고 보니 은조가 들어올 땐 비밀번호 풀리는 소리가 안 들렸는데. 저 썩을 년, 내가 자고 있는데 문을 훤히 열어 놓고 나갔다 왔단 말이야? 누가 들어오기라도 했으면 어쩌려고.

희영이 욕실 쪽을 바라보며 이를 악물고는 말없이 욕설을 뇌까리고 있는데, 현관문이 열리며 누군가 기척도 없이 조용히 들어왔다. 희영은 팔짱을 낀 채로 사뿐거리며 들어오는 모양새를 가만히 지켜보았다.

발꿈치를 들고 조심히 걷던 가인이 빤히 앉아서 지켜보고 있는 희영과 눈이 마주치자 어색하게 웃었다.

"나 왔어."

희영이 미간을 사납게 모았다.

"어디 갔다 오는데? 얼마나 걱정했는지 알아? 휴대전화 없으니 연락할 방법도 없고, 대체 이틀 동안 어디서 뭐 했는데?"

"미안. 다음부턴 꼭 전화할게."

희영이 하, 어이없는 한숨을 내었다.

"또 외박한다는 소리로 들리네."

"그건 아니고……."

가인이 두 손과 고개를 동시에 내젓는데 갑자기 욕실 문이 열리며 뿌연 수증기 속에서 웬 인형같이 생긴 여자가 큰 타월로 몸을 감싸고 젖은 머리를 털며 나왔다. 난데없이 벌거벗다시피 한 여자와 마주치자 가인이 놀란 표정을 짓는데, 외려 은조는 반가움에 휘파람을 불었다.

"휘유, 그대가 바로 묘령의 여인?"

은근한 감탄사를 내뱉으며 은조가 가인의 주위를 천천히 돌자, 가인이 당황스러운 눈으로 희영을 보았다. 가인의 머리서부터 발끝까지 탐색하는 은조를 향해 희영이 눈살을 찌푸렸다.

"야! 옷이나 입어!"

그러나 은조는 희영의 말은 뒷등으로 넘기고 손가락으로 가인의 뺨을 꾹 찍어 간을 봤다.

"음, 살결이 아주 매끄럽고, 맛도 좋네."

가인이 기겁을 했다. 무슨 이런 여자가 있나 싶어 놀라 뒷걸음을 치는데, 희영이 버럭 고함을 질렀다.

"저, 미친!"

"누구세요?"

"나? 강은조야. 저기 도끼눈하고 있는 이 여사 친구니깐 앞으론 날 강 여사 또는 은조 언니라고 불러."

"그, 그럼 놀다 가세요."

벌거벗다시피 한 여자의 이상한 행동도 그렇고, 첫 대면부터 지나치게 친근하게 구는 것이 부담스러워 가인은 인사만 하고는 곧장 자신의 방으로 들어가 버렸다. 은조는 기분 좋게 샤워도 했겠다, 내심 궁금했던 희영의 동생도 보았겠다, 절로 콧노래를 흥얼거리며 냉장고에 넣어 둔 맥주를 꺼냈다.

"캬하! 시원하다."

먼저 시원하게 한 모금 마시고는 하나 더 꺼내 희영에게 휙 던졌다.

"어이! 이 여사, 받아!"

퍽!

"흑!"

그런데 던지는 힘이 어찌나 어설픈지 캔은 희영의 근처에도 오지 못하고 만류인력의 법칙에 따라 거실 바닥으로 낙하하여 장렬한 최후를 맞이했다. 오줌을 지린 것 같은 냄새가 진동했다. 은조가 난처한 얼굴로 두 눈을 질끈 감자, 희영이 눈을 사납게 치떴다.

"야, 이 미친 것아!"

희영의 잔소리가 본격적으로 시작되려 하자 은조는 어설프게 웃으며 사고의 지점으로 쪼르르 달려갔다.

"미안, 미안. 내가 다 치울게. 치우면 되잖아."

그리고는 몸에 두르고 있던 타월을 벗어서 바닥을 마구 닦기 시작했다. 낯짝만 두꺼운 게 아니라 부끄러운 게 뭔지도 모르는 년 같으니라고. 아무리 같은 여자끼리라지만, 저리 아무렇지도 않게 훌러덩 벗어 던지는 작태는 얼마나 뻔뻔하기에 가능한 것일까. 그럼에도 우유처럼 하얗고 탄력 있는 은조의 살결에서는 빛이 났다. 하는 짓은 영락없이 철딱서니지만 몸매 하나는 끝내주게 타고난 년이다. 저 끝내주는 몸매로 홀딱 벗고 저런 짓이나 하고 있다니. 희영은 화내는 것도 잊고 혀를 내둘렀다.

한참을 병실 문 앞에 서 있던 경빈은 천천히 마음을 가라앉히고는 아버지가 입원해 계신 병실 안으로 들어섰다.
2달 전 갑작스럽게 뇌졸중으로 쓰러진 아버지는 다행히 제때 병원으로 옮겨 수술을 받아 생명에 지장은 없었으나, 아직 한쪽 마비가 완전히 풀리진 않았다. 그렇게 건강하시던 아버지가 갑자기 쓰러졌을 땐 어머닌 경황이 없어 연락을 못 했다고 하였고, 그리고 수술 후엔 그의 공부에 방해된다며 아버지가 연락하는 걸 극구 만류했다고 한다. 귀국한 후에야 그 사실을 전해 들은 경빈은 지금은 많이 호전되었단 소식에 안도했으면서도 선뜻 아버지를 찾아뵐 수가 없었다. 4년이나 흘렀음에도 자신도 어쩔 수 없는 감정이 문제였다. 불효하고 있다는 걸 알면서도 풀지 못한 원망은 응집된 응어리로 굳어져서 심히 뒤틀려 있었다.
경빈이 들어서자 돋보기를 쓰고 신문을 보고 있던 민 회장이 고개를 들었다. 어렵사리 표정 관리를 하고 있지만, 경빈을 보자 반가움에 드러난 화색까진 숨기지 못했다.
"왔느냐."
"몸은 좀 어떠세요?"
민 회장은 신문을 접으며 희미한 미소를 보였다.
"괜찮다. 애비가 걱정이 됐던 게냐?"
당연히 걱정했다. 하지만 절대 입 밖으로 꺼내지 않을 말이었다. 경빈은 시선을 내리고 묵묵히 서 있었다.
부자간의 정리(情理)는 찾아볼 수 없는 침묵에 민 회장의 눈가에 희미한 회한이 맺혔다. 4년 전, 아들이 그렇게 좋다 하는 아이와 강제로 갈라놓은 결과가 만든 균열이었다.

"앉아라."

경빈이 의자에 앉고 나서도 한동안 입을 다물고 있자, 병실 안에는 어색한 공기가 흘렀다. 역시 한참을 말이 없던 민 회장이 먼저 조심스럽게 침묵을 깨뜨렸다.

"경빈아."

부르는 소리에 경빈이 고개를 들었다. 아버지의 이마와 눈가에 내려앉은 세월의 흔적이 아스라이 눈에 들어왔다. 철옹성보다 더 단단하고 완강했던 아버지도 세월과 병 앞에선 한없이 나약한 인간에 불과했다.

"이제야 하는 말이지만, 너한테 애비가 몹쓸 짓을 했다는 거 안다. 내가 지은 죄가 커서 널 볼 면목이 없구나. 하지만 이제 와 돌이켜 본들 무슨 소용이 있겠느냐. 이미 지난 일인 것을."

물론 아버지에 대한 원망이 쉬이 없어지진 않겠지만, 언제나 강경한 태도로 그 자리에 계셔 주길 바랐다. 이렇게 나약해진 아버지를 바란 게 아니었다.

민 회장은 회한에 깃든 눈초리를 내렸다. 매처럼 예리하고 날카롭던 눈매는 어느 세월 속으로 사라졌는지 그의 눈은 이제 늙은 황소처럼 처연했다.

"넌 모른다. 애비가 무슨 짓을 저질렀는지······."

쓸쓸히 중얼거리던 민 회장이 말끝을 흐렸다. 그러다 다시 애잔한 눈길로 쓰다듬듯 경빈을 보았다.

"결혼은 안 할 거냐? 아무리 애비한테 정이 떨어졌어도, 애비 살았을 때 결혼하는 모습은 보여 줘야지."

그때까지 말없이 아버지를 바라보던 경빈이 조용히 일어섰다.
"괜찮으신 거 봤으니 그만 가 보겠습니다. 몸조리 잘하세요."
민 회장은 경빈을 하염없이 바라보기만 할 뿐, 굳이 붙잡진 않았다. 병실을 나온 경빈의 입술이 서글프게 일그러졌다.

차를 몰다 보니, 어느새 아침에 그녀를 내려 준 아파트 앞이었다. 경빈의 입가에 쓸쓸한 웃음이 설핏 어렸다가 사라졌다.
한철 짙은 색으로 물들었던 잎사귀들이 이젠 바래 버석거렸다. 한 잎, 두 잎 질 때마다 겨울은 한 걸음 더 가까이에 왔다. 경빈은 차에서 내려 아파트 단지 내에 있는 벤치에 앉았다. 어디선가 처량한 풀벌레 울음소리가 들렸다.
얼마나 시간이 흘렀을까. 소조(蕭條)한 하늘에서 어스름이 내려앉았다. 풀숲의 벌레들은 더욱 구슬프게 울었다. 아주 잠깐 눈을 감았을 뿐인데, 어느덧 하늘이 어두워진 걸 보니 그사이 시간이 꽤 많이 흘렀나 보다.
익숙한 향기를 맡으며 경빈은 작고 가녀린 어깨 위에서 천천히 눈을 떴다. 발작처럼 심장이 아릿하게 떨렸다. 그는 따뜻한 어깨를 빌려 준 그녀의 몸을 찾아 손을 더듬었다. 그러자 보드라운 손이 그의 손가락에 친밀하게 감겨 왔다.
"이제 깼어요?"
뜻밖의 선물을 받은 것마냥 쳐다보는데, 그녀가 쑥스럽게 얼굴을 붉혔다.
"누가 업어 가도 모르겠던데요?"

경빈은 찬찬히 그녀를 훑었다. 가는 목을 감싸는 베이지색 터틀

넥을 입고 있었는데, 니트의 소매 부분이 손등을 살짝 덮고 있었다. 푸른 혈관이 비치도록 하얗고 가냘픈 손이 그의 눈에 애잔하게 들어왔다.

"정말 잘 자더라."

경빈은 빙긋이 웃으며 얽혀 있는 가는 손가락을 자신의 큰 손으로 푹 덮었다.

"나 여기 있는 줄 어떻게 알았어?"

"왜 몰라요? 이렇게 가까이에서 자기 냄새가 나는데."

엷은 미소를 띠며 말하는 가인의 머리칼을 지나가던 소슬한 바람이 어루만졌다. 경빈은 흘러내린 그녀의 머리칼을 귓바퀴 뒤로 넘겨 주고는 고요하고 맑은 빛으로 반짝이는 눈을 마주 보았다. 그녀의 예쁜 눈 속에 눈부처가 되어 들어 있는 자신의 모습을 빨아들일 듯 깊게 응시하자, 가인이 손을 뻗어 와 그의 얼굴을 감쌌다.

"코가 빨개요. 감기 걸리겠어. 대체 언제부터 여기 있었어요?"

경빈이 피식 웃으며 어스름 짙게 깔린 하늘로 눈길을 돌렸다.

"그러고 보니, 언제 날이 어두워졌지?"

그의 대책 없는 말에 가인이 예쁘게 눈을 흘기더니, 자리에서 일어나 손을 잡아끌었다.

"일어나요."

엉거주춤 딸려 일어난 경빈이 끌려가며 물었다.

"어딜 가려고?"

"아직 저녁 안 먹었을 거잖아요. 따뜻한 밥 정도는 내가 해 줄 수 있어요."

"정말?"

뜻밖의 횡재에 그의 눈이 반짝였다. 그러면서도 짐짓 조심스럽

게 물었는데,

"혼자 사는 거 아니라며?"

만족스러운 그녀의 대답이 돌아왔다.

"사촌 언니와 함께 지내는데, 밤 늦게 와요."

아파트 안으로 들어온 경빈이 거실에 서서 신기한 듯 이리저리 기웃거렸다.

"여기 앉아서 조금만 기다려요."

가인은 그를 소파로 이끌고는 부엌으로 들어갔다. 소매를 걷어 올리고 쌀을 씻어 전기밥솥에 안치는데, 언제 따라왔는지 경빈이 벽에 기대어선 그녀를 말끄러미 쳐다보고 있었다.

"뭐 필요한 거 있어요?"

가인이 묻자 그가 빙긋이 웃더니 고개를 저었다. 가인도 웃으며 돌아서는데 경빈이 뒤에서 허리를 꼭 끌어안았다. 그리고 고개를 숙여 터틀넥의 목 부분을 얼굴로 부비며 보드라운 목덜미에서 풍기는 단내 나는 체향을 들이마셨다.

"내가 도와줄 건 없어?"

더없이 다정한 목소리에 가인의 귓불이 붉어지며 보소소한 솜털이 일어났다. 심장에서 떡방아라도 찧는지 쿵쿵거리는 소리가 들려왔다.

"없어요."

수줍게 대답하는 목소리 끝이 살짝 떨려 나왔다. 경빈이 혀로 가인의 귓불을 애무하며 귓속으로 은근히 숨결을 불어넣었다.

"근데 있잖아. 밥보다 더 중요한 일이 방금 생각이 났어."

예민한 귓바퀴를 깨무는 찌릿한 감촉에 벼락 맞은 것마냥 가인이 몸을 떨었다.

"……놔줘요."

"싫어."

경빈은 몸을 더 밀착하고는 허리를 감은 팔에도 힘을 주었다.

"이러면 내가 아무것도 할 수가 없잖아요."

"아무것도 하지 마."

경빈의 목소리가 깊게 잠겨 들었다. 그는 입술로 가인의 귓불에서부터 턱 선을 타고 미끄러져 내려와 입술을 찾았다. 허리를 안고 있던 한 손은 어느새 올라와선 그녀의 얼굴을 고정시키고는 깊이 입술을 포갰다. 차츰차츰 주변의 공기가 흐름을 달리하더니 급기야 두 사람의 비정상적인 체열에 의해 온도가 급상승했다.

그런데.

딩동. 딩동딩동.

입술을 헤집어 혀를 밀어 넣고 탐미하려는 순간 갑자기 초인종이 울렸다. 은밀한 기운이 깨졌다. 뜨거웠던 온도는 급강하했다. 가인이 화들짝 놀라 품에서 떨어지자 경빈이 설핏 이마를 구겼다.

"언니 온 거 아냐?"

"아닌데. 언니는 비밀번호 아니까 벨 안 눌러요."

서둘러 현관으로 달려가는 가인을 보며 경빈은 쓰게 입맛을 다셨다. 한창 분위기가 무르익었는데, 누군지 모르지만 산통 한번 제대로 깼다.

"누구세요?"

쾅쾅.

"나야!"

문밖의 불청객은 문을 여는 그 잠시도 못 기다리고 손으로 문을 두드려 댔다. 가인이 잠금 장치를 풀기가 무섭게 문이 홱 열리더니 씩 웃으며 은조가 들어섰다.

"혼자 있니?"

"희영 언니 집에 없는데요."

"알아."

은조는 자신의 갑작스러운 침입에 당황해 어정쩡하게 서 있는 가인에게 생긋 웃어 주고는 마치 제집인 양 신발을 벗고 척척 거실로 올라섰다.

"배고프다. 우리 가인이 혼자 외로울까 봐서 내가 초밥 사 왔……."

신 나게 조잘거리며 들어서던 은조가 거실 한가운데에 우뚝 서 있는 경빈을 보더니 갑자기 말을 잃었다. 그렇게 회사로 찾아가도 얼굴 한 번 제대로 볼 수 없던 남자를 여기서 보게 되다니. 뜻밖의 장소에서 그를 마주치자 순간 머릿속이 백지처럼 하얘졌다.

경빈은 턱을 떨어뜨리고 어벙한 얼굴로 자신을 쳐다보는 은조를 보고는 슬쩍 이마를 찌푸렸다. 그 역시 이 상황을 이해할 수 없긴 마찬가지였지만 최소한 그는 은조처럼 멍청한 표정을 짓진 않았다.

은조는 멍한 눈으로 경빈을 보다가 문득 뒤에 서 있는 가인에게로 시선을 돌렸다. 경빈도 가인을 보았다. 그와 은조 사이에 놓인 미묘한 공기의 흐름, 그리고 짧은 순간 갑자기 두 사람의 시선이 한꺼번에 쏠리자 가인은 당황스러웠다.

은조는 새삼 다시 가인을 보았다. 천천히, 아주 느린 시선으로 머리끝부터 발끝까지 세세하게 훑었다. 충격이 컸지만, 자신도 눈치가 있는지라 곧 수긍하는 눈빛으로 바뀌었다.

은조는 잠시 허공에 대고 허탈한 웃음을 흘렸다.
"너였구나."
은조는 고개를 돌려 다시 경빈을 보았다.
"저 남자가 여자 보기를 돌같이 했던 사연이 너였어. 그나마 게이가 아니라서 다행인 건가? 아무리 세상이 좁다지만, 이건 정말이지 너무 좁다."
그러면서 천천히 그에게 다가섰다. 은조와의 거리가 가까워지는데도 그의 얼굴엔 당황한 기색은커녕 미세한 변화조차 없었다.
"그렇게 만나고 싶어서 찾아갔을 때는 대통령보다 더 만나기 어렵더니, 뜻밖의 장소에서는 이렇게 쉽게 만나지네요."
무덤덤한 그의 눈을 들여다보며 은조가 피식 웃음을 터트렸다.
"아닌 척해도 지금 당황하고 있는 거 다 알아요."
한 마디도 없이 서 있던 그의 눈이 자연스레 은조의 뒤에 못 박혀 있는 가인에게로 옮겨졌다. 가인의 얼굴이 어둡게 굳어 있었다. 흔들리는 눈으로 자신을 쳐다보는 가인에게서 시선을 떼지 않은 채로 경빈은 무심한 목소리로 물었다.
"여긴 어쩐 일입니까?"
은조의 입가에 쓸쓸한 미소가 스치듯 지나갔다.
"지금 나한테 묻는 거죠? 그럼 적어도 나와 눈은 맞추고 말해야 하는 거 아닌가요?"
그제야 그의 눈길이 은조를 향했다.
"엎드려 절 받기로군요. 가인이…… 였어요?"
겉으론 아무렇지 않은 척하려 해도 목소리가 떨려 나왔다. 가인을 쳐다볼 때와는 사뭇 다른 그의 무심한 눈길에 은조는 고개를 끄덕였다.

"어쩐지 이상하더라. 솔직히 난 당신이 게이가 아닐까 의심한 적도 있어요. 온몸을 던져 유혹해도 소용이 없는데 어쩌겠어요? 그런 의심이라도 해야 내가 덜 비참하죠. 동성을 좋아하지 않고서야 당신처럼 여자 싫어하는 남자 못 봤으니까."

경빈은 거침없이 내뱉는 은조의 말에 혹시라도 오해할까 싶어 조심스레 가인의 눈치를 살폈다. 아니나 다를까 가인은 내내 어두운 표정이더니 그가 쳐다보자 아예 다른 쪽으로 고개를 돌려 버렸다.

가인을 향한 그의 안타까운 눈빛을 보며 은조는 씁쓰레하게 웃었다.

"그렇게 안타까운 얼굴 하지 않아도 돼요. 내가 비켜 줄 테니까. 공교롭게도 내가 지금 두 사람의 방해꾼이 돼 버렸는데, 이런 건 정말 내 스타일이 아니거든요. 미안하게 됐어요."

은조는 돌아서 가인에게 다가갔다. 자신을 뚫어지게 쳐다보는 가인의 시선을 받으며 은조가 미안한 표정을 지었다.

"놀랐니? 지금 이 상황을 가장 이해 못 하는 사람은 넌데. 미안하다."

가인이 말없이 보고만 있자 은조는 짧은 한숨을 삼켰다.

"내가 멋모르고 탐냈던 사람이 왜 하필 네 남자일까?"

은조는 잠시 머뭇거리다 두 손으로 가인의 어깨를 쓸어주었다.

"너도 참 어지간하다. 저렇게 차갑고 재미없는 남자 어디가 좋다고."

그리고는 살짝 어깨를 두드렸다.

"간다."

은조는 쓴 표정을 지우고 말끔한 얼굴로 망설이지 않고 현관문을 열고 나갔다. 은조가 나간 문을 잠시 바라보던 가인이 그를 향해 고개를 돌렸다.

있는 대로 산통을 깨고 분위기까지 어색하게 만든 불청객이 사라지고 나자 경빈은 허공을 향해 짧은 헛기침을 했다. 이미 깨져도 한참 전에 깨져 버린 달달한 시간은 몽연한 어둠 속으로 자취를 감췄다. 불청객이 들이닥치기 전, 꿈같았던 둘만의 시간을 다시 이어 갈 수 없음이 통탄스러웠다.

뽀로통한 얼굴로 가인이 다가왔다. 단단히 토라졌는지 새침하게 입술을 앙다물고 있는 모습이 귀여워 경빈은 그만 피식 웃어 버렸다.

"왜 웃어요?"
"그럼 울어?"
"당신 정말!"
"당신?"

애써 심각한 분위기를 만들려는 그녀의 노력이 무색하게도 그는 뭐가 그리 좋은지 전혀 심각하지 않은 얼굴로 유들유들 웃기만 했다.

"은조 언니는 당신이라고 잘만 부르던데, 난 그렇게 부르면 안 돼요?"

"그럴 리가. 자기도 좋고 당신도 좋고, 네가 불러 주기만 한다면 영광이지. 선배란 딱딱한 호칭만 아니면 난 다 좋다."

가인이 토라진 얼굴로 고개를 돌려 버렸다.
"화났어?"
경빈이 한 걸음 다가서자 가인은 이제 등까지 돌려 버렸다.
"아뇨."

"화났네, 뭘."
"아니라니까요."
"근데 등은 왜 돌려?"
가인은 한숨을 포옥 내쉬고는 다시 돌아서 그를 보았다.
"사실은 미안해서요."
경빈은 얼른 이해가 가질 않는다는 표정이었다.
"미안하다니, 뭐가?"
"은조 언니가 LCF(London college of fashion)에서 공부할 때 나도 런던에 있었는데, 은조 언니는 쉽게 만났던 당신을 나는 같은 곳에 있다는 사실조차 모르고 있었잖아요."

진정으로 그것이 속이 상하고 미안했는지 가인은 말을 하고 나선 슬쩍 아랫입술을 베어 물었다.

"깨물지 마. 상처 나잖아."

경빈은 가인이 사리물고 있던 그녀의 아랫입술을 조심스럽게 어루만졌다.

"미안한 사람은 나야. 가까이 있는 널 찾지 못하고 외롭게 혼자 뒀어."

부드러운 손가락의 감촉에 가인의 입술이 살짝 벌어지자 그 틈을 타서 그의 입술이 부드럽게 와서 닿았다. 경빈은 상처 난 그녀의 아랫입술을 물고 어루만지듯 빨아들였다. 혀끝에 살짝 피 맛이 배어들었다. 더 깊이 그녀를 느끼고 싶어서 입술을 헤치고 혀를 밀어 넣었다. 그러자 겨드랑이 사이로 미끄러지듯 그녀의 손이 들어왔다. 가인이 그의 등을 바짝 조여 안았다. 서로의 혀가 깊게 얽혔다. 맞닿은 하체가 불이 붙은 것처럼 뜨거워졌다.

이제 키스만으론 성에 차질 않았다. 해갈되지 않는 갈증에 목이 탔다. 더 많은 것을, 더 깊은 것을, 더 큰 것을 원했다. 틈 없이 바짝 밀착한 육체가 해갈을 바라며 고통스럽게 몸부림을 쳤다.

갑자기 경빈이 가인을 밀어내고는 거칠게 숨을 몰아내었다. 그가 지그시 눈을 감고서 뜨거운 통증에 몸부림을 치는 육체를 식히려 애를 쓰는 동안 가인도 열이 오른 뺨을 식히려 돌아서서 손으로 부채질을 하였다.

경빈은 갈수록 절제력이 약해지는 자신을 책망했다. 결혼하는 그날까지 지켜 주리라 다짐했건만, 이런 상태라면 자신과의 약속에 심한 차질이 생긴다. 방심한 순간이면 여지없이 고개를 드는 욕망. 그냥 눈 딱 감고 이대로 안아 버릴까 문득 또 다른 자신이 시커먼 속내를 드러내었다.

그예 경빈은 씁쓸히 웃고 말았다. 그러다 가인과 눈이 마주쳤다. 그녀가 발그레한 뺨을 하고서 서툴게 물어 왔다.

"……괜찮아요?"

"어. 괜찮……."

그러다 즉각 부정했다.

"아니, 안 괜찮아. 고통스러워."

널 안지 못해서. 네 안에 들어가지 못해서. 온몸이 부서지도록 널 사랑하지 못해서.

생략된 뒷말은 뜨거운 눈빛으로 대신하였다. 눈빛이 전하는 말까지 알아들었는지 가인은 붉어진 얼굴을 하고서 다가왔다. 삑삑. 뇌에서 경고음이 울렸다. 언제 터질지 모르는 시한폭탄 같은 몸 상태로 다시 그녀를 가까이한다는 건 지독히도 위험했다. 그럼에도 경빈은 완전히 식지 않은 자신의 곁으로 다가오는 가인을 속절없이 바라보고만 있었다.

"난 괜찮으니까, 힘들게 참지 말아요."

수줍게 눈을 내리고 하는 그 말이 토네이도보다 더 막강한 기세로 그를 휩쓸어 버렸다. 그것도 모자라 돌덩이마냥 딱딱하게 굳은 가슴으로 가인이 부드럽게 안겨 왔다.

"사랑해요."

숨이 턱 막혔다. 그러나 경빈은 다시 일어서려는 자신의 뜨거운 욕망을 누르고, 순수의 결정체로 이루어진 그녀의 몸을 부드럽게 감싸 안았다.

"사랑해."

참을 수 있다. 순결한 웨딩드레스를 입고 자신에게 오는 날, 만인의 축복 속에서 떳떳이 안을 것이다. 그녀는 오직 자신만이 지켜줄 수 있는 순결한 내 여자니까.

의상실 안으로 들어서는 은조를 보자마자 대번에 희영이 이맛살을 구겼다. 귀국한 뒤로 딱히 하는 일도 없이 빈둥거리는 저 망종은 날이면 날마다 시도 때도 없이 집으로, 일터로 쳐들어와서 죽치고 있는 게 일이더니, 오늘도 어김없이 출근 도장을 찍으러 왕림하시었다.

"또 왔냐?"

은조는 생긋 웃으며 소파에 털썩 앉아선 유명 일식집 로고가 찍힌 종이가방에서 포장된 초밥 도시락을 꺼내 놓았다.

"자기야, 밥 먹자."

그런데 저 망종이 와서 좋은 점도 있었다. 올 때마다 항시 빈손이 아니라는 것. 내내 심드렁하던 희영의 얼굴이 초밥 도시락을 보자마자 대번에 화색이 돌았다. 은조가 다소곳한 새색시마냥 얌전하게 나무젓가락을 건넸다.

"자."

"뭐냐?"

"열심히 일하느라 울 자기, 저녁도 못 먹었을 것 같아서."

희영이 씨익 웃었다.

"참으로 어여쁜 짓이로다."

그렇잖아도 슬슬 배가 고프던 차였는데. 희영은 손바닥을 쓱쓱 비비며 입맛을 다셨다. 은조가 싱겁게 웃으며 희영이 막 하나 집어 드는 초밥을 가리키며 말했다.

"실은 그 초밥 가인이 먹이려고 산 거였어."

희영이 무슨 말이냐는 듯 눈을 동그랗게 떴다.

"우리 가인이?"

"응. 난 가인이가 혼자 집에 있는 줄 알았거든. 그래서 외로운 싱글녀끼리 같이 저녁이나 먹을까 해서 그 초밥 사 들고 아파트로 갔었는데."

은조가 말하다 말고 장국을 한 모금 후루룩 마셨다. 희영이 초밥을 오물거리며 은조를 보았다.

"근데? 집에 없든?"

은조는 입맛을 다시며 고개를 저었다.

"아니, 손님이 와 있더라고."

"손님?"

갸웃거리는 희영을 보며 은조는 도미를 하나 입에 넣고 우물거렸다.

"응, 그것도 남자. 빅뉴스지."

분주히 움직이던 희영의 젓가락질이 순간 딱 멈췄다.

"뭐? 우리 가인이가 집에 남자랑 같이 있다고?"
"응."

산뜻한 은조의 대답에 희영이 미간을 찌푸리며 휴대전화를 집어 들었다. 그러나 선뜻 번호를 누르지는 못하고 심란하게 만지작거리기만 했다.

"어때 보여?"

희영이 초조하게 혀로 입술을 축였다.

"뭐가?"

"우리 가인이, 아니, 둘 사이가 어때 보여?"

은조는 젓가락을 내려놓고 어둡게 가라앉은 눈으로 희영을 보았다.

"가인이한테 남자 있는 거, 넌 알고 있었구나. 언제부터?"

"어떻더냐고! 엉뚱한 소리 말고 묻는 말에나 대답해. 우리 가인이 괜찮은 것 같아?"

그러나 은조는 희영이 묻는 말이 아닌 또 다른 질문을 했다.

"네 동생하고 그 사람 오래된 사이니?"

급작스럽게 우울해진 은조의 말투에 희영이 잠시 의아한 눈을 했다. 무언가 개운치 못한 기운이 스멀스멀 등줄기를 타고 올라왔다.

"그 사람?"

은조가 씁쓸히 고개를 돌렸다. 쇼윈도 밖으로 자동차의 헤드라이트 불빛이 한 차례 지나갔다. 그리고 잠깐의 정적.

"뭐야, 빨리 말 안 해? 그 사람이라니?"

희영이 윽박지르듯 물었다. 그러자 은조가 쓰린 한숨을 삼키며 혼잣말하듯 중얼거리는 것이다.

"런던에 있을 때, 그 애 많이 아팠다고 했지?"

오늘따라 평소답지 않은 은조의 행동이 희영의 신경을 긁었다.

"그 애가 아팠던 것도, 매일같이 술에 빠져 살다시피 한 것도 그 사람 때문이겠지?"

"강은조. 너, 우리 가인이 그 남자 알아?"

순간 은조의 눈에서 한 줄기 눈물이 힘없이 툭, 흘러내렸다. 은조의 눈물에 희영이 경악에 가까운 표정을 지었다.

"너 지금 울어?"

평소와 다른 자신의 행동에 당황했는지 은조는 얼른 티슈 갑에서 티슈를 하나 뽑아 눈두덩을 덮었다.

'강은조, 너 참 가지가지 한다.'

세상 모든 여자들이 다 가련한 눈물을 무기로 삼아도 은조 자신은 아니라 여겼건만, 직선적이고 시원시원한 성격 뒤에 감추어진 그녀의 내면은 실상은 연약한 것이었다. 아무리 친한 친구라 해도 숨기지 못한 약한 내면 한 부분을 들켜 버린 것이 못내 민망하고 창피했다. 그러나 이미 들켜 버린 눈물, 뒤늦게 가려 봤자 소용없는 짓이기에 은조는 그냥 덤덤히 눈물을 닦고 아무렇지 않은 척 씩씩하게 말했다.

"자기야, 나 오늘 실연당했다."

은조가 히죽히죽 웃었다.

"아니다. 나 혼자 좋아서 설친 거니까, 실연당했다는 건 좀 오버다. 그렇지? 좀 더 그럴싸한 단어가 없을까? 똑똑한 자기가 생각 좀 해 봐라."

"그러니까, 뭐야? 지금 가인이랑 집에 같이 있다는 그 남자가 런던에서부터 네가 짝사랑한 그 남자라고? 그 말을 하는 거냐, 너?"

은조가 손가락을 딱, 튕겼다.

"역시 우리 자기야. 머리 돌아가는 게 남다르잖아. 내가 말도 하기 전에 척하고 알아맞히다니."

"하!"

희영이 기막힌 얼굴로 잠시 천장을 올려다보았다. 은조는 겉보기만 차갑고 도도할 뿐이다. 그래서 누구나 그녀의 겉모습만 보면 다가가기 어려울 거라 생각하지만, 실상은 마음이 여리고, 상처도 잘 받고, 그만큼 잔정도 많은 아이이다. 그러기에 아무리 친구 동생이라지만 딱 한 번밖에 본 적이 없는 가인에게 계속 마음을 쓰는 것이다.

오늘은 밥이라도 같이 먹으려 찾아간 모양인데, 거기서 하필 그 남자와 마주쳤다고 한다. 지금은 저리 아무렇지 않은 척해도 많이 놀란 모양이다. 어지간해선 자신의 마음 같은 건 표도 내지 않는 녀석인데, 오늘 눈물까지 보인 걸 보면 말이다. 그러고도 금세 재미난 오락거리마냥 시시덕거린다. 시작도 못 해 보고 허무하게 막 내려 버린 장장 4년간의 짝사랑을 안주 삼아서 말이다.

"자기도 세상 참 좁단 생각하고 있었지?"

쓰린 속내를 감추고 철없는 아이처럼 히죽거리는 은조를 보며 희영이 조용히 물었다.

"소주 한잔할까?"

"웬일로?"

은조의 눈이 반짝거렸다. 가인의 영향이 컸던지 술이라면 아주 질색하던 희영이 먼저 음주를 권하자 애주가 은조의 안광에 형형한 빛이 반짝거렸다.

"그나저나 걱정은 안 되니? 그대가 애지중지하는 사촌 동생이 지금 집에 남자랑 단둘이 있다는데?"

"내가 간섭할 부분이 아니지. 그 애 사생활이고, 만약 정말로 가인이의 과거 그 남자라면 더더욱 함부로 건드려선 안 되는 문제거든."

희영은 먹던 초밥 도시락을 싹 치우고는 은조의 어깨를 툭툭 쳐서 일으켜 세웠다.

"나가자."

"오늘은 일찍 문 닫는 거야?"

은조가 눈을 반짝이며 묻자 희영은 재킷과 열쇠를 챙기다 말고 진지하게 말했다.

"당연히 네 카드로 메워야지. 옷 몇 벌 가져가고 카드 그어."

은조가 펄쩍 뛰었다.

"자기! 이 몸도 패션디자인을 공부했단 사실을 잊었니? 그리고 나도 취향이란 게 있는데, 그렇게 막무가내로 떠넘기면……."

"시끄럽고! 돈밖에 없는 년이 되게 앙앙거리네. 문 닫을 거니까 빨리 나와."

은조의 항의는 간단하게 묵살되고 말았다.

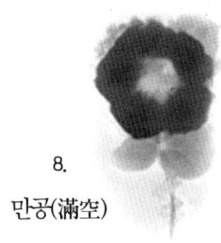

8.
만공(滿空)

 차가운 밤바람이 메마른 나뭇가지를 흔들었다. 미처 지지 못하고 듬성듬성 남아 있던 힘없는 이파리는 바람을 이기지 못하고 그예 생(生)을 끝냈다. 아련히 나부끼며 삶의 마지막 종지부를 찍는 잎사귀는 보는 이의 마음을 허하게 만들었다.
 김 여사는 병상에 누워 하염없이 창밖을 바라보는 남편의 몸에 이불을 잘 갈무리해 주며 조용히 물었다.
 "뭐 필요한 것 있으세요?"
 "난 됐으니까 당신은 이제 그만 집으로 돌아가요."
 "당신 잠드시는 것만 보고 갈게요."
 "뭐 하러 그러나."
 민 회장이 오른손으로 손사래를 치며 어서 가라고 아내를 채근했다.
 "당신이 여기 있으면 내가 불편해서 그래. 애꿎은 시간 낭비하지 말고, 집에 가서 편히 쉬어."

하는 수 없이 김 여사는 코트와 핸드백을 챙겨 들고 병실을 나왔다. 그런데 언제부터 거기 있었는지 경빈이 복도 의자에 앉아 하염없이 병원의 천장만 바라보고 있는 것이었다. 남편만큼이나 아들의 얼굴도 착잡해 보였다.

"경빈아."

인자한 어머니의 목소리에 경빈이 고개를 돌렸다. 김 여사는 경빈의 옆자리에 앉으며 근심 어린 눈으로 아들의 얼굴을 들여다보았다.

"언제 왔니? 왔으면 들어올 것이지 왜 여기 앉아 있어?"
"아버진요? 좀 어떠세요?"
"그만그만하시다."

병세가 좋아지지도, 나빠지지도 않았다는 말에 경빈이 가만히 고개를 끄덕였다. 적어도 더 나빠지진 않으셨다니 그나마 다행이었다.

"무슨 고민이라도 있니?"

어머니의 물음에 경빈은 천천히 고개를 저으며 입가를 늘어뜨려 미소 비슷한 것을 지어 보였다. 그렇게라도 웃는 모습을 보이지 않으면 안 그래도 여윈 어머니의 어깨가 폭삭 사그라질 것만 같았.

"식사는 하셨어요?"
"그럼. 시간이 몇 신데."
"집에 가시던 중이셨죠?"

경빈은 자리에서 일어나 어머니의 여윈 어깨를 부축해서 일으켰다.

"가세요. 주차장까지 모셔다 드릴게요."

엘리베이터를 타고 지하 주차장까지 내려온 김 여사는 차에 타기 전, 아들의 팔을 아듬아듬 쓰다듬어 주고는 기사가 열어 준 뒷좌석에 올랐다. 그러다 차가 출발하려 하자 황급히 창문을 내리고선 나무라듯 말했다.

"집에 좀 자주 들러. 자식이라고는 너 하난데, 귀국하자마자 그리 나가 버리니 집 안이 휑하구나."

"그럴게요."

창문이 다시 올라가고 차가 출발했다. 어머니를 배웅하고 경빈이 병실로 올라왔을 땐 아버지는 깊이 잠들어 계셨다. 경빈은 가만히 아버지의 잠든 모습을 바라보았다. 늙수그레한 아버지의 눈가에 내린 버석한 그늘이 그의 마음을 쓰리게 긁었다.

어렸을 땐 아버지가 태산보다도 더 높다고 생각했던 적이 있었다. 그런데 지금 병상에 누워 계신 분이 그가 그토록 강경하다 믿었던 아버지라니 새삼 가슴이 먹먹하게 차올랐다. 자신도 모르게 눈시울이 뜨뜻해진 것을 느끼자 경빈은 서둘러 눈가를 수습했다.

새벽녘.

민 회장은 밤새 자신의 곁을 지키다 이제야 막 침대 모서리에 기대어 잠든 경빈을 보았다. 차마 손을 뻗어 만지지는 못하고 그저 애잔한 눈으로만 아들을 쓰다듬고 또 쓰다듬었다.

벙어리 냉가슴 앓듯 아들을 대할 때마다 솟아나는 죄책감은 찢어지는 고통으로 심장을 옥죄었다. 한 번의 실수로 사람을 죽게 만들고, 그 죄를 은폐하기 급급하여 정작 무릎 꿇고 사죄해야 할 가엾은 아이에게는 지울 수 없는 상처를 입히고 쫓아낸 비겁하고 졸렬한 이가 바로 자신이라, 자식 앞에서도 떳떳이 고개를 들 수가 없었다. 감추려 했던 죄악이 손을 뻗어 와 그의 숨통을 조였다.

늙은 노안에 자신이 저지른 죄업이 붉은 눈물이 되어 눈시울을 덮었다.

이제 와 후회한다고, 죄를 감추기보단 그때 차라리 자수를 해야 했다고 통곡하듯 후회를 해 보았지만, 이미 너무 늦어 버렸다. 뼈를 갉아 조금이라도 죄를 감할 수 있다면 그리하였을 것이다. 살을 저며 죄를 나눌 수 있다면 그 또한 마다치 않고 감행했으리라. 늙고 초라한 육신, 이미 살 만큼 살아 추해진 거죽에 무슨 미련이 남을까마는, 어떤 대가를 치르더라도 버릴 수 없는 '아버지'란 이름이 두려웠다. 훗날 자신이 지은 죄로 말미암아 아비 대신 아들이 받을 고통이 무서워 늙은 아비는 차마 입조차 열지 못했다.

짓궂은 운명의 장난은 하필 자신이 아닌 아들을 시험대 위에 올려놓았다. 이제 와 이런 마음을 품고 있는 것도 비겁했지만, 아무것도 모른 채 사랑했던 그 아이를 허무하게 잃어버린 아들이 가여웠다. 아비인 자신이 그리 만들어 놓은 죄악. 그런 줄도 모르고 스스로 심장을 죽여 버린 아들에 대한 죄책감과 그 아이에 대한 죗값을 어찌 치러야 하나. 날로 눈덩이처럼 불어나는 죄는 늙은 육신을 무겁게 짓눌렀다.

'미안하다, 아들아. 애비가 지은 죄, 애비가 짊어지고 가면 좋으련만. 죄 많은 애비로 인해 가엾은 내 아들이 받을 고통을 어찌해야 하나. 부디, 죄 많은 못난 애비를 용서하지 마라.'

다음 날, 민 회장은 경빈의 부축을 받아 집 안으로 들어섰다.
"아니, 여보!"
갑작스러운 퇴원으로 놀라 뛰어나온 아내를 보고는 민 회장은 희미하게 웃어 주었다.

"병원은 갑갑하기만 하고, 도통 숨을 쉴 수가 없는 곳이더구먼."

"그렇지만 이렇게 갑자기 퇴원해 버리시면 어떡해요?"

"괜찮아. 이제 내 발로 걸을 수 있는데, 뭣 하러 계속 병원 신세를 지나."

민 회장은 소파 상석에 앉아 다소 힘겹게 숨을 내쉬고는 경빈의 손등을 툭툭 두드려 주었다.

"수고했다. 너도 좀 앉아라."

"아닙니다. 전 그만 가 보겠습니다."

김 여사는 제 할 일은 다 했단 듯 바로 돌아서는 경빈을 붙잡으며 섭섭한 표정을 지었다.

"집에 발 들이기가 무섭게 가려고? 저녁이라도 먹고 가."

"다음에요. 약속이 있어요."

아무리 품 안의 자식이라지만, 다 큰 아들에게 미련을 버리지 못한 미욱한 어미의 심정은 속상한 마음을 한숨으로 대신했다.

"아무리 그래도 그렇지. 어떻게 집에 와선 한 번 앉아 보지도 않고 그냥 간다니?"

"죄송합니다. 다음에 들를게요."

나가는 경빈을 보며 민 회장이 쓸쓸하게 중얼거렸다.

"저 녀석은 이 집이 답답한가 보구먼."

"무심한 녀석. 내가 낳았지만, 어찌 저리도 무심한지."

집에 정을 붙이지 못하고 밖으로만 나도는 무정한 아들을 선뜻 붙잡지도 못하고, 그저 뒷모습을 보아야 하는 노부부의 시름이 깊어졌다.

청담동에 위치한 쥬얼리 매장 주차장에 차를 파킹하고 경빈은 매장 안으로 들어갔다. 크리스털 샹들리에 조명이 쏟아지는 유리 진열대 아래에는 최고급으로 디자인된 보석들이 선택을 바라며, 화려하고 영롱한 제 아름다움을 뽐내고 있었다.

"찾으시는 디자인이 있으세요?"

말끔한 세미 정장을 차려입은 매니저의 친절한 물음에, 선뜻 고르기가 쉽지 않다는 듯 그가 슬쩍 콧잔등을 찌푸렸다. 단순한 표정 변화인 듯했지만, 그것은 난해한 순간이면 으레 나오는 경빈의 버릇이었다.

섬세한 이목구비를 지닌, 이지적으로 잘생긴 남자가 살짝 콧날을 찡그리는 모습이 기가 막히게 섹시하여, 매니저는 순간 첫날밤을 맞는 새색시마냥 가슴이 두근거렸다. 그녀는 예의 바른 자세를 취하는 척 한 손을 가슴 위로 올려 지그시 심장 부위를 누르고는 상긋한 미소를 지었다.

"프러포즈하시려나 봐요?"

상냥한 매니저의 질문에 그의 잘생긴 입매가 부드럽게 올라갔다. 매니저의 심장이 또 한 번 저릿했다.

"천천히 보세요. 피앙세 되시는 분께 꼭 어울리는 디자인이 있을 거예요."

그 말에 그가 고개를 갸웃거리더니 그저 싱긋 웃는 것이다. 그 모습이 또 기가 막히게 매력적이라 매니저는 그만 넋을 놓고 말았다.

"글쎄요. 그녀보다 더 아름다운 보석이 있으려나 모르겠군요."

세상에나. 목소리마저 명품이었다. 성량도 어찌나 풍부한지 매니저는 그만 친절한 미소가 아닌 황홀한 미소를 짓고 말았다.

"당연히 손님의 피앙세보다 더 찬란한 보석은 없겠죠. 하지만 아름다운 분을 더욱 빛나게 하는 데 약간의 도움은 주지 않을까요?"

매니저의 말이 마음에 들었는지 그의 웃는 눈매가 살짝 아래로 처지며, 여자보다 더 길고 섬세한 속눈썹이 살포시 눈을 덮었다.

"그렇겠군요."

대체 저런 남자의 사랑을 받는 여자는 어떤 여자일까? 매니저의 눈에 부러움과 약간의 질투가 섞인 궁금증이 커질 무렵, 그가 진열대 안에 반지 하나를 가리켰다.

"이 반지 좀 볼까요?"

처음 본 순간부터 눈에 들어오긴 했으나 좀 더 신중하게 고르자는 생각에 첫눈에 들어온 반지는 미뤄 두고 다른 디자인을 둘러봤지만, 결국 첫 느낌대로 가기로 했다.

그녀도 그랬다. 초여름 빛 부서지는 싱그러운 플라타너스나무 아래서 찾은 운명. 한눈에 심장을 울리고 눈 속에 박혀 버려서 내내 뇌리를 떠나지 않던 그녀가 아니었던가.

그가 반지를 물끄러미 보고 있는데, 친절한 매니저의 설명이 뒷받침되었다.

"18K 화이트골드 전체를 다이아몬드가 에워싸고 있고, 문양 조각은 빅토리아풍으로 고전적이면서도 굉장히 화려하게 디자인되었어요."

가인의 단아하고 깨끗한 이미지에 맞게 심플한 디자인도 잘 어울리겠지만, 그녀의 희고 가느다란 손가락에 이런 화려한 반지도 잘 어울릴 것 같았다. 지나치게 화려한 디자인이라 부담스러워할지도 모르나, 다른 것도 아닌 일생에 단 한 번 받는 프러포즈이니,

만공(滿空) 261

설마 안 받으려고 하진 않겠지. 그는 싱긋 웃으며 고개를 끄덕였다.

"이 디자인으로 하시겠어요?"

"네. 얼마나 걸릴까요?"

"대략 일주일쯤 걸리는데, 그전에 완성되면 연락드릴게요. 여자분 치수가 어떻게 되세요?"

그가 잠시 자신의 새끼손가락을 보며 그녀의 손가락을 가늠해 보는데, 매니저의 숨 삼키는 소리가 들렸다. 남자인데도 전혀 투박하지 않고 섬세하고 아름다운 그의 손에 완전히 넋 나간 표정이었다. 잘생긴 얼굴만큼 손까지 아름다운 남자다. 그 아름다운 남자가 다시금 그녀에게 싱긋 웃으며 말을 했다.

"아마 제 새끼손가락 정도 되는 것 같은데. 굉장히 예뻐요. 가늘고 섬세한 데다 굉장히 하얗고……."

'아무렴 그쪽만큼 예쁘겠어요?'

매니저는 속말은 삼키고 상긋하게 웃었다. 그저 저 남자의 여자가 부러울 뿐이다.

어둠이 내리기 시작하자, 하나둘 밝혀지는 불빛이 화려하게 도시를 점령했다. 여유로운 눈으로 창밖 세상을 관망하고 있던 경빈은 누군가 테이블을 똑똑 두드리는 소리에 고개를 돌렸다. 가인이 골똘히 그를 내려다보고 서 있었다. 경빈은 손목을 들어 시간을 확인했다.

7시 10분. 만나기로 한 시간은 7시 30분인데 가인은 20분이나 앞당겨 왔다. 만일 자신이 먼저 오지 않았다면 그녀를 기다리게 했을 거란 생각에 살짝 미간을 찌푸리는데, 정작 타박은 그녀의 입에서 먼저 나왔다.

"내가 이럴 줄 알았어요. 대체 얼마나 기다린 거예요?"

"안 기다렸어. 아직 약속 시간 안 됐잖아. 20분이나 남았는데? 너야말로 왜 이렇게 일찍 나왔어?"

가인은 그의 맞은편에 앉더니 한숨을 푹 내쉬었다. 웨이터가 다가와 테이블을 세팅하기 시작했다. 가인이 오면 바로 먹을 수 있게끔 미리 주문해 둔 터라 금세 음식이 세팅되었다. 잠시 입을 꾹 다물고 앉아 있던 가인은 웨이터가 완전히 물러가길 기다렸다가 입을 열었다.

"선배가 일찍 나올 줄 알았어."

한동안 나긋나긋한 목소리로 '자기'라고 불러 줘서 그를 천국으로 붕 띄워 주더니, 지금은 수틀린다고 바로 딱딱한 '선배'로 호칭을 바꿔 버렸다. 그러니 마냥 노닐고 싶은 천국에서 지상으로 떨어지는 것도 한순간이었다. 경빈은 먹기 편하게 스테이크를 촘촘히 썰어 그녀의 앞에 놓아주며 심드렁하게 말했다.

"널 기다리게 하느니 내가 일찍 나오는 게 낫지."

"선배가 정시에 나오면 나도 정시에 나와요. 매번 약속 시간 어기는 사람은 선배예요. 그러니 나도 약속 시간보다 앞당겨 나올 수밖에 없어요."

그가 피식 웃더니 물 잔을 들어 입술을 축였다.

"왜 웃어요?"

"무서워서."

그 말에 가인이 미간을 좁혔다. 그러자 그가 얼른 손을 뻗어 그녀의 미간을 바로 펴주었다.

"주름 생겨. 찡그리지 마. 여자나이 스물다섯 넘으면 노화는 이

만공(滿空) 263

미 진행 중인 거라고."

"실없는 소리 한다, 또."

가인은 그의 손을 치우고는 다시 미간을 모았다. 그가 피식 웃었다. 기껏 주름질까 펴 놨더니 다시 찡그리고 있다.

"그만 찡그리고 어서 먹기나 해. 이 집 스테이크 맛 괜찮아."

웃으며 말하는 사람 앞에서 계속 인상을 쓰고 있을 수도 없고, 하는 수없이 가인은 포크로 한 조각을 찍어 입에 넣고 오물거렸다.

"어때? 맛있어?"

경빈이 눈을 반짝이며 묻자 가인이 언제 찡그렸느냐 싶게 웃으며 고개를 끄덕였다. 경빈도 씨익 웃으며 스테이크를 한 점 입에 넣었다. 그녀가 뭐든 잘 먹어 주기만 하면 자신은 그저 그것으로 행복했다.

얼추 식사를 끝내고 디저트가 나왔을 때, 경빈은 그녀 앞에 조그만 상자를 내놓았다.

"뭐예요?"

"족쇄."

가인이 갸웃한 얼굴로 상자를 열었다. 그러더니 뜬금없다는 눈으로 그를 보았다.

"휴대전화잖아요."

"그래."

"이게 무슨 족쇄야."

가인은 고개를 저으며 상자를 그의 앞으로 다시 밀어 놓았다. 경빈의 얼굴이 뻣뻣하게 경직됐다.

"어째서?"

"아직은 필요 없어요. 딱히 연락 올 때도 없고, 그리고 필요하면 내가 사요."

경빈이 굳은 얼굴로 상자에서 휴대전화기를 꺼내선 그녀의 손에 강제로 쥐여 주었다.

"내가 답답해서 그래. 너 어디 있는지 연락 안 되면 불안하고 초조해서 아무것도 할 수가 없으니까."

"집으로 하면 되지 뭐가 불안해요?"

경빈은 한숨을 쉬었다. 가인은 한없이 다정하고 부드러운 것 같으면서도 어쩔 땐 답답할 정도로 꽉 막힌 성격이었다. 그가 주는 것이면, 뭐든 나긋하게 웃으며 받아 주면 좋으련만, 그녀는 작은 것 하나라도 꼭 이렇게 정색하고 밀어냈다.

"그냥 가지고 있어. 두 다리 멀쩡한데 어디든 못 가? 만일을 위해서야. 집 앞에 슈퍼를 가더라도 들고 가. 나 불안하게 하지 마."

정색을 하고 부러 화난 사람처럼 무뚝뚝하게 말하자 가인이 놀란 눈으로 쳐다보았다.

"화났어요?"

경빈은 대답 대신 굳은 얼굴로 창밖을 향해 눈길을 돌렸다.

"선배, 그런 걸로 화를 내면……."

그녀의 입에서 또다시 시작된 선배란 소리에 슬그머니 화가 치밀었다.

"그 선배란 소리 좀 안 할 수 없어? 대체 언제까지 너한테 난 선배일 뿐인데!"

생전 화 한 번 안 내던 사람이 갑자기 버럭 소리를 지르자 가인은 눈에 띄게 당황하기 시작했다.

"아, 알았어요. 미안해요."

가인이 어쩔 줄 몰라 하며 그가 강제로 떠넘긴 휴대전화를 얼른 주머니 속에 넣었다.

"고맙게 잘 쓸게요. 그러니 화 풀어요. 선배 번호…… 아니, 자기 번호는 당연히 1번에 저장해 뒀죠?"

놀란 토끼처럼 눈을 동그랗게 뜨고 당황하는 가인을 보자 아무것도 아닌 걸로 화를 낸 것이 갑자기 무안해져서 경빈은 낮은 헛기침으로 애써 무안함을 감췄다.

"그만 나가자."

경빈이 자리에서 일어서자 가인도 서둘러 가방과 코트를 챙겨 들었다. 그러자 그가 얼른 그녀의 뒤로 가선 일어나기 편하게끔 의자를 빼 주고는 코트를 받아 직접 입혀 주었다.

가인은 꼼꼼히 단추를 여며 주는 섬세하고 아름다운 손을 물끄러미 바라보았다. 단추를 다 채운 그가 손을 내리려 할 때, 그녀는 얼른 그의 손을 붙잡고선 그의 손등에 자신의 뺨을 가져다 댔다.

"예뻐요, 당신 손."

보드라운 살결이 손등에 닿자 순간 내부에서 화악 피어난 더운 열기 때문에 그의 귓불이 불그스름하게 달아올랐다.

"정말 예뻐. 어쩜 남자 손이 이렇게 예쁠 수가 있지? 여자인 내 손보다 더 예뻐서 어쩔 땐 질투 나요."

"말도 안 되는 소리. 아무렴 너보다 예쁠까?"

그가 어이없이 웃으며 핀잔을 주자 가인이 눈을 동그랗게 모으고 말했다.

"진짜예요."

그러나 그는 쓸데없는 소리라 치부하는지 테이블 위에 놓인 계산서를 집어 들고는 다른 손으로 그녀의 손을 잡아끌었다.

먹빛 밤하늘에 손톱처럼 걸린 달이 밤새 걸어도 끝나지 않을 것 같은 기나 긴 길을 쫓아왔다. 그저 함께 걷기만 해도 행복한 밤이었다.

문득 그가 황동색 전주 아래 멈춰 섰다. 그의 손을 잡고 있던 그녀도 자연스레 걸음을 멈추었다. 먹빛을 머금은 짙은 눈이 가인을 내려다보며 말했다.

"윤가인, 평생 내 곁에 있어 줄래?"

생각지도 못한 갑작스러운 말에 가인의 눈초리가 살며시 위로 올라갔다. 경빈은 그대로 선 채 그녀의 손을 만지작거렸다. 여리고 뼈대가 가는 손가락 하나하나를 세심하게 어루만지더니 불현듯 주머니에서 작은 벨벳케이스를 꺼냈다. 가인이 어리둥절해하기도 전에 그는 케이스에서 반지를 꺼내 그녀의 약지에 조심스레 끼워 주었다.

가인은 자신의 손가락에 꼭 맞게 끼워지는 반지를 홀린 듯 바라보았다. 화려한 다이아몬드의 영롱한 광채가 가로등 불빛 아래서 반짝거렸다.

"사랑해. 내 목숨보다도 더 널 사랑해."

그가 나직한 목소리로 고백했다. 눈시울이 시큰거릴 만큼 듣기 좋은 울림이 곧장 심장까지 내달음 쳤다. 가인은 반지에서 겨우 시선을 떼고 떨리는 눈으로 그를 바라보았다.

"일생에 한 번 받는 청혼을 이렇게 초라하게 해서 미안해. 널 원하는 욕심은 넘치는데, 아직은 내가 많이 부족하다."

가인은 촉촉이 젖은 눈으로 재빨리 고개를 내저었다.

"그렇지 않아요."

경빈의 두 손이 가인의 얼굴을 감쌌다.

"그럼 허락해 주는 거야?"

가인이 다시 고개를 저으려 하자 그의 손이 힘주어 그녀의 얼굴을 붙잡았다. 거절은 절대 용납하지 않겠다는 듯이.

"하지만 당신 부모님께서 나 싫어하실 텐데……."

"그건 내가 알아서 해. 예전처럼 또 너 혼자 결정 내리고 행동하지 마."

경빈의 한 손이 가인의 목 뒤로 옮겨 가더니 천천히 그녀를 끌어당겼다.

"우리 부모님 때문에 다시 네가 상처받는 일 없게 할게. 날 믿고 대답해 줘."

가인의 뒷머리를 받치고 있던 그의 손에 힘이 들어갔다. 그러자 서로의 입술이 금방이라도 맞닿을 듯, 거리가 바짝 좁혀졌다. 그리고 가인의 눈에 어리어 있던 물기가 뺨 위로 흘러내렸다.

"너무 부족하잖아요."

그의 눈이 흠칫거렸다. 부족하단 그녀의 말을 거절이라 여기진 않지만, 명명하던 그의 눈빛이 잠시간 흐려졌다. 그러나 경빈은 침착하게 숨을 고르며, 엄지손가락으로 그녀의 눈물을 닦아 주었다.

"알아. 아직 나 많이 부족해. 그렇지만……."

가인이 냉큼 고개를 저었다.

"아니, 내가 부족하단 말이에요. 당신한테 내가 너무나 부족해요. 내게 당신은 항상 넘치는 사람인데, 난 아무것도 가진 게 없는……."

그의 손이 그녀의 입술을 막았다.

"그만."

커다란 눈에 눈물을 머금고 있는 가인을 보며 경빈은 나지막이 한숨을 내쉬었다.

"그런 건 이유가 될 수 없어. 내가 원하는 건 너야. 넌, 내가 평생을 함께하고 싶고, 매일 밤 품에 안고 잠들고 싶고, 내 곁에서 나만 바라봐 주길 바라는 단 한 사람이야. 너한테 뭐든 다 주고만 싶어. 내 목숨도 아깝지 않을 만큼 사랑해. 네가 없으면 난 아무것도 아니야. 이런데도 네가 부족하다고 생각해?"

그예 가인의 눈물이 툭 떨어졌다. 그러나 그 눈물은 흐르기도 전에 그의 입술로 스며들었다. 그가 혀로 눈물을 핥으며 천천히 그녀의 입술을 향해 내려왔다.

입술이 맞닿기 전 나지막한 속삭임.

"굳이 대답하지 않아도 돼. 네 눈물을 허락의 뜻으로 받아들일 테니까."

그리고 깊게 입술이 포개졌다. 수없이 입술을 나누었건만, 매번 처음처럼 설레고 떨렸다. 매순간이 아깝고 애틋하였기에, 언제나 조심스럽게 때론 격렬하게 입술을 훔쳤지만, 오늘은 서로의 입술이 맞닿은 곳이 화상에 덴 것처럼 아렸다.

가인을 데려다 주고 난 뒤 경빈은 곧장 아버지가 계시는 집으로 차를 몰았다. 어차피 부모님과 다시 한 번 부딪쳐야 할 일이니, 될 수 있으면 빨리 끝낼 생각이었다. 반대할 것을 걱정해 미루고 늑장 부리기엔 경빈의 마음이 급했다. 이번만큼은 부모님의 뜻대로 되진 않을 것이다. 어이없이 그녀를 잃었던 지난 4년, 가슴이 얼어 버릴 만큼 혹독한 겨울을 보냈기에, 또다시 그 진저리 나는 시간으로 돌아갈 마음은 추호도 없었다.

병원에서 퇴원한 후로 민 회장은 날로 쇠약해져 갔다. 민 회장은 소파 상석에 앉아 두 주먹을 꼭 쥔 채 무거운 표정으로 고개를 숙이고 있는 아들을 물끄러미 바라보다 천천히 입을 열었다.

"아비에게 할 말이 있는 게냐?"

"네."

"그래, 무슨 얘긴지 들어 보자꾸나."

경빈은 잠시 침묵을 고수하다가 천천히 고개를 들어 아버지와 어머니를 번갈아 쳐다본 후, 단호하게 입을 열었다.

"결혼하겠습니다."

기대하지도 않았던 전혀 뜻밖의 말에 김 여사의 눈이 반짝거렸다.

"뭐? 지금 뭐라고 했니? 결혼?"

민 회장은 천천히 소파에 등을 기대며 안색이 환하게 바뀐 아내를 말없이 쳐다보았다.

"그동안 사귀는 아가씨가 있었던 거니? 그랬다면 미리 언질도 주고, 집에도 데려오고 그러지 그랬니. 갑자기 대뜸 결혼한다고 말하니 좀 당황스럽잖아. 어떤 아가씨니? 뭐 하는 아가씨야?"

"두 분 다 아는 사람이에요."

김 여사의 눈이 의아스럽게 변했다.

"우리가 아는 사람? 누구? 연희는 아닐 테고……."

그러다 문득 떠오르는 사람이 있어 김 여사의 안색이 대번에 창백해졌다. 민 회장도 짐작했는지 묵묵히 아들이 터트릴 폭탄을 기다렸다.

"가인이에요. 기억하시죠? 가인이랑 결혼하겠습니다."

역시, 그 아이였다. 민 회장은 체념한 듯 천천히 눈을 감았다. 그때, 질겁한 아내의 목소리가 울렸다.

"가인이라면…… 그때 그 아이?"

"네, 맞습니다."

경빈은 표정 변화 없이 대답했다.

"경빈아, 너!"

김 여사는 말을 끝맺지 못하고 기함한 얼굴로 흘끗 남편을 보았지만, 민 회장은 조용히 자리에서 일어났다.

"잠깐 서재로 좀 들어오너라."

경빈은 놀라 얼이 빠진 어머니를 잠시 바라보다 천천히 아버지의 뒤를 따랐다.

먼저 들어온 민 회장은 의자에 깊이 몸을 묻은 채 눈을 감고 있었다. 병환과 세월엔 장사 없다고, 예전 그 기력 넘치시던 아버지의 모습은 어디에도 찾아볼 수가 없었다. 눈을 감고 있어도 이젠 눈가에 아로새겨진 듯 자리 잡은 굵은 주름 또한 마음을 언짢게 했다.

경빈의 기척을 느끼고 천천히 눈을 뜨는 민 회장의 얼굴엔 수심이 가득했다. 그런 아버지를 마주하는 게 얹힌 것마냥 가슴이 답답했지만, 경빈은 제 뜻을 꺾을 수 없다는 확고한 어조로 미리 못을 박았다.

"이번에도 반대하실 거라면 그만두세요. 아버지께서 뭐라고 하셔도 저희 안 헤어집니다. 한 번 헤어졌던 걸로 충분하니까요. 저, 무슨 일이 있어도 가인이하고 결혼합니다."

"경빈아."

"네."

민 회장이 힘겹게 말을 이었다.

"정녕 그 아이 아니면 안 되는 거냐? 꼭, 그 아이여야 하니?"

"그런 말씀이라면 듣지 않겠습니다. 반대하시는 것도, 아무 까닭 없이 헤어지는 것도 한 번으로 충분합니다. 결혼, 허락해 주세요. 허락하지 않으셔도 제 뜻 굽힐 생각은 없지만, 기왕이면 부모님 허락받고 결혼하고 싶습니다."

"경빈아, 그 아이, 그 아이는 말이다."

붉게 충혈이 된 아버지의 눈에서 난데없이 굵은 눈물이 흘러내렸다. 노안에 서린 처참한 죄책감 때문에 감히 아들의 얼굴을 똑바로 볼 수가 없어 민 회장은 힘없이 고개를 아래로 꺾어 버렸다.

난데없이 눈물을 보이시는 아버지. 아무리 병환으로 쇠약해지셨다지만 아버지가 눈물을 흘리시는 모습은 한 번도 본 적이 없기에 경빈은 경악할 수밖에 없었다.

"아버지! 왜 그러세요?"

경빈이 놀라서 외쳤지만, 민 회장은 힘없이 손을 내저으며 한참을 꺼이꺼이 어깨를 들먹였다. 이윽고 아버지의 입술이 힘들게 열렸다.

"경빈아, 이 아비가 말이다. 그 아이와 너에게 천인공노할 짓을 저질렀구나."

그렇게 시작된 이야기는 도저히 믿을 수 없는 실로 기함할 만한 것이었다. 경빈은 아버지의 입에서 넋두리처럼 흘러나오는 청천벽력 같은 이야기를 멍하니 서서 마치 남의 이야기처럼 듣고 있었다.

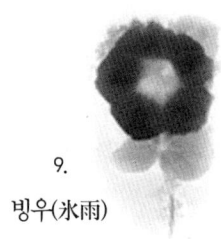

9.
빙우(氷雨)

 자정이 훌쩍 지났다. 늦은 시간이지만 아파트 단지엔 아직 꺼지지 않은 불빛이 성근 창문마다 흘러나왔다.
 경빈은 차에 기대어 하염없이 가인의 방으로 짐작되는 창문을 올려다보았다. 그녀의 방은 이미 어둠에 싸인 적막강산이었다.
 깊이 잠들었겠지. 어쩌면 행복한 꿈을 꾸고 있을지도 모르겠다.
 벌겋게 익은 숯덩이를 삼킨 것마냥 가슴이 타올랐다. 미칠 듯이 그녀가 그리웠다. 그러나 마냥 그리워할 수도 없게 만드는 냉정한 현실이 모질게 그를 후려쳤다. 자신을 향해 말갛게 웃어 주던 그녀의 미소가 지금 그의 가슴을 멍울로 얼룩지게 했다. 사랑스러운 미소를 덧그리던 예쁜 입술과 입 맞출 때면 늘 그렇듯 수줍어하던 작은 얼굴이 가슴을 난도질하였다.
 경빈은 지금 위태로웠다. 얼키설키 꼬인 머릿속은 정상적인 사고를 할 수 없는 지경에 이르렀는데도, 텅 빈 가슴은 그녀를 그리워하고 있었다. 그녀를 너무도 간절히 원하기에 애달프게 끓고 끓어오른 심장이 피를 토하며 울고 있었다.

가슴이 답답했다. 숨도 쉬어지지 않았다. 목청껏 고함이라도 지르고 싶은데, 목이 졸린 것마냥 소리가 목구멍을 넘어오질 못하였다. 이대로 벙어리가 된다 해도 지금 그로선 달리 방도가 없었다. 눈물도 나오지 않았다.

머리는 굳어 버리고, 눈물은 말라 버리고, 심장은 멈춰 버렸다. 모든 것이 아웃된 상황이니, 억울할 것도 원망할 대상도 없었다.

불과 몇 시간 전만 해도 단 하나의 사랑이었고, 함께할 미래였고, 눈부신 희망이었던 단 한 사람이 날아가 버렸다. 또다시 4년 전 그때처럼 허무하게 그 사람을 잃어버렸다. 다름 아닌 천륜으로 인해. 아버지의 죄업으로 인해. 그녀에겐 아버지를 돌아가시게 한 원수의 자식, 그게 바로 경빈이었다.

어제까진 몰랐으니 사랑이었다고 변명할 수 있지만, 오늘부터 가인은 아버지를 죽인 원수의 자식을 사랑해선 안 되는 것이다. 그리고 경빈도 금수(禽獸)가 아닌 이상 그녀를 욕심내선 안 되었다.

'윤가인, 나 이제 어떡해야 하니? 널 어떡해야 하니? 우린 어떡해야 하니? 어떡해야 할지 도무지 모르겠다. 널 보내야 하니? 이대로 널 보내? 널 놓아 버리고 살아야 하니? 또다시 널 잃고 그렇게 내가 살아야 하니?'

차는 맹렬한 속도로 도로를 질주했다. 계기판의 속도계는 꼭대기에서 부들부들 떨고 있을 뿐, 좀처럼 떨어질 기미가 보이지 않았다. 잠시도 늦추지 않고 액셀러레이터를 밟는 경빈은 무모하게 도로 위를 질주하는 자동차만큼이나 불안해 보였다. 살짝 건드리기만 해도 터질 것처럼 위태로워 보이는 그는, 이미 방향감각도 상실한 상태였다. 그저 맹렬하게 질주하는 게 지금 그가 할 수 있는 전부였다. 그렇게라도 하지 않으면 터져 버릴 것 같은 심장을 주체할 수가 없기에.

새벽 내내 무모한 질주를 하던 경빈이 갑자기 갓길을 향해 휙 핸들을 꺾더니, 단번에 브레이크를 밟았다. 바퀴에 불이 붙은 것마냥 타이어가 한껏 과열되어 있었다. 천행으로 가드레일을 들이박는 사태만은 아슬아슬하게 면했다. 자칫했다간 큰 사고로 이어졌으리라. 그러나 그딴 게 이제 와 무슨 대수겠는가. 살아 있는 게 지옥인데.

극도의 위험한 순간이 지나가고 과열되었던 차가 싸늘한 새벽 공기로 인해 차츰 식어 갔다. 그러나 핸들에 얼굴을 묻고 있던 그의 어깨는 시간이 지나도 진정될 줄 모르고 점점 더 격하게 떨었다.

거친 숨소리와 아프게 토해 내는 흐느낌 소리가 처절하게 차 안을 울렸다.

아버지의 이야기를 다 듣고 난 후, 제대로 분노도 터트리지 못한 경빈이 억눌린 가슴만 내려치다 그렇게 가 버린 뒤로 날이 샐 때까지 민 회장 부부는 한숨도 자지 못했다. 초상집 같은 분위기로 멍하니 앉아 밤을 꼬박 새운 김 여사의 낯빛이 파리하게 질려 있었다.

"왜, 왜 그런 짓을 하셨어요? 어떻게 당신이…… 어떻게 당신이……."

밤새 아내가 고장 난 녹음기처럼 중얼거린 말은 그 말이 전부였다. 민 회장은 그저 잠자코 앉아 밤새 질리도록 들은 그 말을 겸허하게 듣고 있었다.

"어떻게 당신이…… 어떻게 당신이……."

그러다 갑자기 김 여사는 분수처럼 쏟아지는 눈물을 막지 못하고, 남편의 팔을 잡고 흔들었다.

"이제 어떡해요! 우리 아들, 내 새끼 이제 어쩌라고! 왜 그런 일을 저질렀어요! 왜!"

민 회장의 눈두덩에 짙은 그림자가 드리워졌다. 그는 아무 말도 하지 못하고 망연자실한 얼굴로 처절하게 울부짖는 아내를 쳐다보았다. 아내는 바닥에 허물어지듯 주저앉아 통곡하고 있었다.

"이러다 경빈이, 우리 경빈이 사고라도 나면 어떡해요! 내 새끼한테 무슨 일이라도 생기면 그땐, 그땐 나도 죽어요! 내 새끼 잘못되면 나도 못 살아! 못 산다고요!"

벌써 일주일째 그에게선 연락이 없었다. 휴대전화를 주며 수시로 전화할 것처럼 굴더니만, 만나는 건 고사하고 전화 한 통도 없이 애를 태우는 경빈 때문에 가인은 애가 닳을 대로 닳았다.

한 손에 휴대전화를 꼭 쥔 채, 소파에 앉아 손톱을 물어뜯고 있는 가인을 보다 못한 희영이 그러지 못하도록 손을 붙잡았다.

"요즘 너 왜 그래? 얘가 요 며칠 병든 닭새끼마냥 매가리가 하나도 없네. 왜 이렇게 맥을 못 춰? 그러지 말고 밥 먹어. 식탁에 밥 차려 놨어."

"생각 없어."

가인이 눈도 마주치지 않고 건성으로 대답하자 희영의 눈빛이 매서워졌다.

"뭐야, 너? 프러포즈 받았다고 한창 들떠 있더니만 갑자기 왜 이러는 건데?"

가인은 말없이 희영에게 잡혀 있던 손을 빼냈다. 그리고 다시 손톱을 물어뜯으려 했다. 희영이 매서운 손길로 그런 가인의 손을 잡아챘다.

"윤가인!"

"어? ……뭐라 그랬어, 언니?"

가인이 그제야 멍한 눈으로 희영을 쳐다보았다. 희영은 기가 찬 듯 혀를 내둘렀다.

"쯧쯧, 얘가 완전히 넋이 나갔네. 정신 좀 차려!"

"아, 미안. 잠을 좀 못 자서……."

그렇게 웅얼거리던 가인이 또다시 넋을 놓고 멍하니 허공을 응시했다. 희영이 걱정스레 물었다.

"왜 잠을 못 자? 너 잠 안 온다고 또 수면제 먹는 거 아니지?"

가인이 절레절레 고개를 내저었다.

"안 먹어."

희영은 잠시 가슴을 쓸어내리며 한숨을 골랐다.

"가인아, 너 지금 많이 불안해 보여. 너 쳐다보고 있으려니 나까지 불안해진다. 대체 무슨 일인지 말을 해야 알지."

"한 번도 이런 적이 없는데, 이럴 사람이 아닌데, 일주일째 전화 한 통이 없어."

가인이 멍하니 중얼거리는 소리에 희영은 맥이 탁 풀렸다. 이유가 너무도 허망하기 짝이 없었다.

"뭐냐? 겨우 그깟 걸로 며칠을 넋을 놓고 있었단 말이냐? 난 또 무슨 큰일이라도 난 줄 알았네. 이런 바보 멍충이를 봤나? 네가 해. 그쪽에서 안 하면 네가 하면 되잖아. 얘가 왜 생전 안 하던 공주 짓이래? 남자만 여자한테 전화하라는 법 있냐?"

그러자 이제껏 애써 참고 있던 가인이 턱에 경련이 일 듯 떨며 겨우 말을 이었다.

"내가 해도 받질 않아. 회사로도 해 봤어. 며칠째 출근도 안 하고 있대. 물어봐도 모른다고만 하고. 불안해, 자꾸 불안한 생각만 든단 말이야."

결국, 가인은 어깨를 들썩이며 울어 버렸다.

울리지 않는 애꿎은 휴대전화를 원망하며 또 하루가 지났다. 오늘도 어제와 다를 바 없이 가인이 휴대전화를 들고 침대에 누워 멍하니 천장을 바라보고 있을 때였다. 일주일이 넘도록 잠자고 있던 휴대전화가 갑자기 울리기 시작했다.

가인은 벼락이라도 맞은 것처럼 벌떡 몸을 일으켰다. 누군지 확인해 볼 필요도 없었다. 그가 준 휴대전화이고, 연락할 사람도 그밖에 없으니까.

가인은 떨리는 손으로 통화버튼을 눌러 귀에 대고는 가만히 듣고만 있었다. 선뜻 목소리가 나오질 않았.

"……."

[나야.]

여드레 만에 듣는 목소리. 울컥 목이 메었다. 가인은 입을 꾹 다문 채로 고개를 끄덕였다.

"……."

[듣고 있니?]

"……."

[가인아.]

"……"

그토록 기다릴 땐 연락이 오지 않아 애를 태우더니, 막상 전화가 오자 깊이 잠겨 있던 목이 말썽이었다. 그녀의 상태를 알기라도 한 듯 그는 대답을 종용하지 않고 나직이 자기 할 말만을 했다.

[만나자. 여기, 아파트 앞 사거리에 있는 카페야. 기다릴게.]

전화를 끊자마자 총알처럼 튀어나왔다. 카페에 도착해서야 가인은 자신이 제대로 겉옷도 갖춰 입지 않았다는 걸 알아차렸지만 개의치 않았다.

한눈에 경빈을 발견하고 곧장 다가간 가인은 그사이 초췌해진 그의 모습에 그만 할 말을 잃고 말았다.

연락이 두절되었던 그동안 대체 무슨 일이 있었기에 이 사람이 이렇게 엉망이 된 것일까? 선뜻 그를 부르지 못하고 멍하니 서 있는데 창밖을 바라보고 있던 그가 고개를 돌렸다. 눈이 마주친 순간, 가슴에서 뜨거운 덩어리가 북받쳐 올라와 울컥 목이 메었다.

움푹 팬 눈두덩 아래 깊은 상처에 절은 핏빛 눈동자가 그녀를 향했다. 눈이 마주치자 억지로 웃어 주려는 듯 그가 입매를 늘였으나 결국 고통으로 일그러지고 말았다.

"왔어?"

가인은 재빨리 뜨거워진 눈두덩을 손으로 비볐다. 이제 정말 겨울인지 급작스럽게 기온이 떨어진 날씨에 차가워진 손이 다행히도 뜨거운 눈두덩을 식혀 주었다.

가인은 그의 맞은편이 아닌 옆자리에 앉으며 아무렇지도 않게 빙긋 웃어 주었다.

"오랜만이에요, 자기."

창을 투영해 들어오는 햇살이 눈에 부셔 가인은 가늘게 눈을 찌푸렸다. 자꾸 눈이 시큰거리고 눈물이 나올 것 같은 이유는 단지 햇살 때문일 것이다.

경빈은 찬찬히 그녀를 바라보았다. 전화를 받고 허둥지둥 뛰쳐나왔을 모습이 눈에 선하게 그려졌다. 외투도 입지 않고 얇은 티셔츠 하나만 입고 있는 그녀의 여린 어깨가 애달프게 눈에 밟혔다. 그는 햇살에 씻긴 화장기 없는 그녀의 민얼굴을 한 손으로 감쌌다.

"윤가인, 이게 뭐냐? 이런 날씨에 이러고 나오다니. 간이 부었구나. 독감 걸려서 고생하고 싶어? 애기도 아니고 말이야. 아무리 급해도 옷은 제대로 입고 나왔어야지."

가인은 이제 애써 웃으려 하지 않았다. 대신, 책망의 빛을 담은 눈으로 그의 얼굴을 뚫어지게 쳐다보았다.

"그러는 자기는 이게 뭐예요?"

가인은 두 손으로 그의 까칠한 얼굴을 붙잡았다.

"얼굴이 왜 이렇게 상했어요? 이 광대뼈는 뭐고, 두 눈에는 핏발이 선하고. 잠도 안 잤어요? 대체 면도는 언제 했어요?"

얼굴에 닿은 그녀의 차가운 손을 느끼자 또다시 그의 심장이 에이며 아픈 통증을 호소했다. 경빈은 자신의 얼굴에서 그녀의 손을 떼어 내고 힘주어 꼭 잡았다.

"손이 얼음이네?"

"지금 그 말을 하는 게 아니잖아. 당신 얼굴이 왜 이러냐고? 무슨 일 있어요? 말해 봐요, 응?"

경빈은 힘없이 피식 웃었다.

"우리 예쁜 가인이 못 봐서 병 걸렸나 봐. 그동안 연락 못 해서 미안해. 화 많이 났니?"

"그걸 말이라고 해요? 무슨 일 생긴 줄 알고 얼마나 걱정했는데……."

참지 못하고 경빈은 가인을 와락 끌어안았다. 숨도 못 쉴 정도로 절박하게 끌어안고서야 두 눈을 꼭 감았다. 그리고 그녀의 목덜미에 더운 숨을 토해 냈다.

"미안해. 미안하다, 가인아."

"……."

"잠깐만 이러고 있자. 잠깐이면 돼. 아주 잠깐만."

"……."

지극히 고요하고 나지막한 목소리와는 달리 당장 폭주할 것처럼 격하게 뛰는 그의 심장 소리를 들으며 가인은 가만히 안겨 있었다. 그러는 동안 자연스레 대화도 끊겼다.

절망스럽게 감긴 그의 두 눈에 뜨겁게 눈물이 차올랐다. 감추지 못한 더운 눈물은 결국 그녀의 목덜미로 떨어졌다. 그의 등을 감싸고 있던 가인의 손에 힘이 들어갔다. 그녀의 심장이 철렁 내려앉았다.

'당신…… 울어요?'

'나 없인 아무것도 못하는 너, 내가 널 어떻게 보내? 그리고 나도 너 없으면 안 되는데, 정말 아무것도 할 수 없는데. 윤가인, 왜 우린 함께하는 게 이렇게 힘든 거니?'

'무슨 일이에요? 도대체 뭐 때문에 당신이 이렇게 힘들어해? 뭔데? 왜 혼자만 아픈 건데? 혼자서 아프지 말아요. 혼자서 힘들어하지 마. 아픈 것도 힘든 것도 나랑 같이해요. 당신 혼자 하지 말고, 나하고 같이 해요. 응?'

잠시 그녀의 머리칼에 얼굴을 묻고 있던 그가 힘겹게 그녀를 떼어 냈다.

"윤가인."

가인을 향하던 애처로운 시선을 거두고 경빈은 테이블에 놓인 찻잔을 응시했다. 불러 놓고도 쉬이 입을 열지 못하고 입술을 꽉 물었다. 그의 낯선 행동을 가인은 불안하게 바라보고 있었다. 피가 배어 나올 정도로 입술을 세차게 깨물던 그가 결심한 듯 한참 만에야 다시 입을 열었다.

"윤가인······."

아직 시작도 안 했는데, 무슨 말인지 듣지도 않았으면서 벌써부터 가인은 불안한 눈동자로 울먹거렸다. 금방이라도 눈물을 쏟아 낼 것처럼 눈동자가 흔들리는 것을 보니, 가슴이 아파 차마 하려던 말을 잇지 못하고 다른 말을 꺼내 버렸다.

"······우리 도망갈까? 아주 멀리, 우리 둘만 있을 수 있는 곳으로."

그래, 이것이 진심이다. 그녀와 함께 도망치는 것. 아무도 모르는 곳으로 숨어 버리는 것.

"아는 사람 없는 곳에 가서 우리 둘만 살까? 누구 방해도 받지 말고, 우리 둘만."

가인이 눈을 깜박거렸다. 경빈은 다시 그녀를 와락 껴안았다. 가인도 두 팔을 둘러 그의 등을 세차게 끌어안았다.

뭔가, 분명히 무슨 일이 있다. 말 못 할 무언가가 그에게 있다. 그러나 가인은 다그쳐 묻지 않았다.

온몸을 부서뜨릴 것처럼 꽉 안고 있던 그가 갑자기 그녀를 놓아 버렸다. 그리고 냉정히 고개를 돌렸다.

"우리, 좀 떨어져 있자. 당분간 만나지 않는 게 좋겠어."

순간 가인은 몸 안에 피가 모조리 빠져나가는 것 같았다. 추웠다. 온기를 잃자마자 급격히 찾아오는 한기 탓에 으슬으슬 몸이 떨렸다.

"무슨……."

"그렇게 해."

자신의 귀를 의심했다. 그래서 가인은 외면하고 있는 그의 얼굴을 붙잡아 자신을 쳐다보게 했다.

"뭘…… 해요?"

경빈이 힘겹게 그녀의 손을 떼어 내려 하자 가인은 고개를 흔들며 절박하게 그를 끌어안았다.

"말해요. 무슨 일이에요? 왜 그래? 나한테 하지 못한 말이 뭐예요? 뭔지 모르지만 나 다 이해할 수 있어. 부모님께서 또 반대하시는 거예요? 그런 거라면 나 얼마든지 기다릴 수 있어. 허락하실 때까지 기다릴게. 예전처럼 도망가지 않을게. 죽은 듯이 엎드려 기다릴게. 그러니까 나랑 같이 해결해요. 당신이 그랬잖아. 이제 절대로 헤어지지 않을 거라고 했잖아! 그런데 갑자기 이러면 나더러 어떡하라고!"

경빈은 입술을 꾹 깨물고선 서럽게 들썩이는 가인의 어깨를 떼어 놓았다.

"미안하다."

"그런 말 하지 말아요!"

"이제 널 볼 수가 없어. 더는 네 옆에 있을 수가 없어서 그래."

가인이 세차게 고개를 내젓자 눈물이 투두둑 떨어졌다.

"말도 안 돼! 이럴 순 없어, 이건 정말 말도 안 돼!"

그녀의 눈물이 그의 심장을 까맣게 물들였다. 흐느낌 소리가 먹빛 심장을 갉아먹었다. 경빈은 속절없이 흘러내리는 그녀의 눈물을 먹먹하게 바라보다 이를 악물고 말했다.

"네가 나를 감당할 수 없을 거야."

"이유를…… 갑자기 이러는 이유를 말해요."

"일방적으로 얘기해서 미안하다."

"사랑한다고 했잖아! 목숨보다…… 날 더 사랑한다고 했잖아요. 그래 놓고 이제 와서 이러면 어떡해?"

경빈이 잠시 멈칫했다. 그러나 그는 입고 있던 재킷을 벗어 가인의 몸에 둘러 주고는 곧장 카페를 나가 버렸다.

갑작스러운 이별 통보에 충격을 받은 가인은 그가 나가는데도 멍하니 바라볼 수밖에 없었다. 아무 소리도 들리지 않았다. 충격은 현실을 직시하지 못하게 하는지, 지금 카페 문을 나가는 그의 뒷모습이 비현실처럼 느껴졌다. 그러는 동안에도 눈물은 쉼 없이 흘러 시야가 흐릿했다.

"가지 마……."

그러다 갑자기 귀청이 트이며 음악 소리가 생생하게 쏟아졌다. 가인은 자리를 박차고 일어나 정신없이 뛰어나갔다. 그러나 야속하게도 그의 차는 눈앞에서 떠나고 있었다. 가인은 숨이 차도록 차를 쫓아 뛰었다. 그러나 아무리 뛰어도 차와의 거리는 더 멀어지기만 하더니, 이제 완전히 눈에서 사라져 버렸다.

앞이 캄캄한데도 눈물은 멈추질 않았다. 바로 몇 분 전에 이별을 통보받았단 사실이, 그가 떠나 버렸단 사실이 믿어지지가 않았다.

몸에 걸치고 있는 재킷에선 그의 향기가 여전한데도…….

얼마나 마셨는지 인사불성이 되어 눈앞에서 고꾸라지는 경빈의 모습에 김 여사의 가슴도 함께 무너졌다.

"경빈아! 왜 이러니!"

"됐어요. 저 멀쩡합니다."

경빈은 자신을 부축하려는 어머니의 손을 뿌리치고 제 발로 걸으려 했지만 여의치 않은지 결국 그 자리에 주저앉고 말았다. 김 여사는 자꾸만 뿌리치는 경빈을 억지로 붙잡아 겨우 끌고 와서는 소파에 앉혔다.

"경빈아. 아가, 정신 좀 차려 봐."

"아버진 어디 계세요? 아버지 어디 계시냐고요!"

아까부터 그런 경빈을 가슴 아프게 지켜보고 있던 민 회장이 천천히 휠체어를 밀며 다가왔다. 경빈은 흐릿한 눈을 들어 민 회장을 쳐다보았다.

"아버지가 원하시는 대로, 바라시는 대로 그렇게 했습니다. 하지만 아버지를 위해서 그런 건 아닙니다."

"경빈아……."

"가인이하고 헤어지고 왔습니다. 제 손으로 그 애를 놓아 버렸습니다. 죽어도 못 헤어진다고 하더니, 왜 이렇게 순순히 헤어졌는지 아시죠? 그럼요. 아셔야지요. 아버지가 그걸 모르시면 안 되죠."

경빈은 참을 수 없는 통증으로 못 박힌 가슴을 주먹으로 탕탕 치며 흐느꼈다.

"정말 대단하십니다. 그러면서 가인이에게 상처를 줬어요? 그 애한테서 모든 걸 다 빼앗고도 모자라 상처까지 주셨어요? 그 애

가슴에 4년 전 아버지가 친 대못이 그대로 박혀 있는 건 아십니까? 아무것도 모른 채 쫓기듯 이 땅을 떠날 때 그 애 심정이 어떠했는지 아십니까? 그 애가 이 땅을 떠나 어떻게 살았는지 아십니까? 저한테 그 여자가 어떤 존재인 줄은 아십니까? 그걸 아시냔 말입니다!"

민 회장은 경빈의 어깨를 쓰다듬으려 천천히 손을 올렸다가 도로 내려놓았다. 아비로 인해 사랑하는 사람을 잃고 고개를 꺾고 흐느끼는 아들이 죄 많은 아비의 가슴에 사무치게 박혀, 차마 어루만져 줄 수도 없었다.

"내가 죄인이다. 미안하다. 하지만 경빈아, 그땐 그것이 널 위한 거라 생각했다."

"아버지를 위해서였겠지요! 신합그룹 민성식 회장님 명예에 한 점 오점이라도 남기지 않기 위해 그러셨겠지요! 아버지가 정말로, 진심으로 제 마음을 한 번이라도 헤아려 본 적 있으세요? 저를 위해서 그러셨다고요? 그 여자가 상처받으면 그 상처가 고스란히 저한테 온다는 건 모르셨어요? 아버지의 죄 때문에, 아버지를 위해서 가인이랑 헤어진 게 아닙니다. 가인이 아버지, 다른 사람도 아닌 아버지로 인해 그렇게 되신 거 알게 되면 그 여자 영원히 상처 속에서 빠져나오지 못할 테니까, 영원히 지옥 속에서 살아야 할 테니까, 그럴 바에야 차라리 저랑 헤어지는 게 그나마 덜 상처받는 것이기에 그리했습니다."

"많이 취했구나."

"취하라고 마신 술입니다. 심장이 미어터져 죽을 것 같은데, 취하지도 않는다면 숨인들 쉬겠습니까?"

마지막 말은 거의 의식이 없는 상태로 중얼거렸다. 경빈은 고개를 푹 꺾은 채로 눈을 감았다. 감은 눈 새로 아프고 뜨거운 눈물이 솟구쳤다.
 '가인아, 윤가인, 내 아픈 가인아······.'
 마지막으로 본 그녀의 모습이 두 눈에 선명하게 새겨졌다. 정신없이 울며 쫓아오던 여윈 모습이 심장을 쥐어뜯게 했다.
 그런 경빈을 차마 보기가 괴로워 김 여사도 주저앉아 가슴을 부여잡고 흐느꼈다.
 "이제 어떡하실 겁니까? 경빈이 저대로 망가지게 놔두실 겁니까? 제 몸도 제대로 가누지 못하면서 그 아이만 찾고 있는 거 안 보이십니까? 난 요즘 사는 게 지옥입니다. 당신을 실컷 원망하고 싶은데, 원망할 수도 없게 만들어 놓고 이게 뭡니까? 차라리 건강하기라도 하지. 건강하기라도 했으면 실컷 원망할 수도, 미워할 수도 있을 거 아닙니까. 그런데 이게 대체 뭐랍니까?"
 원망을 담아 노려보았지만 민 회장 역시 괴로운지 넋을 잃은 채 허공을 바라보고 있었다.

 경빈이 그렇게 가 버린 후, 가인은 곧장 택시를 타고 그의 오피스텔로 왔다. 아무리 벨을 누르고 문을 두드려도 인기척이 없자 1층 로비로 내려와 현관 앞에 우두커니 서 있었다. 여기서 기다리고 있으면 돌아오는 그를 바로 만날 수 있을 테니까.
 몇 시간이나 지났을까. 한 자리에서 미동도 않고 서 있는 그녀에게 몇 번이나 경비가 다녀갔지만, 가인은 망부석이라도 된 듯 그 자리에서 꼼짝도 하지 않았다.
 밤이 이슥해질 때까지도 그는 돌아오지 않았다. 입주자들에게 방해된다며 결국 경비에게 쫓겨나 밖으로 나왔을 땐 음습한 겨울

비가 내리고 있었다.

　살갗에 닿는 찬비는 소름이 돋을 정도로 냉기를 품고 있었다. 바람막이조차 되지 못하는 얇은 옷차림에 비까지 맞자 온몸이 덜덜 떨려 왔다. 그나마 유일한 온기를 주던 그의 재킷도 이미 흠뻑 젖어 버려 그 온기마저 앗기고, 빗속에서 가인은 차갑게 식어 갔다. 불안정하던 대기도 차갑게 식었다.

　이른 새벽, 경빈은 푸른 미명을 등지고 눈을 떴다. 익숙하면서도 낯선 방이 시야에 들어왔다. 그리고 그는 역시나 익숙하지만 낯선 침대에 누워 있었다. 태어나서 유학을 가기 전까지 지냈던 자신의 방이었다. 귀국해선 곧장 오피스텔을 얻어 독립해 나갔으니 이 방에서 눈을 뜨는 것도 언 4년 만이었다. 경빈은 한쪽 팔을 올려 눈을 가려 버렸다.

　맨정신으로는 도저히 견뎌 낼 자신이 없어 이기지도 못할 술을 인사불성이 될 때까지 마셨다. 폭음으로 몸은 한없이 가라앉는데도 어이없게도 정신은 또렷했다. 이기적이고 일방적인 이별 통보에 그녀가 아픈 눈물을 흘리며 매달렸고, 자신은 어떻게 했던가.

　그녀의 눈물에 자신의 심장을 묻어 버렸다. 심장은 주인인 그녀 곁에 남겨 둔 채 차마 떨어지지 않는 발걸음을 죽을힘을 다해 떼어 냈다. 그녀가 울면서 쫓아왔었다. 하염없이 눈물을 흘리며 쫓아오던 그녀를 보면서, 그는 멈추지 않기 위해, 다시 차를 돌리지 않기 위해 이를 악물었다.

　기억을 잘라 낼 수 없다면 술의 힘을 빌려서라도 잠시 잊어 보려 했건만, 소용없는 짓이었다. 빌어먹게도 어제의 일이 생생하게 떠올랐다.

침대에서 몸을 일으키자 깨어질 듯 두통이 엄습해 왔지만 상관없었다. 폭음의 후유증으로 오는 두통 따위 무슨 상관인가. 독한 알코올도 갉아먹지 못한 선명한 어제의 기억 따위 이대로 박살 나 버렸으면…… 산산이 흩어져 버렸으면…….

비가 그친 새벽은 혹독한 냉기를 몰고 왔다. 희영이 현관문을 열자, 싸늘한 몸이 되어 돌아온 가인이 그대로 희영의 품으로 쓰러졌다. 놀랄 새도 없었다. 가인의 몸을 가까스로 받쳐 안은 희영이 소리를 질렀다.

"가인아!"

가인은 자신의 이름을 부르는 희영의 목소리를 마지막으로 정신을 완전히 놓아 버렸다.

그리고 다시 눈을 떴을 땐, 가위에 눌린 것마냥 꼼짝도 할 수 없었다. 밤새 그 비를 다 맞았으니 체력이 바닥을 드러낸 것은 당연했다. 희미한 시야에 들어오는 것이 익숙한 자신의 방인 걸 보면, 실신 직전까지 간 몸으로도 용케 집을 찾아왔단 생각에 가인은 쓴웃음이 나왔다.

가인이 몸을 일으키려 하자 희영이 그녀의 어깨를 잡아 누르며 일어나지 못하게 막았다.

"그냥 누워 있어."

"내……."

잔뜩 말라 버린 목에서 선뜻 말이 나오지 않자 가인은 억지로 마른침을 삼켜 목을 가다듬었다.

"내가…… 왜 여기 있어?"

"기억 안 나냐? 너 완전히 정신줄 놓았어. 대체 무슨 일이냐?

어제 나간 애가 오늘 새벽에 산송장이 되어 돌아온 연유가 대체 뭐냐?"

희영의 말은 귓등으로도 듣지 않을 심산인지, 가인은 자신을 누르고 있는 손을 억지로 밀어내고는 기어이 몸을 일으켰다.

"갈 데가 있어."

"어딜?"

희영은 운신하기도 힘든 몸으로 일어나려 용을 쓰는 가인을 한심하게 쳐다보다가 도로 어깨를 눌러 주저앉혔다.

"이 몸으로 어딜 가겠다고?"

가인은 그런 희영의 손을 귀찮다는 듯이 쳐 냈다.

"만날 사람이 있어."

"안 돼. 지금은 못 가. 내가 이 나이에 어린 동생 송장 치우게 생겼냐?"

"농담할 기분 아니야."

"누군 농담할 기분인 줄 아냐? 신새벽부터 송장 꼴로 들이닥친 너야 지금 네 상태가 어떤지 모르지? 심장 떨어질 뻔한 사람은 네가 아니고 나야."

"그깟 비 좀 맞았다고 죽진 않아."

"죽는지 안 죽는지 내기할래?"

"언니."

"기다려. 죽 다 끓었어. 가져올 테니까 그거 먹고, 정 가야겠거든 나랑 같이 가."

희영은 팔짱을 끼고 잠시 측은한 눈으로 가인을 내려다보다가 몸을 돌렸다.

희영이 죽이 담긴 그릇을 쟁반에 받쳐 들어왔을 땐, 가인은 화장대 앞에 앉아 얼굴에 콤팩트를 바르고 있었다. 그 모습이 하도 기이하고 처량해서 희영은 쟁반을 협탁에 내려놓고 혀를 찼다.

"하여간, 별종. 넌 그 얼굴에 지금 분칠할 기분이 나냐? 전설의 고향 찍을 일 있어?"

가인은 거울에 비친 희영에게 눈으로 정말이냐고 물었다.

"네가 네 얼굴 보면서도 몰랐냐?"

"정말 귀신같아?"

"어."

희영이 태연자약하게 대답하자 가인의 얼굴이 실망으로 일그러졌다.

"혈색이 하나도 없는데 거기에 백날 분칠해 봐라, 소용 있나. 궁상떨지 말고 이리 와서 죽이나 먹어. 먹어야 혈색도 돌아오고 때깔도 고와지지."

가인이 콤팩트를 내려놓고 립스틱을 집어 들자 희영이 질겁해선 손사래를 쳤다.

"야, 아서라. 허연 몰골에 시뻘건 립스틱이 웬 말이냐. 그건 진짜로 영락없이 딱 시집 못 가고 죽은 처녀 귀신이다."

가인은 힘없이 돌아앉으며 푹 고개를 숙였다. 그 앞으로 희영이 죽 그릇을 내밀었다.

"먹어. 먹어야 때깔이 고와진다니까."

가인은 마지못해 죽 그릇을 받아 들었지만, 먹진 않고 숟가락으로 힘없이 휘젓기만 했다.

"언니."

"어."

"내가 뭘 잘못한 거 같은데, 그게 뭔지 모르겠어."

희영이 팔짱을 끼고 뚱하니 되물었다.

"무슨 소리야?"

곱게 풀어진 흰 쌀죽 위로 눈물 한 방울이 떨어졌다. 희영은 눈살을 찌푸리며 손으로 가인의 턱을 들어 올렸다.

"윤가인, 너 왜 울어?"

"정말 모르겠어. 헤어져야 할 만큼 내가 잘못한 게 뭔지 아무리 생각해 봐도 모르겠어."

무슨 뜬금없는 소리냐는 듯 희영의 눈썹이 휘어졌다.

"헤어져? 네 손가락에 반지 끼워 주고 청혼한 그 남자를 말하는 거냐, 지금? 그 사람이 헤어지자 그래? 아니, 왜? 대체 왜!"

재차 다그쳐 물어도 무의식적으로 죽만 휘젓고 있던 가인이 입술을 깨물더니, 갑자기 죽 그릇을 내려놓고 휴대전화를 들었다. 그리고 어딘가로 꾹꾹 번호를 누르더니 다급하게 물었다.

"여람아, 오늘 경빈 선배 출근했니?"

[아침에 엘리베이터 앞에서 봤어. 근데 무슨 일 있는지 안색이 굉장히 어둡던데?]

"그래, 알았어. 고마워."

가인은 전화를 끊고 서둘러 자리에서 일어나려다 잠시 현기증에 휘청거렸다.

"윤가인, 대체 무슨 일이야!"

희영이 재빨리 팔을 붙잡으며 윽박지르다시피 물었지만, 가인은 그 손마저 뿌리치고 옷장에서 외투를 꺼내 입었다.

"너, 너 지금 그 꼴로 나가겠다고? 제정신이야? 지금 네 상태가 정상인 줄 알아?"

끝까지 따라붙으며 붙잡는데도 무슨 저런 고집이 다 있는지 가인은 기어이 희영을 뿌리치고 밖으로 나가 버렸다.

"어휴, 저걸 그냥!"

결국, 희영도 외투와 자동차 키를 챙겨 들고 서둘러 가인을 쫓아 나갔다.

희영이 자동차 시동을 끄고는 차창 밖으로 건물을 올려다보는 동안 가인은 안전벨트를 풀었다. 혼자 보내는 것이 안심되지 않는다며 걱정스러운 얼굴로 따라 내리려는 희영을 재차 만류하고 가인은 여람이 미리 나와 기다리고 있는 정문 앞으로 뛰어갔다.

"가인! 너 얼굴이 왜 이래? 그새 왜 이렇게 상했어? 어디 아파?"

차마 보기가 안쓰러울 정도로 해쓱한 얼굴에 여람이 질겁했지만, 가인은 여람을 보자마자 다짜고짜 붙잡고 늘어졌다.

"여람아, 나 경빈 씨 좀 만나게 해 줘."

"뭐?"

"그 사람, 내 전화는 아예 받질 않아."

무슨 뚱딴지같은 소리냐는 듯 여람이 황당한 얼굴을 했다.

"경빈 선배가 네 전화를 왜 안 받아?"

"나도 몰라."

가인의 까만 동공 안에 눈물이 고였다. 여람은 무슨 영문인지 몰라 잠시 허공으로 숨을 길게 내쉬었다가 다시 가인을 보았다.

"일단 들어가자."

엘리베이터에 오르자, 여람이 18층을 눌렀다. 가인은 차가운 엘리베이터 벽 한쪽에 기댄 채 숨을 힘들게 몰아쉬었다.

"가인, 너 정말 많이 아프구나."

억눌린 듯한 숨소리가 몹시 힘겹게 들려, 여람은 가인을 부축해 자신의 어깨에 기대게 했다. 여람은 몸이 비정상적으로 뜨거운데도 입을 꾹 다물고 신음을 삼키는 가인의 이마에 손을 올려 보았다.

"열이 높아, 가인."

"괜찮아. 참을 만해."

"미련하긴."

그러는 동안 엘리베이터 숫자가 18을 가리키며 문이 열렸다.

"무슨 일인지 모르지만, 경빈 선배가 일부러 네 전화를 안 받는 거냐?"

가인이 우울한 얼굴로 고개를 끄덕였다.

"그런 것 같아."

"왜?"

이번엔 가인이 힘없이 고개를 내젓자, 여람은 나오려는 한숨을 꾹 눌러 삼켰다. 이유를 모르니 답답하긴 가인이나 저나 매한가지. 그러나 다 죽어 가는 가인 앞에서 저 답답하다고 제삼자인 자신이 한숨이나 푹푹 내쉬고 있을 순 없었다.

"그렇다면 비서실 통해서 경빈 선배 만나는 건 좀 힘들 것 같다. 다행히 내가 기획이사실 비서 언니하고 친분이 좀 있거든. 살짝 불러낼 테니까, 그 틈에 들어가서 만나라."

"고마워, 여람."

여람이 걱정스레 물었다.

"그런데 너 정말 괜찮겠어?"

가인은 아무렇지도 않다는 듯 애써 미소를 지으며 고개를 끄덕였다.

유리창 밖으로 빛바랜 사진 같은 우중충한 도시의 한 면이 드러났다. 그 유리창 앞으로 커다란 마호가니 책상이 있고, 책상 제일 앞에는 〈기획이사 민경빈〉이란 명패가 놓여 있었다. 그리고 의자는 창 쪽으로 돌려져 있었다.

가인은 뜨겁게 차오르는 가슴을 꾹 누르고 천천히 책상을 돌아 그의 앞에 섰다. 그는 의자에 거의 묻히다시피 한 채로 눈을 감고 있었다. 자신보다 더 초췌하고 마른 얼굴이 서럽게 가인의 심장으로 파고들었다. 무엇 때문에 그런 결정을 내렸는지는 모르나, 그 역시 끔찍하게 아픈 시간을 보내는 중이란 게 여실히 보였다.

이럴 거면서, 이렇게 아파하고 고통스러워할 거면서 헤어지자는 말은 왜 한 건지. 가인이 그렇듯, 그도 그녀를 보지 못하면 살 수 없을 거면서.

가인은 천천히 손을 들어 그의 안쓰러운 어깨를 거쳐 올라, 푸릇한 수염이 돋을 듯 말 듯 한 거친 턱과 까칠해진 뺨을 애틋하게 어루만졌다.

순간, 그가 번쩍 눈을 떴다. 두 사람의 시선이 정면에서 오롯이 만났다. 시간이 멈춘 듯, 둘 사이에 정적이 맴돌았다. 숨 쉬는 것도 잊고 서로에게 빨려 들어갈 듯 깊은 시선을 떼지 않은 것도 아주 잠깐이었다.

갑자기 경빈의 얼굴이 창백하게 굳어지더니 벌떡 일어나 가인의 어깨를 붙잡았다.

"너!"

가인은 그를 마주한 채로 말없이 바라보기만 했다. 그녀의 어깨에서 전해지는 비정상적으로 뜨거운 체온에 흠칫 놀란 경빈이 재빨리 손을 올려 가인의 이마를 짚었다. 그의 얼굴이 경악으로 일그러지더니, 버럭 화부터 냈다.

"바보같이! 열이 이렇게 높은데, 이 몸으로 여기는 왜 와!"

아마도 그녀가 아닌 그 자신에게 화가 났으리라. 가인이 허물어지듯 그의 품에 안겼다.

"보고 싶어서…… 너무 보고 싶어서 그랬어요. 전화도 안 받고 날 만나 주지도 않으니까 이렇게 찾아올 수밖에 없잖아요."

경빈은 자신의 품에 안겨 있는 가인을 끌어안는 대신 그녀의 어깨를 두 손으로 힘껏 붙잡았다.

"어제 당신이 한 말, 나 안 들은 걸로 할 테니까, 다시는 그런 말 하지 말아요. 가슴이 너무 아파서, 숨도 쉴 수 없을 만큼 많이 아파서 두 번은 못 견딜 거예요."

그녀의 어깨를 꽉 틀어잡고 있던 경빈이 힘겹게 그녀를 품에서 떼어 냈다.

"이러지 마라, 가인아."

가인이 힘없이 비틀거렸다. 이를 악물고 그 모습을 바라보던 경빈이 더 단단히 그녀를 붙잡아 주자, 가인은 곧 스스로 똑바로 서 있을 수 있었다. 그녀가 온전히 균형을 잡자 경빈은 즉시 그녀에게서 손을 떼고 돌아섰다.

망설임 없이 돌아서는 그를 가인은 안타깝게 눈에 담았다.

"나한테 왜 이러는지, 대체 뭐 때문에 갑자기 낯선 사람 대하듯 하는지 모르겠어요. 당신, 나한테 한 마디의 이유도 말하지 않았지만, 그런 건 중요하지 않아요. 아무것도 모르지만, 당신이 이러는 이유는 알 것 같아요. 나 때문이죠?"

등을 보이고 선 그의 어깨가 차게 굳는가 싶더니 이내 책상 위에 놓인 인터폰의 버튼을 눌렀다. 아마도 비서를 시켜 가인을 내보낼 작정인 듯했다.

[네, 이사……]

곧이어 낭랑한 목소리가 들리다가 뚝 끊어졌다. 가인의 손이 그의 손을 덮는 순간 버튼을 누르고 있던 그의 손에서 힘이 쭉 빠지면서 저절로 버튼을 놓아 버렸다.

"아직 내게 남은 고통이 있다면, 가장 큰 건 선배를 잃는 거예요. 나는…… 다른 건 다 견뎌도 다시 당신을 잃고는 못 살 것 같아요. 그건 내게서 살아갈 희망을 빼앗는 거니까. 지난 4년은 죽지 못해 산 질긴 목숨이었지만, 또다시 그 시간을 겪으라 하면, 차라리 그냥 죽는 게 낫다는 걸 알았으니까요. 내가 그러길 바라진 않잖아요."

경빈은 이를 악물었다. 귀를 막아 버리고 싶을 만큼, 그녀의 한 마디 한 마디가 가슴에 비수로 박혔다.

"지금 내가 해 줄 수 있는 말은 그 말뿐이에요. 오늘은 그만 갈게요."

그의 손등을 덮고 있던 그녀의 손이 천천히 거둬졌다. 아울러 그리운 체온에 섞여 있던 온기도 사라졌다. 그녀가 돌아섰다. 멀어지는 발소리가 들렸다. 그러는 동안에도 경빈은 꼼짝도 할 수가 없었다.

문손잡이를 돌리려던 가인이 잠시 손잡이를 꼭 쥔 채 다른 손으로 가슴을 붙잡고 숨을 참았다. 어이없는 이별 통보를 받은 단 하루 새 병들어 버린 심장이 지독한 통증을 호소했다. 가인은 어깨를 떨며 마지막으로 힘겹게 말했다.

"내가 싫어져서, 마음이 떠나서 그런 거라면 얼마든지 보내 줄

게. 죽을 만큼 고통스럽겠지만, 선배가 진정 원한다면 그래 줄 수 있어요. 하지만 지금은 그런 게 아니잖아."

떨리는 목소리 끝이 서러운 물기를 감추었다. 그리고 가인은 있는 힘껏 문을 열고 나갔다.

가인이 떠난 뒤에도 경빈은 움직일 수가 없었다. 손가락 하나 제 의지로 꼼짝할 수가 없었다. 그녀가 떠난 공간 속에 정지된 그림처럼 그는 한참 동안 움직임 없이 서 있기만 했다.

그의 사무실을 나왔을 땐, 여람이 잠시 불러냈던 비서가 가인을 의아한 눈으로 쳐다보고 있었다. 가인은 비서에게 짧은 목례를 한 뒤 비서실을 나와 엘리베이터에 올랐다.

위잉, 하는 기계 소리에 맞춰 급하강하는 엘리베이터 안에서 가인의 마음도 천길 절벽 아래로 곤두박질쳤다. 가슴이 저리고 심장이 아팠다. 고통은 심장을 갉아먹는 좀벌레인 모양이다. 그의 앞에선 아픈 티를 내지 않으려 힘들게 버티고 있었는데 손가락을 빠져나가는 모래알처럼 모든 기운이 한순간 소진해 버렸다.

1층에서 내리자, 로비 입구 안내데스크에는 들어올 때 보았던 여직원이 정적인 그림처럼 여전히 같은 자세로 서 있었다. 가인은 출입문을 향해 힘없이 걸었다. 그런데 그때 누군가의 억센 손에 팔목이 붙잡히고, 그녀의 의지와는 상관없이 몸이 돌려졌다.

처음엔 누군지 몰랐다. 가인은 하얗게 질린 얼굴로 자신의 팔목을 잡고 있는 남자를 멍하니 쳐다보았다. 그러다 한참 만에야 겨우 그의 이름이 생각이 났다. 정준우.

"인아……."

"……."

"너, 정말 윤가인 맞니?"

준우를 올려다보는 가인의 눈빛이 흐려졌다. 탁해지고 뿌옇게 바래진 시야가 흔들렸다. 그런 그녀를 하염없이 바라보던 준우가 그대로 그녀를 끌어당겨 품에 안았다.

순식간에 억센 힘에 끌려간 가인은 한동안 멍한 표정으로 준우에게 안겨 있었다. 그러다 갑자기 정신이 들며 준우에게 벗어나려 몸부림을 쳤다. 그녀의 미약한 몸부림 같은 건 안중에도 없는지 준우는 재회의 기쁨에 잠겨 가인을 더 힘껏 품었다.

"왜 이제야 나타났어? 왜 이제서야······."

"······놔."

"인아, 인아!"

가인은 틈 없이 밀착된 준우의 가슴에 가까스로 손을 올려 밀어 내려 했다. 하지만 그의 힘이 그녀보다 몇 배는 더 강해서 거부의 몸짓은 번번이 묻혀 버렸다.

"놔줘."

"싫어. 못 놔. 안 놓아!"

그때, 막 엘리베이터에서 내린 경빈은 로비 한가운데에서 서로 끌어안고 있는 남녀를 보고는 그 자리에 우뚝 멈춰 섰다. 잠시 자신의 눈을 의심했다. 낯선 남자의 품에 안긴 여자가 가인이 맞는지, 진정 그녀가 맞는지 눈도 깜박이지 않고 뚫어지게 그들을 쳐다보았다.

가인은 마지막 남은 힘을 모두 끌어모아 필사적으로 준우를 밀어냈다. 얼결에 밀려난 준우가 당황한 얼굴로 다시 가인에게 한 걸음 다가섰다.

"미, 미안해. 놀랐나 보구나. 내가 잠시 흥분했나 보다. 미안하다."

준우가 가인의 어깨를 잡으려 하자, 그녀가 흠칫해선 뒷걸음질을 쳤다. 그러자 준우의 얼굴이 충격으로 일그러졌다.

"왜 그래? 나, 누군지 몰라? 나, 준우 오빠잖아. 정준우!"

제대로 보려 하지 않고 두려운 눈으로 자꾸만 뒷걸음을 치는 가인을 보고 성질 급한 준우는 다시 억세게 팔목을 낚아챘다.

"이러지 마."

"윤가인! 너 정말……."

순간 화를 참지 못한 준우는 가인의 손목을 꽉 움켜쥔 채로 거칠게 숨을 몰아쉬었다.

"아직도냐? 아직도 난 너에게 아무것도 아닌 사람인 거냐? 몇 년 만에 만나서 한다는 게 고작 도망갈 궁리야? 반갑다는 인사는 못 하더라도 무시하진 말아야지! 난 언제나 너한테 그렇게 형편없는 존재였냐?"

가인은 자신의 어깨를 거세게 쥐고 흔드는 준우를 무감각하게 쳐다보았다. 준우가 흔드는 대로 그녀의 몸은 추풍낙엽처럼 힘없이 흔들렸다. 아프다고, 괴롭다고, 이렇게 버티고 서 있는 것도 힘들다고, 그 말도 나오지 않았다.

준우가 조금만 이성을 차렸더라면 창백한 안색과 지나치게 뜨거운 그녀의 상태를 쉽게 알아보았을 테지만, 흥분한 탓에 그는 아무것도 보이지도, 느끼지도 못하는 것 같았다.

"너무한다는 생각 안 들어? 몇 년 만에 만나서 한다는 게 고작…… 하! 놓으라고? 이러지 말라고?"

귓전이 멍하다 싶은 순간 준우가 손을 놔 버렸다. 가인의 몸이 맥없이 휘청거렸다. 제 몸이건만 제 의지대로 할 수가 없었다. 천장과 바닥이 뒤집혔다. 중심을 잃은 몸이 제멋대로 기울었다. 차라리 기절이라도 했으면 좋겠다는 생각을 하며 가인은 쓰러지기 직전에 눈을 감았다.

그런데 따뜻했다. 귀에선 쇳소리 같은 이명 대신 힘차게 맥동하는 심장 소리가 들렸다. 그리고 익숙한 체취……. 몸이 기울어지는 순간엔 당연히 딱딱하고 차가운 바닥으로 곤두박질 칠 줄 알았는데, 예상과 달리 단단하고 따뜻한 체온이 그녀의 몸을 먼저 감싸 안았다. 함부로 몸을 맡겨도 좋을 그리운 체온 속에 몸을 묻으니, 묻어 두었던 설움이 북받쳤다.

"병원에 가자."

가인은 너무나도 소중하게 자신을 감싸 안고 속삭이는 목소리에 그만 왈칵 울음이 터졌다. 경빈의 드레스 셔츠가 그녀의 눈물을 흠뻑 빨아들였다. 가인은 그의 품에서 말없이 고개를 끄덕였다. 경빈은 차가운 눈으로 준우를 한 번 일별하고는 가인을 안은 채로 로비를 벗어났다.

준우는 뒤늦게 가인의 상태를 알아차리고 다시 붙잡으려 했으나 어느새 다가온 경빈에게 저지당하고 물러날 수밖에 없었다. 자신의 품은 거부하던 그녀가 민경빈의 품은 당연하게 받아들인 것도 모자라 안도해하며 더 그 품으로 파고들었을 땐, 준우는 분노를 삼킬 여유도 없어졌다.

준우가 그렇게 무력함에 빠져 있는 동안, 그들은 이미 그의 시야에서 사라지고 없었다.

경빈은 굳은 얼굴로 전방을 주시한 채 운전에만 집중하였다. 옆에 앉은 가인의 시선이 안타깝게 전해지는데도 그는 눈길 한 번 돌리지 않았다. 그러나 단단히 굳어 있던 그의 입매에는 미미한 균열이 일었다. 지극히 집중해야만 알 수 있는 흔적도 남지 않는 균열. 아무리 여자와는 다른 남자의 강한 살결이라 하나, 입술 안쪽 살갗은 그녀 못지않게 여릴 것인데, 그것을 짓씹었는지 붉은 핏빛이 그의 아랫입술에 배어 나왔다.

그러지 말라고, 그렇게 아프게 깨물지 말라고, 말하지 않아도 당신 마음은 다 알고 있다고, 뭐 때문에 냉정한 가면을 쓰고 차갑게 대하는지는 모르지만, 그렇게 할 수밖에 없는 당신 마음은 다 알고 있다고. 아픈 그의 입술을 어루만져 주는 대신 가인은 기어에 올려진 그의 손등을 가만히 덮었다. 부드럽게 어루만지는 손길에 그는 혈관이 불거지도록 기어를 꽉 틀어쥐었다.

가인은 그의 손을 꼭 잡은 채로 좌석 시트에 머리를 기댔다. 그의 체온이 있으니 비로소 잠들 수 있을 것 같았다. 기력은 이미 바닥을 치는데 억지로 눈을 뜨고 있었더니 극심한 피로가 몰려왔다.

가인이 눈을 감은 후에야 경빈은 그녀에게 눈길을 주었다. 비록 손을 뻗어 만질 수는 없으나, 아픈 시선으로 그녀를 어루만지고 또 어루만졌다. 얼마나 마음의 상처가 컸으면 안 그래도 가련한 몸이 단 하루 새 초겨울 낙엽마냥 바스러졌을까. 그녀를 위한다는 가식적인 명분 아래 이기적이고 비겁했던 자신의 행동이 역겨웠다.

경빈은 항생제와 해열제를 맞고 죽은 듯이 잠들어 있는 가인의 손을 꼭 잡고 있었다. 비정상적으로 열이 높고 숨 쉬는 것도 힘겨워 보이더니, 우려했던 대로 폐렴 초기라 했다. 며칠 입원해서 치료받으면 괜찮다고 했지만, 그의 심장은 날카로운 단면에 베인 듯 호되게 아팠다.

병실 창문 너머 서녘 하늘엔 핏물을 풀어놓은 것 같은 노을이 옅게 깔렸다.

낮게 들리는 노크 소리에 경빈은 가인의 손을 놓고 자리에서 일어났다. 조심스럽게 병실 문이 열리고 가인의 사촌 언니라는 여자가 걱정스러운 얼굴로 들어섰다. 그녀는 잠든 가인의 홀쭉한 뺨을 어루만지고는 경빈에게 시선을 돌렸다. 눈이 마주치자 경빈은 짧은 묵례를 하고 돌아섰다.

"잠시 저랑 얘기 좀 할 수 있을까요?"

병원 밖으로 나온 두 사람 사이에 어색한 침묵이 깔렸다.

노을은 이미 사라지고 땅거미가 내렸다. 희영은 어스름보다 더 짙게 깔린 그와 자신의 그림자를 보았다. 벤치에 앉아 있는 자신의 그림자는 뭉툭하고 짧은데, 바로 앞에 서서 허공을 응시하고 있는 그의 그림자는 길게도 늘어졌다.

"얘기 좀 해 보세요. 대체 무슨 일인가요? 가인이는 통 말을 안 하네요."

한참 후에야 희영이 입을 열더니, 계속 말을 이었다.

"결혼하기로 하지 않았나요? 우리 가인이한테 청혼하셨잖아요. 어제 가인이 그쪽 만나러 나가선, 오늘 새벽에 돌아왔어요. 간밤엔 비까지 왔는데, 밤새 그 비를 다 맞았나 보더군요. 온몸이 다 젖어선 돌아오자마자 정신을 놓는데, 난 산 사람이 아니라 송장인 줄 알았어요."

묵묵히 듣고 있던 경빈이 으깨지도록 입술을 짓씹었다. 밤새 그 비를 맞으며 자신을 기다렸을 그녀를 생각하자 가슴이 찢어지는 것 같았다. 그 시간에 자신은 무얼 했던가? 술에 진탕 취해서 따뜻한 방 안, 그것도 침대 위에서 태평하게 잠을 자고 있었다. 역겹고 이기적인 자신에 대한 증오는 심장이 새까맣게 변할 때까지 태워도 모자랄 것 같았다.

"내 말이 고깝게 들릴지도 모르겠지만, 지금은 내가 가인이 보호자니까 묻는 거예요. 두 사람 사이에 있었던 일, 지극히 사생활이라 끼어들고 싶은 마음은 없었는데, 일이 이렇게 된 이상 알아야겠어요. 혹시, 헤어지자고 했어요?"

희영의 힐난 어린 질문에 경빈은 대답 대신 주먹을 꽉 틀어쥐었다.

"우리 가인이, 정말로 사랑하긴 해요?"

그 질문에도 대답할 수가 없었다. 그동안은 자만심에 빠져 세상 누구보다 그녀를 사랑한다고 자신 있게 말했을지 모르나, 지금은 그 모든 것이 기만이고 위선이었다. 그녀만을 담았고, 그녀만을 사랑한다고 자신했던 가슴이 실상은 텅 빈 가식에 불과했던 것이다.

"부탁드립니다. 이제 그만해 주세요. 제발, 저 애를 아프게 하지 말아 주세요."

바닥을 향해 한숨을 푹 내쉬던 희영의 눈에 차츰 물기가 어렸다.

"이제 와 이런 얘기가 무슨 소용 있겠냐마는 우리 가인이가 그쪽하고 헤어진 4년 동안 어떻게 살았는지 아세요?"

"……."

"4년 전에 갑자기 가인이가 런던에 왔었어요. 이역만리에 떨어져 산 지 10여 년이건만, 그래도 제 아버지 피붙이라고 우리 집으로 왔더라고요. 삼촌 그리 허망하게 돌아가신 줄도 모르고, 먹고살기 바빴던 우리 엄마 장례식에도 못 가셨어요. 숙모 일찍 돌아가시고 삼촌마저 그리 세상을 떠났단 소식에 가인이 불쌍해서 어쩌나 몇 날 며칠 가슴 치며 통곡만 하고 있는데, 가인이가 온 거예요. 우린 아무도 몰랐어요. 아이가 말 한 마디 않고, 몇 달을 방 안에만 틀어박혀 지냈는데도 시간이 지나면 저절로 나으려니 했어요. 단순히 삼촌이 돌아가신 충격 때문에 그런 줄 알았어요. 그런데 어느 날부터 술을 마시기 시작하더군요. 그걸 그냥 내버려 뒀어요. 저러다 괜찮아지겠지, 안이하게만 생각했어요. 그런데 그냥 지켜만 봐선 안 되는 거였더군요. 전혀 괜찮아지지가 않아서, 치료란 명목 아래 병원에 가인이를 가둬 두는 것 말고는 아무것도 해 줄 수가 없었어요. 그 애 고통이 뭔지, 아픔이 뭔지, 상처가 뭔지 아무것도 몰랐으니까……. 그러다 가인이 일기장을 봤어요. 항상 무언가를 끼적거리기에, 우리에겐 말 못 한 그 애의 고민이 거기에 적혀 있을 거라 생각했거든요. 그래서 그 애 몰래 일기장을 펼쳐 봤는데……."

희영은 잠시 말을 멈추고 목을 가다듬었다.

"첫 장부터 마지막 장까지 한 사람의 이름밖에 없더군요. 그 두꺼운 일기장에 적힌 거라고는 단 한 사람의 이름뿐이었어요."

그때를 생각하면 희영은 한편으로 어이가 없고 또 한편으로 가슴이 먹먹했다. 그때 가인은 첫사랑의 열병을 호되고 앓고 있었던 것이다. 희영도 못 해 본 지독한 사랑을 그 어린 나이에 했었나 싶어 황당한 마음이 들면서도 그 애의 그리움이 전이되었는지 함께 가슴 아파했었다. 어떻게 헤어져서 런던까지 오게 되었는지는 모르지만, 그 어린아이가 얼마나 한 사람을 깊이 마음에 담았고, 그리워했는지는 누구보다 희영이 잘 알았다.

경빈은 터질 것 같은 가슴을 주체할 수가 없었다. 스스로에 대한 증오가 첩첩이 쌓여 갔다. 그녀는 자신의 아버지한테 그 모진 상처를 다 받고 쫓기듯 먼 타국으로 떠나가 그리움에 치여 말라 가고 있을 때, 자신 역시 같은 곳에 있었으면서 버젓이 학위를 따기 위해 학교에 다니고, 끼니마다 거르지 않고 밥을 먹었던 것이다. 어떤 인간은 금수보다 못하다고 하더니 바로 자신이 그랬다.

"제발 부탁드릴게요. 우리 가인이, 저대로 내버려 두지 마세요. 한 번으로 충분하잖아요. 함께 사랑하는 것만큼 큰 축복도 없는데, 왜 서로에게 상처가 되는 어려운 길로 돌아가려고 하는지 난 정말 이해를 못 하겠어요."

그때까지 희영의 말을 듣고만 있던 경빈이 어렵게 입을 열었다.

"가인이, 제 곁에 있으면 더 상처받습니다."

"왜 그렇게 생각하세요? 왜 가인이가 그쪽 곁에 있으면 상처받는다는 거죠?"

"함께 있으면 힘들어지는 건 가인이니까요. 우린 이제 함께할 수 없는 사람들입니다."

냉정히 잘라 말하는 그를 희영이 질린 눈으로 쳐다보았다.

"그래서 정말로 이대로 끝내겠다고요? 그럴 거면 왜 다시 시작했어요? 결혼하자는 말은 왜 했어요? 불장난이었어요? 아무것도 모르는 애 데리고 논 거였어요? 애 마음 이리저리 휘저어 놓고 이제 와 미안하다, 헤어지자, 단 두 마디면 끝인가요? 사람이 어떻게 그리도 이기적이고 모질 수가 있죠?"

경빈은 대답 대신 묵례를 하고 돌아섰다.

저리 냉정하게 돌아설 남자에게 자신은 무엇 때문에 가인의 아팠던 시간에 대해 구구절절 읊어 댔던 것일까. 희영은 허망하고 질린 표정으로 그의 뒷모습을 쳐다보았다. 저런 사람인 줄도 모르고 병상에 누워서도 그를 그리워할 게 뻔한 가인이 바보 같아서 복장이 터졌다.

희영이 병실로 돌아왔을 때, 가인은 창 쪽으로 시선을 둔 채 침대에 비스듬히 기대어 있었다.
"일어났네? 이제 좀 살 만한가?"
"……그 사람은?"
가뭄에 버석거리듯 목소리가 갈라져 나왔다. 정신이 들자마자 대뜸 그부터 찾는 가인의 모습에 희영은 뭐라 할 말이 없었다.
"그 사람이 언니한테 연락했어?"
"어."
"근데 왜 안 보이지?"
"갔다. 조금 전에."
시간이 정지된 것마냥 가인이 움직임을 멈췄다. 그래 봐야 기껏 눈을 깜박거리던 게 다였지만, 지금은 그 깜박거림마저 없었다. 입고 있는 헐렁한 환자복 소매 아래로 드러난 가는 팔목이 자꾸만 희영의 시선을 잡았다. 혈관을 찾기가 쉽지 않았는지 링거 바늘이 꽂힌 동생의 팔목은 온통 푸르스름한 멍투성이였다.

한참을 그림처럼 앉아 있던 가인이 천천히 눈을 감았다. 감은 눈을 덮고 있는 긴 속눈썹이 파르라니 떨렸다.
"내가 너무 많이 잤나 봐. 조금만 더 일찍 깨났으면 좋았을걸. 그깟 잠이 뭐라고 그 사람 가는 것도 못 보고……."
"그만해라. 남 걱정할 정신 있으면 네 걱정이나 해, 맹추야. 그 꼴을 해서 네가 지금 남 걱정할 때냐?"
희영은 털썩 의자에 주저앉았다.
"야, 윤가인. 구차하게 매달리지 마. 보란 듯이 너도 걷어차 버려. 그깟 놈한테 아까운 네 청춘 쏟아붓지 말고 이제라도 정신 차려."

가인이 눈을 뜨고 원망스럽게 희영을 노려보았다.

"웃겨."

"뭐가 웃기는데?"

"마치 그 사람에 대해 다 아는 것처럼 말하는 게 웃긴다고. 뭘 안다고 그런 말을 해? 알지도 못하면서 함부로 말하지 마."

"그래, 아는 거 없다. 알고 싶은 마음도 없다! 난 내 눈에 보이는 것만 믿거든. 너처럼 보이지도 않는 것까지 다 포용할 넉넉한 마음이 아니라 좁아터진 밴댕이 소갈딱지라서 미안한데, 어쩌겠냐? 이렇게 생겨 먹은걸. 너도 눈이 있으니 네 몰골이 어떤지 봐라. 누가 그렇게 만들었냐? 너한텐 죽고 못 사는 남자겠지만, 나한텐 세상 물정 모르는 바보천치 같은 내 동생 데리고 놀다 버린 나쁜 놈으로밖엔 안 보여."

그를 모욕하는 말이 듣지 싫은지 가인이 고개를 돌려 버렸다.

"하지 마."

"윤가인, 내 말은……."

가인은 등을 돌리고 눕더니 눈을 감아 버렸다.

"그만 가라, 언니. 자고 싶어."

김이연 여사는 오피스텔 안으로 들어서려다 망연자실한 얼굴로 현관 앞에 멈춰 섰다.

인적을 감지한 센서 때문에 난장판이 된 오피스텔 안의 전경이 그녀의 시야에 적나라하게 들어왔다. 진동하는 독한 술 냄새에 머리가 어지러워 잠시 눈을 감았다가 뜨는 사이 센서가 꺼지고 다시 어두워졌다.

김 여사는 깨지고 어질러진 곳을 피해 조심히 발을 디뎌 가며 스위치를 찾아 불을 켰다. 천장에서 환하게 쏟아지는 불빛을 받자 오피스텔 안의 상황은 더욱 처참했다. 진열장의 유리는 깨어져 있고 아무렇게나 나뒹구는 술병들 사이로 경빈의 것으로 보이는 말라 버린 핏자국이 분분하게 널려 있었다.

아들의 심정을 따로 헤아릴 필요도 없었다. 난장판이 된 이곳처럼 상처 입은 아들의 가슴도 너덜너덜해졌을 것이다. 못난 어미의 가슴도 피를 흘렸다. 김 여사는 떨리는 손으로 가슴을 붙잡고 한 발 한 발 천천히 디뎌 가며 경빈에게 다가갔다.

경빈은 바닥에 주저앉은 채로 침대에 얼굴을 묻고 울고 있었다. 김 여사의 가슴이 무너지듯 내려앉았다. 다 큰 아들이 울고 있었다. 홀로 오열을 하고 있었다. 들썩이는 어깨와 억눌린 울음소리가 어미의 가슴을 갈가리 찢어 놓았다.

김 여사는 경빈의 얼굴을 들어 끌어안았다.

"경빈아, 어찌 이러니?"

아들의 눈물이 독이 되어 어미의 품 안으로 스며들었다.

"불쌍한 내 새끼. 부모가 되어선 내 새끼 가슴에 모진 병만 심어 놓았구나. 경빈아, 엄마가 어찌해 줄까? 어찌해 주면 되겠니? 뭐든지 하마. 엄마가 뭐든지 할 테니 제발, 아가. 너 자신을 망가뜨리지 말아라. 그러지 마라, 경빈아."

김 여사는 경빈을 끌어안고서 목을 놓았다. 늙고 가냘픈 어미 품 안에 머물기엔 키도, 덩치도 넘치도록 커 버린 아들이지만 그녀에겐 여전히 어리고, 안쓰럽고, 아깝기만 한 자식이었다.

"엄마가 그 아이를 만나마. 만나서 빌게. 그 아이가 원한다면 무릎이라도 꿇으마. 그리하면 안 되겠니? 그렇게라도 해야 내 새끼 고통이 조금이라도 줄어들까? 그래도 안 된다면, 정 아니 되겠다면, 도저히 방법이 없다면 차라리 그 아이랑 떠나거라. 눈 한 번 질끈 감으면 되지 않겠니? 여기는 모두 잊고, 우리는 모르는 사람이라 여기고, 평생 못 보고 살아도 되니까, 아예 남이라 생각하고, 넌 그 아이랑 떠나. 되도록 멀리, 아무도 모르는 곳에서 그 아이랑 둘이 살아. 그래야 네가 산다면, 그 방법뿐이라면, 내 아들 살릴 사람이 그 아이뿐이라면 그렇게 하자, 경빈아. 천벌은 엄마가 다 받을 테니……."

경빈은 어머니가 외치는 절박한 말들을 모두 흘려버렸다. 이제 와 그런 것들이 다 무슨 소용 있나. 지금 그에게 어머니의 가슴 아픈 절규는 그저 공기 속에 섞여 부유하는 먼지와 다를 바가 없었다. 이따금 숨을 쉬는 게 버겁긴 하겠지만, 그깟 숨 좀 못 쉰다고 해서 달라질 것도 없는 현실. 그뿐이니까.

급작스럽게 졸음이 몰려왔다. 지독한 불면으로 인해 핏발 서린 눈동자가 버석거리는데도 말짱하기만 했던 정신이 어느 순간 몽롱해졌다. 어머니 품에 있으면서도 마치 벽을 사이에 둔 것 같았다. 귓속에서 날카롭게 울리는 이명 같던 어머니의 울음소리가 점차 아득해졌다.

김 여사는 잠이 든 경빈을 카펫이 깔린 바닥에 누이고는 마치 갓난아기에게 하듯 한참을 다독거렸다. 다 큰 아들을 그녀 혼자 침대로 옮기기엔 버거워 베개와 이불만 끌어내려 덮어 주고는, 피가 말라 엉겨진 아들의 손을 애끓는 마음으로 바라보았다. 들어오면서 본 핏자국은 역시나 아들의 것이었다. 날카롭게 베인 곳은 이미 말라 꾸덕해진 후였지만 아들의 가슴은 잠든 이 순간에도 피비린

내 선연한 상흔으로 얼룩져 있을 것이다.

김 여사는 수건에 물을 적셔 와 아들의 손에 묻은 핏자국을 닦아 냈다. 자신의 눈가에 흥하게 묻어난 눈물을 닦는 건 그 뒤였다. 그렇게 가슴 아프게 아들을 바라보길 한참, 그녀는 아들을 어루만지던 손길을 거두었다. 잠든 얼굴에도 상처는 여실히 남아 있었다. 더는 가엾고 아까워서 차마 눈으로도 쓰다듬지 못할 것 같았다.

김 여사는 마를 새 없이 흐르는 눈물을 닦으며 어질러진 오피스텔 안을 치우기 시작했다. 여기저기 뒹구는 술병을 치우고 깨어진 유리 조각을 쓸어 담았다. 행여 힘들게 잠이 든 경빈이 깨기라도 할까 봐 소리 내어 울지도 못하고, 울음소리는 꾸역꾸역 목구멍 아래로 밀어 넣었다.

의미 없이 스치는 눈길일망정, 그마저도 단 한 번도 주지 않는 사람이니 이제는 포기할 법도 하건만 연희는 어김없이 꽃을 사 들고 민 회장댁을 방문했다.

"왔니?"

반기는 기색 하나 없이 귀찮은 손을 맞는 것처럼 어두운 얼굴인 김 여사를 보고 현관 안으로 들어서던 연희의 얼굴에 일순 긴장이 스쳤다. 경빈의 마음 한 자락 잡을 수 없는 지금, 한때 먼저 약혼을 제한함으로써 일말의 기대감을 품게 했던 민성식 회장이 어느 날 아무 이유 없이 약혼을 엎어 버린 후로 연희가 유일하게 붙잡을 수 있는 사람은 김이연 여사뿐이었다. 그런데 지금 김 여사마저도 그녀를 문전박대는 아니지만 반기지 않고 있었다. 불길한 예감이 척추를 타고 흘렀다.

"좋지 않을 때에 왔구나. 미안하지만 오늘은 그냥 돌아가야겠다."

연희는 벗으려다 만 구두를 엉거주춤 다시 신으며 놀란 눈으로 김 여사를 쳐다보았다.

"무슨 일 있으세요?"

김 여사는 연희의 손에 들린 꽃다발을 받을 생각도 않고 어두운 얼굴로 고저 없이 말했다.

"회장님도 많이 편찮으시고 집 안 분위기가 좋지가 않단다. 앞으로는 이리 갑작스레 찾아오는 일은 자제해 주길 바란다."

"어……머님."

연희는 얼굴이 하얗게 질려선 어벙하게 입을 벙싯거렸다.

"조심히 돌아가렴."

미련 없이 등을 돌리는 김 여사의 행동에 연희가 재빨리 그녀의 옷자락을 붙잡았다. 무슨 할 말이 있느냐는 듯 김 여사가 고요한 눈으로 돌아보았다.

"갑자기 왜 이러세요? 어머님께서 이러시면 전 어떡해야 할지……."

"내가 뭘?"

"어머님!"

"내가 언제까지 너한테 어머님이란 소릴 들어야 하니? 너도 벌써 혼기가 꽉 찬 나이인데, 이리 서슴없이 우리 집에 드나드는 게 보기 좋지만은 않구나. 아직 우리 경빈이를 마음에 두고 있는 거라면 그만 마음 접어라. 가망 없는 경빈이 때문에 네가 좋은 사람 놓칠까 봐 걱정이구나."

연희의 입술이 파르라니 경련을 일으켰다. 사뭇 냉정하게 대하려던 김 여사는 그 모습이 안쓰러웠는지 다소 인자한 눈길로 연희를 쓰다듬었다.

"연희야, 내 말 너무 섭섭하게 듣지 말고, 우리 집에 찾아오는 건 오늘로 끝내라. 네가 아무리 애를 써도 경빈이 너한테 마음 안 돌아선다. 더는 그 녀석 기다리느라 아까운 네 청춘 헛되이 보내지 마라. 다 부질없는 짓이야."

이제 연희의 눈에 눈물이 어렸다.

"어머님까지 이러시면 전 어떡해요?"

"처음부터 아니었잖니. 상처 주어 미안하구나. 더 늦기 전에 좋은 사람 만나야지. 넌 예쁘고 똑똑하니까 얼마든지 좋은 사람 만날 수 있을 게야. 솔직히 우리 경빈이, 너한테 단 한 번도 좋은 사람 아니었잖아."

인자한 얼굴로 모질게 가슴에 못을 박는 김 여사를 연희는 야속하게 바라보더니, 결국 제 감정을 추스르지 못하고 손으로 입을 가린 채 뛰쳐나갔다.

힘없이 소파로 걸어오는 김 여사의 얼굴에 수심이 짙게 내려앉았다. 정원이 훤히 내다보이는 통유리 밖으로 울며 뛰쳐나가는 연희가 선명하게 눈에 들어왔다.

남의 집 귀한 자식, 저리 상처 주면 안 되는 것이지만, 어쩌겠는가. 그녀도 이기적인 부모라, 제 자식이 먼저인 것을. 깊은 상처의 수렁에 빠져 헤어나질 못하는 제 아들이 심장에 박혀 있는데, 연희의 상처는 눈 안에 티끌만도 못한 것을.

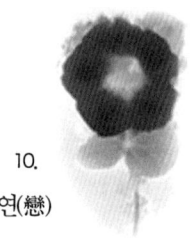

10.
연(戀)

　햇살이 좋은 날이었다. 그러나 가인은 모래 알갱이만 한 볕도 들어오지 못하게끔 완전히 커튼을 쳐 버리고, 어스레한 방에 웅크리고 앉아 손가락에 끼워진 반지만 쳐다보고 있었다. 빛이 없는 방 안에서도 영롱하게 반짝이는 다이아몬드 위로 눈물이 뚝, 떨어졌다. 영원한 사랑의 상징인 다이아몬드가 울고 있었다. 다이아몬드의 눈물이 손가락 사이로 흘러내렸다.

　이렇듯 아픔만 고스란히 남을 거였으면 반지 같은 건 받지 않았을 것이다. 반지 따위와 바꿀 수 있는 사람이 아니다. 그가 없는데 이깟 반지가 다 무슨 소용인가.

　퇴원한 후로 가인은 눈도 닫고, 귀도 닫고, 입도 닫아 버렸다. 방 안에 틀어박혀 나오려 하지 않았다. 그래도 희영의 닦달에 못 이겨 겨우 새 모이만큼의 밥을, 참새 눈물만큼의 물을 마시며 숨을 쉬고 있었다. 그래, 숨을 쉬고 있다. 그는 어디서 무엇을 하고 있는지도 모르는데 그녀는 숨을 쉬고, 밥을 먹고, 물도 마셔 가며 살아가고 있었다.

노크 없이 방문이 열렸다. 희영이 잠시 한심한 눈으로 가인을 쳐다보더니 불쑥 수화기를 내밀었다.

"전화받아."

시들다 못해 바싹 말라 있던 가인이 그 말에 고개를 발딱 들었다. 살이 내린 얼굴이 광대뼈만 도드라져 차마 보기가 딱할 지경이었다. 그런데 전화받으라는 그 한마디에 꺼져 있던 눈이 반짝 생기를 찾는 게 또 신기하긴 했다.

"꿈 깨라. 여자다. 그것도 아줌마."

혹시나 했던 기대감은 일시에 푸시식 꺼져 버렸다. 희영은 가인이 힘없이 내민 손에 수화기를 올려 주고는 뭐가 그리 못마땅한지 혼잣말로 구시렁거리며 나가 버렸다. 대략 종합해 보니 바보, 멍충이, 말미잘, 헛똑똑이 뭐 그런 말 같았다. 가인은 그 와중에도 피식 웃고는 수화기를 귀에 가져다 댔다.

"네. 여보세요?"

[가인 양? 나, 김이연이에요. 기억하겠어요?]

순간 가인의 심장이 쿵 소리를 내며 떨어졌다.

바람에 쓸려 분분히 날리는 낙엽이 노란 비가 되어 내리는 을씨년스러운 거리. 창밖으로 나뭇가지를 흔드는 매운바람 소리가 여기까지 들리는 듯했다.

언제였던가, 그때도 오늘 같은 날이 있었다. 이 찻집, 이 자리, 그리고 마주앉은 여인, 그 여인 앞에서 주눅이 들어 있던 자신의 모습. 이미 흘러가 버린 옛 시간이 부메랑이 되어 다시 돌아온 것처럼, 모든 게 그날과 똑같았다. 다른 점이라고는, 그날은 추적추적 비가 내렸지만 오늘은 바람이 매섭게 분다는 것.

가인은 김이연 여사의 맞은편에 다소곳이 앉아선 살짝 고개를 숙이고 있었다.

그의 어머니. 여전히 나이를 가늠할 수 없는 곱고 아름다운 외모에 그와 똑같은 깊은 눈동자를 지니고 있다. 찻잔을 드는 작은 동작에도 기품이 배어 있는 그녀는 천생 귀부인이었다.

모든 것이 예전 그대로였다. 그러나 가인은 저분이 자신을 마땅치 않게 여긴다는 것을 잘 알고 있었다. 비단 그 이유가 아니더라도 그녀에겐 한없이 어려운 분이었다.

가인은 무릎 위에 올려놓은 손을 꽉 마주 잡았다. 맞잡은 손에서 땀이 배어나는 것도 알지 못할 만큼 잔뜩 긴장해 있었다.

가인은 몰랐지만 실상 찻잔을 들어 올리는 김 여사의 우아한 손끝 또한 감추려 해도 미세하게 떨고 있었다. 쉽사리 입을 열지 못하고 차 한 모금으로 목을 축인 후, 김 여사는 어렵사리 첫 운을 뗐다.

"저기……."

"네?"

가인이 놀란 눈으로 고개를 발딱 들었다. 지나치게 놀라는 모습이 안쓰러워 김 여사의 눈이 애잔하게 젖어들었다. 며칠째 오피스텔에 틀어박혀 술에 의지해 겨우 숨만 쉬고 있는 아들에 비할 바 없이, 이 아이의 얼굴 또한 형편없이 사위어 있었다.

"그동안 잘 지냈어요?"

"네……."

처음의 놀란 목소리는 어느새 힘을 잃고 가인은 다시 고개를 숙였다.
 "그때는 내가 미안했어요. 내 원망 많이 했죠?"
 가인은 입을 꾹 다물고 고개를 내저었다. 솔직한 심정으로 그녀도 사람인데 어찌 원망하는 마음이 없었을까마는, 그런 속 좁은 마음은 아주 잠깐이었고, 그것보다는 사랑하는 사람의 부모님께 인정받지 못했단 사실이 더 가슴 아팠었다.
 "내가 가인 양한테 지울 수 없는 상처를 줬다는 거 알아요. 정말, 진심으로 미안하게 생각합니다. 그때 가인 양에게 그리 모진 말을 하고 후회 많이 했어요."
 가인은 냉큼 고개를 저었다.
 "그런 말씀 마세요. 이미 지난 일이고, 마음에 담아 두지 않았습니다."
 "가인 양……."
 단정하고 사려 깊은 대답에 목이 메었다. 김 여사는 눈을 내린 채 한동안 손수건만 만지작거렸다. 그러다 더는 머뭇거릴 수 없다는 생각에 간절한 눈으로 가인을 보았다.
 "이제 와서 내가 가인 양에게 이런 말을 하는 게 너무 염치없다는 거 잘 알지만, 그런데도 내가 이러는 건……."
 목이 타는지 김 여사는 다시 차를 한 모금 삼켰다. 가인도 어느새 고개를 들고 불안한 눈으로 김 여사를 마주 보았다. 대체 무슨 말씀을 하시려고 저러실까. 김 여사가 망설일수록 가인의 불안감은 더 커졌다. 지금은 감싸 주고 다독여 줄 경빈도 없는데, 또다시 가슴에 못이 박힐 그런 말을 듣게 된다면, 어떻게 감당해야 할지 자신이 없었다.
 김 여사는 아랫입술을 지그시 깨물더니, 힘들게 말을 하였다.

"우리 경빈이, 경빈이를 좀 붙잡아 줘요."

가인의 눈동자가 크게 일렁였다.

"네?"

"부탁합니다, 가인 양."

김 여사는 간절한 마음으로 손을 뻗어 테이블 너머에 있는 가인의 손을 꼭 붙잡았다.

"내가, 내가 용서를 빌게요. 백 번이고 천 번이고 가인 양이 됐다고 할 때까지 용서를 빌게요. 무릎을 꿇으라면 그렇게 할게요. 그깟 무릎 꿇는 게 뭐가 어렵다고 그걸 못 하겠어요. 그러니……."

"어머님…… 지금 무슨 말씀을……."

김 여사의 이해 못 할 말과 행동에 놀란 가인이 어리둥절하게 물었다. 김 여사의 붉어진 눈에 눈물이 그렁하게 고였다.

"우리 경빈이 아무것도 잘못한 게 없어요. 가인 양, 그거 알죠? 가인 양도 우리 경빈이 많이 좋아했잖아요. 그렇죠?"

김 여사의 물음이 어찌나 절박한지 무슨 영문인지도 모르면서 가인은 연신 고개를 끄덕였다.

"네, 어머님. 저 경빈 씨 사랑해요. 진심으로 그 사람 사랑해요."

가인의 간절한 대답에 조금은 안도한 얼굴로 김 여사는 손수건으로 눈물을 훔쳐 냈다.

"고마워요. 고마워요, 가인 양. 그리 말해 줘서. 우리 경빈이 포기하지 않고 여전히 사랑한다고 말해 줘서 진심으로 고마워요. 벌은 내가 다 받을게요. 날, 아니 우리를 용서해 달라는 게 아니에요. 사는 동안 그 벌 다 못 받으면 죽어서라도 받을게요. 하지만 경빈인 아무 잘못이 없어요. 그 아이도 가인 양처럼 피해자인데, 경빈이가 그 짐을 대신 짊어져선 안 되는 거잖아요."

"저기, 어머님."

갑자기 마음이 다급해진 가인은 어른이 말을 끝내기가 무섭게 성급히 끼어들었다. 김 여사가 눈물이 그렁한 눈으로 고개를 끄덕였다.

"정말 죄송한데요. 제가 어머님 말씀을 잘 못 알아듣겠어요. 무슨 말씀이세요?"

절실한 가인의 눈을 보며 김 여사는 그녀의 심정을 이해한다는 듯 재차 고개를 끄덕이며 입술을 달싹였다.

"가인 양밖에 없어요, 경빈이 잡아 줄 사람은. 우리 경빈이 좀 잡아 줘요. 제 손으로 가인 양을 놓아 버린 뒤로, 엉망이 됐어요. 가슴이 아파서 차마 보고 있을 수가 없어요. 저러다 잘못되기라도 할까 봐 내가 정말이지……."

김 여사는 말하다 말고 주먹으로 가슴을 탕탕 내려쳤다.

"경빈이 저대로 무너지게 두지 말고, 염치없는 부탁이지만 가인 양이 그 아이를 좀 잡아 주세요."

그가 엉망으로 무너졌다는 말에 가인도 마지막 보루인 양 감춰 두었던 눈물을 왈칵 쏟아 내었다.

"아니에요. 제가 아니에요, 어머님. 제가 그러는 게 아니라고요. 저, 경빈 씨 만나고 싶어요. 그런데 경빈 씨가 절 안 만나 줘요. 제 전화는 받지도 않고, 오피스텔로 찾아가도 문도 열어 주질 않아요."

김 여사는 눈물을 닦고는 얼른 핸드백에서 열쇠를 꺼내어 가인의 손에 쥐어 주었다.

"오피스텔 열쇠예요. 어쩌면 지금도 술만 마시고 있을지도 몰라요. 가인 양 아버님 사고는 정말로 경빈이하고는 아무 상관이 없어요. 정말로 미안합니다. 어떤 말을 해도 변명밖엔 안 되겠지만, 진심으로 사죄합니다."

"그게 무슨……."

가인의 얼굴이 온통 의문으로 가득 찼다. 사죄라니? 그리고 아빠의 사고는 또 무슨 말인가?

처음엔 그에 대한 걱정으로 무심히 넘겨들었는데, 그의 어머니 입에서 끊임없이 반복되어 나오는 사죄의 말은 그녀가 아무리 생각해도 이해할 수 없는 것이었다.

"……저희 아버지 사고라니요?"

투둑.

길가에 아무렇게나 뒹구는 노란 은행잎 위로 연한 물기가 반짝거렸다. 가인은 눈을 좁게 뜨고선 하늘을 보았다. 느지막한 오후의 햇살이 눈두덩 위에서 바스러져 눈이 시렸다. 볕이 이리도 좋은데, 바람을 타고 사금(砂金) 같은 연한 물 알갱이가 날렸다.

넋은 어디에 두고 걸었는지, 어느새 낯익은 아파트 단지 앞이었다. 그의 어머니와 어떻게 헤어졌는지, 돌아오는 길에 버스를 탔는지 혹은 전철을 탔는지 잘 기억이 나질 않았지만, 어쨌든 제대로 찾아오긴 했다. 그런데 어쩐지 두 발이 허공에 둥둥 떠 있는 것만 같았다. 눈을 뜨고 꿈을 꾸었나 싶게 현실은 아득한 의식 너머에 있었다.

아파트를 보자 집에 도착했다는 안도감에 순간 힘이 쭉 빠져 두 다리가 맥없이 꺾였다. 가인은 언젠가 경빈이 앉아 있었던 벤치로 휘적휘적 걸어갔다. 벤치 바로 옆에 서 있는 키 큰 은행나무에서 파라락 떨어지는 은행잎이 분연히 날려 눈이 어지러웠다.

가인은 그가 앉았었던 그 자리에 앉아 눈을 감았다.

이렇게 눈을 감고 있으면 느껴질지도 몰라. 내 어깨에 기대어 단잠을 자던 그 사람을. 찬기에 감기라도 들까 봐 염려가 되었지만, 너무나 곤히 잠든 그 사람을 차마 깨우지 못해, 그저 어깨만 내어 주었던 그날.

짧게 내렸던 는개는 갑작스레 왔듯이 소리 없이 가셨다. 기울어지는 볕이 그녀의 발밑, 분연한 노란 물결 위에도 머물렀다. 그런데 그때, 볕을 덮으며 짙은 그림자가 드리워졌다. 눈을 감고 있어도 확연히 느껴지는 키 큰 그림자. 익숙하지도, 가슴이 들뜨지도 않았다. 가인은 천천히 눈을 떠 자신의 앞에 서 있는 남자를 무표정한 얼굴로 올려다보았다.

그러자 남자가 피식 웃었다.

"궁금해? 어떻게 알고 왔는지?"

"별로. 멀리 있는 것도 아니고, 고작 같은 서울 하늘 아래에 있는데, 알려고 마음먹으면 못 알아낼 것도 없으니까."

별로 놀랍지도 않다는 듯 덤덤히 말하는 가인을 잠시 애틋한 눈으로 바라보던 준우가 그녀의 옆에 앉았다.

"그래, 그다지 어렵지도, 힘들지도 않았어."

준우는 고개를 돌려 가인의 고운 옆모습을 바라보았다. 줄곧 앳된 모습만을 기억하고 있었는데, 이젠 성숙한 여인의 향기를 물씬 풍기는 그녀가 그림처럼 눈 속에 담겼다.

준우는 천천히 그녀의 이마에서부터 코, 입술, 턱, 목까지 이어지는 고운 선을 따라 시선을 내렸다. 보는 것만으로도 조심스럽고 아까웠다. 섬세하게 세공된 유리인형 같아서, 잘못 건드렸다간 깨어질까 봐 더럭 두려움마저 일어, 그의 목울대가 꿀꺽 울렸다.

준우는 자신도 모르게 그녀의 얼굴을 향해 손을 뻗었다. 그러나 야속하게도 그의 손이 닿기도 전에 그녀가 고개를 돌려 버렸다. 거절당한 손이 부끄러워서 준우는 한동안 자신의 손을 들여다보다가 이내 냉소적으로 입귀를 틀었다.

"이런 식의 거절, 가히 기분이 좋진 않네. 난 이제 예전에 윤가인이 알던 그 정준우가 아닌데."

그러나 그녀에게서 돌아오는 대답이 없다. 준우는 문득 궁금해졌다. 그녀의 기억 속에 정준우란 남자는 어떤 모습일지.

"인아."

"……."

"그동안 어디서 어떻게 살았는지는 묻지 않을게. 너한테 무슨 일이 있었는지도 묻지 않는다. 그런데 이것 하나만 묻자. 넌, 내가 보고 싶었던 적 단 한 순간이라도 있었니? 내 생각 한 번이라도 했어?"

가인은 말없이 눈을 깜박거렸다. 고민하는 기색은 없었다. 다만, 살짝 이마를 찡그렸을 뿐이다. 어떤 감정의 동요도 일으키지 않는 잔잔한 눈동자를 보고 있으려니 불길한 예감이 들었다. 어쩌면 저 여자의 기억 속에 정준우란 남자는 단 한 순간도 살았던 적이 없는 건 아닐까 하는.

그러자 자조적인 웃음이 나왔다. 설령 그렇다 해도 준우는 억지로 대답을 강요할 생각은 없었다. 보고 싶든 아니든 어차피 과거 일 뿐. 지금 이 순간부터 차근차근 하나씩 새로 시작하면 되니까.

"뭐, 좋다. 마음만 바꾸면 한순간 세상이 달라 보이는 거니까. 내 마음은 쭉 한 방향이었으니 네 마음만 돌리면 돼. 그러면 우리 관계도 조금은 진척이 있지 않을까?"

그러나 가인은 대답 대신 한 손으로 관자놀이를 누른 채 여전히 이마를 찡그리고 있었다. 도대체 자신의 말을 듣고 있기나 한 걸까? 준우의 눈썹이 살짝 휘어졌다.

"머리 아프니?"

가인은 이제 한 손으로 이마를 짚고는 다른 손을 내저었다. 준우의 미간이 실긋 일그러졌다. 자신의 진지한 고백에는 관심조차 없는 그녀의 무심한 행동이 그의 신경을 건드렸다.

"내 말 듣고 있냐?"

준우는 나지막이 한숨을 내쉬었다.

"지금 당장 날 사랑해 달라는 말이 아니야. 밀어내지만 마라."

"밀어낼 것도 없어. 애초에 들어올 자리가 없는데 무엇으로 밀어낼까."

망설임도 없는 대답이 돌아왔다. 그나마 다행인 건 자신의 말을 아주 한 귀로 흘려버리지는 않았다는 것. 준우는 그것으로 쓴 위안을 삼았다.

"그래, 그대로만 있어. 들어가는 건 내가 한다. 너한테 무엇도 강요하지 않을 테니, 그렇게 그 자리에서 날 보기만 해."

"내 말, 못 알아들었구나?"

가인은 이마를 짚고 있던 손을 내리고 준우를 보았다.

"내 마음은 여전히 그대로다. 널 사랑해. 내가 사랑하는 만큼 네 사랑을 받고 싶다."

항상 진중한 그였지만, 준우는 그 어느 때보다 더 진지하게 고백을 했다. 가인은 어떤 감정도 섞이지 않은 담백한 눈으로 그를 말끄러미 보며 천천히 말을 했다.

"잘못 찾아왔네. 그런 마음을 나누고 싶다면, 다른 사람을 찾았어야지."

"네가 행복했다면 어쩌면 나, 너 포기했을지도 모른다."

가인이 어이없는 헛웃음을 쳤다.

"누가 내가 행복하지 않다고 해?"

"너. 네 얼굴에 쓰여 있잖아. 지독히 불행하다고. 처음부터 잘못된 선택을 했으니 당연한 결과겠지만."

가인이 뭐라 반박하려는 걸 준우는 손을 들어 저지했다.

"물론 넌 아니라고 하겠지. 민경빈 같은 부류, 여자라면 누구나 한 번쯤 꿈꾸어 볼 수 있는 환상이긴 하지. 하지만 환상은 언젠간 깨어지기 마련이야. 허영심으로 가득한 황태자와의 사랑? 사랑이라 착각할 순 있어도, 신데렐라의 꿈에 부푼 착각은 절대 사랑이 될 수 없어."

가인의 얼굴이 싸늘하게 굳어졌다.

"집어치워! 언제부터 독심술을 했니? 오빠가 하는 말 이기적인 궤변이야."

"발악하지 마. 아프면 아프다고 해. 너 지금 아프잖아. 지독히도."

"내가 아프든 말든 그게 오빠랑 무슨 상관인데?"

"윤가인!"

가인은 잠시 준우를 노려보다 몸을 일으켰다.

"그런 말 할 거면 다신 만나지 말자. 조심해서 돌아가. 그리고 다신 찾아오지 마."

그러나 가인은 준우에게 손목이 잡혀 다시 벤치에 앉혀졌다. 준우의 이글거리는 눈으로 그녀를 노려보았다.

"정신 차려, 윤가인. 정신 차리고 네 모습을 제대로 봐라. 예전에 너 얼마나 밝고 예뻤는지 알아? 그늘 한 점 없이 투명하기만 하던 너였어. 그런데 지금은 이게 뭐냐? 뭐가 널 이렇게 만들었지? 네가 택한 그 잘난 사랑이 그 증거다."

가인은 준우에게 잡힌 손목을 빼냈다. 그리고 조용히 말했다.

"절대로 그럴 일은 없겠지만, 만약 내가 그 사람이 아닌 다른 사람을 사랑했다고 해도, 그 다른 사람이 절대로 오빠는 아니었을 거란 확신은 드네."

준우의 미간이 단번에 일그러졌다.

"무슨 말 같지도 않은 소리야!"

가인은 낮게 한숨을 내쉬었다.

"내 말이 말 같지도 않게 들리니? 봐, 우린 상대방의 말에 귀조차 기울이지 않아. 대화의 핀트가 맞지 않으니 서로 딴소리나 하고 있지. 말이 통하지도 않는데, 그런 사람들끼리 사랑을 말해? 너무 웃기잖아. 상대방의 마음은 알려고도, 이해하려고도 하지 않으면서."

"인아! 내 말은 그런 뜻이 아니라……."

"오빠를 탓하는 게 아니야. 내가 그렇다는 거야. 지금도 난 오빠 마음 안중에도 없어. 이해하려고도 안 해. 솔직히 몇 년 만에 만났다고는 하지만, 하나도 안 반가워. 부담스럽고 불편해. 더 설명이 필요해?"

준우는 가인의 어깨를 으스러지게 붙잡았다.

"윤가인!"

"더는 듣고 싶지 않아."

가인은 두 손으로 귀를 막아 버렸다. 준우는 성난 얼굴로 귀를 막고 있는 가인의 손을 억지로 떼어 내 꽉 움켜잡았다. 그녀의 손가락에 끼워진 다이아몬드가 그의 손바닥을 날카롭게 파고들었다.

"듣기 싫어도 들어. 네가 뭐라고 해도, 아무리 날 밀어내도 난 그대로 간다. 네 사랑이 하나이듯 내 사랑도 하나니까. 난 이미 그 사랑을 너에게 줬어."

 씹어뱉듯이 말을 마친 준우가 꽉 쥐고 있던 그녀의 손을 천천히 풀었다. 핏줄이 드러난 하얀 손, 마디가 가는 그녀의 약지에 그 남자가 끼워 준 게 분명한 다이아몬드 반지가 마치 그를 비웃듯 영롱하게 빛나고 있었다. 준우는 아무 말 없이 잠시 반지를 노려보다 가인의 손을 놓고 일어났다.

 "널 강제로 갖고 싶진 않다. 그러니 날 자극하지 마."

 그 말을 마지막으로 던지고 준우는 성큼성큼 걸어갔다.

 못된 말만 남기고 준우가 가 버린 뒤, 가인은 곧장 택시를 타고 시외버스터미널로 왔다. 서울을 벗어난 지 한참, 버스는 한적한 시골 길을 달리고 있었다. 이따금 바퀴에 자잘한 돌멩이가 걸릴 때마다 덜컹덜컹 차창이 흔들렸다. 그렇게 30여 분을 더 달려서 도착한 곳은 아빠의 유해를 뿌렸던 강가.

 바람이 불 때마다 마른 갈대가 스르륵 몸을 뉘었다. 갈대숲을 떠도는 바람이 한 번씩 크게 들썩일 때면 마른 숲을 헤치며 걷던 가인도 걸음을 멈추고 갈대와 같이 몸을 휘었다. 습기 먹은 비린 강바람이 피부에 닿았다. 차갑기보다는 섬뜩했다. 가인은 질퍽한 땅을 밟고 서서 한참을 흐르는 강물을 바라보았.

 한차례 바람이 몸을 휘감았다. 드러난 목덜미에 소름이 돋았다. 이제야 찾아온 불효막심한 딸을 바람이 대신 힐책하려는 것인지, 살갗을 파고드는 본새가 매서웠다.

 가인은 품에 소중히 안고 온 국화꽃을 강물에 띄웠다. 하얀 꽃송이가 강물을 따라 흘러갔다.

 '죄송해요, 아빠. 이제야 왔어요. 그곳에서 지금 저 보고 계시죠? 그럼 말씀해 주세요. 이제 제가 어떻게 살아야 할까요? 아빠를 그렇게 가시게 한 사람의 아들을 버려서 복수할까요? 그런 다음 영혼은 잃고 빈 육신만 가지고 고통 속에서 일생을 보낸 뒤에 아빠가 계신 곳으로 갈까요? 그 사람을 잃고 남은 생을 고적하게 살아야 하는 게 내게 주어진 숙명인 거예요? 아빤 그걸 바라세요? 아니죠? 그렇게 불행하게 사는 제 모습, 아빤 원치 않으시죠? 언젠가 아빠가 그러셨잖아요. 사람은 누구나 행복을 누릴 권리가 있다고. 그렇다면 나도, 그 사람도 행복할 권리가 있는 거잖아요. 나도 다른 사람들처럼 행복해지고 싶어요. 그 사람, 내가 행복하게 해 주고 싶어요. 나도 그 사람한테서 행복을 받고 싶어요. 뭔가 대단하고 거창한 걸 바라는 게 아니라, 단지 그뿐이에요. 배은망덕한 딸이라 실망하셨어요? 넌 왜 네 생각밖에 할 줄 모르냐 원망스러우세요? 그럼 아빠가 말씀해 주세요. 절 보고 계시면 말씀 좀 해 주세요. 제가 어떻게 해야 할지 아빠가 가르쳐 주세요. 네?

긴 하루였다.

가인은 자정이 가까워서야 그의 오피스텔에 도착했다. 쉬고 싶었다. 다른 누구도 아닌 그의 곁에서 이 지독한 피로를 떨쳐 버리고 싶었다. 가인은 그의 어머니에게서 받은 열쇠로 문을 열고 오피스텔 안으로 들어갔다.

난생처음 들어와 보는 그의 공간이었다. 가인은 깨끗하게 닦인 대리석 바닥에 조심스레 발을 내디뎠다. 비록 발을 딛고 서 있긴 하지만, 어쩐지 그녀에겐 금지된 성역처럼 느껴져 내딛는 발걸음이 조심스러웠다.

그는 침대에 엎드린 채로 잠이 들어 있었다. 침대가 놓인 쪽의

벽면은 전면이 통유리로 되어 있었는데, 반쯤 열어 둔 블라인드를 통해 외부의 불빛이 들어와 잠든 그의 침상을 비춰 주었다. 덕분에 가인은 불을 켜지 않고서도 원 없이 그를 눈에 담을 수가 있었다. 잠든 모습이나마 그를 볼 수 있단 사실이 기쁘면서도 한편으로는 가슴이 아렸다. 얼마나 보고 싶었는지, 얼마나 함께 있고 싶었는지 이 사람은 알까?

가인은 바닥에 앉아 그와 얼굴을 마주 볼 수 있도록 침대에 왼쪽 뺨을 묻었다. 그의 얼굴이 바로 코앞에 있었다. 그가 내쉬는 숨결이 고스란히 입술에 닿았다. 미동 없이 곱게 감긴 속눈썹이 여자인 그녀보다 더 길고 예뻐서 가인은 조심히 손을 뻗어 보았다. 스칠 듯 말 듯 손가락으로 그의 속눈썹을 살짝 건드렸을 땐, 반동이 있을까? 순간 파르르한 떨림이 느껴져 얼른 손을 떼고 말았다.

이제 가인은 얼굴을 들고 침대를 등 뒤로 두고 돌아앉았다. 협탁 위에 반쯤 마시고 남은 양주병이 있기에 그녀는 무심코 그것을 집어 들었다. 그런데 천천히 고개를 젖히고 병을 기울이려는 순간, 갑자기 뒤에서 넘어온 손이 낚아채듯 양주병을 빼앗아 갔다. 가인이 놀라서 고개를 돌리자 언제부터 깨어 있었는지 경빈이 굳은 얼굴로 그녀를 보고 있었다.

"지금 뭐하는 거야?"

경빈은 그녀에게 빼앗은 양주병을 손이 닿지 않는 곳으로 치워 버리고는 딱딱하게 되물었다.

"여긴 어떻게 들어왔어?"

가인은 금방이라도 울 것 같은 얼굴로 바닥에서 일어나 침대에 앉았다. 억지로 울음을 참으려니 뺨이 일그러지고, 눈시울이 따끔거렸다.

"돌아가. 그리고 다신 여기 오지 마라."

경빈은 부러 혀끝에 가시를 박았다.

그리움조차 죄가 되었다. 감히 꿈에서조차 품을 수 없는 가슴 아픈 사랑이었다. 그런 그녀의 향기가 자신의 침실을 떠도니 경빈은 미칠 지경이었다. 자신을 극한으로 몰고 가는 잔인한 시험을 견뎌 낼 수 있을까. 경빈은 모질게 이를 악물었다.

"가라."

그러자 그녀가 말없이 품에 안겨 왔다. 경빈의 어깨가 돌처럼 딱딱하게 굳었다. 그녀의 향기가 서서히 그의 심장을 잠식해 이성을 마비시키려 하고 있었다. 그런데도 밀어낼 수가 없었다. 밀어내려면 그녀의 몸에 손을 대야 하니까.

경빈은 품에 안긴 가인의 몸에 감히 손을 대지 못해, 이를 악물고 그 순간을 인내했다.

"보고 싶었어요."

슬픔을 억누른 희미한 음성에 그는 주먹만 움켜쥐었다. 대신 그녀의 두 팔이 그의 허리를 감았다.

"밀어내지 말아요. 날 밀어내려고 하면 할수록 난 더 당신 안으로 들어갈 거니까 소용없어요. 아무리 생각해도 내가 있을 곳은 여기밖에 없는데 어떡해. 내가 갈 데가 없어요. 그러니까 가라는 말도 하지 말아요."

경빈은 이를 악물었다. 이대로 그녀를 안을 수 있다면. 그토록 숨 막히게 염원했던 순간이지만, 그는 피가 배어나도록 입술을 깨물 수밖에 없었다.

"난 절대 못 헤어져요. 안 헤어질 거예요. 보내 주기 싫어. 당신 놓아 버리고는 내가 살 수가 없어."

마음을 거스르는 외면 따윈 하고 싶지 않았다. 그저 가슴이 시키는 대로 하고 싶었다. 이대로 그녀를 으스러지게 안고 싶었다. 그러나 경빈은 힘겹게 마음을 접으며 가인을 품에서 떼어 놓았다.

"돌아가라. 네가 아무리 그래도 난 이제 널 감당할 수가 없다. 더 이상 너와 어떤 것도 함께하고 싶지 않아."

부러 하는 모진 말이 비수가 되어 심장에 박히는 건 그녀가 아니라 그라는 것을 안다. 마음에도 없는 말을 함으로써 가슴이 얼마나 난도질 되었을까? 모질지 못한 사람이 모진 척하려니 가슴이 성할 리가 없을 텐데.

"그렇게 말하지 말아요. 당신이 아프잖아."

"네가 있을 곳 아니야. 나중에 후회하지 말고, 보내 줄 때 가."

"거짓말. 마음에도 없는 말을 한다고 해서 편해지는 것도 아니면서."

"가라. 내 맘 변하기 전에."

경빈은 침대에서 내려와 바닥을 딛고 섰다. 그러자 가인이 뒤에서 와락 그의 허리를 끌어안았다.

"안 가. 안 간다고 했잖아. 내가 있을 곳 여기밖에 없다고 했잖아. 왜 자꾸 가라는 건데? 왜 날 밀어내지 못해서 안달인데?"

그는 죽을힘을 다해 밀어내는데, 그녀는 그것을 너무 쉽게 허물어 버린다. 가인은 돌처럼 딱딱하게 굳은 그의 등에 얼굴을 묻었다.

"힘든 하루였어요. 너무 힘들어서 당신 옆에서 쉬고 싶은데, 그것도 안 돼요?"

등이 축축해졌다. 또 그녀를 울려 버렸다. 경빈은 아랫입술을 지그시 베어 물었다.

"오늘 아빠한테 다녀왔어요. 가서 나 그냥 당신 옆에 있을 거라고 말씀드리고 왔어요."

그의 심장이 쿵 소리를 내며 바닥까지 떨어졌다. 설마……. 차마 말로 하지 못한 물음을 딱딱한 등이 대신했는지 등 뒤에서 그녀가 고개를 끄덕였다.

"그래요. 나, 다 알아요. 다 알게 됐는데, 그런데도 내 선택은 당신이야. 나는 행복해지고 싶어. 아빠도 그걸 바랄 거예요. 당신 딸이 불행해지는 걸 보고 싶은 부모가 세상에 어디 있겠어요? 우리 아빤 그렇게 모진 사람 아니었어요. 세상 사람들이 다 손가락질을 한대도 상관없어. 돌을 던지든 손가락질하든 맘대로 하라고 해요. 그런 건 하나도 안 무서워. 내가 정말로 두렵고 무서운 건 당신이 더 잘 알잖아. 그러니까 이제 당신 혼자 그런 힘든 연극하지 마. 누구를 위한 연극인데? 나를 위해서였다면, 난 하나도 재미가 없어. 너무 슬프고 지루해. 연극이 계속된다면, 가슴이 아파서 죽어 버릴지도 몰라요."

"……."

"내가 죽어도 좋아요? 다신 나 안 봐도 상관없어요? 나 없이도 살아갈 수 있어요?"

"……."

"난 못 해. 난 죽기도 싫고, 당신 없이 아무렇지 않게 살 수도 없어요. 살고 싶으니까, 행복하게 살고 싶으니까 당신 옆에서 당신 얼굴 보고 살 거야."

"……."

"사랑해요. 사랑해요. 미치도록 사랑해. 죽도록 사랑해."

순간 가인은 침대에 눕혀졌다. 경빈은 허리에 둘러진 그녀의 손을 떼어 내고는 그대로 안고 침대 위로 무너졌다. 그녀의 몸 위로 그의 몸이 겹쳐지고 얼굴이 바짝 맞닿았다. 긴장한 그녀의 숨결이 그의 입술에 닿았다. 소원했던 나날이 계속될수록 쌓였던 그리움과 열망이 서로의 눈 속에서 눈부처가 되어 피어올랐다.

경빈은 손가락으로 천천히 가인의 얼굴을 어루만졌다. 이마에서 콧날까지 손가락이 한 번에 타고 내려갔다. 그리고 좁은 인중을 지나 붉은 입술에서 멈추었다.

널 안고 싶다. 널 갖고 싶어. 너의 유일한 남자가 되고 싶고, 널 나만의 여자로 소유하고 싶어.

가인은 열망에 젖은 그의 눈빛에 담긴 말을 읽었다. 떨리는 입술로 가느다란 숨결을 내보내며 허락의 의미로 눈을 감았다. 얄포름한 눈꺼풀 위로도 그의 뜨거운 숨결이 닿았다. 다시 그의 손이 움직였다. 그녀의 입술에서 턱으로, 곱고 애련한 목으로…….

툭.

첫 번째 단추가 열렸다. 사슴 같은 긴 목이 드러났다.

툭.

이어 두 번째 단추도 열렸다. 여인의 고귀한 성역의 첫 번째 보루인 새하얀 브래지어가 설핏 보였다.

툭.

세 번째 단추마저 풀렸다. 새하얀 레이스 속에 숨어 있던 여릿한 가슴의 굴곡이 수줍게 고개를 들었다. 가느다란 목을 타고 긴장이 내려갔다.

경빈은 경외한 눈으로 보얗게 드러난 목덜미와 부드럽게 감싸인 가슴 굴곡을 보았다. 그리고 천천히 얼굴로 내려 함부로 탐하기엔 너무나도 순결한 가슴 계곡에 뜨거운 입술을 묻었다. 그러자 가인이 두 팔로 그의 머리를 꼭 끌어안고는 가슴을 크게 들썩였다.

"……사랑해요."

경빈은 숨 막히게 보드라운 여체에 얼굴을 묻고 아릿한 살내를 들이켰다. 울컥 눈물이 솟았다. 이대로 죽어도 좋을 것 같은데, 살아 있음을 여실히 증명하는 심장이 미친 듯이 펄떡였다.

사랑해. 사랑해. 죽도록 널 사랑해.

그녀의 품에 안겨 뜨겁게 토해 내는 숨결 속에 말로 하지 못할 고백을 묻었다. 이윽고 경빈이 다시 고개를 들었다. 가인의 희디흰 가슴골 사이로 그가 흘린 눈물이 맺혀 있었다. 그러나 경빈은 그대로 계속 나아가지 않고, 순서대로 푼 단추를 역으로 올라가며 다시 채우기 시작했다. 그런 그의 행동을 말없이 지켜보던 가인이 떨리는 눈으로 물었다.

'왜?'

목까지 단추를 다 채운 그는 손을 올려 그녀의 눈가에 희미하게 묻어난 눈물을 닦아 주었다. 그리고 조심히 목과 등을 받쳐 그녀를 일으키더니 품에 꼭 안았다. 그의 넓고 따뜻한 품 안에서 가인은 왈칵 눈물을 터트렸다.

그의 손이 다정하게 그녀의 등을 쓸어내렸다. 더는 밀어내려 애쓰지 않았다. 힘겹게 외면하지도 않았다. 있는 그대로 그녀를 가슴에 안고 서로의 가슴에 깊게 맺힌 상흔을 어루만졌다.

"아직은…… 아직은 지켜 주고 싶어. 내 여자니까. 지켜 줄게. 사랑해."

비록 완전한 육체의 결합은 없었다 하나, 이미 마음으로 온전히 서로를 가졌다.

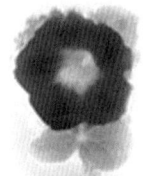

11.
일생일세(一生一世, 영원)

 스치는 한 줄기 바람이 싸늘했다. 몸이 저절로 움츠러드는 찬기 서린 오후, 가인은 코트 주머니에 두 손을 넣고 총총한 걸음으로 걸어오다 멀리 나무 벤치에 앉아 있는 경빈을 보고는 뛰기 시작했다. 하얀 입김이 소록소록 피어오르는 입술이 함빡 미소를 머금었다. 우울함의 잔재는 어디에도 남아 있지 않은, 연인을 향한 오롯한 기쁨만이 완연했다.
 경빈은 멀리서 뛰어오는 발소리에 고개를 돌렸다. 제법 추워진 날씨는 그녀의 옷차림으로도 알 수 있었다. 무릎 위까지 덮은 하얀색 하프코트에 목이 긴 롱부츠를 신고 달려오는 그녀는 흡사 지상에 불시착한 천사 같아 눈앞이 아득해졌다. 긴 머리카락이 바람에 너울너울 춤을 추었다. 빛이 부서지는 듯한 아찔함에 눈이 멀 찰나, 가인이 두 팔로 그의 목을 감고 답삭 품에 안겨 왔다.
 "보고 싶었어요. 그동안 잘 지냈어요?"

서로를 품에 꼭 안았던 그 밤 이후로 일주일 만이었다. 그녀에게선 겨울 냄새가 물씬 묻어났다.

"얼굴 좀 보여 줘요."

가인이 품에서 떨어지더니 두 손으로 그의 얼굴을 붙잡고 눈을 맞춰 왔다.

"자기, 나 안 보고 싶었어요?"

경빈은 빙그레 웃으며 얼굴을 붙잡고 있는 그녀의 손 위로 자신의 손을 덮었다.

"손이 차."

"겨울이니까."

"장갑도 안 끼고."

"사 줘요."

그가 쿡, 웃더니 그녀의 손을 자신의 얼굴 앞으로 끌어모아 후후, 따뜻한 입김을 불어 주었다. 그의 숨결이 고스란히 묻어 있는 훈김이 손에 닿는 것은 좋으나, 입김을 불어 주느라 숙여진 고개가 마음에 들지 않아 가인은 살짝 미간을 찡그렸다.

"얼굴 보여 줘요."

경빈은 고개를 들어 의문스럽게 눈썹을 휘었다. 가인이 불퉁하니 입술을 앙다물었다.

"너무 보고 싶은데, 하루가 몇 년 같았어. 일주일은 몇 십 년 같아서 이러다 늙어 죽는 줄 알았다고요. 하루라도 자기를 못 보면 그냥 지나가 버린 그 하루가 얼마나 아까운지 알아요?"

경빈이 고개를 돌리고 피식 웃자 가인이 다시 그의 얼굴을 붙잡았다.

"나 봐요. 다른 데 보지 말고, 나만 봐. 난 질투도 많고 성질도 고약해요. 자기가 나 아닌 다른 걸 보는 게 싫어. 하늘도 싫고, 구름도 싫어. 새한테도 질투가 나고, 나무한테도 질투가 난단 말이에요. 흙도 쳐다보지 말고, 돌멩이도 쳐다보지 말아요."

경빈은 가인의 손을 잡아 내렸다. 그리고 차마 그녀의 맑은 눈을 똑바로 마주 볼 수가 없어 살짝 눈을 아래로 내리깔았다.

"네가 지금 얼마나 힘든지 알아. 그러면서도 내 앞에서 내색 안 하려고 참는다는 것도."

"나 봐요. 내 얼굴 보고, 나랑 눈 맞추고 얘기해요. 날 보려고 하지도 않으면서 내가 힘든 건 어떻게 알아요?"

그제야 경빈이 고개를 들어 애틋하게 눈을 맞춰 왔다. 하필 이때에 물큰한 물기가 눈동자를 어지럽혀 오자 가인은 자꾸만 눈을 깜박였다.

"정말 너무한 자기야. 결혼하자더니 며칠 지나지도 않아서 헤어지자 그러고, 요즘엔 아예 나하고 눈도 안 맞추려 하잖아요."

눈동자에 고인 눈물이 떨어질세라 입술만 꼭 깨물고 있는 가인을 그가 품에 끌어안았다.

"이제부턴 절대 안 그럴게."

내가 어리석었어. 나하고 헤어지면 네가 조금이라도 덜 상처받을까, 그런 바보 같은 생각을 했거든. 얼마나 어리석고 한심한지, 네 남자로 널 똑바로 보는 게 부끄러워서 그랬어.

가인은 높은 담을 넘어 거대한 위용을 뽐내는 거택을 한참이나 바라보다 열린 대문 안으로 용기 있게 발을 들였다.

집 안은 밖에서 보던 위용과는 또 다른 멋이 있었다. 안주인의 점잖고 우아한 이미지에 맞게 고아하면서도 대대로 내려온 예스러운 고풍이 그대로 배어 있어 고색창연(古色蒼然)한 멋이 돋보였다.

거실에 오르기 전, 가인은 자신을 맞아 주는 김이연 여사에게 예바르게 머리를 숙여 인사했다.

"또 뵙습니다, 어머님. 그동안 안녕하셨어요?"

김 여사는 눈물까지 글썽이며 가인의 손을 맞잡았다.

"어서 와요, 가인 양. 모진 우리로 인해 마음이 번잡할 텐데, 이리 어려운 걸음 해 줘서 얼마나 고마운지 몰라요."

"회장님은……."

"몸이 불편하셔서 잠시 방에서 쉬고 계세요. 이리로 와서 앉아요."

김 여사가 친히 이끌어 소파로 안내하자 가정부가 차와 다과를 내어 왔다.

"차 들면서 잠시만 기다려요. 내 금방 모시고 나올 테니."

잠시 후, 김 여사는 보이지 않고 민 회장 혼자 휠체어를 밀고 나왔다. 몸이 불편해 운신조차 힘들다고 하더니, 민 회장은 누구의 도움도 없이 본인의 힘만으로 휠체어의 바퀴를 돌렸다.

가인은 앉은 자리에서 일어나 두 손을 가지런히 모으고 고개를 숙였다.

"오랜만에 뵙습니다."

민 회장은 인사는 됐으니 그만 앉으라는 손짓을 했다. 가인은 다시 소파에 앉아 담담한 눈으로 민 회장을 마주 보았다. 예전 냉엄한 얼굴로 그녀에게 떠나지 않으면 자신의 아들마저도 잔인하게 버리겠다, 가차 없이 말하던 날 선 모습은 온데간데없고 세월의 흐름이 묻어난 많이 쇠약해진 모습이었다. 어찌 되었건 그를 낳아 주신 분이니 마음이 편치 않았다.

"내가 어찌하면 되겠나."

다짜고짜 하는 말이 그것이다. 그러나 말하는 억양에 날 선 기운은 하나도 없었다. 가인은 조용히 눈을 내리고 담담한 목소리로 말했다.

"허락받으러 왔습니다. 경빈 씨와 함께 떠날 수 있도록 허락해 주십시오."

민 회장이 옅은 한숨을 내쉬었다.

"내 허락이 필요한가."

"네, 허락해 주셔야 떠날 수 있습니다."

떨림 없이 오롯이 제 뜻을 전하고 내렸던 눈을 드니, 민 회장이 입가에 쓸쓸한 미소를 내비쳤다.

"윤가인 양하고 우리 경빈이는 아주 질긴 끈으로 묶여 있나 보군. 그리 끊으려 했건만 이리 건재하니 말이야. 모든 걸 다 알고도 내 아들을 받아들이겠단 건가?"

"허락해 주세요."

"내가 많이 원망스럽겠지. 지금 나와 마주 앉아 있는 이 자리조차 가인 양에겐 인내심을 요할 테지. 아버지를 돌아가시게 한 원수가 아닌가. 윤가인 양에겐 찢어 죽여도 시원찮을 인간이 바로 나이니."

그리 말하는 민 회장의 목소리가 떨렸다. 가인은 슬픔과 회한으로 얼룩진 눈으로 민 회장을 마주했다. 죄는 미워하되 인간은 미워하지 말라고 했던가. 그러나 그녀는 그 죄조차 입에 올릴 수가 없었다. 그리되면 힘들게 마주 보기 시작한 그가 다시 아버지의 죄를 대신 짊어지고 그녀 앞에서 고개를 숙일 테니까. 그건 가인이 싫었다.

"그럴 수 없게 하셨잖아요."

민 회장은 말없이 가인을 응시했다. 가인은 떨리는 입술을 잠깐 사리물었다가 다시 말을 이었다.

"제가 회장님께 그 어떤 것도 할 수 없게 하셨잖아요. 제 목숨보다 더 사랑하는 사람을 낳아 주신 분께 제가 무엇을 할 수 있겠어요. 제 아버지가 이런 저를 용서 못 하신다면, 전 불효자식이 되겠지만, 아버진 절 이해하실 거라 믿어요. 누구보다 제 마음 알아주실 거예요. 그렇다고 해서 당장 아무 일도 없듯이 회장님을 마주하는 건 힘이 듭니다. 경빈 씨와 헤어지는 건 더더욱 할 수 없고요. 그러니 지금 제가 할 수 있는 건 이것밖에 없습니다. 경빈 씨와 떠날 수 있게 허락해 주세요."

민 회장은 잠시 눈을 감았다가 떴다.

"내 죄를 덮기에 급급해 두 사람에게 큰 상처를 줬어. 가인 양을 그리 모질게 이 땅에서 떠나게 만들고 하루도 마음 편할 날이 없었지. 경빈이를 볼 낯도 없었어. 이제 와 날 용서해 주길 바란다면 그조차 내 이기적인 욕심이겠지만, 가인 양."

"아닙니다."

가인이 재빨리 그의 말을 받았다.

"저에게 용서할 자격이란 건 없습니다. 경빈 씨를 선택하는 순간부터 저도 잘못했다면 잘못했겠지요. 하지만 제 선택 후회하지는 않습니다."

민 회장이 힘없이 고개를 주억거렸다.

"더는 두 사람 사이 막고 싶지 않아. 난 그럴 명분도, 자격도 없는 사람이니까. 여길 떠나서 행복할 수 있다면 그래야지. 두 사람만 행복할 수 있다면 뭐든 상관없어. 그 방법이 두 사람을 위하고 살 길이라면 그렇게 하도록 해요."

"언제가 될지 모르지만, 시간이 흐른 뒤에, 편안한 모습으로 회장님을 뵐 수 있는 날, 돌아오겠습니다."

그런 날이 과연 올까. 민 회장은 실긋 입귀를 틀었다.

"지난날 가인 양에게 했던 내 행동을 용서해 줄 수 있겠나. 그건 가인 양만이 용서할 수 있는 것이니까. 날 위해서가 아니라 경빈일 위해서, 그럴 수 있었으면 좋겠구먼."

"그때 일은 잊었습니다. 회장님 잘못 아니에요. 제가 어리석었어요. 그렇게 쉽게 떠날 생각을 했던 제가 잘못한 거예요. 저도 부탁 하나 드리겠습니다."

"말해 보게."

"진심으로 제 아버지께 사죄드려 주세요."

민 회장은 가슴에 쌓인 한을 삭여 내듯 큰 한숨을 내쉬었다.

"그건 내가 당연히 해야 할 일이지. 부탁이라는 말이 더 나를 부끄럽게 하는구먼."

그리 말하는 민 회장의 눈시울이 붉어졌다.

"내 진심으로 가인 양 아버님께 사죄드리겠네. 고의는 아니었다고 하나 내 실수로 그리 가셨으니 진심으로 사죄드리고 명복을 빌어 드리겠네. 아무 걱정하지 말고 떠나게."

가인은 소파에서 일어나 깊게 고개를 숙였다.

"그만 가 보겠습니다. 저희 헤어지지 않게 허락해 주셔서 감사드립니다. 건강하세요."

돌아서 나오던 가인은 그 자리에 우뚝 멈춰 섰다. 언제부터 이 자리에 있었는지 현관 앞에 서 있던 경빈이 성큼 걸어와선 그녀를 품에 와락 안아 버렸다.

두 사람을 가만히 지켜보던 민 회장은 조용히 휠체어를 밀어 자리를 비켜 주었다.

"낳아 주시고 키워 주신 분들 허락도 없이 자기를 내 것이라고 해 버리면 안 되잖아요. 부모님께 몰래 허락받고 놀라게 해 주려고 했는데, 들켰다."

가인이 실긋 웃으며 너스레를 떨었다.

"됐어. 말 안 해도 다 알아. 미안하다. 혼자 힘든 자리에 오게 해서."

경빈은 더 힘껏 그녀를 끌어안고 먹먹해진 심장을 달랬다.

아직 진행 단계에 있던 프로젝트는 후임에게 넘기고, 인수인계도 일사천리로 끝냈다. 돌아온 지 얼마 되지도 않았건만 또다시 짐을 꾸리던 경빈은 잠시 자신의 집무실을 둘러보았다. 겨우 두 달여 남짓, 미련 따윈 없었다. 낯설진 않지만 그렇다고 깊이 정이 든 것도 아니어서 새삼스럽지도 않았다.

그때, 예고도 없이 집무실 문이 벌컥 열리며 벌겋게 상기된 얼굴로 연희가 들어섰다.

"웬일이야?"

갑작스레 들이닥쳤는데도 경빈은 놀란 기색 없이 덤덤하게 물었다. 연희는 금방이라도 울음을 터트릴 것 같은 얼굴로 그에게 바짝 다가섰다.

"그게 무슨 소리야? 왜 경빈 씨가 영국으로 가?"

"소식 한번 빠르네."

경빈은 대수롭지 않다는 듯 피식 웃었다. 얼마나 놀라서 뛰어왔는지 연희는 얼굴이 벌게져선 발을 동동 굴렀다.

"말을 해 봐! 갑자기 왜! 왜 영국으로 간다는 거야?"
"그쪽에도 일할 사람이 필요하니까."
그녀의 마음은 안중에도 없는 너무나 무성의한 대답이었다.
"그러니까 내 말은 하고많은 사람 다 두고 왜 하필 경빈 씨냐고! 도대체 왜! 돌아온 지 얼마나 됐다고!"
잘하면 그 자리에서 드러누울 기세로 연희가 펄쩍펄쩍 뛰었다. 경빈은 무심하게 대꾸했다.
"내가 원해서 가는 거다."
"경빈 씨, 제발!"
"나 결혼해."
"……뭐?"
연희의 얼굴이 순식간에 창백하게 식었다.
"가서 자리 잡히는 대로 바로 결혼할 거야. 너무 멀어서 결혼식에 올 수는 없겠지만 축하해 줬으면 좋겠다. 우린 친구잖아."
일절 아무 대꾸도 못 하게 단정적으로 못 박아 버리는 말에 연희는 얼이 빠진 얼굴로 그를 바라보았다.
"너도 빨리 좋은 사람 만나라. 멀리서도 좋은 소식 기다릴게."
멍한 표정으로 경빈을 보던 연희가 입술을 달싹거렸다.
"그러니까……."
경빈은 자리에서 돌아 나와 연희를 스쳐 지나선 직접 문을 열어 주었다.
"정리해야 할 일이 아직 남았어. 따로 작별 인사할 시간은 없을 거 같다."
불청객은 이만 사라지라는 뜻인가? 허탈한 얼굴로 멍하니 서 있던 연희의 두 눈에 갈쌍하게 눈물이 차올랐다.

"그래, 결국 그런 거였구나. 네가 바라던 대로 된 거니? 네 마음 뻔히 알면서도, 혹시라도 기다리면 내게 오지 않을까 했던 내 바람을 마지막까지 짓밟아 놓고도 넌 행복하겠지."

연희는 손등으로 아무렇게나 눈물을 닦아 내고는 그가 열어 준 문으로 다가섰다.

"잘 가. 그런데 결혼 축하는 못 하겠다. 아니, 하고 싶지가 않네."

울음을 참는지 연희의 입매가 살짝 일그러졌다. 그리고 그녀가 문밖으로 발을 내밀기가 무섭게 등 뒤로 조용히 문이 닫혔.

너란 남자, 정말 일말의 망설임도 없구나. 연희는 씁쓸히 입술을 깨물며 망연스레 닫힌 문을 바라보았다.

준우는 허공으로 담배 연기를 내뿜으며 퉁퉁 부은 여람을 무심한 눈으로 보았다. 그러나 점원이 커피 두 잔을 놓고 사라지기가 무섭게 다그쳤다.

"말해."

"아, 뭘요!"

여람은 이마를 잔뜩 찌푸리고선 한 손으로 코와 입을 가렸다. 그 모습에 준우는 어이없이 웃더니 재떨이에 담배를 비벼 껐다. 담배 연기가 사라졌음에도 여람은 마치 눈앞에 연기가 있는 양 손을 휘휘 내저었다.

"정말이지 지독하네. 이런 스모크를 날마다 들이마시면서 어째 아직도 암에 안 걸렸나 몰라."

그러니까 암이나 확 걸려 버려라? 농담인 줄 뻔히 알면서도 썩 기분이 좋지는 않았다. 그럼에도 준우는 쿡 소리를 내어 웃어 버렸다.

일생일세(一生一世, 영원) 343

"악담이나 듣자고 보자고 한 거 아니다."

"정 대리님, 진짜 매너 꽝이네요. 저요, 기관지가 약해서 간접흡연은 치명적이거든요?"

여람이 불퉁하게 입술을 내밀었다. 무심결에 다시 담배를 꺼내려던 준우는 순간 살모사처럼 극악하게 찢어지는 여람의 눈을 보자 왠지 등골이 뻣뻣해지는 것 같아 도로 담뱃갑을 주머니에 집어넣었다.

"금연 설교하려거든 치워라."

여람은 쳇, 혀를 차며 커피를 한 모금 홀짝거리더니 대번에 인상을 찡그렸다.

"거참, 더럽게도 쓰고 맛없네."

떫은 감을 씹은 얼굴로 중얼거리더니 각설탕 두 개를 냉큼 투하시키고는 스푼으로 휘휘 저어 다시 후루룩 마셨다.

"좀 낫네."

그러면서도 짜증스러운 인상은 좀처럼 펴지질 않았다. 기분 좋게 퇴근하는 길, 다짜고짜 손목 잡혀 끌려온 게 못마땅하다고 말끝마다 거센 콧김을 팍팍 풍기며 준우에게 무언의 항의를 하고 있었다.

준우는 여람이 하는 양을 한쪽 눈썹을 추켜세우고 지켜보았다. 정말이지 여자다운 구석은 눈을 씻고 찾아보려야 찾아볼 수가 없었다.

"가인이 그 자식하고 틀어진 거 맞지?"

여람의 눈살이 심히 좁혀졌다.

"그 자식이 누군데요?"

불퉁하게 되묻는 게 딴엔 학교 선배라고 준우 입에서 나오는 그 자식이란 소리가 어지간히 듣기 싫었나 보다.

"민경빈 말이다."

"어디서 무슨 소릴 들었기에 나한테 와서 삽질이래? 궁금하면 본인한테 직접 물어보든가! 그리고 정 대리님은 기껏해야 대리지만 민 이사님은 무려 이사님이시거든요? 대리와 이사의 차이가 하늘과 땅만큼이나 괴리가 있다는 걸 몰라서, 지금 이 자식 저 자식 하는 거예요?"

그러자 준우가 덤덤하게 말했다.

"가인이랑 시작할 거다."

툴툴거리며 커피를 홀짝거리던 여람이 눈을 휘둥그레 떴다.

"에?"

"처음부터 차근차근 시작할 거야. 내 마음 확고하게 전했어. 서두르지 않고 천천히 다가갈 거다."

"누구 마음대로요?"

"내 마음대로."

"미쳤구만."

이런 걸 보고 떡 줄 사람은 생각도 않는데 혼자서 김칫국을 마시는 거라지. 우리 조상님네들은 어쩜 이리 속담도 기가 막히게 지으셨나 몰라. 여람은 기가 막혀서 코웃음을 쳤다.

"그래서요? 가인이가 좋습니다, 그럽시다 그래요?"

준우는 대답 대신 쓸쓸히 고개를 돌리며 찻잔을 들었다. 여람이 다시 커피를 들이켜며 거침없이 말했다.

"참 내, 어이가 없어서. 그렇게 안 봤는데 정 대리님 어디 좀 모자란 거 아니에요? 임자 있는 여자한테 뭘 해요? 왜요? 안 되면 납치라도 할 건가 보죠?"

"말이 너무 심하다."

원래 말 함부로 하는 거 알았지만 면전에서 대놓고 막말하는 여람을 향해 준우가 험상궂게 눈살을 일그러뜨렸다. 그러거나 말거나 여람은 코웃음만 쳤다.

"젠장, 나도 이런 말은 하기 싫은데요."

그러면서 얼음이 들어간 물 잔을 준우 앞으로 밀어 주었다.

"이거 마시고 속 차리세요. 안 됐지만 가인이 다시 영국 간대요."

"뭐?"

준우의 얼굴이 대번에 일그러졌다. 처참하게 구겨지는 준우의 얼굴을 보며 여람이 통쾌함에 어깨를 으쓱거렸다.

"아셨죠, 이제? 정 대리님 혼자서 얼마나 삽질을 하고 있었는지."

쾅!

"깜짝이야!"

갑자기 준우가 주먹으로 테이블을 내려쳤다. 그 반동으로 컵에 담긴 물이 찰랑거렸다.

"뭐가 어째!"

준우는 윽박지르듯이 다그쳤.

"그 소리 어디서 들었어! 빨리 제대로 말 못 해?"

"아, 어디서 듣긴 어디서 들어요! 내 친구 윤가인한테 직접 들었지. 윤가인이 죽고 못 사는 남자랑 같이 간다던데, 그 남자가 누구겠어요? 설마 정 대리님이겠어요?"

불시에 한 대 맞은 사람처럼 준우가 멍청하게 눈을 깜박였다. 여람이 한심한 얼굴로 혀를 끌끌 차는데, 갑자기 준우가 자리에서 벌떡 일어났다. 그리고 애먼 여람을 못마땅하게 보더니 이를 빠득 갈며 카페를 나갔다.

여람은 앉은 자리에서 허리까지 돌려가며 준우를 끝까지 지켜보았다. 뭔가 대형 사고를 칠 것 같은 음습한 분위기에 저도 모르게 팔에 오싹 소름이 일었다.

"저 인간, 무슨 사고 치는 거 아니야?"

가로등 아래서 아파트를 바라보는 준우의 얼굴이 퍼렇게 식었다. 준우는 굳은 얼굴로 운전석에 올라 입에 담배를 물었다. 라이터에서 파르스름한 불꽃이 피어오르자 금세 차내엔 매운 연기가 차올랐다. 필터 끝이 타들어 가도록 한참을 담배만 피웠다.

"제길."

컵홀더에 끼워 둔 빈 종이컵에 너덜너덜해진 담배꽁초를 던지고 휴대전화를 꺼내 어렵게 알아낸 그녀의 집 번호를 꾹꾹 눌렀다.

[여보세요?]

"나야."

[……]

상대편에선 잠시 말이 없었다. 준우의 입술이 차게 비틀렸다.

"그새 내 목소리도 잊었니?"

[……]

"정준우."

[무슨 일이야?]

어지간히도 당황했나 보다. 되돌아오는 가인의 음성이 차갑기 짝이 없었지만, 준우는 침착하게 말을 이어 나갔다.

"아파트 앞인데, 잠깐 나올래?"

[지금?]

망설이는 기색이 역력했다. 준우는 대시보드에 부착된 시계를 흘긋 보았다. 10시 20분.

"그래, 지금. 꼭 할 말이 있어."

[너무 늦었어. 다음에 해.]

휴대전화를 들고 있는 준우의 손아귀에 힘줄이 불거졌다. 점차 굳어 가는 표정은 칠흑의 밤보다 더 어두운데, 목소리만은 부드러웠다.

"잠깐이면 돼, 인아. 시간 많이 빼앗지 않을게."

[그럼 그냥 전화로 얘기하면 안 돼?]

뭐가 그리 불안한지 가인이 지나치게 몸을 사리자, 준우의 입술이 시니컬하게 비틀렸다.

"바로 앞이니까, 잠깐만 내려와. 여기까지 온 성의를 봐서라도 얼굴 좀 보여 주라. 어려운 거 아니잖아. 기다릴게."

더는 듣지 않고 준우는 곧장 전화를 끊었다. 여전히 망설이겠지만, 결국엔 나올 것이다. 젖빛 달 주위로 몰려드는 구름이 그의 마음처럼 음산했다. 준우는 등받이에 머리를 기대고 앉아 아파트 현관 입구를 뚫어지듯 주시했다.

10분쯤 지나서야 가인이 모습을 드러냈다. 셔츠에 간편한 카디건 하나만 걸친 것이 가까운 슈퍼에나 가는 차림이었다. 준우는 입술 끝을 비긋이 올리며 차에서 내렸다.

차 문 닫히는 소리에 가인이 시선을 돌렸다. 그를 보았음에도 선뜻 다가오지 않고 그 자리에 가만히 서 있는 것이 그의 심기를 건드렸다. 그러나 준우는 그런 내색 없이 사람 좋은 웃음을 지으며 손을 들었다.

"인아, 여기!"

지나치게 예민한 육감 탓일까. 늦은 시간도 그렇거니와 어쩐지 준우를 만나는 게 꺼려져 피하고 싶은데, 막무가내로 전화를 끊어 버리는 통에 어쩔 수 없이 나오긴 했다. 차에 비스듬히 기대어 있는 폼이 그 자리에서 움직일 생각이 전혀 없어 보여, 하는 수 없이 가인이 다가갔다.

"할 얘기란 게 뭐야?"

준우는 가만히 눈을 내려 그녀를 바라보았다.

"춥니? 그러게 옷을 왜 그리 얇게 입고 나왔어?"

싸늘하게 바라보는 눈빛과는 달리 목소리만큼은 더할 나위 없이 걱정으로 가득했다. 가인은 경계하는 눈으로 준우를 보았다. 입매가 웃고 있으나 상량하기 이를 데 없었다. 가인은 저도 모르게 주춤거리며 걸음을 물렸다. 그런데 갑자기 준우가 억세게 손목을 움켜잡았다. 끌려가지 않으려 버티는 가인의 힘을 비웃으며 보조석 문을 열고 강제로 밀어 넣었다. 그리고는 자신도 곧장 운전석에 올라타 잠금 버튼을 눌렀다. 순식간에 일어난 일이었고, 모든 것이 일사천리로 이루어졌다.

"무슨 짓이야!"

새된 비명이 터지는 순간 바로 차가 출발했다. 입매를 굳히고 눈을 차게 빛내며 운전하는 준우를 가인은 망연스레 바라보다 주먹으로 문을 탕탕 두드렸다.

"차 세워! 차 세우라고!"

"가만있어. 그래 봐야 소용없으니까, 괜한 기운 빼지 마."

저항이 거세질수록 차는 속도를 더 높였다. 가인은 입술을 사리물었다. 준우의 전화를 받는 순간부터 꺼려졌던 불길한 예감이 정확히 맞아떨어졌다. 약속 없이 야심한 시각에 찾아온 저의가 불온하기 짝이 없으니 기다리든 말든 끝까지 상관 말았어야 했는데, 이미 벌어진 일이었다.

"겁먹지 마. 너, 다치게 하지 않아."

기껏 납치나 다름없는 짓을 하는 사람의 세 치 혀끝에서 나온 위로라는 건, 불순한 행동의 사과로 치기엔 서푼의 값어치도 못 되었다. 아니면 누가 봐도 모욕적인 이런 저급한 짓을 한 스스로에 대한 자위쯤으로 여기고 있는지도 모르지. 가인은 헛웃음이 나왔다.

밤거리를 내달리는 차창 밖으로 어둠에 싸인 가로수가 휙휙 지나쳐 갈 때마다 그녀의 낯빛도 차게 얼었다. 차내는 더운 공기로 가득한데 가인은 으슬으슬 떨었다. 창백한 그녀의 안색이 마음에 쓰였는지 준우가 히터를 더 올렸다. 그러나 이미 심장까지 얼어붙은 지금, 눅눅한 히터의 온기 따위 아무짝에도 소용없다는 걸 그는 진정 모르는 것일까, 모르는 척하는 것일까.

처음부터 이러려고 작정한 것이다. 차가 서울에서 한참 떨어진 외진 별장에 도착했을 때, 들어가지 않으려 버티는 가인을 준우는 강제로 별장 안으로 밀어 넣었다. 분노가 극에 달하다 보니 머리는 펄펄 끓는데 외려 가슴은 차갑게 식었다. 화를 주체할 길이 없어 가인은 자신의 옷자락을 힘껏 말아 쥐었다. 바짝 힘이 들어간 손등으로 퍼런 핏줄이 불거졌다. 그렇게 억지로 떠밀려 들어온 방 안은 점입가경이었다.

가인은 화사한 방 한가운데 오도카니 서서는 테이블에 세팅된 와인과 케이크, 장미꽃이 꽂힌 크리스털 화병, 그리고 핑크빛 꽃수가 놓여진 침대를 차례차례 보았다. 허니문이라도 온 것처럼, 이렇듯 모든 걸 완벽하게 갖추어 놓은 방은 치밀한 계획으로 이루어진 것이지, 결코 우발적인 충동이 아니었다.

하늘하늘한 진홍색 커튼 뒤, 검은 유리창으로 천천히 다가오고 있는 준우가 비쳤다.

"여기가 어디야?"

나직이 뱉어 내는 목소리에 분노가 묻어 나왔다. 이런 와중에도 어쩌면 가인의 내면 깊은 곳에선 준우에 대한 일말의 믿음이 남아 있었는지도 모른다. 어릴 때부터 알고 지낸 그가 자신에게 나쁜 짓을 하지 않을 거라는 미약한 믿음. 그렇기에 가인은 지금 상황이 두려운 게 아니라 화가 났다.

바로 뒤에 선 준우가 그녀의 어깨에 손을 올렸다.

"친구 녀석 별장. 사랑하는 여자한테 청혼한다니까 선뜻 빌려주더라고. 안심해, 인아. 우리 말고는 아무도 없어."

가인은 질린 표정을 지었다. 안심하라고? 그 말이 지금 이 상황에 어울리기나 하는 말인가? 가인이 신경질적으로 돌아서자, 그 바람에 어깨에 놓여 있던 준우의 손이 떨어졌다.

"뭘 안심하라는 거야? 지금 제정신이야?"

"인아……."

준우가 한 발짝 더 다가오자, 가인은 재빨리 서너 걸음 뒤로 물렀다. 등으로 찬기 서린 유리창이 닿았다.

"지금도 늦지 않았어. 보내 줘. 그럼 오늘 일은 없었던 걸로 할게."

순간 준우의 눈이 칼날처럼 날카로워졌다.

"아니, 그럴 수 없어. 널 보내기엔 이미 늦었어."

"이러지 마. 내가 기억하는 준우 오빠 그대로 남아 줘. 미워하고 싶지 않아. 원수처럼 등지고 평생을 이 갈고 증오하게 하지 마."

조금이라도 준우가 이성이 있을 때 설득해야겠기에 가인은 진심으로 부탁했다. 그러나 그는 냉정하게 고개를 저으며 성큼 다가왔다. 그리고 목에 핏대를 세우고 주먹으로 자신의 왼쪽 가슴을 있는 힘껏 내려쳤다.

"널 사랑해! 심장이 터져 버릴 것 같은데, 이 심장이 너 아니면 안 된다고 하잖아!"

가인이 질린 눈으로 준우를 응시했다. 준우의 칠흑색 눈동자에 욕망과 애틋함이 복잡하게 얽혔다. 그러다 불현듯 그녀의 약지에 끼워진 반지를 보고는 다시 들끓는 심화를 주체 못하고 그녀의 손을 잡아챘다.

"이딴 더러운 반지는 빼 버려!"

버럭 소리를 내지르며 준우가 강제로 반지를 빼내려 하자 가인은 주먹을 꽉 말아 쥐고 거세게 저항했다.

"무슨 짓이야!"

가인이 힘껏 밀쳐 내자 그가 한 발짝 뒤로 물러났다. 준우의 눈이 점점 절망으로 가라앉는 반면 그녀의 눈은 힐난으로 독이 올랐다.

"인아, 내 말 잘 들어. 그 자식은 널 행복하게 해 줄 수가 없어. 넌 결국 불행해지고 말 거야."

준우가 한 발짝 더 다가오자, 가인은 뒷걸음을 치다 유리창에 완전히 붙어 버렸다.

"무슨 근거로 그런 말을 해? 가까이 오지 마!"

준우는 아연한 얼굴로 멈춰 섰다.

와장창!

준우가 멈췄던 걸음을 다시 앞으로 내딛으려 하자, 그 순간 가인이 테이블에 놓여 있던 화병을 들어 바닥에 던졌다. 극도로 흥분한 탓에 그녀는 거센 숨을 헐떡거렸다.

잠시 아연실색한 눈으로 바닥에 짓이겨진 꽃을 보던 준우가 으드득 소리를 내며 손가락의 관절을 꺾었다. 그리고 천천히 고개를 들어 가인을 노려보는데, 그 눈빛이 흡사 야차처럼 보였다. 정성껏 준비한 그의 마음이 날카로운 유리 파편을 맞았다. 그것도 그녀의 손에 의해. 벌겋게 헤쳐 발겨진 심장을 즉시 보상받지 못한다면 이대로 미쳐 버릴 것 같았다.

순식간이었다. 준우는 전광석화처럼 팔을 뻗어 가인을 낚아채 그대로 침대로 던져 버렸다.

"아악!"

힘없이 매트 위에 내던져진 그녀의 몸 위로 준우가 짐승처럼 타고 올랐다. 반항하는 잔약한 몸부림 따위 가차 없이 짓눌러 버리고 서슴없이 셔츠를 북 찢어 버렸다.

투두둑.

강압적인 힘에 의해 뜯어진 단추가 사방으로 튕겨 나갔다. 벌어진 셔츠 사이로 하얀 레이스에 감싸인 작은 가슴이 드러나자 준우의 눈은 굶주린 짐승처럼 벌게졌다. 곧장 새하얀 목덜미에 입술을 묻고 이를 세워 살결을 잔악하게 깨물었다. 그러는 동안에도 그의 손은 쉴 새 없이 브래지어를 헤치고 가슴을 더듬었다.

"윽!"

끔찍하게 황홀한 여체를 정신없이 더듬고 있는데 갑자기 날카로운 것이 얼굴을 깊숙이 할퀴었다. 비릿한 쇳내가 훅 끼쳤다. 처음엔 선뜩하기만 할 뿐, 아픔은 느껴지지 않더니 곧 화상이라도 입은 것처럼 뺨이 홧홧해지며 엄청난 통증이 따라왔다.

준우는 충격을 받은 눈으로 자신의 아래에 깔려 있는 가인을 보았다. 가인은 상처와 수치심, 증오로 뒤범벅이 된 눈으로 준우를 노려보고 있었다. 입술은 부들부들 떨고 있었지만 그를 노려보는 눈은 분명히 말하고 있었다. 죽어도 용서 못 해! 죽여 버릴 거야!

가인이 사정없이 할퀴어 버린 홧홧한 뺨에 끈적끈적한 것이 배어 나왔다. 준우는 가인에게 시선을 둔 채로 손으로 자신의 뺨을 만졌다. 역시나, 피가 묻어났다. 피를 보자 비로소 이성이 돌아왔다. 준우는 조금 전까지 들끓었던 욕망을 지우고 입가에 냉소를 지었다.

"뭐가 그렇게 두려운 거지?"

가인은 눈에 뜨겁게 차오르는 눈물을 참으며 입술을 힘껏 사리물었다.

"나하고 지금 이러고 있는 걸 혹시라도 민경빈이 알게 될까 봐 두렵나?"

"내 몸에서 비켜. 꺼지라고!"

가인이 악을 썼다. 준우의 입술이 비열하게 뒤틀렸다.

"왜? 나한테 한번 왔다간 널, 그는 이해 못 할까 봐? 아아, 물론 이해 못 하겠지. 자신과 결혼할 여자가 다른 남자와 함께 침대에서 뒹굴었는데 어떤 남자가 이해하고 용납할 수 있겠어?"

그리고는 맨살이 드러난 그녀의 어깨를 힘껏 움켜잡았다.

"하지만, 하지만 난 말이다. 다 이해할 수 있어. 그 자식한테 갔다 온 널 얼마든지 받아 줄 수 있단 말이다!"

억센 준우의 손에서 벗어나려 가인은 온 힘을 다해 버둥거렸다.
"비키라고 했잖아! 놓으란 말이야! 놔!"
벗어나려 발버둥을 칠수록 악력(握力)은 더 야멸치게 여린 살갗을 파고들었다.
"천만에! 넌 내 여자야. 이 시간 이후로는 완전한 내 여자가 될 거다. 그 자식한테는 못 돌아가!"
그리곤 거침없이 얼굴을 내려 쇄골을 빨아들이려는데, 가인이 먼저 그의 귓불을 사정없이 물어뜯어 버렸다.
"으윽!"
고통으로 준우가 잠시 주춤거리느라 틈이 생겼다. 그 틈을 놓치지 않고 가인은 그의 가슴을 힘껏 밀치고 침대 아래로 몸을 굴렸다.
쿵!
침대에서 떨어지면서 유리 파편에 박혔는지 어깨에 극렬한 통증이 일었지만, 가인은 개의치 않고 몸을 일으켰다. 준우가 금세 다시 정신을 차리고 다가오려 하자, 가인은 바닥에서 유리 조각을 냉큼 집어 들었다.
"가까이 오지 마!"
준우의 동작이 멈췄다. 예리한 유리의 단면에 손이 베이는 줄도 모르고 가인은 경멸을 담아 준우를 노려보았다. 그 순간 완전히 이성이 돌아온 준우는 그녀에게 무슨 짓을 하려 했는지 깨닫고는 자기 경멸에 빠졌다.
"이, 인아! 진정해. 진정하고 그거 이리 내. 위험······."
"용서 안 해! 절대 용서 안 해. 어떻게, 어떻게 오빠가 나한테 이럴 수가 있어?"

일생일세(一生一世, 영원) 355

눈이 눈물로 범벅되고, 손은 베어져서 선홍색 선혈이 손목을 타고 뚝뚝 떨어졌다. 소름 끼치도록 선뜩한 그녀의 눈에 담긴 증오와 경멸을 보자 준우는 사태의 심각성을 인식하기 시작했다.

"진정해……. 진정해, 인아! 진정하고 그거 이리 내!"

준우가 무릎걸음으로 침대에서 내려오려 하자 가인은 들고 있던 유리조각을 자신의 팔목에 가져다 댔다.

"오지 마! 한 걸음이라도 다가오면, 그땐…… 그땐…… 그어 버릴 거야."

눈물과 피로 뒤범벅이 된 가인은 지독한 상처와 충격으로 인해 잔약하게 떨면서도 유리를 쥔 손에 더 바짝 힘을 주었다. 유리의 날이 더 깊숙이 손바닥을 파고들었다. 끔찍한 통증에도 아랑곳하지 않고 금방이라도 푸른 동맥을 그어 버릴 태세였다.

준우의 낯빛이 창백해지더니, 곧 그는 두 손을 앞으로 내저으며 그녀를 진정시키기에 이르렀다.

"안 가. 안 갈 테니까 진정하고. 인아…… 제발 그거 버려. 잘못했어. 내가 잘못했다. 미안하다. 미안해……."

결국 준우는 고개를 꺾고 눈물을 내보였다. 한순간의 이성 상실이 잔인한 결과를 가져왔다. 이제는 어떤 식으로든 돌이킬 수가 없었다. 그녀에 대한 미안함과 안쓰러움, 자기 경멸에 치를 떨며 준우는 격렬하게 어깨를 들썩였다.

"미안……하다. 미안하다, 가인아."

준우가 격하게 울먹이는 사이, 가인은 주춤주춤 뒷걸음을 쳤다. 그 바람에 유리 파편을 밟고 말았다. 발바닥을 타고 타는 듯한 통증이 올라오더니 금세 발은 피범벅이 되고 말았다. 그러나 가인은 신음 하나 내지 않고 도망치듯 그 방을 빠져나왔다.

아픔을 느낄 새도 없었다. 금방이라도 준우가 뒤쫓아 나올까 봐 숨도 쉬지 못하고 가인은 풀어헤쳐진 셔츠 자락을 움켜잡고 정신없이 달렸다.

어둠 속에서 벨이 울렸다. 깊이 잠들지 못하고 선잠에 빠졌던 경빈은 손을 뻗어 스탠드를 밝히고 휴대전화를 들어 시간을 확인했다. am 2시 20분.
이런 시간에 누가 벨을 눌렀을까 의아해하며 침대에서 내려와 스위치를 눌러 불을 켰다.
철컥.
잠금 장치를 풀고 문을 열었을 땐 아무도 없었다. 그의 한쪽 눈썹이 위로 휘어졌다. 다시 문을 닫고 돌아서려는데, 그 순간 끊어질 듯 미약한 숨소리가 들렸다. 덜컥 심장이 내려앉았다. 다시 밖으로 나와 고개를 돌리자 시선 끝에 잔약하게 떨고 있는 존재가 들어왔다.
"윤가인!"
가인은 오피스텔 문 옆에 불편하게 쪼그리고 앉아 있었다. 세운 무릎을 두 팔로 끌어안고서 얼굴을 묻고 있던 그녀는 자신을 부르는 소리에 놀라 어깨를 움찔거렸다.
경빈은 서둘러 그녀의 앞에 한 무릎을 세우고 앉아 떨고 있는 어깨를 감싸 안았다.
"가인아, 너 왜 이러고 있어? 대체 언제부터 여기 있었던 거야?"
가인이 천천히 고개를 들었다. 걱정스러운 눈으로 자신을 보고 있는 그를 보자 굳어 있던 그녀의 얼굴에 비로소 안도의 빛이 떠올랐다. 대신 경빈의 얼굴이 경악으로 일그러졌다.

"너! 너, 대체……."

가인이 푹 꺾이듯 그의 품으로 쓰러졌다. 그녀를 받아 안은 경빈은 충격으로 몸이 굳어 한동안 움직일 수가 없었다. 그러나 품에 안겨서도 가늘게 떨고 있는 가인이 불덩이처럼 뜨겁다는 걸 인식하고는 재빨리 안아 들고 오피스텔 안으로 들어왔다.

환한 불빛 아래서 보는 그녀는 더욱 처참했다. 소파에 웅크리고 앉아 단추가 다 떨어진 셔츠를 생명줄처럼 움켜쥐고 있는 손에선 끊임없이 피가 흐르고 있었고, 옷자락은 이미 벌건 피에 흠뻑 젖어 있었다.

경빈은 이미 제정신이 아니었다. 깊은 상처를 입고 찾아온 그녀를 다그쳐 묻기엔 너무 많은 피를 흘리고 있었다. 묻지 않아도 무슨 일이 있었는지 그녀의 모습이 모든 걸 다 말해 주고 있었다. 경빈은 소리 없이 이를 갈았다. 그러나 머리끝까지 뻗쳐오른 분노를 일단은 갈무리했다. 자신의 분노보다는 그녀를 진정시키고 상처를 치료하는 게 먼저였으니.

경빈은 옷자락을 꽉 붙들고서 놓지 않으려는 가인을 달래서 손을 떼어 내고, 손바닥에 깊게 베인 상처를 보았다. 즉시 냉장고에서 생수를 꺼내 와 피에 절은 손부터 씻겨 낸 뒤, 깨끗한 붕대를 감아 지혈시켰다. 그가 하는 양을 가만히 지켜보던 가인은 기진하였는지 그만 정신을 놓아 버렸다.

경빈은 기절하듯 잠이 든 가인을 소파에 눕혀 놓고 조심스럽게 피로 물든 옷을 벗기기 시작했다. 카디건을 벗기고 단추가 다 떨어져 나가고 없는 셔츠를 벗겨 내는데, 손이 부들부들 떨렸다. 심장이 미친 듯이 아우성을 치는데도 그는 이를 꾹 사리무는 것으로 분노를 삼켰다. 그러다 그의 눈이 한순간 서늘해졌다.

하얀 목덜미에 깊게 남아 있는 건 분명한 문흔(吻痕) 자국. 심장이 소리 없는 절규를 내질렀다. 어떤 새끼인지 죽여 버릴 것이다.

옷을 다 벗겨 냈을 때, 가인의 왼쪽 어깨에 깊숙이 박힌 유리 조각을 보자 그는 또 한 번 분노를 삼켜야 했다. 그것뿐만이 아니다. 뒤늦게 신발을 벗겨 내니 발 또한 피투성이였다. 유리가 박혀 고통스러웠을 텐데, 이 발로 어떻게 여기까지 왔을지, 가슴이 미어졌다. 얼마나 아팠을까. 얼마나 끔찍했을까. 그녀가 느꼈을 고통을 떠올리자 심장이 미친 듯이 뛰었다.

경빈은 몸서리쳐지는 분노를 이를 악물고 참으며 그녀의 상처를 싸매고 젖은 수건으로 몸에 묻은 피를 닦아 냈다.

흡사 시체처럼 잠들었나 보다. 꿈조차 꾸지 않은 잠에서 깨어났을 땐 늦은 오후였다. 블라인드가 걷힌 유리창을 투영해 들어온 일도잔양(一道殘陽, 한 줄기 석양)에 눈이 아렸다. 창밖으로는 뉘엿뉘엿 넘어가는 해가 보였다. 붉은 석양이 내려앉은 한강물이 붉은 빛과 금빛으로 반짝였다.

잠든 동안 잊고 있었던 통증이 전해졌다. 마비된 듯 감각이 더딘데도 아릿한 통증은 분명히 있었다. 유리에 찔리고 베인 상처도 상처지만, 준우를 필사적으로 밀어낼 때 근육 또한 놀랐나 보다. 몸을 뒤척이자 뼈마디가 욱신거렸다. 잠든 동안 의사가 다녀갔는지 베인 손은 깨끗한 붕대에 싸매져 있고, 팔에는 링거 바늘이 꽂혀 있었다.

가인은 빈 링거병을 멀거니 보다가 천천히 몸을 일으켜 바늘을 뽑았다.

"일어났어?"

들리는 소리에 고개를 드니 그가 걱정스러운 얼굴로 다가오고 있었다. 손에는 근처 백화점 로고가 찍힌 종이가방이 들린 것을 보니, 잠시 외출했다가 들어온 모양이다. 그러고 보니 현관문이 여닫히는 소리를 듣고서야 비로소 잠에서 깨었단 것을 인지했다.

"내가 왜 여기……."

가인은 다치지 않은 왼손으로 관자놀이를 짚었다. 우릿한 두통이 일었다.

"기억 안 나?"

그가 서늘한 손으로 이마를 짚어 왔다. 시원하고 청량한 감촉을 느끼며 가인은 고개를 저었다.

"아니, 기억나요. 어젠 너무 놀라고 정신이 없어서 그만……."

"괜찮아? 아프진 않고?"

가인은 이마를 짚고 있는 그의 손을 잡아 내리고는 말없이 고개를 끄덕였다.

"의사가 다녀갔어. 오른손이 깊게 베여서 몇 바늘 꿰맸는데, 지금은 약기운이 있어서 잘 모르겠지만, 마취가 풀리면 많이 아플 거야. 배는 안 고파? 죽 좀 사 왔는데."

가인은 입술을 지그시 물고 고개를 끄덕였다.

"약 먹어야 하니까, 입맛이 없더라도 조금만 먹자."

또다시 고개를 끄덕.

"착하다."

경빈은 들고 온 종이가방을 가인의 옆에 놓아두었다.

"나간 김에 갈아입을 만한 옷도 사왔어. 불편하면 지금 갈아입을래? 난 잠시 나가 있을게."

그 말에 가인은 그의 셔츠 하나만 걸치고 있는 자신의 차림새를 눈으로 훑고는 시선을 들어 그를 보았다.

 "당신이 갈아입혔어요?"

 그렇게 묻는 가인의 뺨에 연한 홍조가 돌았다. 부끄러움보다는 수치심을 더 크게 느꼈는지 묻고는 슬쩍 시선을 피하는데, 경빈은 쓸쓸히 미소를 띠며 고개를 끄덕였다.

 "옷을 다 버렸더라고. 세탁해도 다시 입을 순 없을 것 같아서 그냥 새걸로 사 왔어."

 "네……."

 가인은 끊어질 것처럼 작은 소리로 대답하고는 바로 입술을 사리물었다. 그녀를 배려해서인지 그는 새벽의 일에 대해선 일절 아무것도 묻지 않았다. 비록 최악의 사태까지 가는 일은 없었다지만, 차마 그의 눈을 똑바로 볼 수가 없어 가인은 덮고 있는 이불만 쳐다보았다.

 경빈은 어깨를 축 늘어뜨린 가인을 안쓰럽게 바라보다가 살며시 끌어당겨 품에 안았다. 여린 몸이 가늘게 떨었다. 무슨 일이 있었는지는 모르나 다시 지난밤의 상처를 끄집어내게 할 순 없어, 목까지 올라온 하 많은 질문은 꾹 눌러 삼켰다.

 "나 때문에 많이 놀랐죠?"

 품 안에서 가인이 자그맣게 물어 왔다. 경빈은 대답 대신 다독이듯 등을 어루만졌다.

 "미안해요. 그런 모습으로 오는 게 아니었는데, 그런데 나…… 그 순간에도 당신이 너무 보고 싶어서……."

 가인은 끝까지 잇지 못하고 조용히 말을 삼켰다. 경빈의 눈자위가 붉어졌다.

"말 안 해도 돼. 너, 이렇게 무사히 내 품에 있으니 그걸로 됐다."

가인은 서둘러 그의 품에서 벗어나선 크게 고개를 저었다.

"아니에요. 혹시, 혹시 나쁜 생각하는 거예요? 그런 일 없었어요."

경빈은 말없이 그저 보기만 했다.

"정말 아무 일도 없었어. 만약 그랬다면 내가 어떻게 당신을 찾아올 수가 있었겠어? 날 믿어 줘요. 그냥 그게 다야. 맹세코 아무 일도 없었어요."

"알아. 널 믿어. 설령 너한테……."

경빈은 잠시 숨을 꾹 눌러 참더니, 다시 힘겹게 말을 이었다.

"어떤 안 좋은 일이 있었다 하더라도, 그건 네 의지가 아니니까. 너 이렇게 무사한 것만으로도 난 감사한다. 나한테 와 준 것만으로도……."

갑자기 다가온 그녀의 입술에 뒷말이 묻혀 버렸다. 가인은 손의 통증도 잊은 채 그의 목을 꼭 끌어안고 서툴게 입을 맞췄다. 서툰 혀가 그의 입술을 건드렸다. 잠시간 굳어 있던 경빈은 와락 가인을 껴안고 밀착된 입술을 강하게 빨아들였다.

입맞춤은 점점 깊어져 가고, 가인은 그의 목에 팔을 감은 채로 천천히 침대에 눕혀졌다. 갈망하듯 혀가 얽혔다. 경빈은 키스를 멈추지 않은 채 그녀를 보았다. 아낌없이 입술을 허락한 가인도 먹빛으로 짙어진 그의 눈동자를 말없이 바라보았다.

무언의 허락. 허락을 구하고 받아들이는 얽힌 눈짓에는 켜켜이 긴장이 쌓였다. 끈끈히 얽힌 혀가 잠시간 떨어졌다. 그리고 그녀의 몸보다 큰 헐렁한 셔츠에 비긋이 채워진 단추가 하나씩 풀어졌다.

가인은 고개를 비스듬히 돌리고 베개에 숨을 흘려보냈다. 긴장과 떨림이 고스란히 배어난 숨결이 빠져나간 가슴이 크게 들썩이자 단추를 풀던 그의 손도 잠깐 멈추었다. 이윽고 다시 움직이는 손길은 지극히 조심스럽고도 섬세했다. 깨어지기 쉬운 유리공예품을 다루듯 정성스러운 손길에 의해 가인의 등이 받쳐지고, 이내 몸에서 셔츠가 벗겨졌다. 실내는 훈훈한데도 맨살이 드러나자 살짝 소름이 돋았다.

가인은 다시 한 번 숨을 내쉬고는 눈을 감았다. 보지 않아도 자신의 살갗에 닿는 그의 시선이 느껴졌다. 셔츠 외에는 애초에 아무것도 입고 있지 않았다. 브래지어는 간밤에 옷을 갈아입힐 때 벗겨 냈는지 맨가슴이 허전했다. 모양 좋게 감싸 주던 브래지어도 없이 노출된 가슴이 보기 흉하게 처져 있으면 어쩌나 하는 걱정이 더럭 들었다. 그러나 타는 듯한 시선을 속절없이 받고 있으려니 피부가 절로 무르익었다. 이대로 흐물흐물 녹아서 증발되어 버리겠구나, 그런 쓸데없는 고민에 이르렀을 때 다시 그의 움직임이 느껴졌다. 결코, 서두르지 않는 침착한 동작에 가인은 생각했다.

스르륵.

셔츠를 벗었구나.

철컥.

벨트가 풀리는 소리.

찌이익.

지퍼가 내려갔다.

눈을 감고 하나씩, 하나씩 그가 옷을 벗는 소리를 듣고 있으려니 귀가 예민해졌다.

가인의 보얀 목을 타고 긴장이 내려갔다. 이내 그가 다시 겹쳐

오자 몸이 묵직하게 가라앉았다. 가슴과 가슴이 닿는 곳, 심장은 뚫고 나올 것처럼 거세게 뛰었다. 부딪치는 심장 소리와 묵직하게 누르고 있는 육체의 체온이 안도감을 가져다주었다.

가인은 자신을 누르고 있는 타는 듯 뜨거운 육체를 절박하게 끌어안았다. 무르고 여린 자신의 몸과는 확실히 다른 단단하고 뜨거운 몸이었다. 이렇듯 뜨거운데도 그녀를 배려하느라 정작 자신의 욕망은 삭이고 있는 그가 안타깝고 사랑스러워 저도 모르게 눈가에 눈물이 맺혔다.

경빈은 혀로 그녀의 눈가에 묻은 눈물을 닦았다. 눈두덩, 눈썹, 이마, 콧잔등에 두서없이 차례로 자잘한 키스를 뿌리고 다시 입술로 돌아왔다. 입술이 섞이고, 숨결이 섞이고, 체온이 섞였다. 아깝고 소중해 어느 한 곳 소홀히 여기지 않고, 온몸을 정성스럽게 애무해 주었다.

몸을 나눈다는 것. 이 은밀한 행위는 과연 사랑이 없이 가능할까? 아니, 절대 불가할 것이다. 죽도록 사랑해서 심장이 원하는 사람이 아닌 이상, 이런 행위 누구와도 절대 나눌 수 없다. 오직 이 사람이어야만 가능한 것.

준우에게 강제로 범해질 뻔했을 때, 느꼈던 끔찍한 혐오감이 아니었다. 같은 행위이건만 어떻게 이렇게 다를 수 있을까. 세상 누구보다 소중하게 대해진다는 것을, 사랑받고 있다는 것을 심장이 먼저 느꼈다.

사랑은 언제나 고통을 동반하듯이, 사랑으로 몸을 나누는 이 순간도 육체의 고통은 있었다. 가슴이 뻐근해지고 눈물이 날 만큼 아픈 은밀한 고통이 있기에 오히려 행복하다고 느끼며 그녀는 낯선 침입을 받아들이는 순간 입술을 깨물었다.

"흐윽."

가인은 신음을 삼키며 그의 어깨를 꽉 움켜잡았다. 순간 그의 행동이 딱 멈췄다. 감았던 눈을 뜨자 눈물로 인해 시야가 흐린데도 걱정스레 살피는 그의 표정만은 또렷이 보였다.

"미안. 많이…… 아프니?"

경빈이 당황해서 서둘러 몸을 물리려 하자 그러지 못하게 가인은 두 다리로 그의 허리를 감았다. 그러자 강하게 조여 오는 압박에 그의 입에서 낮은 탄성이 터졌다.

"……괜찮아요."

가인이 고집스럽게 입술을 깨물고 고개를 저었다. 아픔이 컸지만 견디지 못할 정도는 아니었다. 그리고 찢어질 듯한 아픔 속에서 터질 듯한 그의 고통을 느꼈다. 고통조차 함께하는 이 순간이 외려 기뻤다. 얼마나 자제하고 조심스러워하는지 알기에 가인은 손으로 그의 이마에 맺힌 땀을 닦아 주며 고개를 끄덕였다.

"사랑받고 싶어요. 사랑해 주세요."

경빈은 눈을 질끈 감으며 그녀를 힘껏 부둥켜안고는 단번에 끝까지 밀고 들어갔다. 어차피 한 번은 겪어야 할 고통이라면 단숨에 끝내는 게 나을 것이다. 가인의 목이 뒤로 한껏 젖혀지며 입술에서 여린 신음이 새어 나왔다. 생살이 찢어지는 고통도 고통이지만 이제야 비로소 사랑하는 남자를 완전히 품었다는 희열, 온몸으로 느껴지는 그의 존재는 이루 말할 수 없는 기쁨이었다. 그녀의 가슴이 크게 들썩였다. 그의 이마에서 툭 떨어진 땀방울이 보얀 가슴골에 맺히자, 그것을 신호로 고통과 쾌락 속에 은밀한 향연이 시작되었다.

밀착되어 부딪치는 두 몸에서 끈끈한 땀이 배어 나왔다. 완전한

합일. 갈급한 숨결을 모두 앗아 버리는 단내 짙은 입맞춤. 호흡이 샐 틈이 없었다. 살이 부딪칠 때마다 몸속 내밀한 곳에서 새롭게 시작되는 감각이 아픔을 조금씩 상쇄시켰다.

고통을 갉아먹는 새로운 희열, 단지 육체의 쾌락만이 아니었다. 이제야 완벽하게 서로를 소유했다는 결속력이 다져졌다. 함께 날아올라 아득히 비상할 수 있는……

낮이 짧기에 어둠은 빨리 내렸다. 불빛 찬란한 한남대교는 퇴근길 차량으로 인해 러시아워를 맞아 북새통이었다.

가인은 모로 누워 창밖 야경을 관망했다. 허리를 감아 드는 단단한 팔, 흐트러져 있는 더운 숨결이 목덜미를 간질이자 심장이 달음질쳤다. 남녀가 서로 몸을 나눈 후에는 더욱 깊어진 친밀감으로 단단히 얽힌다더니, 과연 틀린 말이 아니었다. 드디어 완전히 그의 여자가 되었다는 희열과 사랑이 끝난 뒤에도 여전히 몸속에 남은 잔 여운이 몹시도 부끄러웠다. 그래서인지 그를 똑바로 볼 수가 없었다.

숨결이 닿은 목덜미에서부터 다시 시작된 입맞춤. 경빈은 잔약한 어깨를 끌어안고서 티 없이 깨끗한 등에 키스를 퍼부었다. 겨드랑이 사이로 파고드는 손이 가슴을 감싸고 부드럽게 애무했다. 손바닥에 착 감기는 황홀함에 아찔한 탄성을 흘렸다. 그것은 어떠한 불순물도 섞이지 않은 순수한 환희.

경빈은 몸을 조금 일으켜 상체를 숙이고 가인의 입술을 탐했다. 그리고 돌아누운 몸을 돌려 품에 꼭 안았다. 땀에 젖은 비린 살내가 좋아 자꾸만 보안 목덜미를 파고들게 된다. 그런데 등을 살며시 감싸는 손이 비정상적으로 뜨거웠다. 경빈은 고개를 들고 자신의 등에 놓인 가인의 손을 잡았다. 하얀 붕대에 싸인 작은 손이 안쓰럽고 애처로웠다. 사랑하는 사람의 아픔은 전이된다더니, 저절로 그의 이마가 찡그려졌다.

"많이 아프니?"

가인은 웃으며 고개를 저었다.

"안 아파요."

경빈이 한 손으로 뺨을 쓰다듬자 가인의 눈시울이 뜨거워졌다. 길고 수려한 손가락이 눈물을 훑어 입술로 가져갔다. 그녀의 것이라면 눈물조차 아깝다는 듯 그는 그녀의 눈물을 남김없이 머금었다.

"울보. 또 울어?"

자신의 눈물을 소중하게 머금는 그의 작은 행위조차 경건하고 성스러운 의식 같아서 그예 또 눈물을 터트렸더니 경빈이 피식 웃으며 핀잔을 주었다. 가인이 작은 투정을 부렸다.

"시간이 빨리 흘러버렸으면 좋겠어. 눈 한 번 감았다가 뜨면, 십 년쯤 지나 있었으면 좋겠어요. 그땐 당신하고 나, 그리고 우리 아이, 이렇게 행복하게 살고 있지 않을까?"

"그건 내가 싫은데?"

경빈은 다시 가인을 품 안으로 끌어들였다.

"눈 한 번 감았다 뜬 걸로 십 년이 지나 버리면 너무 억울하잖아. 이제부터 영원히 함께할 텐데, 십 년을 공으로 날려 버릴 순 없지."

"그래도 영원히 사랑한다는 말은 하지 말아요."

품 안에서 가인이 속삭였다. 경빈이 콧잔등을 찡그리며 물었다.

"왜?"

"싫으니까."

"왜 싫은데?"

"그냥. 왠지 지키지 못할 약속 같잖아요. 한 치 앞도 내다보지 못하는 게 사람 일인데, 영원이라니. 괜히 공수표나 날리는 거지."

"좋아. 그럼 영원히 사랑한다는 말 대신 이 말은 괜찮겠지?"

무슨 말이냐는 듯 가인이 품 안에서 얼굴을 내밀고 눈을 동그랗게 떴다. 경빈은 사랑스럽기 그지없는 동그란 이마에 가볍게 입을 맞추고 그녀의 몸을 똑바로 눕혔다. 숨 막히게 보드라운 여체를 능숙하게 타고 오르자 가인이 앓는 소리를 냈다. 순결한 여인이 성애를 알아 가는 과정이 지독히도 고통스럽다는 것을 그도 모르진 않지만, 이미 금단의 열매 맛을 알아 버린 걸 어찌하랴. 깨어나는 육체의 피가 뜨겁게 끓어올랐다.

"행복하게 해 줄게. 오늘보다 내일, 내일보다 글피, 글피보다 그 글피, 그렇게 지나간 하루보다 다가올 하루를 더 많이 널 사랑할 테니까."

예민한 귓불을 머금고서 약언을 한 후, 곧 다시 입술이 겹쳐졌다. 혀가 얽히고 숨결이 얽히며 이 밤 그녀와 함께 이르게 될 피안(彼岸)의 세계를 위한 항해의 닻을 올렸다.

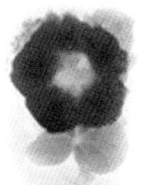

12.
가인아(可人兒, 내 사람)

 휴대전화가 울리자 심장이 덜컥 내려앉았다. 받을까 말까 망설인 끝에 가인은 조심스럽게 통화버튼을 눌렀다.
 "여보세요?"
 [훗.]
 잔뜩 긴장한 목소리에 상대방이 짧은 웃음을 쳤다. 웃음소리를 듣는 것만으로도 심장이 떨렸다.
 [혼자서도 잘 들어갔나 보네?]
 아침에 어떻게 얼굴을 마주할까 고민하다가 그가 잠든 새벽에 슬쩍 빠져나왔더니, 말투에 섭섭함이 짙게 배어 있었다.
 "잘, 잤어요?"
 [글쎄. 어떨 것 같아?]
 "좋은 꿈 꿨을 거예요. 새벽에 나오기 전에 잠든 당신 얼굴 봤는데, 행복해 보였거든요."

[말이나 못 하면.]

타박하는 말투이나 거기에 화는 일 점도 묻어 있지 않았다.

"말없이 가 버렸다고 화났어요?"

알면서도 물었다. 첫 마음을 가져간 사람이다. 그리고 그녀 스스로의 의지로 처음으로 몸을 열었고, 처음으로 받아들인 사람이다. 더는 처녀일 수 없는 처녀의 수줍음이란 걸 그도 알 것이다.

[아침에 눈 떴는데 옆에 있어야 할 네가 없어서 얼마나 허전했는지 알아?]

가인은 조용히 미소 지었다.

"여백의 미를 남겨 두고 싶었거든요."

짧은 웃음 속에 '하여간, 말이나 못 하면.' 이라고 나직이 중얼거리는 소리가 들렸다. 나른한 미소를 짓고 있을 그의 얼굴이 눈앞에 선했다.

[몸은 괜찮아?]

"……."

상대방에겐 보이지도 않겠지만, 가인은 간밤의 일이 떠올라 또다시 얼굴을 붉혔다. 예민한 허벅지 안쪽 여린 속살이 욱신거렸다. 아릿하지만 결코 싫지만은 않은 통증을 느낄 때마다, 그녀는 그와 완전히 합일되던 순간이 떠올라 창피함에 어찌할 바를 몰랐다. 보는 사람도 없는데 민망하여 어디든 숨고 싶었다.

[아프진 않고?]

"……."

그녀의 묵언(默言)이 수줍음에서 비롯된 것이란 걸 알기에 그가 낮게 웃음을 터트렸다. 그러다 일시에 웃음이 그쳤다.

[보고 싶어.]

더없이 진중하고 나직한 목소리. 가인은 한 손을 왼쪽 가슴에 올리고 꾹 눌렀다. 그러지 않으면 주인의 의지를 배반하고 멋대로 퍼덕대던 심장이 어느 순간 멈출 것만 같았다.

[내가 갈까?]

가인은 잠시 망설였다. 아침에 마주할 얼굴이 창피해 도망쳐 왔건만, 눈뜨자마자 전화를 해서 당장 오겠다니, 이러면 새벽에 그 통증을 참아 가며 집으로 돌아올 필요가 없었다. 그냥 잠시 얼굴이나 붉히고 그가 해 주는 대로 여왕 대접이나 받고 있을걸.

[나 보고 싶지 않니?]

더할 수 없는 다정함이 전화를 타고 뚝뚝 떨어졌다.

"……"

[나는 보고 싶어. 지금 당장 보지 못한다면 죽을 정도로.]

절박한 음성이 그리움을 토로했다. 가인 역시 못지않게 그리움이 해일처럼 가슴을 덮쳤다.

"나도 보고 싶어요."

딩동.

비디오폰에 싱글벙글 웃고 있는 그가 보이자 가인은 저도 모르게 숨을 들이켰다. 보고 싶다는 말 한마디에 '총알같이 튀어갈게.' 하더니 정말 빨리도 도착했다.

가인은 떨리는 손으로 잠금 장치를 풀었다. 그런데 그녀가 문을 열기도 전에 바깥에서 먼저 문을 확 잡아당겼다. 놀라서 문에서 손을 뗀 가인은 잠시 아연해졌다. 눈앞에 그의 얼굴이 들어오자 그 떨림은 더 커졌다. 아마도 바깥에서 잠금이 풀리는 소리가 들렸나 보다. 단 몇 초도 참지 못하고 먼저 손을 뻗은 걸 보니. 부끄러운 와중에도 웃음이 나왔다.

경빈은 고개를 숙이고 피식 웃는 그녀의 앞으로 불쑥 꽃다발을 내밀었다. 불시에 들이닥친 백합 향기에 가인은 웃던 것도 잊고 어리둥절한 눈이 되어 그를 보았다.

"뭐야? 나 계속 여기에 서 있어야 하는 거야?"

그 말에 얼른 정신을 차리고 들어올 수 있게 공간을 내어 주는 그녀에게 그는 꽃을 안겨 주고는 씩 웃으며 안으로 들어섰다. 그런데 앞서 들어가던 그가 갑자기 돌아서더니 가인의 허리를 잡아당겨 벽 쪽으로 밀어붙였다.

"보고 싶었어."

그 바람에 들고 있던 백합 다발을 떨어뜨렸다. 응당 이어지는 순서로 다가온 입술에 입술이 앗겼다. 거침없이 빨아들이는 압력에 가인은 가진 모든 숨결을 내주었다.

바짝 몸을 밀착해 오는 그에게서 충족되지 못한 짙은 욕망을 느꼈다. 밤새 거친 열정을 쏟아붓고도 부족했던가? 몸을 나누기 전과는 확실히 달라진 그의 태도에 가인은 정신이 없었다. 그전에도 깊이 사랑하는 연인답게 진한 키스와 제법 농밀한 스킨십은 간간이 나누었지만, 마지막엔 지나치다 싶게 자신을 자제했던 그였다. 그러나 이미 물꼬가 트인 이상, 더는 절제할 필요가 없어서인지 그는 거침이 없었다.

"잠깐, 잠깐만요……."

키스가 깊어지다 못해 이젠 호흡곤란에 이를 지경이 되자, 가인은 그의 가슴에 손을 올려 살짝 밀어내고는 고개를 돌려 숨을 길게 내쉬었다.

"잠깐…… 숨 좀……."

단지 키스였을 뿐인데 이렇듯 기진할 정도라는 게 새삼 놀라웠다. 그리고 그가 그동안 얼마나 절제해 왔는지 그 또한 새삼 다시 생각하게 되었다. 가인이 그의 품에 기대어 호흡을 고르는 동안 경빈은 그녀의 목덜미에 얼굴을 묻었다.

"미치겠다."

"왜요?"

그가 숨을 크게 들썩였다. 그의 더운 숨결만으로도 가인의 목덜미는 애무라도 당한 듯 발갛게 열이 올랐다.

"너무 좋아서."

솔직하고 적나라한 대답이 싫지 않았는지 가인은 손으로 입을 막고 웃음을 삼켰다. 그러자 그가 또 한 번 숨을 들썩였다.

"안 되겠지?"

"뭐가요?"

"지금 널 안으면."

"……."

"갖고 싶어. 안고 싶어서 미치겠어."

정말로 거침이 없었다. 예전엔 농담으로도 입에 담지 않았던 노골적인 말들을 서슴없이 내뱉는 것을 보니. 가인의 얼굴이 벌건 숯덩이마냥 달아올랐다. 그때 경빈이 그녀의 목덜미에서 고개를 들어 올렸다.

"무리겠지?"

"……."

"참아야겠지?"

그가 눈을 빤히 맞추고 물어오자 가인은 벌게진 얼굴로 눈 둘 곳을 몰라 입술만 잘근잘근 씹었다. 그러자 경빈이 얼른 손을 뻗어

가인아(可人兒, 내 사람) 373

가인의 입술을 어루만졌다.

"입술 깨물지 말랬잖아. 봐, 또 상처 났잖아."

그리고 곧장 다가온 입술이 상처 난 아랫입술을 조심스럽게 빨아들였다. 입술이 맞닿은 상태로 그가 나직이 속삭였다.

"정말 안고 싶은데."

"……여기선 좀. 나 혼자만 사는 것도 아니고, 희영 언니 눈치가 귀신이라서……."

가인이 얼굴을 붉힌 채로 대답하자 그가 부드럽게 입술을 늘였다. 그러니까 자신에게 안기는 것이 싫은 게 아니라 장소가 마땅치 않다는 거였다. 사실 지금 그녀의 몸 상태가 다시 안길 만큼 정상적이지 못하다는 것을 그도 안다. 당장 안고 싶은 마음이야 간절하다 못해 절박할 지경이지만, 경빈은 무리해서까지 그녀를 안고 싶진 않았다.

"몸은 어때? 많이 아파?"

"그냥, 조금…… 이상해요."

그 말을 하며 가인은 얼굴을 푹 숙여 버렸다. 그가 한 손으로 그녀의 목덜미를 감싸며 품으로 끌어당겨 안았다.

"아프게 해서 미안해."

"내가 원한 거예요. 그러니까 그런 말 하지 말아요. 행복했어요."

그 말에 그가 입술을 부드럽게 늘이며 그녀의 귓불에 살짝 입을 맞추었다.

"사랑한다, 윤가인."

"미투예요. 자긴 이제 나한테 완전히 묶인 거야."

가인이 장난스럽게 대답하자 경빈은 느긋하게 웃으며 품에서 그녀를 놓았다.

"왜요? 막상 묶였다고 생각하니 겁나요?"

"그럴 리가."

경빈은 씩 웃으며 손가락으로 가인의 입술을 톡, 건드리고는 다시금 그녀의 얼굴을 붙잡아 길고도 깊은 입맞춤을 나누었다.

여람은 조신한 태도로 커피잔을 들어 한 모금 음미하고는 살짝 미소 지었다.

"선배 전화받고는 깜짝 놀랐어요."

말투도, 행동도 평소와 달리 아주 음전했다. 여람도 잘 알고 있다. 자신의 이런 이중적인 모습이 얼마나 가식적인지를. 그런데 이상하게도 다른 남자들 앞에선 안 그런데, 경빈 앞에서는 저도 모르게 얌전해지는 것이다. 친구의 연인 앞에서 뭐하는 짓인지. 가인이 이 모습을 본다면 기겁하겠지. 결코 그에게 다른 마음이 있는 것도 아닌데, 대체 왜 그럴까?

입가에 미소가 지워지지 않게 신경을 쓰며 머리를 열심히 굴렸다. 그러다 찻잔을 드는 경빈의 손을 보았다. 남자 손답지 않게 섬려하고 쭉 뻗은 모양 좋은 손가락을 정신없이 보느라 여람은 그가 하는 말도, 자신의 입이 헤 벌어진 것도 몰랐다.

"……그래서 말인데."

한참 말을 하던 경빈은 딴 데 정신이 가 있느라 자신의 말을 귓등으로 흘리고 있는 여람을 보고는 의아하게 눈썹을 휘었다.

"공여람?"

"에?"

순간 여람이 망상에서 깨어났다. 가인이 알면 자신을 죽이려 할

지도 모를 터무니없는 상상에 빠져 있었다. 수많은 상상 중에서, 비교적 순수한 걸로 고르자면…… 저 곧고 미려한 손이 자신의 얼굴을 부드럽게 감싸는 등의, 한마디로 가인이 기함하고도 남을 망할 잡상(雜想)들이었다.

"뭐라 하셨는지…… 앗, 뜨거!"

화들짝 놀란 여람은 어벙한 얼굴로 커피잔을 촐싹 맞게 내려놓다가 그만 손에 커피를 쏟고 말았다.

"닦아."

여람의 하는 양을 뜬금없다는 눈으로 보고 있던 경빈이 침착하게 손수건을 건넸다. 커피가 묻은 손을 후후 불고 있던 여람은 손수건을 받지 않고 다소 서운한 눈으로 그를 보았다.

"왜?"

"좀 서운하네요."

"뭐가?"

"아무리 가인이가 아니어도 그렇지. 눈앞에서 여자가 뜨거운 커피에 데었는데, 빈말이라도 괜찮으냐고 먼저 물었어야지요. 무뚝뚝하게 닦아가 뭐예요?"

여람이 입술을 비죽 내밀었다. 그러자 그가 피식 웃어 버렸다. 여람의 눈에 서운한 기색이 더 진해졌다.

"그거, 아이스커피 아니었나?"

"맞다!"

벙해진 여람의 큰 눈 안에서 까만 동공이 한 바퀴 돌더니, 금세 얼굴이 화롯불마냥 벌게졌다.

"닦아라."

경빈이 웃음을 머금고 다시 손수건을 건넸다. 서둘러 손수건을 받아 든 여람이 조신하게 손을 닦고는 눈을 살짝 내리깔았다.
"그나저나 절 보자고 하신 용건이 뭔지……."
그의 입가에서 불현듯 미소가 사라지고 입매가 딱딱하게 굳었다.
"정준우라고 알지?"
"에? 준우 오빠, 아니 정 대리님이요? 선배가 어떻게……."
그러다 고개를 끄덕였다.
"아, 우리 회사 직원이니까 알 수도 있겠구나. 그런데 정 대리님은 왜요?"
경빈의 입에서 다른 사람도 아닌 준우가 언급되자 여람은 괜스레 긴장되었다. 그래서 표 나지 않게 살짝 침을 삼켰는데, 공교롭게도 침 넘어가는 소리가 그녀의 의도와는 달리 우렁차게 들린 것이다. 제 소리에 화들짝 놀라는데 설상가상으로 자신을 보고 있던 경빈의 눈빛이 칼날같이 차게 변했다.
'혹시, 준우 오빠가 가인이한테 딴마음 품고 있는 거 알고 있었나? 설마, 둘 사이를 오해하는 건 아니겠지?'
"가인이하고……."
역시 아는구나. 여람이 절망스럽게 눈을 감았다가 뜨고는 그의 오해를 바로잡아 주기 위해 서둘러 변명에 들어갔다. 준우가 가인을 좋아하는 건 사실이지만 그건 혼자만의 감정이고, 가인에겐 경빈밖에 없었다. 둘 사이에 괜한 오해로 분란이 생겨 소중한 친구가 또다시 힘든 시간을 겪게 할 순 없었다.
"그건요, 선배가 생각하는 그런 사이가 아니거든요. 물론 준우 오빠가 가인이 좋아하는 건 맞지만, 그건 어디까지나 준우 오빠 혼자만의 감정이고, 가인이한테 남자라고는요, 제가 맹세컨대 선배밖에 없어요. 그건 선배도 잘 아시잖아요. 윤가인은 둔하고 하나밖에 모르라서 선배 좋아하면서 딴마음 못 품어요."

그러다 불현듯 불길했던 준우의 뒷모습이 뇌리를 스쳤다. 가인이 경빈과 어긋난 거냐고 물어 오던 그에게 갖은 핀잔을 주며 삽질하지 말라는 말까지 했었다. 그리고 가인은 조만간 좋아하는 사람과 함께 영국으로 간다는 말도 덧붙여 주었다. 그때 살벌했던 준우의 얼굴이 떠오르자 여람의 얼굴이 하얗게 표백이 되었다.

"혹시 준우 오빠가 선배 찾아갔어요? 그날 표정이 꼭 뭔 일을 치를 것처럼 심상치 않더라니……."

그 순간 경빈의 눈빛이 날카롭게 번뜩였다.

"그게 언제였지?"

"그저께요."

여람은 준우가 미련을 버리지 못하고 기어이 사고를 쳤구나, 란 생각에 혀를 찼다.

"내가 냉수 먹고 속 차리란 말까지 해 줬는데, 준우 오빠가 미련을 못 버리고 기어이 사고를 쳤군요."

경빈은 여람의 말에 서늘하게 눈을 내리깔았다. 언젠가 그녀에게 헤어지자고 말을 한 다음 날이었다. 쓰러질 것처럼 창백한 얼굴로 자신을 찾아왔던 가인을 그냥 보냈다가 뒤늦게 쫓아 나왔을 때, 로비에서 그녀를 끌어안고 있는 남자를 보았었다. 엊그제 새벽, 심장이 내려앉도록 형편없는 몰골로 찾아온 가인을 본 순간, 불현듯 경빈의 머릿속에 가장 먼저 떠오른 얼굴 또한 그 남자였다. 무엇도 확실하지 않건만, 이상하게 그날 본 그 남자의 살벌했던 표정이 무의식속에 내내 남았었던가 보다.

경빈은 오전에 회사에 들러 인사카드를 샅샅이 훑어서 그 남자,

정준우를 찾아냈다. 그리고 여람을 따로 만난 건 혹시라도 있을지 모를 어떤 실마리를 찾기 위함이었다. 단순한 직감을 확인까지 했으니, 이제 가해자를 찾아 응징하는 일만 남았다.

"준우 오빠가요. 평소엔 사람이 좋거든요. 그런데 가인이 얘기만 하면 종종 이성을 잃는 것 같더라고요. 오랫동안 좋아했거든요. 예전엔 안 그랬는데, 걔가 소리 소문 없이 사라지고부터 좀 그래요. 그날도 가인이에 관해 묻기에, 제가 좀 냉정하게 얘기했더니 흥분을 참지 못하고 기어이 선배를 찾아가서 이상한 소리를 했나 본데, 신경 쓰지 마세요. 제가 아는데요. 가인이는 그 오빠 좋아한 적 한 번도 없어요."

여람이 주절주절 떠들어 대도 무언가 골똘히 생각하는 듯 초연하게 있던 경빈이 갑자기 자리에서 일어났다.

"알겠다. 얘기해 줘서 고마워."

계산서를 들고 먼저 나가는 경빈을 멍하니 바라보던 여람은 불현듯 뇌리를 치는 깨달음에 두 손으로 제 머리칼을 잡아 뜯었다. 경빈이 자신에게 물어본 것이라곤,

'정준우라고 알지?'

그 한마디뿐이었는데, 지레 겁먹고 있는 말 없는 말 할 것 없이 주절주절 떠들어 댔던 것이다.

"이이, 요사스런 주둥이 같으니라고! 설마…… 해서는 안 되는 말까지 다 한 거 아니야?"

급기야 여람은 손바닥으로 자신의 입을 학대하기에 이르렀다.

준우가 피곤한 얼굴로 차 키를 꽂으려 할 때였다.

탁.

맞은편에 주차된 차에서 문이 여닫히더니 누군가 내렸다. 키가 제법 큰 남자였는지 준우가 있는 맞은편까지 긴 인영(人影)이 넘어왔다.

"정준우 씨!"

자신의 이름이 지하주차장에 공명하자 준우는 차 문을 열다 말고 반사적으로 고개를 돌렸다.

퍽!

"윽!"

순식간에 일어난 일이었다. 고개를 들자마자 곧바로 날아온 강펀치에 준우는 그대로 나가떨어졌다. 눈앞이 번쩍했다는 것밖엔, 누군지 확인할 겨를도 없었다. 정신을 차릴 새도 없이 멱살이 잡혀 들어 올려지고, 또다시 주먹이 날아왔다. 이번엔 연방 주먹이 꽂혔다. 그예 입안이 터져 비릿한 쇳내가 맡아졌지만, 쉬지 않고 이어지는 가격에 신음조차 뱉을 수 없었다.

털썩!

들려졌던 몸이 아무렇게나 내던져지고, 준우는 다시 차가운 바닥에 널브러졌다.

"분한가?"

지나치게 차분한 음성이었다. 머리 위에서 울리는 소리에 희미하게 눈을 뜨니, 장신의 남자가 정장 바지에 한 손을 찔러 넣은 채 준우를 내려다보고 있었다. 그 남자의 얼굴을 확인한 준우의 입에서 바로 거친 욕설이 튀어나왔다.

"빌어먹을!"

준우가 비척거리며 몸을 일으키려고 하자, 그는 구둣발로 준우의 명치 부분을 지그시 밟아 주었다.

"쿨럭! 쿨럭쿨럭……."

숨쉬기도 버거운 마당에, 가슴이 짓눌리자 목구멍에서 울컥 핏덩이가 올라왔다. 제대로 뱉어 내지 못한 피는 턱으로, 목으로 처참하게도 흘러내렸다.

"왜 맞았는지는 본인이 더 잘 알 테지."

그렇게 주먹질을 한 그는 숨소리 하나 흐트러지지 않았건만, 형편없이 얻어터진 준우는 거친 숨소리를 내며 얼굴을 일그러뜨리고 있었다. 이것이 짓밟은 자와 짓밟힌 자의 차이인가? 얼굴에 피칠을 했음에도 쓴웃음이 나왔다.

"고작 몇 대 맞은 게 그렇게 아픈가? 네가 그녀에게 한 짓에 비하면 이건 약과일 텐데? 이 자리에서 널 죽여 버리고 싶은 게 솔직한 내 심정이거든."

죽이고 싶다는 섬뜩한 말을 차분하게도 했다. 비록 미수에 그쳤지만 다른 것도 아닌 제 여자를 범하려 한 작자다. 당연히 흥분해서 날뛸 법도 하건만 이 상황에서도 그는 지나칠 정도로 이성적이었다. 외려 푹 꺼진 준우의 눈에 먼저 짙은 패배 의식이 깃들었다.

"그래? 잘됐네. 나도 나 자신을 죽여 버리고 싶었는데, 당신 손에 죽는 것도 나쁘진 않겠어."

준우가 실성한 사람처럼 피식피식 웃기 시작했다. 웃는 와중에도 연방 기침을 해 대며 목구멍에 찬 피를 게워 냈다. 가슴을 압박하던 구둣발이 거둬지는가 싶더니 그대로 옆구리에 와서 박혔다.

"크흑!"

차가운 시멘트 바닥에 고꾸라진 채로 준우는 자신의 명치를 부여잡고 몸이 부르르 떨릴 정도로 웃어 댔다.

"크ㅎㅎㅎ. 정말 대단해. 윤가인은 당신한테 그런 것까지 미주 알고주알 다 얘기하나 보지?"

"경고다. 두 번 다신 가인이 앞에 나타나지 마라. 다시 한 번 가인이 건드리면 그땐 정말 내 손에 죽는다."

한 손을 이마에 얹고 쓸쓸히 웃던 준우의 눈가에 눈물 한 줄기가 흘러내렸다.

"경고? 웃기는군. 네가 뭘 알아? 너 같은 인간이 내 심정이 어떤지 알기나 하겠어?"

"네 심정이 어떤지는 내 알 바가 아니야."

"훗. 그렇겠지. 하긴, 말만 번드르르한 황태자께서 미천한 자의 심정까지 헤아린다면 그야말로 어불성설이지. 그런데 말이야. 내가 그 애를 사랑한 세월로 따지자면 너 따위는 감히 끼어들지도 못해."

"그래서, 지나간 네 세월을 보상받기 위해서 그런 짓을 했나?"

준우는 가슴을 부여잡고 겨우 상체만 일으켜 핏발이 벌겋게 선 눈으로 그를 노려보았다.

"그래! 난 그렇게 해서라도 그 애를 내 것으로 만들고 싶었어. 그 애가 날 받아 주기만 한다면, 너한테 잠시 갔다 왔던 과거쯤이야 얼마든지 덮어 줄 수 있었다고!"

그 말에 내내 표정이 없던 그에게서도 드디어 표정이란 것이 나왔다. 검게 침잠하는 눈빛은 그대로인데 시니컬하게 한쪽 입술만 비뚜름하게 치켜 올라갔다. 그러더니 그가 갑자기 준우 앞에 한 무릎을 세우고 앉아 그대로 멱살을 들어 올렸다.

"고작 그따위 쓰레기 같은 생각이나 하는 머리로 그녀를 사랑한다고? 잘 들어라, 정준우. 가인이는 너 같은 놈이 함부로 할 수 있는 여자가 아니야."

멱살이 잡혀 얼굴이 벌겋게 달아올랐음에도 대꾸할 여력이 남았는지 준우는 코웃음을 쳤다.

"그럼 너 같은 고귀한 신분의 새끼는 그 여자를 마음대로 가지고 놀아도 된단 말인가?"

퍽!

가격당해 찢어진 자리로 다시 주먹이 날아왔다. 터진 입안엔 다시 한 움큼 피가 고였다.

"크윽…… 퉤! 빌어먹을!"

바닥에 시뻘건 침을 뱉어 내자 그 속에 어금니 하나가 섞여 있었다.

"함부로 입을 놀린 대가다. 멀쩡하게 살고 싶거든 그 저급한 입부터 단속해라."

그가 손을 털며 일어나더니, 지갑에서 수표 몇 장을 꺼내 준우에게 흩뿌리듯 던져 주었다.

"어금니 값이다. 고소하고 싶으면 그렇게 해."

[나야.]

"무슨 일이야?"

[내일 떠난다며? 할 말이 있어.]

"난 없어. 끊어."

[끊지 마, 인아. 제발…… 부탁이다.]

"……"

[그날, 내 행동 후회 많이 했다. 내가 어떻게 너한테 그럴 수 있었는지, 나 자신이 도저히 용서가 안 됐어.]

"그 얘기라면 듣고 싶지 않아."

[미안해, 인아. 정말 미안하다. 얼굴 보고 용서 구하고 싶은데, 안 되겠지?]

"……."

[그래……. 그럴 거라 생각했어. 날, 용서할 순 없겠지?]

"……."

[역시 그렇구나. 그래, 알았다. 네가 싫다면 더는 귀찮게 안 할게. 내가 이런 말 할 자격은 없지만, 마지막으로…… 행복해라.]

뚜우…….

※

"하아."

그가 가슴을 빨아들일 때마다 예민해질 대로 예민해진 유두가 아려 가인은 진저리를 쳤다. 근래 들어 지나치게 예민해진 가슴이라 남편이 가슴을 애무할 때면 온몸이 비틀릴 지경이었다.

"자기야, 거긴 그만…… 너무……."

가인은 남편의 머리카락을 힘껏 움켜쥐며 거의 숨넘어갈 듯 신음을 흘렸다. 그러자 그의 입술이 다른 쪽 가슴으로 옮겨 갔다. 하지만 그쪽 역시 밤새 그의 입술이 탐했던지라 불뚝 성이 나 있긴 마찬가지였다. 남편이 힘 있게 가슴을 흡입하자 가인은 그만 그의 머리를 꼭 끌어안고 말았다.

"하아……. 자기야, 조금만 살살해 줘. 아파……."

그러자 그가 가슴에서 떨어지더니 흥분이 가시지 않은 열에 들뜬 눈으로 그녀를 보았다. 농밀한 애무에 열이 올라 발개진 얼굴을 한 그녀의 눈가에 희미하게 눈물이 번져 있었다. 경빈은 혀로 그녀의 눈물을 핥아 주고는 조금 전까지 자신이 원 없이 물고 빨고 희롱했던 그녀의 가슴을 손바닥으로 마사지하듯 부드럽게 어루만져 주었다.

"하아……."

부드러운 손길에도 그녀의 입술에선 신음이 흘러나왔다. 그러고 보니 정신없이 탐할 땐 몰랐는데, 손안에 착 감기듯 감싸인 부드러운 가슴 끝에 딱딱하고 조그마한 망울이 잡혔다. 생리할 때가 된 것 같아 그의 이마가 설핏 찡그려졌다. 다른 여자들은 어떤지 모르지만, 그의 아내에게 찾아오는 그날은 워낙에 불규칙적이라, 그녀의 몸을 낱낱이 알고 있는 그조차도 정확한 아내의 주기를 모르고, 이렇듯 가슴에 잡히는 망울로만 짐작해야 했다. 며칠간 또 금욕할 생각을 하니 벌써부터 입맛이 썼지만, 어쩌겠는가. 아내의 몸에 숭고하게 찾아오는 손님을, 자신의 욕망과 쾌락을 위해 오지 마라 할 순 없지 않은가.

"많이 아파?"

경빈은 두 손으로 그녀의 양쪽 가슴에 맺힌 망울을 풀어 주려 부드럽게 손바닥을 돌렸다.

"아…… 경빈 씨……."

그의 능숙한 손놀림이 미치도록 좋은지 그녀가 살짝 아랫입술을 깨물며 몸서리를 쳤다. 그 모습이 지독하게 관능적이라 그의 호흡 또한 자연스레 거칠어졌다.

"기분 좋아?"

"하……."

흐릿해진 눈으로 그를 올려다보던 그녀가 두 손으로 그의 목을 휘감더니 이젠 능숙한 혀 놀림으로 깊숙이 입을 맞췄다. 어찌나 키스를 잘하는지 덩굴처럼 혀가 얽히고 타액이 요란하게 섞였다. 혀가 뽑혀 나갈 정도로 미친 듯이 혀를 빨아들이던 그녀가 다리를 넓게 벌려 그의 허리를 감싸자 서로의 은밀한 부위가 아찔하게 맞닿았다. 그의 입에서도 아찔한 탄성이 터져 나왔다. 그의 입술을 정신없이 빨아들이며 맛보던 그녀가 잠시 입술을 떼더니, 붉은 혀로 그의 입술을 슬쩍 핥으며 은근하게 귓속에 말을 밀어 넣었다.

"경빈 씨, 지금이야. 어서 들어와요."

평소 청초하고 단정하던 그녀의 내면에 이런 관능과 열정이 숨어 있을 줄은 꿈에도 몰랐던 그는, 매일 밤 새롭게 알아 가는 아내에게 한창 빠져선 헤어나질 못하고 있었다. 처음 잠자리를 하고 난 후 다시 안기까지 한동안 어색하고 부끄러워하던 그녀였건만, 점차 안는 횟수가 늘어 가고, 그에게 익숙해지자 이젠 매일 밤 적극적이고 새로운 대범함으로 그를 천국으로 보내 버렸다. 완전히 요부가 따로 없었다. 그러니 그는 밤새 지치는 줄도 모르고 사랑할 수밖에 없는 것이었다.

숨이 넘어갈 정도로 아찔하게 유혹할 땐 언제고, 사랑이 끝나고 나면 어쩔 땐 그동안 어떻게 참고 살았느냐고, 자기 때문에 몸이 남아나질 않는다며 그에게 귀엽게 핀잔을 주기도 했다.

그래, 어디 오늘 밤도 갈 데까지 가 보자고.

어차피 며칠 안으로 아내의 고결한 몸에 찾아올 손님 때문에 금욕의 고행 길로 들어서야 할 터이니, 이 밤 뼈와 살이 타도록 원 없이 불살라 볼 작정이었다. 그녀 또한 생리 직전엔 몸이 극도로 예민해져서 어느 때보다 더한 만족과 절정을 느낄 것이다. 경빈은 짓궂게 씩 웃고는 한 손으로 그녀의 허리를 받쳐 올리고는 은밀하게 젖은 그녀의 몸 안으로 단번에 깊게 밀고 들어갔다.

합일된 순간이면 항상 그래 왔듯이, 서로의 입술에서 감탄과 경외한 탄성이 동시에 터졌다. 경빈은 잠시 동안 또 다른 자신을 따뜻하고 부드럽게 감싸 안은 그녀의 아늑한 대지를 느끼며 눈을 감았다. 정말이지 아내의 몸에 들어오는 매순간이 기적이고 선물이었다. 오직 자신만이 가질 수 있고, 자신만이 들어올 수 있는, 오로지 자신만이 머물 수 있는 지상 최고의 낙원.

 이렇게 따뜻하고 황홀한 낙원을 선물해 준 그녀를 위해 이제 그가 격정적인 사랑으로 보답할 차례였다. 경빈은 천천히 몸을 뒤로 물렸다가 힘 있게 자신을 밀어 넣었다. 그러자 그녀가 신음을 삼키며 그를 더 절박하게 끌어안았다. 그녀의 보드라운 입술을 흠뻑 빨아들이며 다시 한 번 나갔다가 들어오길 반복하자, 그의 동작에 맞춰 그녀의 몸 또한 리듬을 탔다. 공기 하나 들어올 틈 없이 바짝 밀착한 육체가 타오를 듯 뜨거워졌다. 점점 움직임이 빨라지고 그녀의 입에서도 쉼 없이 야릇하고 황홀한 교성이 흘러나와 그를 끝간 데 없이 미치게 만들었다.

 곧 절정에 이르려 함인지, 갑자기 그녀가 울먹이며 그에게 매달렸다. 그도 이제 막바지였다. 경빈은 흐느끼는 아내의 몸을 더욱 꽉 끌어안고서 함께 이르게 될 절정을 향해, 힘차게 내달렸다. 그리고 순간, 그가 최고의 카타르시스를 느끼며 몸을 떠는 것과 동시에 그녀의 울음소리가 터졌다. 그는 흐느끼는 그녀의 입술에 격렬하게 키스를 하며 자신의 모든 것을 쏟아 내었다.

 아, 정말이지 이대로 죽어도 좋을 순간이었다.

 깜박 잠이 들었다가 깨어났을 땐 창밖이 음침했다. 가인은 카디건을 걸치고 현관 밖으로 나와 잠들기 전 잠깐 햇발이 반짝할 때

내놓았던 화분을 다시 집 안으로 들여놓았다.

익숙해질 법 한데도 절대 익숙해지지 않는 것이, 바로 들쭉날쭉 제멋대로인 런던 날씨다. 특히 요즘 같은 때엔 흩날리는 꽃가루 때문에 마음 또한 난분분해진다. 바야흐로 4월, 봄이었다.

가인은 예쁘게 가꾸어 놓은 정원이 훤히 내다보이는 창문턱에 난초 화분을 올려 두고는 부엌으로 가서 밀크 팬에 우유를 데웠다. 데워진 우유에 적당량의 아삼을 넣고 어느 정도 우려 낸 다음 여과지에 걸러내니 금세 밀크 티 한잔이 만들어졌다.

따뜻한 밀크티를 마시며 은은한 난향을 맡으니 가라앉았던 기분이 다소간 나아지곤 했다. 근래 들어 이유 없이 우울해지고 기분이 가라앉는 날이 많았는데, 머리가 무겁고 없던 낮잠까지 느는 데는 다 이유가 있었다.

바로 무한정으로 퍼붓는 남편의 사랑이 그 원인이라, 누구한테 말도 못 꺼낸다. 과유불급이라더니, 너무 지나친 사랑은 매일매일 후유증을 낳았다. 밤마다 지치지도 않고 열정을 쏟아붓는 남편과 온밤을 사랑하고 나면 낮엔 병든 닭처럼 맥을 못 추는 일이 허다 했다. 지칠 줄 모르는 아내에 대한 사랑으로 한창 달아오른 남편의 성욕이 얼마나 왕성한가는 밤마다 뼈저리게 실감하고 있는 터이니, 조금이라도 체력을 비축할 길은 남편이 출근하고 없는 낮에 틈틈이 자 두는 것밖에 없었다.

지난밤에도 그의 넘치는 열정을 힘든 내색하지 않고 다 받아 줬더니 오늘은 종일 현기증까지 일었다. 비록 체력은 바닥을 쳤지만, 집에만 있는 것도 내키지 않아 이제 슬슬 바람 좀 쐬어 볼까 싶어 벽시계를 보았다. 그의 퇴근 시간까지는 대략 2시간 정도 남았다. 오늘은 집 근처에 장이 열리는 날이니 한 바퀴 돌고 오면 얼추 시간을 맞출 수 있을 것 같았다.

가인은 다 마신 빈 컵을 깨끗이 씻어 개수대에 엎어 놓고는, 입고 있던 차림 그대로 코트와 목도리만 걸치고 밖으로 나왔다.

해질 무렵, 저녁놀 사이로 잠시 볕이 나왔다. 봄이라 볕이 따스하긴 했으나 바람이 매웠다. 시장은 폐장 시간이 다 되었음에도 활기가 넘쳤다.

가인은 걸음을 멈추고 과일가게 가판대에 먹음직스레 담긴 사과를 보았다. 냉장고 야채 칸에 쟁여 놓듯 채워 놓은 사과가 있음에도 막상 눈앞에 빨간 사과를 보자 한입 베어 먹고 싶은 강렬한 욕구가 일었다. 이가 시릴 정도로 한입 크게 베어 물고, 입안 가득 퍼지는 새콤달콤한 과즙을 생각만 해도 침이 고였다. 막연히 상상만 하는 줄 알았더니 어느새 가인은 저도 모르게 지갑에서 돈을 꺼내 사과 값을 치르고 있었다.

묵직한 장바구니에서 사과를 한 개 꺼내 와삭 베어 물었다. 사각사각 씹을수록 배어 나오는 과즙은 눈물 나게 환상적인 맛이었다. 정말이지 난생처음 사과를 먹으며 감동을 느꼈다. 족히 사흘은 굶은 사람처럼 큼지막한 사과 한 개를 허겁지겁 먹어 치웠는데도 뭔가 아쉬웠다. 이제 가인은 베이커리 앞에 서서 노릇노릇 구워진 호밀빵을 넋을 잃고 보다가, 망설임 없이 가게에 들어가 호밀빵과 크림치즈가 들어간 파운드케이크, 쿠키를 종류별로 사서 나왔다.

시장을 한 바퀴 돌고 났을 땐, 온갖 종류별로 먹을 것이 가득 찬 장바구니는 두 손으로 들기에도 버거웠다. 살 땐 몰랐는데 비로소 정신이 드는지 갑자기 망연해졌다. 본디 식탐이 있는 것도 아니면서 잠시 뭐에 씌었는지 이 많은 걸 누가 다 먹는다고 샀을까. 그것보다 이 무거운 걸 들고 집에 갈 생각을 하니 눈앞이 까마득했다.

"휴, 걸신이 들린 것도 아니고, 이게 뭐하는 짓인지……."

혀를 차던 가인은 갑자기 팔에 힘이 쭉 빠져 버렸다. 이대로라면 이걸 들고 한 발짝도 움직일 수 없을 것 같았다. 일단은 눈에 보이는 노천카페의 테이블 하나를 차지하고 앉는데, 때맞추어 반갑게 휴대전화가 울려 주었다.

"여보세요?"

[어디야?]

벌써 집에 도착했나 보다. 원래도 남편의 전화를 받을 때면 항상 가슴을 설레었지만, 오늘은 설렘보다 더한 반가움이 앞섰다.

"오늘, 집 근처에 시장이 열리는 날이라 거기 왔어요."

[시장? 혼자서?]

"응."

[힘들게 혼자 뭐 하러 거길 가? 출근할 때 보니 안색이 안 좋던데.]

"그래서 조금 후회하고 있었어요. 힘이 하나도 없어서 집에 못 가겠어."

절반은 투정쯤으로 말했는데, 말하고 나니 정말로 목소리에도 힘이 쭉 빠져 버렸다.

"나 어떡해요? 택시 탈 힘도 없는데."

보지 않아도 남편의 얼굴에 걱정이 가득하다는 걸 알 수 있었다. 벌써 전화 너머에서 안타깝게 혀를 차는 소리가 들려왔다.

[어디 앉아 있을 데 없어?]

"안 그래도 시장 입구에 노천카페에 앉아서 쉬고 있어요."

[거기 꼼짝 말고 있어. 금방 갈게.]
"응."

"와! 진짜 빨리 왔네?"
 가인의 걸음으로 20분은 족히 걸리던 거리가 남편의 걸음으론 5분도 채 안 걸렸다. 가인이 새삼 감탄하는 눈으로 남편을 보는데, 그는 그녀의 안색부터 살폈다.
 "괜찮아?"
 "뽀뽀 먼저."
 걱정스러운 물음이 있었지만, 가인은 코가 빨개진 것도 모르고 좋다고 웃으며 입술부터 내밀었다. 그가 낮게 웃더니 가볍게 입술을 부딪쳐 왔다. 그녀의 입술에서 고소한 견과류 맛이 났다.
 "훗, 뭐 먹었어?"
 경빈은 그녀의 입술에 묻어 있던 아몬드 가루를 훑으며 물었다.
 "아, 배고파서 빵이요. 여기 더 있는데 먹을래요? 많이 샀어요."
 가인이 배시시 웃으며 장바구니를 뒤적거렸다. 경빈은 그녀가 부스럭대는 빵빵하게 부푼 장바구니를 뜬금없는 눈으로 보았다. 오렌지와 사과는 그가 어제 퇴근길에 백화점에 들러서 사다 줬는데, 그 많은 걸 벌써 다 먹었나 싶어 고개를 갸웃거렸다.
 "뭘 이렇게 많이 샀어? 복잡한 시장통에서 이 무거운 걸 들고 다녔어?"
 "헤, 사다 보니 나도 모르게……."
 가인이 해맑게 웃으며 계속 장바구니를 뒤지는데, 경빈은 그 안에 생뚱맞게 담긴 늙은 호박을 손가락으로 가리켰다.
 "이건 뭐 하러 샀는데?"

"아, 호박죽이요."

"호박죽?"

"동글동글한 찹쌀 새알이 들어간 노란 호박죽이 갑자기 먹고 싶어서."

"그래서 직접 호박죽을 만들겠다고? 할 줄 알아?"

웃고 있던 얼굴이 갑자기 심각하게 바뀌더니 고개를 내저었다.

"아니, 할 줄 몰라. 한 번도 해 본 적 없어."

그러자 그가 픽 웃어 버렸다. 가인이 다시 눈을 반짝거리며 말했다.

"이번에 한번 해 보죠, 뭐. 할 수 있을 것 같아요."

"또?"

"응?"

"또 뭐가 먹고 싶은데? 먹고 싶은 거 있으면 다 말해 봐."

장바구니 안에는 그 외에도 빵, 쿠키, 초콜릿 같은 군것질거리도 잔뜩 들어 있었다. 평소 먹는 거에 욕심이 없고 단것을 좋아하지도 않는 가인이 그런 것들을 샀다는 게 의외다 싶었는데, 갑자기 섬광처럼 그의 뇌리를 강하게 스치는 것이 있었다.

혹시……? 그럼 간밤에 지독하게 예민해져 있던 그녀의 몸이 매달 찾아오는 주기를 맞아서가 아니었단 말인가? 슬그머니 그녀의 배 쪽으로 시선을 두는데, 가인이 꿈결같이 몽롱한 목소리로 말했다.

"간장게장이 먹고 싶어요."

"간장게장?"

그러니까 먹고 싶은 것들이, 일관성이 있는 게 아니라 마구잡이식으로 대중없었다. 지금 언급한 간장게장은 평소 그녀가 선호하는 음식이 아니었다. 날것이라 하여 회도 안 좋아하는 그녀가 아닌가. 비록 발효시켰다 하나 간장게장 또한 본시 날것인데, 좋아하지도 않으면서 가인은 평소에 입에 대지도 않던 것들을 찾고 있었다.

"응. 알이 배인 게딱지에 밥을 비벼서 딱 한 숟갈만 먹었으면 소원이 없겠어요."

소원씩이나? 그런데 정말로 많이 먹고 싶은가 보다. 말하는 와중에 입맛을 다시는 것도 모자라 침까지 꼴깍 삼키는 걸 보니. 경빈은 다정하게 웃으며 고개를 끄덕였다.

"그래, 알았어. 또?"

오전에 잠깐 보았던 한국드라마에서 친정 엄마가 시집간 딸에게 간장게장을 담아다 주는 장면을 보고 뜬금없이 먹고 싶단 생각을 했었다. 하지만 아무리 먹고 싶어도 그렇지, 남편 앞에서 침까지 흘리는, 생전 안 하던 추태를 부린 것 같아 가인은 얼른 손사래를 쳤다.

"에이, 농담이에요. 또 진지하게 받아들인다. 내가 뭐 걸신들렸나?"

"그럼 일단 집에 가자. 날이 져서 바람이 많이 차다."

경빈은 가볍게 웃으며 가인에게 등을 보이고 돌아앉았다.

"업혀."

믿음직한 남편의 등을 보자 순간 업히고 싶은 충동이 들었지만, 가인은 웃으며 고개를 저었다.

"괜찮아요."

"그럼 안고 갈까?"

진지한 목소리에 가인이 눈을 동그랗게 떴다.

가인아(可人兒, 내 사람) 393

"정말 업혀요?"
"그래."
"그럼 이 짐은?"
"걱정하지 마."
"무거울 텐데."
"서방님 못 믿어?"

경빈이 섭섭한 표정을 짓자, 가인은 하는 수 없이 그의 등에 업혔다.

"이럼 내가 너무 미안한데……."

웅얼거리는 입술에 입 맞추고 싶은 충동을 누르고 경빈은 몸을 일으켰다. 팔을 뒤로 둘러 그녀의 몸을 받치고 장바구니를 들었다. 겨우 이쯤이야, 가뿐했다. 하지만 복병은 의외의 곳에서 나타났다. 걸을 때마다 아내의 향긋한 머리칼이 목덜미를 간질이자 갈증이 일었다. 얼른 집에 가서 이 머리카락을 감싸 쥐고 입술부터 먹어 치울 생각에 걸음이 저절로 빨라졌다.

"내일 휴일인데."
"응?"
"뭐할 거예요?"

새삼스럽게 뭘 묻나 싶어 경빈이 흘긋 고개를 돌렸다. 눈이 마주치자 부끄러운지 가인이 그의 등에 얼굴을 묻었다. 그 모습이 또 미치게 예뻐서 온몸이 후끈 달아올랐다. 빨리 집에 가서 확 잡아먹어 버려야지. 그 생각을 하며 입가를 씩 늘였다.

"응? 뭐할 거냐고요?"

가인이 다시 한 번 재촉했다. 몰라서 묻는 건 아닐 테고, 왜 자꾸 묻지? 뭘 할 것 같아, 라는 표정으로 경빈이 다시 고개를 돌리자 그녀가 등에 얼굴을 묻은 상태로 허공에 떠 있는 두 다리를 바동거렸다. 볼수록 귀여워서 미치겠다. 이렇게 예쁜 그녀를 야금야금 잡아먹을 생각에 그의 입매가 자꾸만 늘어졌다. 내일은 휴일이니까 오늘 밤은 한숨도 재우지 않을 생각이었다.

신혼답게 그들이 휴일에 하는 일이라곤 종일 침대에서 사랑을 나누는 일뿐이었다. 온몸에 간기가 배도록 뜨겁게 사랑을 나누다 보면 하루가 어떻게 지나가는지도 모른 채, 밤이 되고 다음 날 아침이 밝았다.

"글쎄. 뭐할까?"

보나 마나 무엇을 하며 하루를 보낼지는 안 봐도 뻔한데 묻는 그녀나 의뭉스레 되묻는 그나 능청만 늘었다.

"내일은 오랜만에 같이 외출해요. 난 자기가 공부했던 곳에 가보고 싶은데."

"그러지 뭐."

의외의 순순한 대답에, 또 종일 침대를 벗어나지 못할 거라 생각했던 가인이 믿지 못하겠다는 듯 얼굴을 그의 앞으로 쭉 빼고 물었다.

"정말요?"

"날이 좋으면 케임 강을 따라 펀팅을 하는 것도 좋겠지."

"와!"

쪽.

그 틈을 놓치지 않고 경빈은 그녀의 입술을 훔쳤다. 가인이 또다시 얼굴을 붉혔다.

"그 대신, 오늘 밤도 각오하라고."

경빈이 짓궂게 씩 웃었다.

가인아(可人兒, 내 사람)

"몰라요."

가인이 부끄러워하며 다시 그의 등에 얼굴을 묻고 숨어 버렸다. 집으로 향하는 그의 발걸음이 가볍기만 했다.

집에 오자마자 잠시 다녀올 때가 있다면서 나갔던 경빈이 다시 돌아왔을 땐 그의 손에 간장게장이 들려 있었다. 정말 먹고 싶긴 했지만, 농담처럼 한 말에 남편은 그녀를 위해 차이나타운까지 가서 사 온 것이다.

"이거 사러 갔던 거예요?"

"내일 서울에 전화해서 간장게장 맛있게 담아서 보내 달라고 할 테니까, 그때까지만 먹어. 그리고 내일 하루만 도우미 아줌마 불러서 호박죽 끓여 달라고 하자."

그러면서 은근슬쩍 집안 살림도 맡길 작정이었다. 처음 런던에 도착했을 때, 당장 집안 살림을 맡길 도우미를 두고 두 사람 간에 작은 실랑이가 있었다. 둘만의 사생활도 있었고, 또 신혼집을 다른 사람 손에 맡기기 싫다면서 극구 사양하는 그녀를 이기지 못해 그가 한발 물러날 수밖에 없었다. 그런데 지금 또다시 그 의견을 내어 놓았다. 도우미를 불러들여 점차 그 횟수를 늘리려는 그의 얕은 속내가 애석하게도 가인의 눈에 금방 읽혔다.

"겨우 호박죽 끓이자고 도우미를 불러요? 그 정돈 내가 할 수 있어요."

"해 본 적 없잖아."

"무슨 일이건 처음은 있는 법이에요. 내가 할 수 있어요. 나도 이제 명색이 주분데 그것도 못 할까 봐서요? 요즘 레시피가 얼마나 잘되어 있는데. 정 안 되면 속 긁어내고 채 썰어서 호박부침개

나 해 먹지 뭐. 자, 이제 씻고 나와서 저녁 먹어요."

가인이 생긋 웃으며 그를 욕실로 밀어 넣자 그의 팔이 불쑥 그녀의 허리를 잡아챘다. 얼결에 가인은 그와 함께 욕실에 갇혔다.

"왜요? 같이 하자고요? 난 자기 나갔다 온 동안 벌써 샤워했어요."

"아니, 그것보다……."

그가 주머니에서 무언가를 꺼내 내밀었다. 가인은 뭔가 싶어 받아 들고 유심히 보다가 그게 임신진단시약이란 걸 알고는 놀라서 그를 보았다.

"이거, 왜요?"

"혹시 몰라서. 한번 확인해 보는 것도 괜찮겠다 싶어서."

그냥 확인이나 해 보자는 식으로 가볍게 말하고 있지만, 그의 얼굴엔 은근한 기대감이 번져 있었다. 가인은 잠시 자신의 월경주기를 되짚어 보았다. 워낙에 불규칙해서 마지막으로 언제 했는지 가물가물했다. 그러자 근래 자신의 생활습관이 많이 어긋나 있다는 걸 깨달았다. 남편 앞에선 내색하지 않았지만, 까닭 없이 우울할 때가 있고, 나른하고, 쉽게 피로감이 오고, 없던 낮잠을 즐기고, 입맛이 돌고…….

"설마……."

가인이 무언가를 깨달은 얼굴을 하자 그의 기대감은 더 커졌다. 가인이 그의 등을 밀어 욕실 밖으로 내몰았다.

"자기는 나가 있어요."

"왜? 내외하는 사이도 아니고, 내가 보는 데서 해도 되는데."

"안 돼요!"

가인은 나가기 싫어 미적거리는 그를 매몰차게 내보내고 욕실

가인아(可人兒, 내 사람) 397

문을 잠가 버렸다. 이제 그녀도 기대감으로 서서히 가슴이 들뜨기 시작했다.

쫓겨난 경빈은 욕실 문 앞에서 뭐 마려운 강아지처럼 전전긍긍하며 계속 묻고 또 물었다.

"아직이야?"

"잠깐만요. 3분 되려면 아직 좀 남았어요."

경빈은 초조하게 욕실 문을 두드렸다.

"문 좀 열어 봐. 아무래도 내가 들어가야겠어."

"……."

"가인아!"

"……."

"윤가인!"

그녀에게서 대답이 없자 그의 입술이 바짝 말랐다. 불안한 얼굴로 욕실 문 손잡이를 잡고 흔드는데, 별안간 문이 벌컥 열렸다. 그녀의 얼굴이 하얀 밀랍인형처럼 얼어 있었다. 순간 그의 심장도 쿵 내려앉았다. 괜히 성급하게 임신진단시약 같은 걸 사 와선 그녀의 마음을 불편하게 했단 뒤늦은 후회가 들었다.

그는 불안하고 초조한 기색을 지워 버리고 침착한 얼굴로 그녀를 가만히 보듬어 안았다. 그리고 안심하게끔 가는 등을 손으로 쓸어내렸다.

"괜찮아. 우리 결혼한 지 이제 겨우 넉 달밖에 안 됐는데 상심할 것 없어. 내가 너무 섣부른 행동을 했다. 미안해……."

갑자기 가인이 그의 목을 꼭 끌어안았다.

"자기……."

"그래, 그래."

경빈이 손으로 가만가만 그녀의 등을 토닥였다.

"자기 나 어떡해?"

"괜찮아. 괜찮대도."

"이거 맞을 확률 98%라는데, 믿어도 되는 거겠죠?"

"……응?"

"그럼 나, 자기 아이 가진 게 맞나 봐. 정말로 자기 아이가 내 안에 있나 봐. 꿈같아, 믿을 수가 없어."

"뭐?"

"꿈이면 어떡하지? 나 안 깨어날래."

경빈은 멍하니 눈을 끔벅였다. 분명히 진단시약을 사 온 것도 자신이고, 기대감으로 들떴던 것도 사실이면서 지금 이 순간이 그도 꿈처럼 느껴졌다. 목을 두르고 있던 그녀의 두 팔이 더 조여 오자 그의 망상도 조금씩 깨어나고 있었다.

"사랑해, 자기. 어쩜 좋아. 나, 엄마 되는 거예요. 자긴 아빠 되는 거고. 너무 행복해. 이건 신의 선물이야. 아니, 자기가 내게 준 최고의 선물이에요."

가인은 목에 두른 팔은 그대로 둔 채 조금 얼굴을 떼고 그의 입술에 연신 입을 맞추었다. 아직도 꿈같은지 경빈은 멍한 상태로 되물었다.

"정……말이야?"

"응! 이거 봐요, 여기 두 줄 보이죠?"

그랬다. 가인이 내민은 시약엔 분명한 두 줄로 임신 양성반응이 나타나 있었다. 경빈은 떨리는 마음으로 그것을 재차 확인하다가 그녀를 보았다. 가인이 함빡 웃으며 고개를 끄덕였다. 기쁜 마음을 주체 못 하고 경빈은 그대로 가인을 안으며 입을 맞추었다. 한참을 숨이 멎도록 격하게 키스를 한 후, 그녀의 이마에 자신의 이마를 맞대었다.

"사랑해. 그리고 고마워. 내 생애 최고의 선물이야."

"그 말은 내가 해 주고 싶은 말인데. 나도 그래요."

가인이 다시금 그에게 감겨 왔다. 경빈은 눈을 감고 깊이 아내를 음미했다.

내 심장이 각인시킨 단 한 사람.
나의 가인아(可人兒)…….

〈結〉

Scarlet
스칼렛

Scarlet
스칼렛